심플 스토리

Simple
Storys

잉고 슐체

노선정 옮김

심플 스토리

민음사

예테를 위하여

일러두기

본문의 각주는 모두 옮긴이 주이다.

1 제우스

레나테 모이러가 1990년 2월에 관광버스로 여행 갔던 일을 이야기한다. 결혼 이십 주년을 맞아 모이러 부부가 난생처음 서쪽 진영으로, 난생처음 이탈리아로 갔던 것이다. 아시시에 도착하기 직전 버스 사고로 승객들이 모두 내려 기다려야 했을 때, 동승자였던 디터 슈베르트가 절망적인 행동을 감행한다. 모두 함께 추억담을 나누고 도시락을 나눠 먹는다.

정말이지 적절한 시점이 아니었던 거예요. 오 일간의 버스 여행이라니. 베네치아, 피렌체, 아시시. 내 귀에는 그런 게 다 약장수의 선전같이만 들렸어요. 난 마르틴과 피트에게 어떻게 그런 생각을 해낸 것이며 돈은 또 어디서 났고, 스무 번째 결혼기념일에 불법 여행을 간다는 게 도대체 말이 되냐고 물었지요.

에른스트만큼은 찬성하지 않을 거라 굳게 믿었습니다. 요즘 몇 달이 그에게는 지옥이었으니까요. 그런 판국에 이탈리아 따위가 우리 머릿속에 들어 있을 리 만무했거든요. 하지만 그는 아무 말도 하지 않더군요. 그러더니 1월 중순에 여행 채비를 해야 하지 않겠느냐고 묻는 겁니다.(2월 16일, 아이들 방학 때고 금요일인 그날 출발하게 될 거라면서요.) 그리고 우리가 동독 여권을 가지고 이탈리아와 오스트리아 국경을 어떻게 통과하느냐고 묻더군요. 난 아이들한테서 들은 대로 말해 줬죠. 뮌헨에서 여행사가 우리한테 서독 여권을 마련해 줄 거라고요. 당연히 가짜 여권이라고도 했어요.

내가 '에른스트 모이러와는 이미 얘기가 끝났구나.'라고 생각했던 건 늦어도 바로 그 순간쯤이었을 거예요. 하지만 그는 증명사진 두 장이 그럼 그것 때문이었느냐고 물었을 뿐이었어요. 난 대답했습니다. "맞아요. 여권 사진 두 장, 생년월일, 신장과 눈동자 색깔. 그 외에는 아무것도 필요 없답디다."

늘 하던 대로였습니다. 진초록색 가방에 옷가지를 챙겨 넣고 검은색과 빨간색 줄무늬가 쳐진 가방에는 수저와 그릇과 도시락을 넣었습니다. 소시지와 고기 통조림, 빵과 계란, 버터, 치즈, 소금, 후추, 즈비박 비스킷, 사과, 오렌지를 넣고 보온병마다 차와 커피를 담았어요. 피트가 자동차로 우리를 바이로트까지 데려다주었고요. 국경에 도착하니 거기 경찰이 우리더러 어디 가느냐고 묻더군요. 피트가 쇼핑을 간다고 대답했지요.

기차는 작은 시골 역에도 다 서더군요. 흰 눈과 불 밝힌 거리, 자동차와 역사 말고는 별로 본 게 없어요. 우린 일하러 가는 남자들 틈에 앉았습니다. 에른스트가 오렌지 하나를 깠을 때 난 처음으로 진짜 이탈리아를 생각했어요.

에른스트와 그는 뮌헨 역에서 서로를 알아본 모양이에요. 난 아무것도 몰랐죠. 그가 어떻게 생겼는지 어떻게 알았겠어요? 난 그 사람 이름조차 정확히 몰랐는걸요.

그에 대해서 기억나는 건 베네치아에서부터예요. 좀 성마르다 싶은 중키의 남자였는데요, 깜빡거리지 않고 삐딱하게 자리 잡은 의안(義眼) 위에 안경을 걸치고 있었죠. 아주 두꺼운 책을 들고 왔는데, 책을 펼쳐 놓고 손가락 하나를 연신 갖다 댔어요. 그건 우리 이탈리아 여행안내인이었던 가브리엘라가 뭔가를 설명할 때마다 나서서 톡톡 끼어들기 위해서였답니다. 잘난 척은 혼자 다 하는 작자였던 거죠. 백발이 성성한 머리카락을 연신 쓸어 넘겼는데요, 그럼 뭐 하겠어요, 금세 또 이마와 눈썹 위로 흘러내린걸요.

베네치아의 총독 관저와 사자상(像)이 있는 기둥은 텔레비전에서 이미 봐서 알고 있었습니다. 베네치아 여자들은, 내 나이쯤 되어 보이는 여자들마저도 다 치마를 입고 아름답고 고풍스러운 모자를 쓰고 있더군요. 우리는 너무나도 두껍게 옷을 껴입고 있었어요.

여행사가 정해 주는 일정에 얽매이는 게 싫어서 우리는 낮에 먹을 도시락을 손수 마련했어요. 통조림 몇 개와 빵과 사과 같은 걸 들고 다녔죠. 저녁은 방에서 먹었어요. 에른스트와 난 말을 많이 주고받지는 않았지만, 뭐 그래도 어쨌든 지난 몇 달보다는 이야기를 제법 많이 한 셈이었습니다. "우나 곤돌라 페르 파보레!(곤돌라를 타실까요!)" 그가 어느 날 아침 세수를 하면서 그렇게 외친 적이 있어요. 그런 일이 아니더라도 에른스트는 이탈리아가 마음에 드는 눈치였죠. 그가 내 손을 덥석 잡고 한참을 붙들고 있던 적도 있었으니까요.

그 사람에 대해선 한마디도 언급이 없었어요. 끝까지 그랬죠. 그러니까 내 말은요, 우리가 피렌체에서 사람들이 모두 종탑에서 내려올 때까지 기다리고 있을 때 에른스트가 묻더란 말이죠. "우리 산악인은 어디 갔어?" 난 그 말에 별 주의를 기울이지 않았고 그냥 그 두 사람이 언젠가 말을 주고받은 적이 있나 보다 생각했어요. 에른스트가 언제나 나보다 먼저 아침 식사를 하러 식당으로 내려갔으니까요. 그는 문을 고정하는 도어 스토퍼에 관한 얘기를 몇 마디 더 했어요. 그 전에, 그러니까 파도바쯤에서요, 산악인은 반드시 차를 멈추고 무슨무슨 교회나 원형 투기장을 구경해야 한다고 고집을 부렸습니다. 프로그램에도 없던 일이었죠. 난 그 사람 쪽을 돌아봤어요. 그가 맨 뒷자리에 앉아 있었거든요. 그의 시선은 그 무엇에도 흐트러짐 없이 앞쪽 유리창만 똑바로 응시했어요. 마치 그 남자를 목적지까지 데리고 가는 게 우리 모두의 할 일이라는 듯이 말입니다. 어쩌면 내가 부당한 생각을 하는지도 몰라요. 그다음 순간 벌어진 소동만 아니었다면 난 아마 그를 기억 못할지도 몰라요. 지금 내 기억으로는 사건의 순서가 뒤죽박죽 뒤섞였을지도 모르고요. 하지만 지어낸 이야긴 절대 아니에요.

상상 좀 해 보세요. 우린 갑자기 이탈리아에 가 있었고 서독 여권을 지니고 있는 겁니다. 여권에 기입된 내 이름은 우르줄라였고 에른스트는 보도였어요. 주거지는 슈트라우빙. 우리 성이 뭐였는지는 잊어버렸네요. 그렇게 세상의 반대쪽에 가 있으면서도 집에서와 똑같이 먹고 마시고, 숨을 쉬며, 버젓이 발을 놀려 걸어 다니는 겁니다. 모든 게 너무나 당연하다는 듯 말이에요. 이를 닦으며 거울을 들여다보는 순간, 난 이탈리아에 와 있다는 사실을 더욱더 실감할 수 없었지요.

피렌체를 떠나 아시시로 출발하기 전, 그게 우리 여행의 마지막 날이었는데요, 버스가 어떤 주차장에 서더군요. 그 주차장에서 우린 도시를 내려다볼 수 있었어요. 하늘엔 구름이 가득 껴 있었죠. 에른스트는 단테가 그려진 접시를 사서 나한테 결혼기념일 선물이라며 줬어요.

그 후 우리 차는 다시 빗속을 뚫고 달렸고, 사위의 안개는 점점 더 짙어졌습니다. 도로변의 소음 방지 벽 말고는 아무것도 안 보였죠. 난 곧 잠이 들었습니다.

에른스트가 나를 깨웠을 때는 벌써부터 차에서 내리는 사람들이 있었죠. 우리는 어느 주유소에 도착해 있었어요. 엔진이나 배기 장치에 뭔가 문제가 있는 것 같았죠. 우산 위로 눈이 내렸고 자동차들은 불을 밝힌 채 달려야 했거든요. 사고 나기 딱 좋은 날이었어요. 우리 차의 운전사가 공중전화를 찾고 있었습니다. 난 아직도 그가 허공에 십자가를 긋던 동작을 또렷이 기억해요. 이렇게, 또 이렇게 이쪽저쪽으로 말이죠. 가브리엘라가, 자동차 정비 서비스 용역이 올 때까지 기다려야 한다더군요. 그녀는 페루자의 볼거리나 둘러보자고 제안했습니다.

우리는 차에서 외투를 꺼내 입고 일렬로 줄 지어 구시가를 향해 걸었습니다. 가브리엘라와 산악인이 앞장섰죠. 그는 분개한 상태가 되어 아시시까지 가야 한다고 고집을 부렸어요. 날씨만 좋으면 지척인 아시시가 보이기까지 한다나요. "엎어지면 코 닿을 데란 말이오." 그가 연신 말했지요. 하지만 고속 도로나 국도 한가운데서 더는 이리저리 방황하지 않게 된 것만 해도 우리한테는 행운이었던걸요.

그동안에도 보도에는 눈이 쌓였습니다. 예술사 박물관과 교회들은 점심시간이라 문을 닫았었죠. 가브리엘라는 우리를 마조레 분수로 데려갔고 시 청사와 성당에 관해서 몇 가지 설명을 해주었죠. 성당은 몹시 크게 느껴졌는데 그건 성당 담이 안개에 가려 안 보였기 때문이었어요. 500여 년 전부터 그 건물의 정면은 외장 공사를 하지 않은 채 방치되어 있었다더군요. 플라우엔 출신이라는 여자가 말했어요. 그에 비하면 동독도 뭐 그리 모양새가 나쁜 건 아니지 않겠느냐고. 그런 식으로 그녀는 계속해서 조롱 조로 말했죠. 에른스트는 한 번도 이렇다 할 반응을 보이지 않았어요. 그냥 전부 다 귓등으로 듣고 흘려버렸죠.

우리는 산마르코 광장에 이르러 몇 군데 식당으로 나뉘어 들어갔습니다. 우리가 들어간 곳은 '빅토리아'라는 레스토랑이었어요.

그때까지 우린 단테 접시를 사고 커피 몇 잔 사 먹은 것 외에 돈을 쓴 적이 없었어요. 그래서 우린 뭘 좀 주문해 먹기로 결정했습니다. 종업원이 긴 앞치마를 두르고서 몇 안 되는 테이블 주위를 빙글빙글 돌아다녔어요. 이제 그 테이블들이 다 찼으니까요. 이따금씩 갑자기 동작을 멈추고 자신을 부르는 사람을 향해 상체를 길게 빼며 귀를 기울였지요. 딱 한 번, 스키 선수가 목적지에 도달하는 장면이 나오자 그는 텔레비전 앞에서 갑자기 말을 잃었어요. 드레스덴에서 온 남자 둘이 우리와 한 테이블에 앉았는데, 한 사람은 소아과 의사라고 했고 또 한 사람은 무대 디자이너였어요. 두 남자 다 이탈리아 말을 조금 할 줄 알았습니다. 우리를 위해서 메뉴판을 읽어 주었죠. 에른스트가 종업원을 부르려고 애를 쓰는 동안, 나는 그의 손가락이 '피자 콘 풍기'라는 글자에서 미끄러지지 않도록 주의를 기울이고 있었어요.

그런데 갑자기 그 소아과 의사라는 사람이 벌떡 일어나더군요. 그가 창밖을 응시하는 바람에 나도 뒤를 돌아보았어요. 맞은편 광장 너머로 사람들이 와자지껄 모여 있었어요. 눈싸움하는 어린아이들처럼 벙어리장갑을 낀 가브리엘라, 다른 사람들이 그녀의 뒤를 따르고, 학익진 모양으로 대열을 이룬 무리가 소리를 치며 몰려가고 있었어요.

우리 주위에서는 와자지껄 의자들을 미는 소리가 났습니다. 한꺼번에 모두 종업원 옆을 지나 출구로 나가려 하는 바람에 한바탕 큰 소동이 일어났죠. 우리는 그들을 따라 성당으로 갔는데 측문 앞 계단에 이미 한 무리의 군중이 모여 있었습니다.

4미터나 5미터 정도 높이였을 거예요, 수평으로 길게 이어진 담의 돌출부 위에 산악인이 양팔을 옆으로 벌리고서 어깨를 벽에 딱 갖다 붙이고 있었던 거예요. 묘한 정적이 흘렀어요. 마치 그 위에서 그러고 있는 남자가 아주 작은 소리만 나도 즉시 잠에서 깨어 떨어질지 모르는 몽유병 환자인 것처럼요. 가브리엘라가 내리는 눈 속에서 위를 올려다보며 눈을 깜빡거렸어요. 다른 사람들은 손을 이마에 갖다 댔지요. 발목까지 덮는 그의 신발이 바로 뒤에 놓여 있더군요.

그가 고개를 앞으로 빼더니 새처럼 한쪽 눈으로만 우리를 내려다보았지요. 양말은 두 짝 모두 발가락에 걸린 채 매달려 있었습니다. 연습만 좀 하면 올라가는 건 문제가 안 되는 모양이었어요. 작은 돌출부로 이루어진 정문의 마름돌을 타고 올라가 그 난간을 딛고 올라선 다음, 앞으로 튀어나온 돌이나 벽이 헐려서 생긴 구멍을 밟으며 이동한 게 분명했어요.

"아래를 내려다보지 마요!" 한 남자가 외쳤어요. 그러자 산악인이 왼팔을 들고 발을 직각으로 떼며 몸을 홱 돌리더니, 즉시 몸을 다시 벽에 붙이더군요. 그의 손가락이 다음 돌출부를 움켜잡았습니다. 발로 벽을 더듬으며 가늠했어요. 그는 다리를 개구리처럼 구부리며 더욱더 높이 올라갔어요. 창문 위 작은 처마에 몸을 지탱하더군요.

에른스트가 내 팔을 잡아끌었어요. "여기서 빠져나가자!" 그가 작게 말했죠. 존네베르크에서 온 남자, 그 빨간 머리 거인이 제일 먼저 사진을 찍기 시작했어요. 가브리엘라가 격앙된 목소리로 부르짖었습니다. "밑으로 뛰어내리기라도 하면!" 그녀는 우리 사이를 이리저리 뚫고 지나가 점퍼의 깃을 한 손으로 부여잡고서 계단 아래 있던 한 여자 경찰관을 향해 서둘러 뛰어 내려갔습니다. 경찰관이 쓴 하얀색 헬멧이 마치 카니발 분장처럼 보였어요. 가브리엘라의 뒷모습에서 볼 수 있던 건 비비 꼬아 묶은 머리채가 전부였습니다. 여경이 무전기에다 대고 뭐라고 말을 하는 게 보였고요.

플라우엔에서 온 여자는 이젠 일이 심각하게 돌아간다고 말했지요. "헤이, 헤르베르트! 내려와요! 빨리요! 자, 어서!" 그녀가 외쳤어요. 존네베르크 남자가 그녀를 말렸어요. 우리가 그를 헤르베르트라고 불러서는 안 된다는 거였죠. 헤르베르트는 슈트라우빙의 신분증에 있던 이름일 뿐이었으니까요. 그 후엔 정적이 흐르거나 소곤거리는 소리만 들렸지요.

에른스트가 나를 대하는 태도 때문에 난 화가 났죠. 글쎄, 나를 마구 잡아끄는 겁니다. 난 몇 발짝 그에게서 떨어지려고 했죠. 그때 그가 내 팔을 거세게 잡았거든요. "아무 일도 없을 거야!" 그가 신경질적으로 말했어요. "저놈이 제우스야. 자, 가자고!"

"아니!" 내 입에서 나온 외마디 소리였어요. 내가 그 이름을 마지막으로 들은 게 십 년, 아니 십오 년은 됐을 거예요. "제우스라고?"

가브리엘라가 뒤를 돌아보았죠. "저 사람 이름이 제우스란 말씀이세요?"

갑자기 모두가 우리를 쳐다보았죠.

"저 사람이 제우스라고요?"

"저 작자, 절대 아래로 떨어지지 않을 겁니다." 에른스트가 말했어요.

"제우스라고요?" 누군가 큰 소리로 묻더군요. 그러자 어느새 모두들 "제우스, 제우스."라고 외쳤어요. 마치 그들의 침묵을 단박에 깨 버릴 암호를 이제야 듣게 되었다는 듯이 말이죠. 그들이 얼마나 우렁우렁하게 외쳐 대던지요! "제우스! 제우스!"

안개가 자욱이 깔릴 때에야 그 외침은 멎었답니다. 어떤 이들은 제우스가 가 있는 곳을 발견하곤 다른 사람들에게 알려 주기 위해 팔을 뻗기도 했어요. 망원 렌즈가 달린 사진기는 망원경으로 사용되어 사람들에게 이리저리 전달되었어요. 양말 한 짝이 안개를 뚫고 그의 신발 주위로 반원을 그리며 빙 둘러 모여 있던 우리한테로 떨어졌지요. 얼마 가지 않아 다른 쪽 양말도 마저 떨어졌고요. 두 번 다 나는 경악했죠.

제우스가 귀신처럼 갑자기 다시 나타났어요. 그는 사람들이 비명을 지르며 뒤로 흠칫 물러날 정도로 상체를 깊숙이 앞으로 숙였어요. 경악할 만한 장면이었죠. 그 높은 곳에서 몸을 지탱하고 있다는 건 도저히 믿을 수 없는 일이었습니다. 입술 사이로 흘러나온 침이 꼭 무슨 거미줄처럼 늘어졌다가는 눈 쌓인 땅으로 소리 없이 떨어졌어요. 상체를 비비 꼰 채 일그러진 입으로 그가 연설을 시작했어요.(그의 모습은 나움부르크나 프라하의 괴물 모양 낙수구를 연상시켰죠.)

그가 '빨갱이 모이러'에 관한 이야기를 할 땐 그게 누구를 두고 하는 말인지는 당연히 아무도 몰랐죠. 이탈리아 사람들이야 어차피 그의 말을 알아들을 수 없었을 거고요. 그가 에른스트를 두고 "초록색 점퍼를 입은 윗전 양반"이라고 부르며 팔을 뻗어 우리 쪽을 가리켰어요. 그가 뭘 하려는 건지 아무도 이해할 수 없었어요. 내가 놀라움을 금치 못했던 점은 어디서 그런 힘이 나왔을까 하는 거였어요. 도대체 무슨 힘이 솟아 그렇게 격앙된 목소리로 외칠 수가 있었을까요. 이야기는 먼 과거로 거슬러 올라갑니다. 물론 에른스트가 좋아서 한 일은 아니었어요. 그건 내가 알죠. 우리 집에서는 그를 언제나 '제우스'라고만 불렀어요. 별명인 셈이었죠, 그러니까. 그 사람 본래 이름은 슈베르트거든요. 디터 슈베르트.

자세히 올려다보지 않은 사람에게는 둔탁한 외침만 들렸을 거예요. 난 제우스가 금방이라도 우리 앞으로 떨어지지 않을까 걱정되었습니다. 그리고 그를 보기 위해 사람들이 앞다투어 몰려드는 장면을 상상했죠. 아무도 감히 그를 건드려 볼 엄두를 내지 못할 테지요. 그의 몸은 상한 데가 전혀 없어 보일지도 몰라요. 가끔 도로변에서 발견되는 동물 사체가 그렇듯 말이죠. 오로지 바닥에 흥건히 배어 나오는 피만이 무슨 일이 일어났는지를 말해 줄 뿐이죠. 가브리엘라가 고개를 숙이고는 혼잣말을 중얼거렸습니다.

그가 자꾸만 내리는 눈 때문에 마침내 질식되기라도 한 듯 갑자기 입을 다물기까지는 한참의 시간이 걸렸습니다. 이제 그는 1센티미터, 1센티미터씩 왼쪽으로 몸을 이동하면서 지붕의 홈통을 향해 가고 있었어요. 마침내 몽유병에서 깨어나기라도 한 듯 그의 몸놀림은 조금 전보다도 훨씬 더 조심스럽고 느렸어요. "이제 다 지나갔네요." 난 에른스트에게 말하면서 그의 팔짱을 꼈습니다. 물론 난 그 외침이 다 끝났다는 걸 말하려고 한 거죠. 에른스트는 주머니에서 손을 빼지 않은 채 가브리엘라의 뒤통수만 응시했어요.

제우스는 피뢰침에서 시작해 점점 아래로 매달려 내려오고 있었습니다. 경찰관들이 그를 에워쌌지요. 그 속에서 그는 양말과 눈 쌓인 신발을 신었어요. 파란 등을 밝힌 경찰차가 도착했어요. 가브리엘라가 십자가를 그었죠. 그녀가 우리에게 버스 앞으로 모여야 할 시간을 말해 주었고 제우스와 경찰관들과 함께 사라졌어요. 우리 여행객들은 다시 뿔뿔이 흩어졌죠. 긴 앞치마 차림의 종업원이 서둘러 '빅토리아' 쪽을 향해 앞장서 가더군요.

에른스트와 난 한참이나 그 자리에 그대로 서 있었어요. 새로 사 입은 그의 점퍼 소매가 너무 길어 손톱밖에 보이지 않았어요. 난 한기를 느끼기 시작했고 우린 서둘러 버스로 향했습니다.

갑자기 에른스트가 물었어요. "무슨 냄새 안 나?"

"냄새 나요." 난 대답하며 차 기름 냄새일 거라고 생각했습니다. 이곳의 냄새는 뭐든지 다 색달랐으니까요.

"딸기야!" 그가 외쳤습니다. "딸기 냄새가 나!" 우린 정원에 거의 딸기만 심었고 몇 년이 지난 뒤 그 딸기로 얼마나 많은 케이크를 만들 것인지를 결정했었지요. 그리고 매년 이번이 마지막 딸기 케이크라는 것이 발표되는 순간 그 케이크를 곁들여 커피를 마시는 시간이 얼마나 성대하게 느껴지던지요! "이번 것이 올해 들어서 먹는 마지막 딸기랍니다."라고 말이에요. 난 우리 정원과 '푹스바우네'라는 술집을 눈앞에 떠올렸지요. 그때 내가 말했어요. "빈맥주잔들. 당신, 빈 맥주잔들이 햇빛을 받으며 개수대에 놓여 있을 때 나는 냄새가 느껴져요?"

"응. 쟁반 가득 나는 그 향을 맡고 있지."에른스트가 대꾸했어요.

분명 우리 두 사람은 한동안 똑같은 것을 눈앞에 그렸던 거죠. 틀림없어요. 낡은 쟁반과 바닥에 빨간 점만 남은 유리잔들. 그리고 우리의 딸기.

버스 운전사가 문을 열어 주었어요. 나는 우리와 함께 뭘 좀 같이 먹자고 그를 불렀죠. 그는 소매를 둥둥 걷어 올리고 있었어요. 그는 더러워진 손을 헝겊에 문지르고는 본격적으로 우리와 합석했지요. 호텔에서 주는 옹색한 아침 식사 외에는 우리가 싸 온 도시락으로만 연명하고 있기는 했지만 여전히 음식들은 골고루 충분히 남아 있었거든요. 사과조차 말이에요. 우리 역시 배가 꽤 고팠어요. 운전사가 운전석에 몸을 편안히 기대고서 떠나기 전 잠시 단잠에 빠졌을 때도 우린 계속해서 먹었어요. 눈은 어느새 다 녹았더군요.

왜 내가 이런 이야기를 하느냐고요? 안 그러면 금세 또 다 잊어버리니까요. 에른스트와 내가 머릿속으로 똑같은 걸 생각하면서 검은색과 빨간색 줄이 쳐진 가방에 통조림을 넣고서 이리저리 다니던 게 그리 오래된 일은 아니지만 말이에요.

2 새 화폐

콘니 슈베르트가 옛이야기 한 편을 들려준다. 한 남자가 도시로 들어와 사업을 벌이고 한 아가씨를 취한 뒤 사라져 버린다. 순진함과 기대감에 관한 이야기이다.

1990년 5월에 해리 넬슨이 왔습니다. 프랑크푸르트에서 알텐 부르크로. 제 열아홉 번째 생일로부터 딱 일주일이 지난 날이었습니다. 그는 주택을 구한다고 했고 무엇보다도 도시 진입로 주변의 건축 부지를 구하러 다녔지요. 주유소 자리라는 것이었습니다. 해리는 중키에 갈색 머리였고, 담배를 피우지 않았습니다. 그는 이 도시의 유일한 호텔인 '벤첼'의 2층 방에 묵었어요. 언제 어디서나, 아침 식사 때든 저녁 식사 때든, 하여간에 그는 늘 가죽으로 된 서류 가방과 함께였어요. 서류 가방에는 숫자를 돌려야 열리는 자물쇠가 두 개나 달려 있었습니다.

나는 1989년 9월부터 '벤첼'에서 종업원으로 일하고 있었습니다. 이 근방에는 그보다 좋은 일자리가 없었으니까요. 난 라이프 치히나 게라 혹은 카를마르크스슈타트[01]로 갔어야 했어요. 제 여사장인 에리카 판네르트 씨를 알게 된 건 직업 교육을 받을 때였는데요, 그녀가 그러는데 자기도 예전에 나와 똑같았다는군요. 나처럼 날씬하고 예뻤다고요. 물론 난 내 입술이 조금 너무 작다는 것을 잘 알고 있습니다. 빨리빨리 걸을 때면 뺨이 가볍게 흔들리고요.

난 해리가 좋았어요. 무엇보다도 그가 들어와서 우리에게 목례를 건넨 후 자리에 앉아 다리를 포개는 모습이 좋았죠. 그러면 그의 바지가 무릎 있는 곳에서부터 약간 당겨 올라가는 겁니다. 와인을 시음하거나 냅킨을 펼치는 모습도 멋졌어요. 난 그의 향수 냄새를 좋아했고 저녁때가 되면 벌써 그동안에도 수염이 자라 면도를 하지 않은 것 같은 얼굴이 되는 것, 그가 우리네 지폐를 들고 헷갈려 하던 모습, 우리가 달고 있는 이름표를 보지 않고도 모두의 이름을 다 알고 있는 것도 좋았어요. 그중에서도 제일 좋았던 건 그의 목젖이었어요. 해리가 술을 마시면 나는 그를 쳐다보았죠. 그건 절대 그러지 않으리라는 의지에 반하는 아주 반사적인 반응이었어요. 집으로 돌아가는 길에 난 그의 모습을 가능한 한 또렷이 떠올려 보려고 애썼습니다.

'벤첼'의 방들은 모두 예약이 다 끝난 상태였고 주말에 집으로 돌아가는 사람은 방을 내놓기보다는 오히려 일주일치를 더 지불하고 갔습니다. 해리를 위해서는 6인용 테이블이 마련되었죠. 그는 늘 만나는 손님이 있었거든요. 에리카가 작은 목소리로 그들의 이름을 말해 주곤 했는데 어떤 사람들 이름에 가서는 불에라도 덴 듯 손을 휘젓곤 했지요. "저이들은 자기네들한테 한 번 속했던 건 죽어도 잊어버리지 않아."라고 그녀가 말했습니다.

해리는 질문만 했어요. 사람들이 뭔가를 이야기할 때가 되면 시간이 너무 늦어 버렸어요. 그 시간이 되면 거기서 더 머무르며 일할 구실을 찾을 수가 없었죠. 게다가 난 지금까지도 생각한답니다. 아침부터 서류 가방을 들고 집을 나서서 하루 종일 계약서에 도장을 찍는 일보다는 종업원 일이 훨씬 더 편할 거라고요.

해리 말고는 주말까지 머무는 사람이 드물었어요. 난 쾰른에서 왔다는 뚱뚱한 치즐라를 기억하는데요, 그는 여러 도시의 시장에다 카세트테이프랑 레코드판을 파는 노점을 운영하는 사람이었고 그걸 파는 판매원들을 '벤첼'로 불러들였더랬죠. 모두들 음악에 대해서 일가견이 있다는 이 근방의 젊은 청년들이었어요. 그들은 자주 이곳에서 먹고 마셨죠. 치즐라가 계산이 다 맞아떨어질 때까지 그들을 기다리게 할 때가 많았거든요. 에리카는 상업 은행에서 일한다는 페터 슈무크를 맡았는데요, 비실비실하게 마르고 젊은 청년이었어요. 손이 큼지막했고 웃을 때 소리를 내지 않는 사람이었습니다. 그녀가 다가가 말을 들어 줄 때까지 언제나 얌전히 앉아 있곤 했지요. 알리안츠 보험사 사람도 한 명 있었는데 우린 그를 미스터 웰라라고 불렀어요. 그리고 또 한 명, 우리가 슈샤인이라고 부른 남자도 있었습니다. 그 남자들은 주중에는 일절 대화를 나누는 법이 없었어요. 오로지 일요일에만, 그것도 아침 식사 시간에만 호텔에서 대각선으로 맞은편의 역 앞에 사람들이《빌트》를 사려고 길게 늘어서 있을 때만 그들은(어떤 때는 그 신문을 한꺼번에 몇 부씩 사는 사람도 있었죠.) 그 신문 기사에 대해서 우스갯소리를 나누기도 하고 한 테이블에 함께 앉기도 했답니다.

6월 중순에는《폴크스차이퉁》과《보헨블라트》에 사진이 나왔습니다. 해리와 새로 뽑힌 시장이 악수를 나누는 장면이었어요.

1990년이 저물기 전에 주유소를 지을 거라더군요. 내 생각엔 BP 주유소였던 거 같아요.

갑자기 넬슨 씨가 떠날 거라는 소문이 돌았어요. 그리고 난 그가 살 집을 구했고 이사를 간다는 소리를 들었습니다. 그러곤 해리 넬슨이 일주일 동안 어디론가 여행을 떠나지만 다시 돌아온다는 말도 들었지요. 난 그가 가는 길에 먹을 것을 좀 싸 주고 싶었지만 다른 사람들이 알게 되거나 그가 날 너무 치근대는 여자라고 생각할까 봐 겁이 났습니다.

난 일주일 휴가를 냈고 늦잠을 잤습니다. 집에서는 부모님이 다음 주 월요일부터 사용하기로 되어 있는 새 화폐에 관한 말씀을 많이 하셨습니다. 지난번 아시시 여행 이후에 독일사회연합당에 가입하셨던 아버지는 내가 아주 잘하는 거라고 말씀하셨습니다. 일본인들도 휴가는 오 일이면 충분하다고요. 지금부터는 정신을 바짝 차릴 때라셨어요. 어머니조차도 이젠 불필요한 것들은 다 청산할 때가 되었고 우린 이미 역사의 한가운데에 들어와 있다고 말씀하시더군요. 욕탕에 들어앉아 난 문득 해리의 목젖에 키스하는 장면을 상상했어요.

월요일, 그러니까 6월 2일이었죠. 그날 난 오후에 일을 하기로 되어 있었어요. 레스토랑엔 아무도 없었죠. 적어도 삼사 주는 걸릴 거라고 에리카가 예견하더군요. 우리 손님들이 슈니첼[02]을 위해서 서독 마르크를 낼 준비가 되기까지는 말이죠.

1시경에 머리카락이 검은 커플 한 쌍이 들어왔어요. 에리카는

---

02   돼지고기나 어린 송아지고기로 만든 커틀릿.

파키스탄 사람들이라고 했는데요, 카펫을 파는 상인들이래요. 계산을 하는 동안 마치 직업 교육 초기 시절로 되돌아간 듯한 느낌이 들더군요. 교육 중에 우린 서로에게 서빙을 해 보기도 하고 가짜 돈으로 계산을 하기도 했었거든요.

해리는 저녁에 나타났어요. 서류 가방을 들고 레스토랑으로 들어서서는 "아니, 이런, 이런!"이라고 말하더니 창가 자리에 앉았어요. 그를 위해 늘 예약되어 있는 자리였죠. 드디어 난 그의 작은 귀와 넓은 손톱이랑 목젖을 다시 볼 수 있게 된 거였지요. 해리는 소매가 짧은 셔츠와 마로 된 바지를 입고 양말을 신지 않은 발에 샌들을 신고 있었어요. 에리카는 해리가 일을 그만두었는데도 이곳에 머무는 거라고 말했습니다. 그녀가 속삭였어요. "저이 같은 사람은 늘 새로운 것이 필요해. 계속, 계속. 끝임없이."

파키스탄 사람들이 폭스바겐 버스에서 카펫을 전부 꺼내 2층 방으로 옮기고 난 뒤 수프를 주문했어요. 해리는 음식을 먹는 동안 지난 몇 주간의 신문을 훑어보았고 나는 그에게 몇 잔이고 계속해서 와인을 날라다 주었죠.

이미 호텔에서 나갔지만 몇 가지 물건을 가지러 다시 호텔에 들렀던 치즐라가 나중에 그와 합석을 했죠. "자네의 뭔가 특별한 일을 위해서 건배!" 그가 말했어요. 해리는 "가게가 잘 돌아가기 위해 건배!"라고 말했고요. 그러자 치즐라가 대답했죠. "우리를 위해 건배!" 전혀 중요하지 않은 일이었지만 난 그 장면을 기억해요. 월요일에는 호텔 바가 문을 닫기 때문에 두 사람은 10시쯤 자리에서 일어났지요. 난 창가에서 두 사람이 걸어가는 것을 보았어요. 시내 중심부 쪽이었죠. 치즐라는 한 팔을 해리의 어깨에 감고 다른 쪽 손을 움직이며 말을 했고 고개는 땅을 향했어요.

난 파키스탄 사람들과 남아 있었죠. 여자가 남자에게 뭐라고 말을 걸고 있었는데 그동안에도 남자는 계산기를 두드리다가 여자에게 건네주더군요. 난 이제 계산을 하고 문을 닫아야겠다고 말했습니다. 그들은 돈을 내고 나서도 한참 시간을 끌었어요.

난 홀의 뒤편에 마련될 아침 식사 테이블을 준비했어요. 그 일을 마치곤 문가에 있던 테이블에 앉아 냅킨을 접었죠. 주방 사람들이 일을 마치고 집으로 돌아갈 시간이었어요. 입구의 라디오만 빼면 아무 소리도 들리지 않았어요.

11시 30분이 지나고 얼마 안 돼서 입구에서 덜커덩거리는 소리가 났을 때 난 해리가 돌아온 것임을 알았습니다. 뒤돌아볼 필요조차 없었어요. 그가 내 의자 뒤에 멈춰 서서 내 어깨 위로 천천히 몸을 굽혔어요. 난 고개를 돌렸고 그의 뺨을 어루만졌죠. "콘니." 그가 그렇게 부르는 순간 난 그의 손길을 느꼈어요. 그의 손이 내 이름표에 닿는가 싶더니 그예 내 가슴을 찾아 더듬고 있었으니까요.

"안 돼요." 내가 말했어요. 해리가 나를 등받이 쪽으로 밀었습니다. 그는 내 목에 입을 맞추고, 뺨에도, 내가 목을 뒤로 젖히자 입에도 키스했습니다. 그러곤 팔을 뻗어 내 무릎을 잡았어요. 난 재빠르게 몸을 빼며 자리에서 일어났지요.

그는 나보다 키가 약간 더 큰 편이었어요. 얼굴빛은 붉었고요, 머리카락은 헝클어져 있었죠. 그의 시선이 발목쯤까지 올라온 내 하얀 신발에 곧장 가닿았어요. 난 그의 정수리에서 머리카락이 말린 모양을 보았지요. 해리는 그때 어쩐지 저돌적인, 어쩐지 좀 뭐

랄까요, 지금까지 그에게서 한 번도 듣지 못했던 말을 했어요.

"이리 와. 한 바퀴 돌자!"

난 뭘 잘못했나 싶어 걱정이 되었어요. 난 스웨터를 가져왔고 레스토랑 문을 잠그고는 수위에게 열쇠를 건네주었어요. 밖으로 나가자 해리가 팔로 내 허리를 감았어요. 난 사람들의 시선에서 벗어나고 싶었지만 우린 몇 발짝 지나지 않아 멈춰 섰고 입을 맞췄어요. 우린 서로를 만난 거라고, 그냥 그렇게, 아무 말 없이 말이죠, 난 그때 그렇게 생각했더랬어요.

교차로에서, 그 뒤 언덕 위로 도로가 나 있었는데, 바로 그곳에서 그가 나를 작은 모퉁이 잔디밭으로 끌어당겼어요. "해리."라고 난 말했고 그 한마디로 충분하기를 바랐죠. 그의 손이 내 허리에서 엉덩이로 미끄러져 내려갔고 다리를 따라 더욱더 깊이 내려가 치마 속으로 들어갔다가는 다시 위로 올라왔지요. "해리." 난 말했습니다. 난 그의 이마에 입을 맞췄고 그는 두 손을 내 슬립 안으로 가져가 아래로 벗겨 내렸습니다. 해리가 나를 꼭 붙들었고 한 손을 내 다리 사이로 깊숙이 밀어 넣었습니다. 그의 손가락을 느꼈죠. 처음에는 하나, 그다음엔 여러 개.

해리는 행복해 보였어요. 그가 웃었습니다. "왜 안 돼?" 그가 말했습니다. "왜 안 되는 건데?" 난 그의 머리카락을, 목을 보았어요. 그가 계속 말했습니다. 그가 계속 웃는 바람에 난 그의 말을 다 알아들을 수 없었죠. 그도 그의 손도 내 말을 듣지 않았습니다. 그러고선 어깨로부터 등으로 아픔이 흘러내렸죠. "팔 들어." 누군가가 외쳤습니다. "팔 들어!" 잠시 난 내가 도대체 어디에 와 있는지, 내 안으로 무엇이 들어왔는지 알 수가 없었습니다. 내 블라우스가 위쪽으로 홱 젖혀졌습니다. 그러곤 계속해서 한 마디 한 마디 또박또박 "팔, 들, 어!"라는 것이었습니다.

해리의 목소리는 이제 더는 행복하게 들리지 않았습니다. 그가 잠깐 내 팔목을 잡고 있었는데 그 후론 아무 기억도 나지 않습니다. 난 그냥 소리만 들었고 그가 핥거나 깨무는 것만 느꼈어요. 난 호흡을 고르려고 애썼습니다. 그것에만 집중했습니다. 무슨 일이 일어났다 해도 좋았습니다. 중요한 건 내가 숨을 쉰다는 것뿐이었죠. 그건 기억하고 있습니다.

해리가 내 위에 엎드려 있었습니다. 처음엔 블라우스에서 한쪽 팔을 빼고 몸을 틀어 그를 밀쳐 내려고 애썼습니다. 까만 하늘에 전등 불빛이 커다란 민들레꽃을 그리고 있었습니다. 해리가 바닥에 등을 대고 돌아누웠습니다. 입술을 벌린 채. 그의 셔츠가 위로 당겨져 있었지요. 하얀 배가 삼각형 모양을 이루었고 그 꼭대기에 배꼽이 있었죠. 그의 페니스가 아래로 축 늘어져 있었습니다. 바로 팬티의 가운데 열린 솔기 부분 위로 말입니다.

"해리. 여기 이렇게 누워 있으면 안 돼요." 내가 말했어요. 그가 침을 꿀꺽 삼켰습니다. 난 말을 하고 싶었어요. 그래서 슬립을 찾는 내내 말을 했습니다. 난 영화에서 불의의 사고를 당한 사람들과 똑같이 행동했어요. 그의 등 아래 끼어 있던 내 스웨터를 끌어당겨 꺼내려고 했지만 성공하지 못했어요. 난 그냥 황급히 그 자리를 떠났습니다.

난 생각했죠, 귀가하면서 요즘 늘 그랬듯이 말입니다. 내일 그를 다시 보려면 잠을 자야 한다. 내 미래의 남편, 내 아이들의 아버지를. 그 누구와도 비교할 수 없고, 나한테 세상을 보여 주고, 모든 것을 이해하고, 나를 보호하고, 부부 싸움을 할 때는 나한테 복수심을 품기도 할 남편을.

그 후에 일어난 일은요, 전화나 편지를 통해서만 알게 된 것들입니다. 나는 일자리를 잃었고 '벤첼'이 문을 닫았습니다. 에리카는 이탈리아인의 가게에서 일하게 되었습니다. 그는 파브리크가(街)에 새로 피자 가게를 열었거든요. 하지만 1991년 4월 가게 문을 닫아야 했습니다. 에리카는 늘 다른 식당들을 찾아냈지요. 하지만 문 열기가 무섭게, 몇 달이 채 지나기도 전에 그들은 모두 문을 닫았습니다. 결국 그녀는 불운의 천사라는 악명만 얻고 말았지요. 그것도 오래가지 않았습니다. 전체적으로 일이 어떻게 돌아가는지 모두들 알게 되었으니까요.

이때쯤엔 해리 넬슨은 이미 서류 가방을 챙겨 가지고 떠난 뒤였습니다. 그건 아직도 집 몇 채가 그의 것이긴 하지만 그를 본 사람은 아무도 없다는 뜻이기도 합니다.

난 처음엔 뤼베크에서, 이 년 뒤에는 영국 여객선에서 일자리를 얻었답니다. 우리 부모님은 노상 그 이야기를 즐겨 하세요. 난 부모님께 전화를 자주 드리고 엽서를 보내 드리기도 하죠.

부모님은 내가 참 순진하고 어수룩한데도 일찍부터, 다른 사람들은 여전히 망상에 젖어 있을 때, 모든 일이 어떻게 변해 갈지 알았던 거라고 하십니다. 어쩐지 일리 있는 말씀이세요.

3 진짜 좋은 이야기 한 편

단니가 악어의 눈에 관한 이야기를 들려준다. 그녀는 광고 의뢰 고객을 위한 기사는 너무 적게 쓰고 패싸움에 관한 소식은 너무 많이 쓴다. 그녀의 상관 크리스티안 바이어는 그런 단니에게 불만이다. 페터 베르트람의 이야기를 듣는다. 결국 단니는 기삿거리를 지어내야만 한다.

1991년 2월입니다. 나는 주간지를 만드는 신문사에서 일하고 있습니다. 도처에서 사람들이 호황을 기대하고 있습니다. 슈퍼마켓과 주유소를 짓고 식당을 차리고 주택들의 재건축이 시작되었습니다. 그것 말고는 오로지 해고와 패싸움뿐입니다. 파쇼와 펑크족이 싸우고, 스킨헤드족과 레드스킨족이 싸우고, 펑크족과 스킨헤드족이 싸웁니다. 주말에는 경찰 병력이 증원됩니다. 깡패들은 게라, 할레 혹은 라이프치히의 콘네비츠에서 오기도 하고, 수적으로 우세한 패거리들이 다른 패거리를 몰아냅니다. 언제나 복수가 주요 사안입니다. 시 의회 의원들과 군 의회는 경찰과 법정에 좀 더 강력한 대처를 촉구합니다.

1월 초, 난 금요일마다 역 앞에서 일어나는 일에 관해 전면 기사를 쓴 적이 있습니다. 사진은 파트리크가 찍은 것이었습니다. 일주일 뒤 내가 쓴 기사 한 편이 화제가 되었습니다. 목격자들의 증언을 토대로 한 기사였는데요, 어떤 자들이 밤에 알텐부르크 북부의 한 주택에 침입하여 열다섯 살 난 펑크족 소년을 폭행해 거의 목숨을 잃을 지경까지 갔던 사건이었습니다. 그 아이는 이틀이 지나서야 가사 상태에서 깨어났습니다. 아이의 동생 역시 뇌가 심하게 흔들리며 두부 손상을 입어 같은 병동에 입원 중이었습니다. 그들은 아이들의 아버지를 최루 가스로 제압했는데 그 순간 어머니는 무슨 직업 교육인지를 받으러 나가고 없었답니다.

우리 사장 바이어는 그 기사를 내 이름으로 올리는 것을 막았습니다. 파트리크의 이름 역시 나오지 않았습니다. 여자 친구가 곧 그의 집으로 들어올 것이므로 그는 그런 일에는 별로 상관도 하지 않았습니다. 바이어는 편집부의 안전을 위해서 셰퍼드라도 한 마리 데려다 키워야 하지 않을까 심각하게 고민하는 눈치였습니다. "아무도 반달리즘을 막아 주지는 못하니까." 그가 말했습니다.

나는 그 패거리들보다 편집부 바로 위층에 사는 노인이 더 무섭습니다. 처음엔 웬 쪽지가 윈도 브러시 밑에 꽂혀 있었습니다. 최후통첩이라면서 돈을 갚으라는 내용이었습니다. 다음에는 내 낡은 플라이마우스 앞바퀴를 찔러 구멍을 냈습니다. 나를 위해 그걸 막아 주는 사람은 아무도 없었습니다. 노인은 두 번이나 그런 짓을 했습니다. 저녁이면 몇 시간이고 현관 옆 껌껌한 계단에 앉아 기다렸습니다. 난 매번 그 노인이 울부짖을 때에야 그가 거기 있다는 것을 알았습니다. "내 돈 내놔!" 난 대화를 나눠 보려고 노인의 집 초인종을 눌렀습니다. 사 주 전만 해도 우리는 아주 평범하게 이야기를 나누었습니다. 노인의 석탄 양동이를 내가 들어다 준 적도 있었습니다.

난 일 때문에 지쳐 있었고 에드가가 날 버리고 떠난 후부터는 수녀와 다름없이 살고 있습니다. 난 에드가를 이해할 수 있습니다. 난 지금만 세 살이 된 조카의 생일 선물 하나 사러 갈 시간조차 내지 못하니까요.

게다가 또 바이어의 방에 불려 들어가 야단을 맞을 게 뻔합니다. 넬슨 부동산 광고 기사를 아직도 다 쓰지 않았거든요. 해리 넬슨은 광고를 의뢰한 고객이고, 그가 주문한 건 세 칸에다, 100밀리미터짜리의 매주 나가는 기사 광고인데, 할인 혜택을 제하고도 어쨌든 서독 화폐로 336마르크를 벌게 해 주는 고객입니다. 거기다가 부가가치세까지 더하면 일 년에 서독 화폐로 1만 7472마르크가 됩니다. "가지느냐 못 가지느냐, 둘 중 하나지." 바이어가 말했습니다. 커피 잔 두 개를 들고 들어오던 숄츠라는 성을 가진 여자가 나한테 우유를 부어 주었습니다. 그건 평소에 그녀가 바이어를 위해서만 하는 일입니다.

나는 사진 한 장을 싣고 그 사진 아래 해설이나 한 줄 넣는 것이 기사보다 훨씬 낫다고, 네 장짜리 기업 정보를 한 장으로 줄여 담기는 해도 언제 그 기사를 쓰게 될지 알 수 없으며, 이제는 우리가 한 번쯤 거절도 할 수 있어야 한다고 말합니다. 바이어는 몇 번이고 서독 화폐 1만 7427마르크 타령으로 연설을 시작했고 매번 "지금 우린 단니의 보수에 관련된 이야기를 하고 있는걸."이라며 말을 끊습니다.

나는 그가 사용하고 있는 옛 비밀경찰서 의자의 윤기 나는 나무 표면을 봅니다. 지방 비밀경찰서의 가구들이 '인명 구조 협회'로 넘어갔고 그들은 사용하지 않는 것은 모두 내다 팔았었거든요, 죄다 싸구려 잡동사니입니다만. 테이블 표면의 나뭇결을 보자 나는 면접 때 바이어가 던지던 질문이 생각났습니다. 그는 그때 나더러 임신 중이거나 출산을 계획하고 있지는 않은지 물었습니다. 그러면서 생각을 좀 해 봐야 한다는 것이었습니다. 마치 자신이 한 말에 대한 정당한 이유라도 찾는다는 듯한 말투였습니다. 난 처음엔 그를 바라보다가 시선을 테이블로 돌렸고 "아니요."라고 대답했습니다.

난 매번 다른 사람들과 그 아메바같이 생긴 나뭇결에 관해 이야기를 나눠 보려고 마음먹습니다. 어찌 됐든 그 직선과 곡선 무늬를 쳐다보아야만 하는 건 우리 모두의 똑같은 운명이니까요. 그것들은 왼쪽으로 보면 꼭 악어의 눈같이 생겼습니다. 하지만 아무도 그 이야기를 꺼내는 사람은 없습니다. 나 역시 악몽에 관해 이야기할 때처럼 매번 그것을 잊어버리곤 합니다.

곤란한 상황에 부딪힐 때마다 집게손가락을 가운뎃손가락이나 약손가락 아래 끼우는 버릇이 있는 바이어에게 난 신문이 고객에게 고개를 숙이고 굽실거리는 것은 좋지 않다고 말합니다. 사실은 그 반대여야 한다고 주장합니다. 우리는 기사 내용이나 신문의 구조와 내부적인 것에 더욱더 신경을 써야 한다고요. 그리고 '당신이 우리 고객이 되도록 허락하노라.'라는 식으로 우리 태도를 바꾸는 게 옳다고요!

"천천히, 천천히, 단니!" 그가 말합니다.

바이어는 나보다 그리 나이가 많지도 않습니다. 그가 나한테 깍듯이 존댓말을 쓰는 건 대부분은 우스꽝스럽게 들립니다. 게다가 내 이름을 단니라고 부르는 건 서투른 짓입니다. 허물없는 친구 사이인 체하려는 것입니다. 공정한 상관처럼 보이기 위해 그는 우선 우리가 먼저 말을 하도록 한참 내버려 둡니다. 하지만 그가 진짜로 우리 말을 들어 준 적이 언젠가 한 번이라도 있던가요? 우리 제의에 대해서 곰곰 생각해 보는 일조차 없었습니다. 그는 사업이 뭔지도 모르며 자신이 돈만 마련하면 나머지는 우리가 다 알아서 한다고 믿습니다. 그는 내가 해리 넬슨에 관한 기사를 사진 두 장과 함께 실어야 한다고 말합니다.(넬슨은 집 두 채를 재건축하도록 했습니다.) 그리고 다음 호부터는, 그의 표현대로 하자면 "폭력배들이 밖에서 패싸움을 일으키든 말든 제발 좀 그냥 놔두라." 는 부탁을 덧붙입니다. 제보가 들어온 다른 건들이나 취재하라는 것입니다. 로지츠의 티르 호수 건이나 마르크트 광장의 옛 유대인 소유 재산 청구권에 관한 일, 즉 기본 원칙에 관한 비판적인 토론을 이끌어 내어 배상보다는 반환이 이루어져야 함을 기사화하라는 것입니다.

우리는 신문사에 전화를 걸어오거나 직접 찾아오는 사람은 그 누구라도 절대 거절하지 않아야 한다는 데 동의합니다. 좋은 기삿거리를 구하기 위해서는 되도록 많은 사람들의 이야기를 들어 보아야 한다는 것에도 의견을 같이합니다. 제보로 들어온 정보들이 어느 정도 신빙성이 있으며, 또 신빙성이 있다 해도 내용을 정확하게 알기 위해서는 반드시 그래야만 합니다. 그는 더는 항의를 듣고 싶지도 않지만, 아니 그렇게 많은, 그중에서도 쉰두 줄에 세 칸짜리 광고 고객만큼은 절대로 잃고 싶지 않다고 말합니다.(넬슨의 광고를 말하는 겁니다.) 마지막에 바이어는 내게 악수를 청하며 말합니다. "조금 있다 봐요. 오후 7시, 자동차 노동조합에서 만나요. 그 일이 끝나면 맥주라도 한잔 같이 합시다."

나는 '언제 다시 아메바와 악어 눈을 보게 될까, 나는 내 인생을 과연 바꿀 수 있을까.' 하고 생각합니다. 내가 슐츠의 자리 옆을 지날 때 그녀가 건네준 운전자용 지도책 위에 레노 자동차 열쇠와 종이쪽지가 놓여 있습니다. 오후 5시 정각, 베르트람. 주소, 전화번호 그리고 느낌표 두 개.

"그는 기자님이 좀 늦게 도착할 거라고 알고 있어요. 기다릴 겁니다." 그녀가 말합니다.

난 그의 전화를 기억하고 있습니다. 낮은 소리로 매우 허둥거리긴 했지만, 아주 병적인 목소리는 아니었습니다. 그런 병적인 목소리를 내는 사람들은 주로 침실 벽 너머 이웃 집 이야기나 주차장 관리 일까지도 다 끌어다 대곤 합니다. 그가 신용할 수 있는 건 오직 우리 신문사뿐이라더군요.

베르트람이란 자의 집은 북부, 슈만가에 있었는데 러시아인들의 주거지 건너편이었습니다. 그의 집 바로 앞에서 나는 주차할 만한 공간을 발견합니다. 5층까지 걸어 올라가야 합니다.

그는 즉시 문을 열고 내게 악수를 청합니다. 나는 딱 한 시간밖에 없다고 말합니다. 그는 그렇다면 적어도 시작은 할 수 있겠다며 보온병에 든 커피를 따릅니다. 그의 접시와 마찬가지로 내 접시에도 비넨슈티히 케이크와 아이어셰케 케이크 조각이 놓여 있습니다. 베르트람은 둥근 테이블 위에 재떨이를 하나 더 가져다 놓더니 빨간색 초에 불을 붙입니다. "차 한잔 하시려오?" 그가 말하면서 내 맞은편 안락의자에 앉습니다. 그의 뒤에는 해초가 없는 어항이 있습니다. 물고기 역시 없습니다.

우리 신문사의 신문들이 몇 개의 작은 뭉치로 차곡차곡 분류

되어 안락의자 위에 놓여 있습니다. 나는 신문 위 기사 제목을 읽습니다. "남아프리카에서 호주를 거쳐 캐나다에 이르기까지. 알텐부르크 지역의 요구," 1990년 10월 25일 목요일. 스킨헤드족과 펑크족의 패싸움 기사가 나오기 전에 우리 신문은 2만 부도 안 팔릴 때가 많았습니다.

"나는 기자님의 직업이 부러운걸." 하고 그가 말을 시작합니다. "글을 쓰는 사람은 세상을 좀 더 세심하게 보는 편이니까. 하지만 기자님은 좀 더 용감해져야 해……." 말을 계속하는 대신 그는 비넨슈티히 케이크 한 조각을 입에 넣습니다. 케이크를 베어 물 때 그는 입술이 일그러지고 눈은 어쩐지 무엇인가에 충격을 받아 놀란 것처럼 보입니다. 주름이 눈썹 사이에 깊은 골을 만듭니다. 그는 입 안 가득 든 케이크를 과장스럽다 싶을 정도로 잘근잘근 씹습니다. 소파 뒤 흰색과 은색 줄무늬 벽지 위에 고흐의 「밤의 카페」가 걸려 있습니다.

나는 녹음기를 꺼내고 노트를 펼친 다음 만년필 뚜껑을 돌려 뺍니다. 그러곤 '베르트람'이라고 쓴 글씨 아래 줄을 긋습니다.

"솔직히 말하면," 그가 말합니다. "이건 아직 아무한테도 말한 적이 없는 사건인데," 그가 씹고 삼키는 속도가 빨라집니다. "우선 기자님께 묻고 싶군. 내가 진짜 그 사건에 관해 진술을 해도 될지. 이야기가 좀 충격적일 텐데. 기자님이 처음이군, 이 이야기를 듣는 건." 손바닥에 남은 부스러기를 접시 위에 탁탁 털더니 그가 뒤로 물러나 앉습니다.

나는 녹음기를 켜도 괜찮은지 묻습니다. "그럼, 물론이지." 베르트람이 말합니다. 그는 오른팔을 안락의자 밑으로 축 늘어뜨리고 있습니다. "열나흘 전 목요일에 일어난 일이지. 내 아내는 목요일마다 옛 직장 동료를 만나러 간다오. 두 여자가 서로 머리도 만져 주고 페디큐어도 칠해 주고 그런다오. 그럼 돈도 안 들고, 느긋하게 수다를 떨 수가 있으니까. 여자들끼리만 주고받는 이야기가 있다는데, 우리 남자들은 도리 없이 밖에서 나돌아야지 별수 있나, 원하든 원하지 않든 말이지. 다니엘라가 뭐, 사실 머리 때문에 거길 가는 거겠소!" 그는 여러 번 똑똑 소리를 내며 안락의자를 두들깁니다. 난 처음에 그게 베르트람이 내는 소리라는 걸 얼른 알아차리지 못합니다.

"늘 그렇듯이 다니엘라는 오후 7시 30분경에 집에서 출발했지." 그가 말합니다. "난 에리크에게 9시까지는 텔레비전을 보거나 컴퓨터 게임을 해도 된다고 허락했다오. 에리크는 열두 살이지만 조금 조숙해 보이는 편이라오. 난 고요함 속에서 여기 이 거실에서 일을 했지. 무슨 일을 했는지는 다음에 자세히 이야기하리다. 지금은 기자 양반의 시간을 많이 뺏을 수 없으니. 거기까지는 뭐, 아무 일이 없었던 거라고 볼 수 있지. 그런데 9시가 됐고, 난 에리크를 불러서 친구를 그만 집에 보내고 잠자리에 들라고 했거든. 에리크가 말했지. '알았어요, 아빠. 곧 끝나요.' 나는 계속해서 일했고, 십 분쯤 뒤 우리 집 문이 닫히는 소리를 들었다오. 에리크한테 또 한 번 똑같은 주의를 줄 필요가 없겠구나 싶어 기뻤지. 난 그때 좀 까다로운 부분을 다듬느라 끙끙대는 중이었거든."

"뭘 하셨는데요?"

"글을 쓴다오." 그가 말합니다. "그런 때는 아주 작은 방해거리라도 성가신 법이고, 아주 작은 소음도 신경을 거스르는 법이니까. 게다가 여긴, 기자님도 이미 알고 있겠지만, 이 집에는 세 층에 거쳐 여자의 울음소리가 들리잖아. 그런데도 난 울며 겨자 먹기로 에리크가 나한테 오기를 기다렸다오. 난 화장실 물 내리는 소리를 들었고 그 애가 안에서 달그락대는 소리를 들었지. 그러고선 아무 소리가 없어서 에리크가 그냥 잠자리에 들었나 보다 생각했다오. 최근 들어 애가 변덕을 부릴 때가 많거든. 사춘기라 이 말이지. 그래서 난 내가 애한테 가 봐야 하나 어쩌나 고민했다오. 잘 자라고 인사를 해야 할 것 같아서. 결국 갔지. 아, 그런데…… 문을 연 순간……." 베르트람이 입을 다뭅니다. 고개를 드는 내 시선과 그의 시선이 마주칩니다. 그는 편안해 보이긴 하지만 이마에 수직으로 파인 주름은 그대로입니다.

"상상을 좀 해 보시란 말이오. 거기 세 놈이 앉아 있는 거야." 그는 손으로 무언가를 공중에서 낚아채는 시늉을 해 보입니다. "상상을 좀 해 봐요. 세 놈 전부 에리크 또래나 될까 말까, 많아야 열셋, 열네 살. 거기 그렇게들 앉아서 내가 들어가든 말든 아랑곳하지 않고 지네들끼리 뭐라고 숙덕거리더라 이 말이지. 나야 물론 그 애들이 무슨 대화를 나누는지 알 수가 없었지. 내가 아는 건 오직 낯선 사내 녀석들이 밤 9시 30분에 내 집에 앉아 있다는 사실뿐. 아이들이 벌떡 일어서더니 나한테 차례로 악수를 청하더군. 그리고 성이며 이름들을 대더니 다시 자리에 주저앉더란 말이야. '에리크는 어디 있니?' 내가 물었지. 걔들이 대답하지 않으니 재차 물을 수밖에. 그때 갑자기 에리크가 평평하게 펼쳐진 이불 아래 누워 있는 게 보였어. 시체처럼. 머리카락만 조금 밖으로 드러나 보였지. '에리크.' 내가 불렀다오. '에리크, 이게 다 무슨 일이냐?' 그

때 세 녀석이 나무라듯 입술에 손가락을 갖다 대며 조용히 하라는 듯 쉿 소리를 내는 거야."

베르트람이 손가락을 입술로 갖다 대는 시늉을 해 보이며 연거푸 "쉬, 쉬."를 연발합니다. 나는 종이의 맨 위에다가 왼쪽에서부터 오른쪽으로 긴 동그라미 표시를 그립니다. 그 바람에 한껏 고무된 베르트람의 머리가 빨갛게 됩니다.

"그중 키가 제일 큰 애가 말했어. '깨우지 마세요! 더 자야 해요.' 그러면서 에리크의 머리가 드러날 때까지 이불을 끌어 내리고는 면도칼을 번쩍 드는 거야. '예쁘고 작은 귀죠.' 걔가 말했어. '예쁘고 작은 코죠.' 그러면서 면도칼을 이리저리 휘둘러 보였지. 내가 잘 볼 수 있게, 이렇게, 마술사들이 뭘 보여 줄 때처럼 말이지. '어차피 별도리가 없으실 겁니다.' 다른 애가 말하더군. '그러니 허튼수작 마세요. 잘못하면 에리크 귀만 달아나는 게 아닐걸요.' '너희, 도대체 누구냐?' 그렇게 물었지. '일을 더 크게 만들지 마세요.' 놈들이 대답했어. 나는 앉아야만 했고 놈들이 나를 에리크의 책상 의자에 묶었어. 얼마 동안은 내 속에서 싸워야겠다는 의지가 고개를 들더군. 넌 할 수 있다, 이 어린애들보다야 힘이 세니까. 그렇게 속으로 생각했지. 놈들이 나를 꽁꽁 묶는 동안. 하지만 놈들은 면도칼로 무장한 상태이고 내가 에리크에게 다가가는 동안에 걔의 몸 어딘가가 잘려 나가든가 이미 죽어 있겠지. 게다가 그 녀석들이 하는 양을 보노라니 초보자들의 허튼수작이 아니더란 말이야. 숙련된 전문가들이었어."

나는 베르트람이라고 쓴 이름 둘레에 계속해서 뱀의 똬리를 그려 넣습니다. 그러곤 아이어셰케 케이크를 한 입 맛보고서 다시 접시에 내려놓습니다. 베르트람이 나를 쳐다봅니다. 맨 위에 놓인 신문에서 "이 한 방울이 당신의 어항을 살립니다."라는 광고를 읽으며 나도 모르게 자동적으로 광고료를 계산합니다. 두 칸에 60밀리미터 높이, 마지막 페이지는 50퍼센트 할인.

"초인종이 짧게 울리고." 그가 헛기침을 합니다. "난 절망스러운 상태에서 도와달라고 소리 질렀지. 한 놈이 그 더럽고 축축한 손으로 내 입을 막을 때까지. 두 놈이 더 들어왔는데 들어오자마자 나한테 침을 뱉더군. 다섯 놈 모두 나한테 침을 뱉었어. 한 놈당 적어도 세 번씩. 그러곤 나를 꽁꽁 묶고 다니엘이 청소할 때 쓰는 걸레와 수건으로 재갈을 물렸어. 다행히도 난 코가 막히는 적이 별로 없지. 물론 내가 숨이 막혀 죽든 말든 어느 한 놈도 상관 않더군. 그때 우리 집 현관에서 열쇠 소리가 났어. 갑자기 녀석들이 쥐 죽은 듯 조용해지더군. 한 놈이 현관에서 외쳤어. '안녕하세요, 베르트람 아주머니. 에리크 상태가 좀 안 좋아요. 얼른 좀 와 보세요. 어서요, 어서 좀 와 보세요!' 난 다니엘라가 얼마나 큰 충격을 받을지 생각하는 것만으로도 미칠 지경이었다오. 이제부터 평생 두고두고 곱씹을 일이 생긴 거니까. 하지만 난 묶여 있어서 도와줄 방도가 없으니. 내가 할 수 있는 일이라곤 아무것도 없었지. 그들은 다니엘라가 방으로 들어오자마자 문을 잠갔고 에리크의 침대 머리맡에 앉아 있던 놈이 말했어. '옷을 좀 벗으시죠, 베르트람 여사님. 방 안이 이렇게 더운데요.' 그러곤 다섯 놈 모두 깔깔 웃었어."

베르트람의 목소리에 점점 힘이 빠집니다. 그는 이제 시간이 없다는 듯 몹시 서두릅니다. 녀석들이 자신들의 바지를 끌렀고 급기야 올 것이 오고야 말았다는 것이었습니다. 베르트람은 그 어느

것도 빠뜨리지 않지만 입에 물었던 걸레만큼은 까맣게 잊어버립니다.

"이야기에 논리가 없네요." 난 녹음기를 끕니다. 그러면서 마지막 남은 오 분 동안 이야기를 하나 들려드리겠다고, 내가 직접 겪었고, 그의 이야기와는 달리 아주 세세한 점만 빼면 실제로 일어난 일이라고 말합니다.

지난달의 일이었는데, 얼마나 한심했는지, 난 그때 한 남자를 찾아갈 생각이었다고 말합니다. 바로 우리 편집실 위층에 사는 정신 나간 노인 말입니다. 그의 평소 야단법석을 이젠 그만 막을 수 있을 거라고 생각하며 내가 그 추운 집에 서 있을 때 그가 나를 다짜고짜 침실로 끌고 가더니 나더러 도둑년이라고, 기막히게 기술이 뛰어난 도둑년이라 서독의 자물쇠라 해도, 서독제 최신형 안전 자물쇠를 달았다 해도 아무 소용 없을 거라고도 말했습니다. 두 달치 연금을 내가 훔쳐 갔고 새 바지 한 벌과 갈색 샌들 한 켤레도 내가 가져갔다고 했습니다. 그걸로도 모자라 내가 자기 면도기에다가 타다 만 초 토막을 던져 넣었으며 장롱 뒤에 도끼를 감추었다고도 했습니다. 증거물이 있다면서 그는 장롱 뒤에서 도끼를 뽑아 들더니 따라와 보라고, 그뿐이 아니라고 말했습니다. 그는 내 옆을 스쳐 지나가며 불을 껐습니다. 칠흑같이 깜깜해졌습니다. 집 안 어디에도 불빛은 없었습니다. 복도마저 깜깜했습니다. 나는 그 자리에 못 박힌 듯 서 있었고 그의 발소리만 들렸습니다. 도끼를 한 번 휘두르는 것으로 족했습니다. 그리고 나는……, 그러곤 전등에 불이 들어왔습니다. 나는 정신 나간 노인의 침실에 내가 들어와 있다는 것을 그제야 알아차렸습니다. 도끼를 무릎 가운데 끼운 채 내게 등을 보이며 그가 문을 열었고 도둑년이 어쩌고저쩌고 하며 혼자서 횡설수설했습니다. 천만다행으로 그 집 현관 열쇠는 꽂힌 채였습니다. 나는 그걸 이리저리 돌렸지만 문고리가 무엇인가에 걸려 더 이상 돌아가지 않았죠. 나는 문을 열어젖혔고 그가 내 팔을 잡았습니다. 그가 소리를 냅다 지르는 동시에 도끼가 바닥에 떨어졌습니다. 문이 열려 있었고 슐츠, 그 뚱뚱한 여자 슐츠가 바로 앞에 서 있다가 두 손으로 그를 확 밀쳤습니다.

"이건 진짜로 좋은 스토리죠." 나는 말하면서 지퍼를 잡아당겨 손가방을 잠급니다. "베르트람 씨 이야기에 비한다면 뛰어나다고 할 수 있겠죠."

베르트람은 지루하다는 듯 허공을 응시합니다. 난 그가 방금 들려준 것과 같은 말도 안 되는 이야기는 하도 많이 들어서 이젠 정말이지 목구멍까지 꽉 찼다고 하면서 손으로 내 목을 긋는 듯한 시늉을 해 보입니다. "꼭대기까지 꽉 찼다고요." 난 이렇게 부르짖고 내가 왜 날마다 알지도 못하는 사람들의 그따위 잡다한 거짓말들을 들어야 하는 건지 이유를 알 수 없다고 말합니다. 그러한 깨달음에 스스로 놀라 나는 혼자 웃지 않을 수 없습니다.

"그래 봐야 별 진전 없을걸." 베르트람은 그렇게 말하면서 자리에 앉아 그릇들을 치우기 시작합니다. 그는 비넨슈티히 케이크와 먹다 만 아이어셰케 케이크가 담긴 내 접시와 반쯤 찬 커피 잔을 자신의 접시에 포개 얹고는 촛불을 훅 불어 끕니다.

나는 그의 말이 맞을지도 모른다고 말하고서, 접시와 차받침을 치운 후 그 아래로 드러나 보이는 목재 표면의 나뭇결을 살펴봅니다. 역시 여기에도 있습니다. 악어 눈. 무겁게 내리깔린 눈꺼풀 아래로 나를 멍청히 응시하는 악어의 눈. 테이블에서도 벽지에서도 붙박이장에서도 마룻바닥에서도, 모든 방향으로부터 나를 응시하고 있는 악어의 눈들, 악어 눈은 전 세계에 가득합니다.

나는 베르트람에게 다시 한번 그런 이야기가 머릿속에 떠오르면 총을 한 자루 구입하든가, 최루탄이 든 총이나 휴대용 최루 스프레이를 사든가, 그도 아니면 창녀를 한 사람 구하든가, 신문에 애인 구하는 광고라도 내시라고 충고합니다. 그 이야기를 하는 도중 나는 시선을 그의 이마 주름살에만 고정했는데 잠깐 동안 그게 흉터가 아닐까 하는 의문을 품습니다. 나는 몇 가지 따끔한 충고를 주지만 그동안에도 얼마나 많은 악어 눈과 아메바와 악어들이 내 옆에 득실대는지 생각하지 않을 수 없습니다. 그러면서 그건 사실 시작일 뿐이며, 그것들이 차례차례 나를 추격할 것이고, 내 머릿속에는 독으로 오염되지 않은 순수한 생각 같은 건 곧 더 이상 남지 않을 것이며, 내가 고약한 그 어떤 것을 연상하지 않거나 역겹게 느끼지 않을 생각이란 다시는 떠오르지 않을 것임을 짐작합니다.

내가 밖으로 나가자 베르트람이 문을 닫습니다. 나는 복도의 전등 스위치를 찾으려고 벽을 더듬고 계전기에서 나는 소리를 듣습니다. 찰칵 소리와 함께 복도 불이 켜집니다.

레노의 바퀴는 멀쩡합니다. 하지만 오펠 한 대가 그 차 바로 옆에 바짝 붙어 주차되어 있습니다. 어쩔 수 없이 난 보조석 쪽으로 차에 오를 수밖에 없습니다.

7시까지는 아직 시간이 좀 있습니다. 상점들은 이미 문을 닫았습니다. 그동안 뭘 하며 시간을 때워야 할지 알 수 없습니다. 나는 일단 후진으로 차를 몰아 쓰레기 컨테이너 사이로 주차되어 있던 자동차 사이를 무사히 빠져나가기로 마음먹습니다. 난 상상을 해 봅니다. 내 차가 빠져나가고 난 뒤 누군가가 이 빈자리를 발견한다면 얼마나 기쁠까요. 혹시라도 그 자리가 자기 집 바로 앞이라면 분명 배로 기쁠 겁니다. 나는 백미러로 웃고 있는 내 모습을 봅니다. 혼자 사는 건 별로 좋은 일이 못 된다고 생각합니다. 모든 게 훨씬 더 어려워질 뿐 아니라 부자연스럽기도 합니다. 그럼에도 불구하고 바이어와는 데이트를 하지 않을 작정입니다. 맥주 한잔일지라도. 난 그의 청을 거절할 겁니다. 내 머릿속에는 매번 좋은 핑곗거리가 떠오르니까요.

4 큰 공포

마르틴 모이러가 자신의 경력과 자동차 없이 떠났던 여행에 관해 이야기한다. 그의 아내는 자전거를 탄다. 할버슈타트에서 한 여자 여행객과 택시 운전사를 만나 겪은 이야기를 들려 준다.

라이프치히 대학의 강사직 계약이 더 연장되지 않아 하루아침에 내 수입이 끊겼을 무렵, 안드레아는 이미 경리직 교육을 마친 상태였고 오전에 티노가 유치원에 가고 나면 프랑스어와 타자를 배웠습니다. 우리는 주거 보조금을 신청했고 담배를 좀 적게 피우기로 결정했으며 안드레아의 운전면허 학원 등록을 취소했습니다. 나는 라이프치히의 방을 내놓았고 장학금, 여행안내인 자리, 프로젝트, 광고를 물어 오는 영업 사원직도 알아보았으며 나중에는 매달 순수입 1800마르크를 보장한다는 자연석 보관업 회사인 VTLT의 영업 사원직까지도 지원했지요.

내가 면접실 의자에 앉기도 전에 그들은 화학, 지리학, 물리학 내지는 그 관련 분야의 전공자를 구하는 것이며 예술사 전공자는 절대 해당되지 않는다고 말했습니다. 나는 등받이가 닿을 때까지 철제 의자 깊숙이 엉덩이를 밀어 넣어 기대앉으면서 곧바로 중세 건축과 환경 오염과 도시 재정비에 관해 연설을 시작했습니다. 그러는 동안 나는 그 하르트만이라는 작자의 부엉이 같은 눈을 뚫어 져라 쳐다보았는데 그건 말하는 도중 짬짬이 생각할 필요가 없을 때만 가능한 일이었습니다.

일주일 뒤 열흘간의 교육에 참여하라는 초대장과 반년간의 시범 근무를 허락한다는 내용의 편지 두 통이 도착했습니다. 교육 장은 작센이나 튀링겐이 아니라 작센안할트와 브란덴부르크의 판 매 매장 내에 있다고 했습니다.

결과는 좋지도 나쁘지도 않았습니다. 삼 개월 뒤 나는 VTLT 회 사가 요구하는 수준 바로 한 단계 아래쯤 와 있었습니다. 우리 부부 는 그렇게 빠듯한 시간을 넘겼습니다. 안드레아의 부모님은 때때로 티노의 용돈이라면서 200마르크를 보내 주셨습니다. 우리 어머니 는 아이한테 필요한 물건들을 선물해 주셨고, 내 새아버지인 에른 스트가 아이를 돌봐 주시는 날은 아이와 함께 시장을 한 보따리 봐 주셨습니다. 물론 우리한테는 안드레아의 자매 단니도 있었습니다.

우닐(UNIL) 290번의 재판매가 있기 전에 나는 일주일간 휴가를 신청했습니다. 오펠 카데트를 타고서 발트 해변의 알베크로 여행을 떠났습니다. 지금, 그날들을 머릿속에 떠올리면 마치 그때가 내 생 애 마지막으로 행복했던 날인 것처럼 느껴집니다. 우리는 조개껍데 기와 보석을 찾으러 다녔고 모래성을 쌓기도 하고 세 식구가 함께 낡은 공기 튜브를 저어 보옌까지 갔습니다. 나는 특별 할인가로 팔 던 유리병에 든 배를 사서 안드레아에게 선물했습니다. 저녁에 티노 가 잠들면 우리는 휴양지 호텔의 바에 가 프레리오이스터[03]를 한잔

---

03 생달걀 노른자에 소금, 굴 소스, 토마토 주스, 드라이진 등을 넣은 칵테일.

마시고 담배를 피우거나 느린 곡이 나오기를 기다려 춤을 추기도 했습니다.

주말에는 현금 자동 지급기가 내 EC 은행 현금 카드를 꿀꺽 삼켰습니다. 날이 저물기 전에 우리는 집으로 향했습니다. 안드레아는 로또가 우리한테 행운을 가져다줄지 물었습니다.

그 후 수요일, 내가 저녁 식사 시간에 맞춰 퇴근했을 때 그녀가 여러 번 꼭꼭 접힌 편지 한 장을 내게 내밀었습니다. 그녀는 미소를 지었고 나는 그녀의 면접 일정이라도 잡혔나 보다 생각했습니다.

거기에는 시속 80킬로미터로 달려야 하는 구간에서 146킬로미터로 달렸으니 벌금 433마르크 50페니히를 내야 하며 한 달 동안 운전면허증을 압수하겠으니 직접 벌금 수령청에 등기로 보내라는 내용이 들어 있었습니다. 거기다가 처음이 아닐 경우에 벌점 4점이 추가된다는 것이었습니다. 나는 안드레아의 미소가 채 가시기도 전에 울음을 터뜨리며 침대로 쓰러져 왼손에 들었던 베개에 얼굴을 파묻는 양을 지켜보았습니다. 그녀가 무릎을 끌어당겼으므로 난 내내 그녀의 깨끗한 실내화 바닥만 응시할 수밖에 없었습니다. 이날 저녁 우리는 처음으로 큰 공포를 느꼈습니다.

가장 괴로운 고비를 넘긴 건 다음 날 아침이었습니다. 나는 운전면허증을 보냈고 곧 출발하는 기차 시간들을 알아보았습니다. 그런 결심을 하자 기분이 한결 나아졌습니다. 상황이 정말로 심각해진다면 우린 단나나 부모님께 돈을 좀 빌려야 할지도 모릅니다. VTLT는 아무것도 모를 것이고, 나는 그곳에 채용될 것입니다. "당신, 해낼 수 있어." 안드레아가 말했습니다.

그녀는 내 짐을 챙기면서 중부 프랑켄 지방의 아벤베르크성 관련 사례가 담긴 카탈로그를 넣었습니다. 우닐 사암 접합체 OH로 붙이고 우닐 290으로 소수성을 첨가한 물질이 그 성의 공사에 사용되었기 때문입니다. 둘 다 VTLT의 표준 제품입니다. 그녀는 200밀리리터 샘플 병도 신문지에 꼭꼭 싸서 짐에 넣은 다음 속옷과 양말과 셔츠로 그 위를 덮었습니다. 어깨끈 한가운데 그녀는 작은 가죽 조각을 덧대어 꿰맸습니다.

나는 하루 종일 마그데부르크의 기념비 관리소에서 시간을 보냈고 그 외에는 마쿨란&슈스트 회사를 방문했지만 그 지역 담당 책임자도 대리인도 만나지 못하고 카탈로그만 남겨 놓은 채 목요일 오후와 금요일 아침에 각각 삼십 분간의 프레젠테이션을 수락받았습니다. 저녁에는 다음 날 시간 약속 다섯 건이 나를 기다리던 할버슈타트로 향했습니다.

주위가 그래도 밝을 무렵에 그곳에 도착해서 기차의 차창 밖으로 대성당과 마르니티 성당, 리프라우엔 성당의 꼭대기가 보였습니다.

택시들은 전조등을 켰습니다. 나는 역 앞 광장을 가로질러 두 개의 공중전화 부스로 걸어갔습니다. 오른쪽의 카드용 공중전화 부스 옆에 가방을 놓았습니다. 손으로는 벌써 수화기를 잡은 채 엉덩이를 밀어 문을 연 다음 가방을 부스 쪽 가까이로 끌었습니다.

안드레아가 "여보세요?"라고 말했을 때 카드 잔액을 가리키는 숫자가 45.26으로 떨어졌고, 안드레아는 다시 "여보세요?" 하고 물었습니다.

나는 기념비 관리소의 지리학자 시델리우스 박사가 내 이야기를 끝까지 잘 들었고 나중에는 악수를 청하며 행운을 빈다고 말했던 일을 이야기해 주었습니다.

택시들이 차례차례 그곳을 떠났습니다. 그리고 결국 택시가 한 대도 남지 않게 되자 나는 택시들이 모조리 다 떠났다고 말했습니다.

"분명히 또 금방 올 거야." 그녀가 대답했고 우리 집 대문 바로 앞에서(우린 레르헨베르크 근처 브로크하우스가에 살고 있습니다.) 사고가 났다고, 그러거나 말거나 상관 않고 자전거를 타고 슈타인베크의 팁 상가 쪽으로 올라갈 작정이라고 말했습니다. 안드레아는 자전거를 타고 다니는 데 전혀 어려움이 없으며 앞으로는 항상 자전거를 이용하겠다고 했습니다. 그녀는 왜 자신이 진작 그렇게 하지 않았는지 모르겠다고도 했습니다. 더욱이 다음 주를 위해서 미리 자전거 연습을 할 수도 있으니 좋다는 것이었습니다. 티노와 단니와 그녀는 소박한 자전거 여행을 떠나기로 오늘 오후에 결정했다고 했습니다.(단니는 티노를 위해서 어린이 좌석이 따로 달린 자전거를 사왔었습니다.)

잔액 표시는 2.88에서 2.69가 되었고 다시 2.50이 되었습니다. 택시 한 대가 와서 멈추었습니다. 전조등이 꺼졌습니다. 팁 상가는 넓은 자전거 주차 시설도 갖추었다고 안드레아가 말했습니다. 그 위에는 광고지가 붙어 있다면서 나더러 그게 무슨 광고일지 맞혀 보라는 것이었습니다. 하지만 금세 그녀가 먼저 수다스럽게 답을 말했습니다. "프린스 덴마크, 내가 피우는 담배 상표야."

"일주일 전만 해도 당신은 자전거를 탈 용기를 내지 못했을 걸." 내가 말했습니다.

"맞아! 그 사람들이 이제 자전거 길을 만들면." 안드레아가 말하더니 내가 알아들을 수 없는 프랑스 단어 몇 마디를 흘렸습니다. 나는 웃었습니다. 나는 내일 일이 잘 풀려서 물건들이 좀 팔리게 행운을 빌어 달라고 했습니다.

"물건이라고 좀 부르지 마, 마르틴. 그거 중요한 거잖아!" 그녀가 소리쳤습니다. "아름다운 건물들이 모두 다 붕괴되어 버린다면 예술사고 뭐고 다 말짱 허사가 될 거야. 공기가 너무 오염되면, 마르틴, 모든 게 다 무너져 내린다고!" 택시 한 대가 또 왔고 이번만큼은 그녀에게 말했습니다.

"그럼 빨리 끊어!"

"괜찮아. 내버려 두지, 뭐." 난 대답하며 깜짝 놀라 옆으로 흠칫 비켜섰습니다. 가방은 거기 그대로 있었습니다. "사랑해." 하고 말한 후 지금 내가 사랑한다고 말하는 건 여기 혼자 자동차도 없이 외롭게 서 있기 때문이 아니라는 말을 덧붙였습니다. "너무 좋다." 안드레아가 말했습니다.

처음에 난 잔액 표시 1.17에서 우리가 전화를 끝낼 거라고 생각했지만 그다음은 0.98, 또 그다음은 0.79, 그러다가 그녀가 "안녕."이라고 말하는 순간 숫자는 60페니히로 떨어졌고 나는 "잘 있어, 여보."라고 외쳤습니다. 그러나 그땐 이미 그녀가 전화를 끊은 뒤였습니다. 나는 수화기를 도로 걸고 전화 카드를 빼냈습니다. 이젠 택시가 석 대였습니다. 첫 번째 택시 운전사는 팔짱을 낀 채 열린 문에 기대서 있었습니다. 그 앞에는 짧은 소매에 빨간 멜빵바지 차림의 여자가 있었습니다. 그녀가 쪽지를 높이 추켜들고 내 쪽을 돌아보는 중에도 그는 고개를 설레설레 흔들었습니다. 하얀 얼굴에 구불구불한 머리카락을 늘어뜨린 한 일본 여자가 눈을 동그랗게 뜨고 있었습니다. 그녀는 다시 운전사를 돌아보았고 내가 물었습니다. "왓 두유 원트?(What do you want?)" 그러자 그녀는 쪽지를 내게 내밀었습니다. "투 마그데부르크.(To Magdeburg.)" 그러곤 내가 여행 가방 하나를 내 발치에 내려놓고 다른 가방 하나는 운전사에게 건네고 있는 동안에는 "투 프랑크푸르트.(To Frankfurt.)"라고 말했습니다.

"트렁크에 싣지 마세요!" 난 외치면서 두 번째 가방을 직접 뒷좌석에 놓았습니다. 서류 가방만 지참하고서 난 아시아 여자치고는 키가 훤칠한 그 일본 여자와 함께 파란 문을 지나 역사로 되돌아갔습니다.

마그데부르크로 가는 기차는 끊긴 뒤였으며 프랑크푸르트행역시 마찬가지였습니다. 오직 괴팅겐으로 가는 기차가 한 대 있을 뿐이었고 십 분 뒤에 출발하기로 되어 있었습니다. 나는 그녀에게 내가 아는 대로라면 괴팅겐에서 프랑크푸르트는 그리 멀지 않다고 말해 주었습니다. 그녀가 고개를 끄덕였지만 겁먹은 시선만은 여전했습니다. 이마에 지은 주름 역시 사라지지 않았습니다. 게다가 나는 승강장이라는 영어 단어가 떠오르지 않았는데, 내가 "프롬 넘버 스리.(From number three.)"라고 했을 때 그녀가 고개를 끄덕였으므로 나는 그녀와 함께 지하도를 지나 두 번째 출구를 가리키며 "넘버 스리.(Number three.)"라고 거듭 말했습니다. 하지만 한 푯말 위에는 '4'와 '5'라고만 적혀 있었고 다른 한 푯말에는 오직 '1'과 '2'만이 보였습니다. 그래서 난 승강장까지 그녀와 동행할 수밖에 없었는데 마침 디젤 기차 한 대가 열차 두 칸을 달고 도착하는 중이었습니다. 이곳에 붙어 있는 기차 시각 안내문에는 괴팅겐으로 가는 기차 편은 나와 있지도 않았으며 마그데부르크 역시 없었습니다. 일본 여자는 이제 자신은 어떻게 하면 좋을지 질문하면서 나를 절망적으로 쳐다보며 손가방을 몸에 꼭 붙였습니다.

나는 마침 기차에서 내리는 여승무원에게 다가갔습니다. 그녀는 검은색 서류철을 벤치에 놓더니 페이지를 넘겼습니다. 처음에는 일본 여자의 구두 굽 소리가 나는가 싶더니 그녀의 손이 내 팔에 와닿는 것이 느껴졌습니다. 난 그녀의 상의 단추를 지나 얇은 종이에 인쇄된 기차 시간표로 시선을 옮겼습니다. 여승무원이 그것을 이리저리 뒤집으며 고개를 설레설레 흔들었습니다. 일본 여자의 작은 앞가슴이 솟았다 내려앉기를 반복했고 그녀의 배 역시 옷감 아래로 실루엣을 드러냈습니다. 택시가 미터기를 이미 켜놓았다면 난 지금 바보짓을 하고 있는 것이었습니다. "나하고 함께 타고 가면 됩니다." 여승무원이 말했습니다. "22시 17분에 오셔 스레벤 도착, 거기서 60마르크 주고 택시를 타면 11시 30분에 마그데부르크에 도착합니다." 나는 통역해 주었습니다. "앤드 투 프랑크푸르트?(And to Frankfurt?)" 여승무원은 잠시 눈을 지그시 감더니 서류철을 닫고 두 칸의 열차 쪽으로 도로 걸어가 한쪽 발을 승강기 맨 아래 계단에 올렸습니다.

"어떻게 하실 건가요?" 그녀의 바지가 짧은 종아리 위로 당겨 올라갔습니다. 나는 일본 여자에게 같이 가겠느냐고 물었습니다. 60마르크라면 여기서 호텔을 잡을 수도 있는 금액이었습니다. 그녀가 고개를 끄덕였습니다. 나는 막 문 옆 손잡이를 잡고 왼발을 차 안으로 옮기며 상체를 숙이고 기차에 오르고 있던 여승무원에게 고맙다고 말했습니다.

난 일본 여자와 함께 지하도의 계단으로 내려갔고 그녀에게 어느 나라에서 왔는지 물었습니다.

"프롬 코리아.(From Korea.)"

역사 안에서 기차 시간표 앞을 지날 때 내 입에서는 "고슬라어"라는 도시 이름이 흘러나왔습니다. "더 타임테이블 오브 고슬라어!(The timetable of Goslar!)"

"생큐 베리 머치.(Thank you very much.)" 그녀가 말했습니다.

난 대화를 시도했습니다. 그렇게 혼자서 길을 나서다니 정말 훌륭하다고. 그녀가 고개를 끄덕였습니다. 나는 예술사학자이며 할버스슈타트의 대성당에 있는 범상치 않은 에바와 아담 상에 관한 박사 논문을 쓰는 중이라고 말했고 드레스덴에 관해서 한 번이라도 들어 본 적이 있는지 물었습니다.

"오브 코스, 드레스덴.(Of course, Dresden.)" 립스틱을 칠한 그녀의 입술이 약간 벌어졌습니다. 그녀가 나를 응시하며 고개를 끄덕였고 나는 그녀를 위해 여닫이문을 붙잡았습니다.

택시 운전사에게 내가 "이 여성분을 호텔로 모셔다 드리겠습니까, 아니면 나를 슈나이더 펜션에 데려다주겠습니까?"라고 묻자 그는 코를 한 번 실룩거리고는 운전대 앞에 자리를 잡았습니다. 슈나이더 펜션은 도시 외곽의 조금은 외진 지역에 있었던 반면, 호텔은 도심만 벗어나면 몇백 미터도 안 되는 곳에 있었습니다. 나는 일본 여자와 함께 다음 택시로 다가갔습니다. 운전사는 꽤 젊은 사람이었는데 갈색으로 그을린 피부에 짧은 바지 차림으로 앉아 앞 택시 운전사와 마찬가지로 팔짱을 낀 채 문에 기대고 섰다가 호텔 방은 늘 모자라기도 하고 질도 안 좋은 데다가 100마르크 이하로는 어차피 구할 수도 없을 것이라고 말했습니다. 100마르크면 제법 멀리 갈 수 있다는 것이었습니다. 예를 들면 마그데부르크 같은 곳으로. 나는 통역했습니다. 내 운전사가 시간은 거저 생기는 것이 아니라며 나를 재촉했습니다. 일본 여자가 "투 마그데부르크(To Magdeburg.)"라고 말했습니다. 운전사가 곧장 차에 오르더니 안으로부터 보조석 문을 열어젖혔습니다. 일본 여자가 한 번 더 내 쪽을 돌아보았고 고맙다는 인사를 하며 차에 올랐습니다.

"마그데부르크로 간다고요!" 내 택시 운전사가 외쳤습니다. 그가 차에서 뛰어내렸습니다. "마그데부르크로 간다고요!" 연극배우처럼 그의 입에서 침이 튀었습니다. "이거야 원, 악몽이다, 악몽!" 가로등 불빛 아래로 다시금 침이 튀었습니다.

나는 택시 뒷문을 열어젖히고 운전사의 배를 스치며 내 짐 가방 옆으로 비집고 들어가 앉았습니다. 서류 가방은 무릎에 올리고서 말입니다. 동시에 우리 차의 문들이 닫혔습니다. "이틀!" 그가 전면 유리창에다 대고 차 안이 쩌렁쩌렁 울리도록 부르짖었습니다. 그가 출발했고 털가죽을 둘둘 감은 운전대를 붙잡았습니다. "저 작자는 100, 나는 15!"

나는 사과하려고 했으나 갑자기 그의 라디오가 꽝꽝대며 울려 퍼지는 바람에 입도 벙긋하지 못했습니다. 계기판 위에 있던 작은 냉각 팬이 덜덜덜 떨렸습니다. 바로 다음 순간 나는 알았습니다. 슈나이더 펜션으로 가는 길이 아니었던 것입니다. 나는 그 지역을 잘 알고 있었습니다.

우리 차는 더욱더 빨라졌고 바퀴가 아스팔트 도로 위에서 덜커덩거렸습니다. 그러곤 그가 차를 오른쪽으로 홱 모는 바람에 내 머리가 창에 닿았습니다. 가로등이 더 이상 없는 길이었습니다. 나는 몸을 좀 더 깊숙이 파묻고 다리를 벌린 채 운전석 뒷부분에 무릎을 꼭 붙였습니다. 바로 그때 차가 출렁 튀어 오르더니 다시 한번 튀었고, 들길이 나타났습니다.

그 일본 여자를 고슬라어나 브라운슈바이크로 보내는 게 더 좋았을 거라는 생각이 떠올랐습니다. 그랬더라면 마그데부르크로 가는 비용보다 쌌을 거고 기차를 갈아타기도 좋았을 겁니다. 아니면 펜션에 전화를 걸어 일본 여자를 위해 좀 저렴한 방이 없는지 물어볼 수도 있었을 것입니다. 아무튼 분명한 것은 내가 멍청한 짓을 했다는 것이었습니다. 나는 택시 운전사가 이틀간이나 기다려 온 절호의 돈벌이를 놓치게 했고 경찰서에는 아무런 이의를 제기하지도 않은 채 고스란히 내 운전면허증을 내주었습니다. 내 아내가 시장을 보러 가기 위해 자전거 연습을 하고 도서관에서 낡아 빠진 프랑스어 교재를 빌려 보는 동안 나는 여행 가방을 이리저리 끌고 다니며 기적의 물을 팔았습니다. 그녀의 부모님이 티노에게 주신 용돈으로 우리는 로또를 샀습니다. 그걸로도 모자라 난 안드레아 몰래 일본 여자와 바람을 피울 수도 있었던 것입니다. 누가 알겠습니까. 다음 몇 시간 동안, 몇 날 혹은 몇 년 안에 내가 앞으로 무슨 일을 더 저지르게 될지.

운전사가 무슨 계획을 세우고 있는지 짐작할 수 있을 것 같았습니다. 하지만 방어할 생각은 없었습니다. 아무튼 그의 말이 옳긴 했으니까요! 나와 내 샘플 병들을 무덤에 던져 버린다 해도 그의 행동은 천 번 만 번 옳습니다.

갑자기 차가 멈췄습니다. 전조등 불빛을 통해 간판을 읽었습니다. "펜션 슈나이더." 음악은 멈췄고 내 머리 위쪽 작은 전등에 불이 들어왔습니다.

"12마르크 20페니히." 그가 말했습니다.

"13마르크 드리겠습니다." 내가 말했습니다.

그는 지폐를 접어 보관하지 않아도 되는 식당 종업원용 장지갑을 불빛 아래에 대고서 오른손으로 내 100마르크를 받았습니다.

"가로등이 고장 났습니까?" 내가 물었습니다. 밖은 칠흑 같았습니다. 그가 잔돈으로 지폐 한 묶음을 내게 내밀었고 손바닥에 마르크 동전을 차례차례 일곱 개 놓았습니다.

"고맙습니다." 나는 전부 다 내 가슴 주머니에 넣었습니다. 그가 백미러를 통해 나를 지켜보았습니다. 나는 환풍기 앞에 걸려 있는 컬러 사진을 가리켰습니다. "비키니를 입고 있는 이분이 아내 되십니까?" 액자는 실톱 세공품이었습니다.

"이것 보세요. 돈도 다 내셨으니 이제 그만 내리시죠." 그가 말했습니다.

나는 가방 두 개를 끌어 내렸습니다. 무릎으로 문을 눌러 닫고 한 걸음 한 걸음 떼며 펜션으로 걸어갔습니다. 내 그림자에 가려서 초인종 옆 명패가 보이지 않았으므로 옆으로 비켜섰습니다. 그러곤 가방을 조심스럽게 내려놓았습니다. 전조등 불빛이 집의 정문을 훑으며 지나갔고 문지방에서 멈추었다가 방향을 바꾼 뒤 거리를 따라 비추며 멀어졌습니다. 잠시 동안 나는 다시 한번 라디오 소리를 들었습니다.

나는 초인종을 찾아 손으로 문을 더듬다가 하마터면 가방에 걸려 넘어질 뻔했습니다. 흉측한 소리가 났습니다. 하지만 넘어지지는 않았습니다. 난 몸을 꼿꼿이 세우고 거의 아무런 미동 없이, 상체를 앞으로 조금 숙인 자세로 기다렸습니다. 내 옆에서 무언가가 빠른 간격으로 바스락대고 있었습니다. 생쥐 아니면 새였을 겁니다. 슈나이더 펜션이 어둠 속에서 녹아들어 있었습니다. 위쪽 정면을 올려다보았지만 거기에도 아무 형체가 보이지 않았습니다. 조금이라도 몸을 움직이면 우닐 290 샘플 병들이 덜그럭대며 부딪혔습니다. 발가락을 건드리거나 발목을 조금 드는 것만으로도 충분했습니다. 예, 그렇습니다. 체중을 한 발에서 다른 발로 옮기는 동작 한 번으로도, 혹은 무릎을 조금 구부리기라도 하면, 병들이 덜거덕거리기 시작했던 것입니다.

5 철새

리디아가 바르바라 홀리체크 박사 이야기를 들려준다. 그 여박사가 차를 몰고 가다가 오소리 한 마리를 치었다고 주장한다. 동물들을 둘러싼 긴 대화가 오가고 사고 현장을 다녀오지만 정작 오소리는 빠진 불가사의한 결말에 이른다.

오늘은 월요일이죠. 그러니 원래는 쉬는 날입니다. 10시 30분에 난 7학년 학생들을 데리고 박물관을 돌아야 합니다. 학교에서 온 견학생들이 제일 귀찮은 골칫거리죠. 정말 피곤합니다. 상관인 한니가 들어오더니 문을 붙잡고서 "홀리체크 박사가 오소리를 치었대."라고 말합니다. 삼십 대 중반쯤 되는 작은 여자가 긴 머리카락을 늘어뜨리고 해병대에서나 볼 수 있는 파란색 치마에 회색 칼라를 댄 스웨터 차림으로 문 앞에 멈추어 서서 손가락 하나로 노크를 합니다.

"홀리체크입니다." 그녀는 나를 쳐다보지도 않은 채 그렇게 말합니다. "오소리 한 마리를 치었어요."

"리디아 슈마허 양이야. 우리 표본 제작 담당이지." 한니가 내 쪽을 가리키며 말합니다.

"안녕하세요." 나는 자리에서 일어나며 말합니다. 그녀의 손이 차갑습니다. "가지고 오셨나요?"

홀리체크 박사는 머리를 절레절레 흔들고는 탁상용 휴지를 한 장 뽑더니 옆으로 돌아서서 코를 풉니다. "안 가지고 왔어요."

"다 자란 동물이었나요?"

"네." 그녀가 고개를 끄덕이며 대답합니다. "냄새가 고약했어요. 야생 동물 냄새요. 그리고 앞발이 이랬어요." 그녀가 손등을 뺨에 갖다 대었고 손가락으로는 마치 뭔가를 옆으로 파헤치는 듯한 시늉을 해 보입니다.

"그게 오소리라고요?" 난 묻습니다. 내 책상에 반쯤 걸터앉은 한니는 구부린 엄지손가락으로 머리 위에 있던 내 흰턱딱새를 쓰다듬으며 눈을 부라립니다.

"그때까지도 움찔대고 있었어요." 홀리체크 박사가 말합니다.

"우리, 오소리 한 마리 더 필요하지 않아. 안 그래?" 한니가 외칩니다.

"물론 필요하지. 오소리 한 마리 더 있었으면 하고 바라던 중이었지." 내가 대답합니다.

"보르나 못 미치는 곳에 오소리가 있대. 홀리체크 박사는 시간이 많지 않은 사람이니까. 한번 좀 같이 가 보는 게 어때? 상태가 괜찮으면 가져오고."

"여기 안내는 어쩌고?"

"뭐, 다른 대안이 있을 거야." 한니가 말하며 그 의미심장한 눈길로 나를 바라봅니다. 그러면서도 계속해서 흰턱딱새를 쓰다듬죠. 홀리체크 박사는 또 한 번 코를 풀고서 미소를 지으려 애씁니다. 그녀가 말합니다. "그렇다면 역시 헛수고가 아니었네요." 그녀는 머리카락을 등 뒤로 넘깁니다.

그녀의 자동차, 그러니까 문이 세 개 달린 짙은 파란색 골프 안에서 내 무릎이 글러브 박스에 부딪힙니다. 그녀가 내 쪽으로 기대면서 좌석 밑에 달린 손잡이를 찾느라 내 발목을 건드립니다. "미세요." 그녀가 명령합니다. 백미러 앞에는 빨간색 방향 나무가 달려 있습니다. 그녀가 시동 열쇠를 힘겹게 돌립니다.

"관장한테 마지막 오소리 얘기를 들었어요. 냉동고 코드를 뽑다니, 어쩜 그럴 수가 있어요! 누가 그런 짓을 했죠? 그렇게 멍청한 짓을 하다니!"

"아마 누군가가 진공청소기를 돌리다 그랬을 거예요." 내가 말합니다.

"그 오소리는 어떻게 생겼죠? 그 짐승을 어떻게 끌어내셨어요?"

"냉동고 전원을 다시 연결했어요." 내가 말합니다. "환기하고 일주일 뒤에 뚜껑을 열었죠. 그보다 훨씬 더 나쁠 거라고 예상했는걸요."

"나한테는 충분히 나쁜 일이었을 거예요!"

우리는 도로로 돌아 나가며 청소부 용역 업체와 안전 요원 용역 업체에서 일하는 사람들에 관해 이야기를 나눕니다.

그녀의 자동차는 새것인 모양입니다. 때 하나 묻은 데가 없고 먼지 한 톨 없습니다. 나는 무슨 과 박사시냐고 묻습니다.

"나는 되젠에서 일합니다. 어디를 좀 가는 길이었는데, 그런데……."

나는 되젠이 뭘 의미하는지 모릅니다.

"정신 병원이에요." 그녀가 말합니다. "원래는 신경과 의사죠. 이곳 분이 아니신가 보죠?"

나는 알텐부르크에 산 지 이제 겨우 이 년밖에 안 되었다고 말합니다. 괴르네 박사가 사망하는 바람에 표본 제작자 자리가 비었고 나는 뭔가 확실한 자리라면 어디든 좋았습니다.

"도시형 사람이 있고 시골형 사람이 있고 또 소도시형 사람이 있잖아요." 그녀가 말합니다.

"어쩌면 난 도시형 사람일지도 모르죠. 뭐, 시골 촌뜨기일수도 있고." 내가 말합니다.

홀리체크 박사가 브레이크를 잘못 밟는 바람에 게임 카드 공장[04] 앞 신호등에서 차가 멈춥니다. 그러고 나선 라이프치히가를 따라 질주하며 올라갑니다. "그 일을 처음부터 쭉 해 오셨나요? 저도 한때는 뭐든 동물을 다루는 사람이 되고 싶었어요."

"그런데요?" 내가 묻습니다.

"우리 부모님은 보호용 커버를 씌운 스코다를 모셨는데요, 밝은 갈색 털이었죠. 물론 합성 섬유였고요. 우리 구급상자는 불합격품이었고, 햇빛이 차창을 통해 내리쪼였어요. 플라스틱이 물렁물렁해질 지경이었어요. 그때 우리가 자동차에 탔는데 어머니가 뒷좌석 상자를 여셨어요. 끔찍한 공포를 느끼고 싶을 땐 그때 일만 생각하면 돼요. 털이 마구 찢기고 짓이겨진 그 회색 생명체요. 그때 난 열네 살이었고 도저히 진정할 수가 없었어요. 어머니는 내가 아버지의 운전석 옆자리에 앉으려고 일부러 그러는 거라고 하셨어요. 그리고 동물을 다루는 일을 하겠다는 말 따위는 다시는

---

04 알텐부르크는 전통적으로 '스카트'라는 게임 카드로 유명하다. 공장도 그곳에 있다.

꺼내지도 말라고 덧붙이셨죠." 말하는 도중에 그녀는 앞을 보지 않고 내 쪽을 봅니다.

"이해할 수가 없네요." 내가 말합니다.

"그렇게 역겨움에 민감해서 어떻게……. 게다가 난 개를 무서워해요. 새는 좋아하죠. 장미앵무새나 물총새 혹은 동박새과의 새들. 아세요?"

"모두 호주산(産) 새들이네요." 하고 난 말합니다.

그녀가 고개를 끄덕입니다. "애완동물, 키우세요?"

"아니요." 하고 말하며 난 어머니가 계속해서 고양이를 억지로 데려오시는데 이 년쯤 지나면 모두 죽었다는 이야기를 들려줍니다. "쥐약을 잘못 먹거나 신장병에 걸리거나 차에 치여서요. 그러면 어머니는 일주일 내내 날마다 저한테 전화를 거셔서 이제부터는 당신이 아무리 주시겠다고 해도 그 말에 넘어가지 말고 절대로 고양이를 받지 말라고 하시죠. 하지만 고양이라고 해서 뭐 이 세상에 태어나고 싶어서 태어났겠느냐며 진단을 내리는 대목에 이르면, 저는 고양이를 다시는 받지 말라는 어머니의 말씀이 앞으로도 여전히 소용없을 거라는 걸 알게 되죠."

"우리 이웃집 남자는 날개가 부러진 갈매기 한 마리를 발견해서 동물 병원에 가져갔다랬죠." 홀리체크 박사가 말합니다. "물어볼 새도 없이 곧장 날개를 잘라 내는 수술을 받았어요. 하지만 새가 한쪽 날개만 가지고 뭘 하겠어요? 섬 동물원에서도 날개 잘린 동물은 받지 않아요. 이제 그 갈매기는 이웃집 앞마당을 뛰어다니며 흙을 헤집고 아무거나 다 먹어요. 돼지처럼 말이죠. 그 새가 한쪽 날개를 펼 때마다 반대쪽에는 아무것도 없으니 난 매번 새가 옆으로 쿡 고꾸라지지나 않을까 생각하죠. 이것저것 아무거나 얼마나 먹어치우는지! 코모도왕도마뱀이 아무거나 다 먹어치우죠. 게다가 코모도왕도마뱀은 말발굽까지 소화한대요. 남는 거라곤 석회뿐이래요. 순수한 석회 말이에요. 굉장하죠? 코모도도마뱀은 안 키우세요?"

"아니요." 난 말합니다.

"동물을 좁은 공간에 가둬서는 안 돼요." 그녀가 말합니다. "돌고래가 물기 시작하면요……, 그게 다 스트레스 때문이라고요. 동물도 사람이나 마찬가지예요. 그러니까 사람하고 똑같이 대해야 한다는 말이죠. 그것들도 우리처럼 실망을 해요. 그들끼리 있을 때는 우리랑 똑같이 이기적이고 배려심이 없고. 신전의 비비원숭이 이야기 들어 본 적 있나요? 그게 뭐냐고요? 원숭이 암컷이 조산아를 낳으면요, 무리 중에서 사나운 우두머리가 자기 새끼가 아닌 경우에는 어차피 물어뜯어 죽인다는 거예요. 자기 유전자를 존속하려는 거죠. 그게 다예요. 모든 게 다 이기심인 겁니다." 홀리체크 박사가 말합니다.

"그게 놀라운 일인가요?" 내가 묻습니다.

"아무튼 《슈피겔》에 실렸으니까요." 그녀가 말합니다. 변속 레버에 얹은 그녀의 손이 떨립니다. 우리는 트레벤 앞 공사장의 신호등이 바뀌기를 기다립니다. 바람이 붑니다. 늦은 오후 같습니다. 홀리체크 박사가 재채기를 합니다. "미안합니다." 그러면서 재채기를 또 한 번 합니다. 앞 유리에 작은 침방울 몇 개가 맺혀 있습니다. 어쩌면 바깥 유리창에 자갈이나 곤충이 남긴 자국인지도 모르고요. 그녀가 손수건을 찾느라 뒷좌석을 더듬습니다. 우리 앞차가 출발합니다. 그녀에겐 손수건이 필요합니다.

"책상에 있던 그 새는 뭔가요?"

"흰턱딱새예요." 나는 그렇게 말하며 시계를 봅니다. 견학 온 학생들이 막 박물관으로 쿵쾅거리며 들어설 시간입니다.

"흰턱딱새요?" 홀리체크 박사는 아주 급히 회전하고 브레이크를 밟습니다. "그 새라면, 나는 동안 장이 다 비워질 정도로 열량을 소모한다는 새 아닌가요? 컨디션을 유지하는 신비한 기적이라더군요. 몸무게의 80퍼센트에 해당하는 양의 먹이를 섭취한 다음 나는 동안 그걸 소모하는 거지요. 흰턱딱새라. 내 생각에 그 새가 맞는 거 같아요." 우리 차는 빈 가축 운송차 뒤로 길게 늘어진 행렬의 선두 주자였다. "제가 꼭 알고 싶은 건요, '서로서로 얽혀 있는 방향잡이 체계'예요. 새들은 어떻게 지난번에 보았던 덩굴을 다시 발견하는가? 극제비갈매기는 연중 4만 킬로미터를 난답니다. 유럽검은가슴물떼새가 알래스카에서 하와이까지 나는 데는 불과 마흔여덟 시간밖에 걸리지 않고요. 주말 한 번 지나는 정도의 시간이잖아요!"

그 후 홀리체크 박사는 지구 온난화와 점점 상승하는 해수면, 휴식 공간 조성으로 말미암은 초원화, 비료 부족 현상과 사계절의 변화 등에 대해 이야기합니다.

"온화한 가을에는 철새들의 내면 시계가 혼란을 일으킨단 말이죠. 새들은 열흘 내지 열나흘 뒤에 겨울 서식지로 날아갑니다. 그 말은, 휴식처에 도달했을 때는 이미 먹이가 없다는 말이거든요. 하지만 어떤 새들은……." 그녀가 말하면서 다시 한번 손을 뻗어 손가방을 찾습니다. "새로운 서식지와 비행 루트를 유전 정보의 형태로 저장하는 데 불과 몇 세대밖에는 걸리지 않아요. 어떤 새들은 포르투갈이나 스페인이 아니라 아예 영국 남부에서 겨울을 나기도 하고요. 예를 들어 대부분의 지빠귀들은 철새 이동의 혼란을 완전히 극복했어요."

홀리체크 박사야말로 롱 비어클(LONG VEHICLE)[05]이라고 적힌 우리 앞차를 추월할 수 있는 유일한 사람일 겁니다.

"정말로 나쁜 건요." 그녀가 말합니다. "나이팅게일이나 유럽 꾀꼬리가 부화하려고 내려앉는 곳은 이미 온갖 잡새들이 제일 좋은 자리를 다 차지했다는 거예요. 그 새들이 훨씬 공격적이고 철새에 비해서 비축해 둔 힘이 훨씬 많으니까요."

우리 앞차가 세르비츠 못 미치는 곳에서 멈춥니다. 홀리체크 박사는 텃새와 철새들의 교배 시도에 관해 이야기를 시작합니다. 나는 창문을 엽니다. 우리 뒤차들은 차례차례 엔진을 끕니다. 반대 방향에서 오는 차들이 우리 옆을 흘러 지나갑니다. 구름 사이로 해가 비치면서 그 강렬한 빛에 눈이 부십니다.

앞으로 나아가자 우리 차선에 파란 등을 단 경찰차가 서 있습니다. 경찰이 우리더러 지나가라고 손짓합니다. "또 충돌 사고가 났군요." 내가 말합니다. 하지만 지나가면서 보니 그저 병원차 한 대만 보일 뿐, 사고 차량은 없습니다. 홀리체크 박사가 말합니다. "이 지역에서 부화할 수 있는 새들 중 70퍼센트가 이미 멸종 위기에 처해 있습니다."

깜빡이도 켜지 않고 브레이크도 밟지 않은 채 그녀는 왼편의

---

05 7.5미터 이상 길이에, 여러 대가 연결되어 있는 화물차.

들길로 꺾어 멈춥니다. 이젠 한 세대당 단 한 번밖에는 목격할 수 없는 나비 떼 이야기로 옮아 갑니다. 나는 그녀의 말을 끊고 오소리가 어디 있는지 묻습니다. 홀리체크 박사는 코를 풀고 안전띠를 푼 다음 열쇠를 뽑고 차에서 내려 달려갑니다. 난 경찰차 방향으로 그녀를 따라갑니다. 파란색 비닐봉지를 접어 재킷 주머니에 넣어 두었습니다. 걸어가면서 고무장갑을 낍니다.

홀리체크 박사는 바람이 불 때마다 피하기라도 하려는 듯 옆으로 몸을 틉니다. 그러고는 머리카락이 잡아당겨진 듯이 고개를 갸우뚱하게 기울입니다. 거리를 건너가더니 마주 오는 두 대의 자동차 사이를 지나 총총걸음으로 맞은편 도로를 따라 계속 걷습니다. 난 처음에는 꽤 망설이다가 적어도 그녀와 바로 맞은편으로 보조를 맞추려고 노력합니다.

경찰이 그녀 쪽으로 다가옵니다. 그가 양팔을 들어 활짝 벌립니다. 두 사람은 아주 가까이 다가선 채 걸음을 멈춥니다. 그건 그러니까 홀리체크 박사가 그를 피해 가려고 했다는 뜻입니다. 그들은 동시에 말을 합니다.

컨테이너 화물차가 천천히 지나갑니다. 나는 하얀 바탕에 파란색 글씨를 알아봅니다. '플루스'라는 슈퍼마켓 상호 아래 "멋지게 살고 멋지게 절약하세요."라는 글이 있습니다. 나는 매연 한가운데에 서 있습니다.

홀리체크 박사는 팔짱을 낍니다. 경찰이 그녀의 가슴을 내려다봅니다. 그들은 이야기를 하다 말고 갑자기 내 쪽을 바라봅니다.

트레일러를 연결한 컨테이너 차량이 또 한 대 다가옵니다.

경찰은 혼자 서 있고 아랫입술을 지그시 깨뭅니다. 그는 내가 장갑을 벗는 모습을 지켜봅니다. 그러곤 걸음을 느릿느릿 떼며 뒤도 한 번 돌아보지 않고서 경찰차로 돌아갑니다.

홀리체크 박사는 또 나보다 앞서 걷고 있습니다. 바람은 이제 등 뒤에서 불어옵니다. 그녀가 팔꿈치를 감쌉니다. 나는 외칩니다. 그녀는 아무 반응을 보이지 않고 버스 뒤로 사라집니다.

내 쪽으로 건너오는 그녀는 절룩거립니다. 오른쪽 무릎에 상처가 났습니다. 내 앞에서 멈춰 서더니 두 손을 눈과 이마에 댔다가 머리카락을 뒤로 넘깁니다.

"경찰이 여긴 아무것도 없다고 주장해요. 내가 좀 지나가게 해 달라고 했죠. 그들이 도로 전체를 다 파헤치고 경사면도 다 샅샅이 뒤졌는데 오소리 같은 게 있었다면 당연히 발견됐을 거라는 거예요. 그 오소리는 죽었더랬어요. 아시겠어요? 경련을 일으켰다고요. 그러고선 죽었죠."

나는 무릎이 왜 그런지 묻습니다.

"죽었어요." 그녀가 말합니다. "아무도 못 가게 해요, 아무도. 그런데 뭔가 발견하면 즉시 박물관에 전화를 걸겠대요. 분명 전화할 거예요. 아니면 우린 저녁이나 오후에 다시 여기 와서, 지금 이 작업이 다 끝나면, 그들이 여길 다 치우고 나면."

"뭘요?" 내가 묻습니다.

"그들이 말해 주지 않는걸요. 아무것도 말해 주지 않아요."

"이젠 내가 운전할게요." 난 내 왼팔을 구부려 그녀가 의지하고 걸을 수 있게 도와줍니다. 두 번인가 경적이 울립니다. 우린 돌아보지 않습니다.

"우리가 박물관에 도착하면 그들이 그동안 벌써 전화를 걸어

왔다는 소식이 기다리고 있을 거예요. 내기할래요?" 노란색 열쇠 고리는 교통 표지판같이 생겼습니다. "코알라 전방 15킬로미터"라는 문구가 적힌 표지판입니다. 난 그녀에게 보조석 문을 열어 줍니다. "금방 전화할 겁니다. 내기해도 좋아요. 그럼 한니가 이상하게 생각하겠죠. 우리 둘이 뭘 하느냐고. 오소리는 찾지 않고 말이죠. 우리가 어딘가 들어가 앉아 좋은 시간을 보내고 있다고 생각할 거예요. 두고 보세요. 곤란에 빠지실 기예요. 제가 해명하죠. 사람을 해고한다거나 그런 일이 있어서는 안 되죠. 그들은 언제나 똑같은 부류예요!" 홀리체크 박사가 재채기를 하고 손등으로 코밑을 이리저리 문지릅니다. "저 작자 한 사람이 고집부리는 바람에 곤란을 겪게 되실 거예요. 하지만 그들한테 누군가 구실을 제공하고 그들이 그걸 증명할 수 있다면 아마 무척 기뻐하겠죠."

나는 등받이를 뒤로 더 젖힌 다음 시동을 겁니다. 홀리체크 박사가 좌석 아래에 있던 손잡이를 잡고서 그 자세를 고집스럽게 유지합니다. 그녀 무릎에서 피가 납니다.

"팔찌가 걸렸어요. 좀 풀어 주실래요?" 그녀가 말합니다.

그녀는 꼼짝하지 않습니다. 가만히 쪼그리고 앉아 상체를 앞으로 숙인 채 한쪽 팔은 좌석 아래에 두고서 말입니다. 내 손가락이 그녀의 손바닥에 닿습니다. 그녀의 맥박이 느껴지고 내 손등이 그녀의 허벅지에 닿습니다. 그녀의 손과 팔을 어떻게 움직여 풀지 알 수가 없습니다. 나는 더듬더듬 만져 가며 팔찌 고리를 찾아봅니다. 그녀는 모든 것을 완전히 나한테 맡기고 있습니다. 난 그녀의 팔을 돌립니다. 그녀의 스타킹은 어차피 버려야 할 겁니다. 상체를 좀 더 깊이 숙이자 내 머리가 거의 그녀의 종아리에 닿을 지경입니다. 그러면서 난 밑에서 계기판 유리를 통해 안을 올려다봅니다. 자동차들이 내 시야 밑으로 사라져 갑니다. 난 화물차 지붕만 볼 수 있고 그 위로는 구름 가득한 하늘이 보입니다.

갑자기 팔찌가 풀립니다. 난 상체를 똑바로 세웁니다. 파란 등을 켜지 않은 병원차 한 대가 천천히 지나갑니다.

후진하는 동안 길가나 중앙선에 너무 가까이 가지 않으려고 조심합니다. 내 양손은 운전면허 학원에서 배운 대로 운전대를 잡습니다. 1시 50분 방향. 그러니까 위쪽 중간에서 오른쪽과 왼쪽으로 약간 떨어진 곳을 잡아야 합니다.

그녀가 대답하지 않아서 나는 첫 신호등 교차로에서 멈춥니다. 난 어느 방향으로 가야 좋을지 모릅니다. 한동안 망설인 끝에 그녀가 내게 결국 거리 이름과 번지수를 말해 줍니다.

"운하가 있는 곳인가요?" 내가 묻습니다.

그녀의 집 앞에는 주차할 공간이 있습니다. "도착했어요!"라고 말하며 엔진을 끕니다. 난 이것저것 다 정리한 다음 좌석에서 앞으로 미끄러져 백미러를 바로잡고 차 열쇠를 뽑습니다.

그녀에게 상태가 안 좋은지 묻습니다. 책가방을 들고 가는 두 소년을 보면서 아스팔트에서 울리는 그들의 발소리를 듣습니다. 둘 중 한 애는 차의 오른쪽으로, 다른 한 애는 왼쪽으로 지나갑니다. 다시 어깨를 나란히 하고 걷게 되자 둘은 걸음을 멈추지 않은 채 우리 쪽을 돌아봅니다. 난 한참 그 자리에 가만히 앉아 있습니다. 그러곤 이제 가 봐야겠다고 말합니다. 차에서 내린 다음 잠시 기다렸다가 결국엔 차 문을 닫습니다.

박물관 앞에는 7학년생들이 시끄럽게 떠들고 있습니다. 교사와 한니가 매표소에서 이야기를 주고받습니다. "서로 안면이 있으신가요?" 한니가 물으며 그와 나를 번갈아 한 번씩 쳐다봅니다. "베르트람이라고 합니다." 그가 말합니다. 우리는 아주 짧게 악수를 나눕니다. 아이들이 나뭇잎을 전시장 안까지 끌고 들어옵니다. 꼬리가 얽힌 쥐들 표본이 들어 있는 전시용 유리장 앞에 먹다 만 사과가 있습니다. 계단을 오르며 나는 내 방에서 울리는 전화벨 소리를 듣습니다. 더 이상 울리지 않게 되었을 때 나는 전화 코드를 뽑고 흰턱딱새를 마주한 채 표본 제작용 테이블 옆에 앉습니다.

한니가 들어와 내 등 뒤에 멈추어 섭니다. 그녀만이 노크를 하지 않고 내 방으로 들어옵니다. 그녀가 내 어깨에서부터 재킷을 벗기고 목을 주무르기 시작합니다. 자기가 안내 일을 대신 떠맡았으므로 내가 고마워하기를 기대합니다.

"아직도 두통이야?" 한니가 묻습니다. 그녀의 엄지손가락이 척추뼈 아래로 미끄러졌다가 다시 올라가 어깨 밖으로 향합니다. 난 그녀의 오른손 집게손가락의 곪은 손톱을 봅니다.

"매니큐어 살 돈도 없니?" 내가 묻습니다. 어째서 한니 같은 여자가 주기적으로 손가락을 다치는지 이해할 수가 없습니다. 그녀는 내가 얼마나 자기를 괴롭히는지를 알리기 위해, 그리고 나를 문밖으로 내쫓아야 하는 게(올해 아니면 내년, 그도 아니면 후년에) 얼마나 괴로운지를 알리기 위해 깊은 한숨을 내쉽니다. 그녀는 내 상관이기만 한 것이 아니라 아주 오래전부터 이 박물관에서 일했고 아이가 있습니다. 딸이죠.

"오소리는 어디 있어?" 그녀가 묻습니다. 나는 마룻바닥 위에서 또각거리는 그녀의 구두 굽 소리를 듣습니다.

"너희 둘이 서로 아는 사이인 줄 몰랐어." 내가 말합니다.

"네가 좋아할 줄 알았는데? 그녀가 널 유혹하든?" 그녀의 손이 하얀 가운 안에서 꼼지락댑니다. 이번 달에는 며칠이 있는지 알아보기 위해 늘 짚어 보곤 하는 손등의 뼈가 옷감 아래서 윤곽을 드러냅니다. 학생들이 떠드는 소음이 멀어져 갑니다. "이곳에서는 서로 모르는 사람이 없지. 여긴 그래. 참, 네 애인 파트리크가 계속 전화했더랬어." 그녀는 문 쪽으로 몇 발짝을 뗍니다. "주말 내내 잠을 못 잔 거니?"

"넌 이따금씩 옛 시절이 그립지 않아?" 내가 묻습니다.

"지금 그런 걸 묻는 이유는 또 뭐야? 너하고는 상관없는 일이었잖아." 그녀가 제법 침착하게 말합니다. "기막혀, 리디아!" 내가 뭐라 대답할 새도 없이 그녀가 화난 목소리로 외칩니다. "동물 몇점 박제 만드는 일 말고는 사람들이 너한테서 요구하는 것도 없잖아. 너한테 일어날 수 있는 최악의 일이라면 고작 어린 학생들을 안내하며 돌아다녀야 한다든가 전기가 나간다든가 아니면 누군가 냉동고 전기 코드를 뽑는다든가 하는 정도겠지. 아이를 돌봐야 하는 일조차 너한테는 없잖니? 그런 일조차 말이야!" 한니가 내 쪽으로는 등을 보인 채 담배를 입에 물고 천장을 향해 연기를 내뿜습니다. "오소리 건은 어떻게 됐어?"

나는 내 재킷 속에 든 차 열쇠를 느낍니다. "깜박했어."라고 말하며 노란 코알라 열쇠고리를 들어 보입니다. 그것이 뭔가를 증명해 보이기라도 한다는 듯.

한니는 나를 쳐다보지도 않고 내 쪽으로 몸을 돌리지도 않습니다. 그녀는 밖으로 나가 계단을 내려갑니다. 한 걸음 뗄 때마다 그녀의 손이 목재 난간을 두드립니다. 그녀가 문을 열어 놓기는 했지만 나는 그녀가 하는 말을 알아들을 수 없습니다. 난 재킷을 도로 어깨에 걸치고 흰턱딱새 근처에 시동 열쇠를 놔둔 다음 조금 더 바짝 다가앉아 하던 일을 계속합니다.

6 너무나도 길었던 밤

파트리크가 어둠 속에서 집 한 채를 찾아야 하는 곤란한 상황을 들려준다. 시골의 생일 파티와, 귀갓길에서 경험한 추격 소동과 주유소 파티에 대해 이야기한다.

4월 7일, 화요일이군요. 톰이 서른세 번째 생일을 맞습니다. 이 년 전, 그는 재산을 상속받았고 곧이어 그의 아내인 빌리가 더 많은 재산을 물려받았습니다. 지금 두 사람은 라이스니히 근교의 한 저택에서 살고 있습니다. 빌리는 쌍둥이들과 정원을 돌보며 사람들에게 플루트를 가르칩니다. 톰은 계속해서 나무로 조각 작품을 만드는데(거대한 코가 달린 거대한 머리통들이죠.) 이젠 굳이 그걸 팔아야 할 이유가 없습니다. 리디아는 베를린에서 그들과 함께 교육학을 전공했던 대학교 동창이지요.

난 라이프치히나 켐니츠에서 열리는 전시 기념회 사진을 찍으러 갈 때마다 톰과 빌리를 만나곤 합니다. 그때마다 빌리가 말합니다. "한번 꼭 놀러 오세요." 그러면 톰은 또 "와서 꼭 좀 한번 봐 주십시오!" 하고 말하지요.

내가 가능한 한 지름길을 묻기 위해 8시 직전에 전화를 걸자 빌리가 받습니다. 그녀는 우리가 좀 더 일찍 오기를, 훨씬 더 일찍

오기를 기대했었다고 말합니다. 그러면서 자신은 늘 보조석에 앉기 때문에 길에 신경을 쓴 적이 한 번도 없었다고 덧붙입니다. 그녀는 전화를 받는 중에도 손님들을 맞이하거나 손짓으로 손님들의 자리를 지정하는 모양입니다. "톰이 작업실에 탁구대를 새로 설치했거든요." 빌리가 마지막으로 말합니다.

리디아는 머리를 새로 염색했습니다. 내가 생일날 사 주었던 은 목걸이를 처음으로 두릅니다. 무릎 위에는 1990년도판 ADAC 보험사에서 나오는 교통 지도 책자를 놓았습니다. 맨 뒷면이 떨어져 나가 지금은 책갈피 대용으로 씁니다. 리디아와 난 100만 마르크쯤 상속받으면 무엇을 할지에 관해 이야기를 나눕니다. 세계 여행 외에 별 뾰족한 생각이 떠오르지 않았는데, 그마저도 별로 좋은 생각이 아닌 것이 그 여행을 다녀오고 나면 우리 둘 다 일자리를 잃을 것이기 때문입니다. 그러니 우린 훨씬 더 많은 돈이 필요합니다.

리디아는 우리처럼 재산을 땡전 한 푼 물려받지 못하는 사람을 아느냐고 묻습니다. "있긴 있겠지." 말은 하지만 난 속으론 불안합니다. 시부모나 장인 장모가 사실은 물가의 방갈로를 소유했다거나 할머니가 소유했던 땅이, 그것도 베를린과 포츠담 사이 어디엔가 있는 땅이 5만 평방미터에 달했다든가, 보통 다른 사람들의 경우에는 그런 일들이 언젠가 한 번은 밝혀지게 마련입니다. 리디아는 자칭 한 이혼녀를 알고 있는데, 그녀는 슈묄른에 새 고속 도로 진입로가 생기는 바람에 조그만 감자밭 한 뙈기를 넘기고 200만 마르크를 받았다고 합니다. 우리 두 사람은 왜 로또에 당첨된 사람이 불행해지는지 이해할 수 없습니다. 리디아는 그렇다면 돈을 거머쥐기 전에 이미 불행했던 사람일 거라고 말합니다. 내가 그녀에게 손을 내밀자 그녀 역시 손바닥을 아주 잠깐 동안 갖다 댑니다. 로흐리츠에서 잘못된 진입로로 들어서는 바람에 몇 킬로미터 지나서 다시 방향을 바꾸어야 합니다. 교차로에 다시 도달했을 때 나는 좀 불안해집니다. 리디아는 '그 밖의 모든 다른 방향'이라는 표지판을 따라야 한다고 주장합니다. 나는 큰 곡선을 돌며 왔던 길로 돌아가고 있다는 느낌을 받습니다.

너무 늦게 도착하기 싫다고 리디아가 말한 건, 우리가 벌써 한 시간이나 헤맬 때였습니다. 그녀는 우리가 표지판 하나를 보지 못하고 지나갔으니 나더러 다시 길을 돌아가라고 합니다. 내 과속 질주 역시 지금은 별 도움이 안 된다면서요.

오른쪽 차선을 유지해야 하는 분기점에 도달했을 때 나는 외칩니다. "이제 드디어!" 리디아는 교통 지도 책자를 덮고 머리를 빗습니다. 나는 상향등을 켠 다음 천천히 차를 몹니다. 끝도 없는 길을 한참이나 지나자 마침내 다음 마을이 나타납니다. '분기점에서 오른쪽 차선을 유지할 것'이라는 게 내가 아는 전부입니다. 십 분쯤 뒤 우리는 다시 표지판 근처 분기점에 도착합니다. 나는 방향을 돌립니다. "저기가 분명해."라고 말하며 나는 전조등을 깜박입니다. "바로 우리 앞에!"

"무슨 소리야!" 리디아가 말합니다. 나는 전조등을 끕니다. 그녀가 앉은 쪽에서 난 진짜로 불빛을 보았다고 생각합니다. 하지만 저택은 왼쪽에 있는 게 분명합니다. 그럼에도 우리는 진입로를 찾아 헤맵니다.

깊은 바큇자국을 남기면서 기우뚱대며 우리 차가 앞으로 나아갑니다. 잔디밭이 차체 바닥을 스쳐 지나갑니다.

"빌리와 톰이 지프를 가지고 있지?" 그녀가 묻습니다.

나는 고개를 끄덕입니다.

"다른 도리가 없겠네." 그녀가 말합니다.

곧 저택의 윤곽이 어슴푸레 나타납니다. 가로등 한 개만이 불을 밝혔고 변전소나 뭐 그런 것이 철조망으로 된 울타리를 둘렀습니다. 우리는 '생명을 잃을 수도 있습니다!'라는 표지판을 봅니다.

"들판 한가운데." 리디아가 말합니다.

나는 실수로 엔진을 끕니다. 배기 장치 때문에 후진할 수 없습니다. 리디아가 입을 다뭅니다. 그녀가 차에서 내려 나한테 지시를 해 줬으면 좋겠는데, 그런 신발을 신고서는 물론 안 될 말입니다.

기적처럼 차를 돌리는 데 성공합니다. 잠시 나는 우리가 도착하기라도 한 듯 기뻐합니다.

"초인종 좀 찾아봐." 리디아가 말합니다.

"어디서?" 내가 묻습니다. "게다가 농부들은 이미 다 잠들었을 시간이란 말이야!" 난 이제 다른 쪽으로 빠져나가는 길로 접어듭니다.

"무슨 그런 말도 안 되는 소리를!" 리디아가 말합니다.

나는 사지를 쭉 뻗고 죽어 있는 고양이를 피해 차를 돌립니다. 조금 더 앞쪽으로는 왼쪽 바큇자국이 찍힌 아스팔트 위에 까마귀의 시체가 붙어 있습니다. 한쪽 날개가 수직으로 선 채 바람에 흔들립니다.

"또 두통이야?" 내가 묻습니다.

"당신, 그 집으로 가는 길을 이미 다 알아 둔 걸로 알았는데?"

"분기점에서 오른쪽. 초인종을 누를게. 어디엔가 불빛이 보이기만 하면, 초인종을 누른다니까."

"톰이 약도를 그려 줬었잖아. 빨리 돌아가자니까!" 그녀가 말합니다.

그녀가 글러브 박스를 뒤집니다. 우리는 다시 까마귀와 고양이가 있는 곳을 지납니다. 리디아는 뒤지던 손을 갑자기 멈추고 뒤로 기대앉습니다. 난 글러브 박스에 작은 전등이 달려 있는 걸 이제야 처음 알아봅니다. 성탄절에는 그녀의 스타킹이 밑으로 매달려 있던 덮개에 걸려 찢어졌더랬습니다. 나는 이제 아무 소용이 없으니 전화를 걸어야겠다고 말합니다. 그러곤 그녀에게 전화가 있던 곳이 생각나느냐고 묻습니다. 리디아는 고개조차 흔들지 않습니다.

몇 킬로미터 더 가서 우리는 한 공사장의 임시 신호등 앞에 도착합니다. 우리 앞에는 흰색 포드가 있습니다. 나는 시동을 끄고 포스터의 글씨를 읽습니다. "하느님은 너와 내 자동차 완충 장치 사이의 거리보다도 훨씬 더 가까운 거리에서 네 곁에 계시다."

"세상에 한심하기는! 별의별 말을 다 생각해 내는군!" 내가 말합니다.

"우린 언제나 뭘 잘못한다니까." 한참 후 리디아가 말합니다. "뭐든 다 잘못한다고." 그녀가 정면을 응시합니다. 한쪽 손이 좌석 모서리에 올려져 있습니다. 반쯤 쥔 손바닥을 위로 향한 채. 누군가 그 안에 뭘 끼워 넣을 수도 있을 것 같습니다.

"초록색이야." 리디아가 소리칩니다. "초록색!" 그러곤 덮개를 한 번 쳐서 글러브 박스를 닫습니다.

마당은 자동차들로 찼습니다. 나로서는 알 수 없는 자동차들이었는데 그중 두 대는 비스바덴 번호판을 달았습니다. 빌리와 리디아는 오랫동안 부둥켜안은 채 몸을 이리저리 흔들며 시소 운동을 합니다. 나는 선물을 들고 서 있습니다. 쌍둥이들을 위한 작은 레고 장난감인데 며칠 전부터 비싼 포장지를 둘러 우리 집 현관에 놔뒀던 겁니다. 톰한테는 『르네상스의 조각들, 도나텔로와 그의 작품 세계』라는 화집을 가져왔습니다.

빌리는 톰이 자신을 나무랐다고 말합니다. 리디아와 빌리가 또 한 번 얼싸안습니다. "너도 참." 빌리가 말합니다. 현관에서부터 그녀는 엔리코가 와 있다고 알려 줍니다. 극장에서 일한다는 엔리코 프리드리히. "그는 버스를 타고 왔는데 너무 지쳐서 지금 내 침대에서 자고 있어. 태아처럼 몸을 꾸부리고서." 나는 돌아갈 때 우리 차로 그를 데려다줄 수 있다고 말합니다.

"이젠 다들 왔으니 된 거지!" 빌리가 말하며 리디아의 손목을 잡더니 주방으로 앞장서 들어갑니다.

그곳에는 여자들만 앉아 있습니다. 우리가 아는 얼굴은 한 명도 없습니다. 우리는 식탁을 빙 돌며 손을 내밀어 한 사람씩 차례차례 악수를 나눕니다. 그러고 나자 감자 샐러드가 담긴 접시가 나오고 작고 뜨거운 동그랑땡과 오이 피클이 차려집니다. 빌리는 우리더러 이제 아무 신경 쓰지 말고 먹기만 하라고 여러 번 말합니다. 다른 이들은 모두 등받이에 몸을 깊숙이 기대고 앉아 우리를 바라봅니다.

남자들이 나타납니다. 우리는 고개를 들고 톰에게 축하의 말을 건넵니다. 그는 오늘도 목수용 바지와 조끼 차림입니다. 그가 어딘가로 전화를 걸었는데 아무도 받지 않자, 지금 우리 두 사람이 당장 한 게임 하는 게 좋겠다고 합니다. 몇 쌍은 이미 작별 인사를 하며 자리에서 일어납니다.

작업실에서 우린 자동차가 떠나가는 소리를 듣습니다. 나는 알루미늄 판이 익숙지 않아 거의 모든 공을 놓칩니다. 톰은 나한테 리디아와 곧 결혼할 생각 아니냐고, 아이는 몇이나 낳을 예정이며, 내 작품 전시회는 언제쯤 열 거냐고 묻습니다. 이따금씩 내가 때린 공을 칭찬하기도 합니다. 동등한 실력의 스파링 파트너가 있다면 돈이라도 주고 데려오고 싶다고 합니다. 나는 엔리코에 관해 묻습니다.

톰이 비웃듯 말합니다. "그 사람 아무한테나 자신이 위암에 걸렸다고 하죠. 그리고 이 주 후엔 개발 지원자라면서 브라질에 가고. 우리가 보는 건 이번이 마지막이다 뭐 그런 슬로건을 내거는 거지. 그 사람 말 절대 믿지 마십쇼! 게다가 난 그 사람 초대한 적도 없거든요."

빌리가 계단을 디디며 올라옵니다. 톰한테 누군가를 배웅하는 게 좋을 것 같다고 말합니다. 나는 작업실의 나무로 조각한 머리통들 사이에서 한동안 기다립니다. 그러다가 주방으로 돌아갑니다. 리디아는 비스바덴에서 온 사람들과 어울려 큰 소리로 떠들고 있습니다.

그들은 여기서 밤을 새고 갈 거랍니다. 엔리코는 자고 있습니다. 다른 사람들은 다 떠났습니다. 빌리는 우리더러 자고 가라고 합니다. 그리고 쌍둥이들에게 선물을 직접 주라고. 리디아는 매우 우아해 보입니다. 주방에 앉아 있는 게 비현실적으로 보일 지경입니다.

비스바덴 사람들 중 한 남자는 와인 도매상입니다. 두 여자를 보고 그가 고개를 끄덕입니다. 빌리가 두 남자의 잔에 와인을 더 따라 주며 자기들은 자매지간이라고 말합니다. 그는 톰의 작업을 예전부터 높이 평가했다고 합니다. 처음엔 색이 들어간 것이 마음에 들지 않았으나 이젠 색 없이는 도저히 그의 작품을 생각할 수 없답니다. 그들은 톰의 작품 변화 과정에 관해 이야기를 나눕니다. 빌리는 톰의 작업에서 색이 점점 더 중요성을 띠어 간다고 말합니다. 잠깐 동안 막간이 생겼습니다. 와인 도매상은 좀 전에 한 이야기를 또 반복하면서 이미 자신이 말했었음을 덧붙입니다. 우리는 서로 바라보며 고개를 끄덕입니다. 리디아는 우리가 엔리코를 깨워야 하지 않겠느냐고 묻습니다.

"난 유모가 아니야." 톰이 말하며 접시에 감자 샐러드를 가득 올려놓습니다. 우리는 모두 식탁에 둘러앉아 있습니다. 리디아는 옛 시절을 회상합니다. 그들이 최근 들어 곧잘 베를린 생활이라고 부르는 시절이죠. 톰은 음식을 씹거나 꿀꺽 삼켜 가며 이야기를 들려줍니다. 당시 어느 전시 기념 파티에서 전기가 나가면서 불이 꺼졌는데, 그러고 나자 대화가 천장으로부터 쩌렁쩌렁 울렸답니다. 빌리와 리디아가 와락 웃음을 터뜨립니다. 톰은 그게 도청 장치였는데 고장 나면서 오히려 거꾸로, 그러니까 확성기 노릇을 한 거라고 말합니다. 이젠 비스바덴 사람들까지 함께 웃습니다.

빌리가 내 옆으로 다가서더니 내 귀에 입을 바짝 가까이 대고서 혹시 단니가(우린 같은 신문사에서 일합니다.) 자기 조카를 잠깐이건 영원히건 집으로 데려와 돌보고 있지 않으냐고 묻습니다.

"그 애 엄마, 그러니까 단니의 자매 말이에요, 자전거 사고가 났잖아요?"

"단니를 아시는 줄 전혀 몰랐어요." 내가 말합니다.

빌리는 다른 뺑소니 사고들을 떠올리고 그런 사고로 인한 충격에 관해 이야기합니다. 그러므로 운전사에게 너무 가혹한 벌을 줘서는 안 된다면서. 나는 그 말에 반대합니다. 그렇게 된다면 너도 나도 도망가고 나중에 핑계를 댈 거니까요. 빌리가 말합니다. "맞아요. 하지만 개별적인 재판에서는 충격을 배려해 줘야 해요."

"무슨 그런 주제로 이야길 나누는 거야!" 톰이 부르짖습니다. 그는 리디아와 내게 주말을 함께 보내자고 합니다. 5월이나 6월 혹은 빌리가 그녀가 가르치는 학생들과 음악회를 열면. "이젠 길도 아시잖아요." 빌리가 말합니다. 우리가 가져온 선물은 아직도 풀리지 않은 채 의자에 놓여 있습니다.

작별 인사를 할 땐 그녀가 나까지도 얼싸안습니다. 리디아가 자동차에 타기까지 한참 시간이 걸립니다. 우리는 창밖으로 손을 흔들고 아무도 볼 수 없지만 미소를 짓습니다.

"1시 30분." 리디아가 말합니다. 그녀가 손가방을 열고 명함들을 펼쳐 보입니다. "북해에서도 초대를 받았고, 치타우에서도 오라고 하고, 비스바덴에도 놀러 오라는군." 그녀는 다리를 뻗고 발목을 포갭니다. 나는 그녀에게 등받이를 뒤로 젖히고 좀 자라고 말합니다.

"내가 너무 말을 많이 했어?" 그녀가 묻습니다.

"아니. 전혀 아니야." 내가 말합니다.

내가 공사장의 임시 신호등 앞에 차를 멈췄을 때 리디아는 이미 잠이 들었습니다. 새로 증설된 차선은 일직선으로 뻗어 있고 영락한 그 지역을 통과하며 선명한 빛을 발합니다. 나는 빨간불인데도 지나갑니다. 갑자기 우리 뒤에 전조등을 켰다 껐다 깜빡이는 차 한 대가 나타납니다. 공사장을 지난 뒤에는 좀 천천히 달립니다. 다음 교차로에서 난 왼쪽으로 꺾습니다. 그들이 따라옵니다. 깜박대는 불빛도 여전합니다. 나는 전등과 수동 브레이크와 온도, 기름, 깜빡이를 검토합니다. 차의 뒤쪽 미등들이 고장 났다면 톰이 우리에게 벌써 알려 줬을 겁니다.

나는 백미러를 위로 젖혀 올리고 오른쪽 깜빡이를 켭니다. 그들은 추월하려 하지도 않았습니다. 그들의 범퍼가 바로 우리 차 뒷바퀴 축과 같은 선상에 있습니다.

마지막 집 앞에서 가로등의 행렬이 끝나고 양쪽으로 너른 들판이 펼쳐집니다. 위로는 낫처럼 생긴 조각달이 떠 있습니다. 나는 가속 페달을 밟고 전등을 켰으며 차체의 균형을 두 바퀴 사이의 중심에 유지합니다. 시속 120킬로미터로 달리며 어느 숲을 향합니다. 그들이 우리를 앞에 두고 애를 먹입니다. 루마니아 사람인지 러시아 사람인지 아니면 폴란드 사람인지, 그들이 도대체 누군지 알게 뭡니까만. 아마 나무가 가로지르는지도 모릅니다. 나는 왜 우리가 엔리코를 태우지 않았는지 곰곰 생각해 봅니다.

나는 침착해야 하며 이런저런 반응을 보여서는 안 됩니다. 기름 탱크는 4분의 1밖에 차지 않았습니다. 그게 차 무게를 가볍게 합니다. 우리는 시베리아가 아니라 인구가 밀집된 나라에 있는 겁니다. 내 무릎은 저려 오지만 발에는 아무 감각이 없습니다. 다음번 직선 코스에서 나는 앞으로 상체를 기울여 리디아 쪽의 문 스위치를 뒤로 누르려고 애씁니다. 하지만 거기까지 닿지 않습니다. 나는 손을 더듬어 내 쪽의 스위치를 찾습니다.

그들이 우리와 충돌을 시도하면 우린 도로에서 멀리 날아가 버릴 겁니다. 우리한테는 ABS도, 에어백도 없습니다. 내 자리에도 그런 건 없지요. 우린 안전띠를 매고 있습니다. 측면 완충 장치, 그런 생각이 났습니다. 아마 그건 있을지도 모릅니다.

다시 들판이 나타납니다. 집이나 공사장은 보이지 않고 차선은 좁아집니다. 바깥 백미러를 통해 그들의 전조등이 꺼져 가는 것이 보입니다. 가이트하인의 철도 건널목에 경고등이 반짝입니다. 차단 횡목이 이미 내려와 있습니다. 나는 리디아 위로 몸을 받치고는 문을 잠급니다. 우리 뒤차의 전조등이 켜집니다.

"가이트하인이야." 눈을 뜨는 리디아에게 나는 말합니다.

"당신 손이 얼음장이네." 그녀가 말합니다.

"우리 뒤에 미친놈들이 따라와." 내가 말합니다.

"누군데?" 그녀가 뒤돌아보며 묻습니다.

그들이 바짝 다가와 좁은 간격을 유지하기 때문에 더는 눈부시지 않습니다. 난 한 놈의 천박하고 앳된 얼굴을 알아봅니다.

"그냥 미친놈이지." 내가 말합니다. 그는 마치 굴삭기 운전사처럼 상체를 숙인 채 턱을 운전대에 올려놓았습니다. 그가 목을 길게 뺍니다. 이마를 유리창에 부딪칩니다. 차체가 한 번 출렁댑니다.

"저 작자, 뭘 원하는 거지?" 리디아가 그녀 쪽 차광막을 내립니다.

"저놈이 우리 완충 범퍼에……." 나는 침을 꿀꺽 삼키지 않을 수 없습니다. "우리 완충 범퍼에 입을 맞췄어."

"뭘 원하는 거야……?"

기차가 오고 있습니다. 곡식을 실은 열차 아래서 철로가 부르르 떨립니다. 오른쪽 무릎을 꼿꼿이 세웁니다. 브레이크 페달 위에서 내 발이 발바닥 가운데까지 미끄러집니다.

또 한 번 들이받았을 때 차체가 몹시 흔들립니다. 나는 운전대를 꽉 잡습니다. 기차가 지나가는 소리만이 들릴 뿐입니다. 나는 냉각기 덮개와 차단 횡목의 하단 모서리의 간격에 정신을 집중합니다. 선로는 바짝 말라 있습니다. 열차의 행렬은 끝날 줄을 모릅니다.

그 후 나는 횡목이 끝까지 올라가고 깜빡거리는 경고등이 꺼질 때까지 기다립니다.

"왜 그런지 잘 당겨지지가 않아." 나는 운전대를 때리면서 말합니다.

리디아는 몸을 약간 높여 머리를 좌석 목받이에 갖다 댑니다. 나는 차선을 다시 바퀴 중간에 두고 달립니다. 곡선으로 난 도로를 지난 후에도 그는 여전히 바짝 쫓아옵니다.

"영원히 쫓아오지는 않겠지." 내가 말합니다.

갑자기 리디아가 말합니다. "유에프오." 그녀의 목소리에는 흥분이 조금도 묻어 있지 않습니다. 구릉 너머 들판 한가운데가 훤하게 밝습니다.

"마이애미." 내가 말합니다. 도로는 빛을 바라보고 반원을 그립니다. 빛은 파란색으로 변합니다. 밝게 빛나는 파랑. 아랄. 나는 깜빡이를 켭니다.

"더 천천히!" 그녀가 소리칩니다. "더 천천히!" 그 미친놈이 우리 옆으로 휙 지나갑니다. 나는 주유소의 가운데 진입로에서 브레이크를 밟습니다.

"여기서 파티를 하네." 리디아가 말합니다. 나는 차에서 내려 탱크의 마개를 엽니다. 안에 있던 여자와 남자 몇 명이 우리를 향해 잔을 들고 건배합니다. 그들은 냉동고 앞으로 한데 밀쳐 놓은 분식점용 테이블에 몸을 기대고 있습니다. 솔 같은 머리 모양을 한 남자가 옆에 있는 여자의 팔을 잡고는 우리더러 들어오라고 손짓합니다. 그는, 마침 차에서 내려 내 옆으로 다가서는 리디아와 나를 가리킵니다.

"이거 놀라운데! 놀라워!" 우리가 안으로 들어서자 그들이 소리칩니다. 빨간 머리 여자가 외칩니다. "우웨에에. 우웨에에!" "놀라운데, 놀라워!" 다른 사람들이 일제히 합창을 합니다. 모두 우리보다 나이가 많습니다.

주유소 점원은 여섯 병들이 벡스 맥주를 들더니 나를 향해 고개를 끄덕여 보이며 병뚜껑을 땁니다. 한 손에 세 병씩 들고서 그가 맥주를 테이블로 나릅니다. "우웨에에, 우웨에에!" 그들이 다시 소리칩니다. 리디아가 그들의 인사를 차례차례 받습니다.

"이분들은 택시를 기다리는 손님들입니다." 내가 돈을 지불하는 동안 주유소 점원이 말합니다. "그들을 밖에다 그냥 세워 둘 수는 없죠. 손님들께서도 뭣 좀 드시겠습니까?"

나는 리디아와 나를 위해서 진저에일 두 병을 샀습니다. 내 손은 여전히 차갑습니다. 그래서 누구와도 악수를 나누고 싶지 않습니다. 리디아는 우리가 여섯 명의 경리들과 마주하고 있다고 설명합니다. 그들은 모두 세무 상담자가 되려고 합니다. 그들이 진지하게 고개를 끄덕입니다. 그러나 곧 내 옆에 있던 남자가 외칩니다. "놀라운데, 놀라워!" 그러고는 웃다가 사레들립니다. 좌중에 커다란 짐빔 병이 이리저리 전달됩니다.

내 맞은편에 앉은 여자는 뭔가 귓속말을 듣고 있습니다. 그녀가 "아뇨."라고 외치며 나를 응시합니다. "아뇨."라고 다시 한번 외치며 그녀가 안깁니다. 리디아는 병을 열어 마시기 시작합니다. 누군가 내 등을 때립니다.

"그런데 말이야. 여보게…… 여기 어디 택시 같은 게 보이나?" 나는 그가 무슨 말을 하는지 이해하지 못합니다. 그들은 고래고래 소리를 지르고 리디아는 손으로 입가를 문지릅니다. 주유소 점원은 크박 크림 통에 바코드 기계를 갖다 대고 한 번 이동합니다. 나는 진저에일을 두 병째 단숨에 들이켜고는 빈 병을 들고 있습니다.

"우웨에에, 우웨에에. 더 줘요!"

리디아가 계산대 위에 매달린 공기를 넣은 젖소를 가리킵니다. 젖소 모양의 수영 튜브입니다. "저건 내 거야." 그녀의 외침에 박수가 터집니다. 단 하나뿐인 물건인 데다가 천장에서부터 끌어내려야 하기 때문입니다. 그리고 그녀는 자동차 세차증을 삽니다.

"6시부터 다시 가동됩니다." 주유소 점원이 말합니다. 리디아가 마음을 바꾸지 않습니다. 그녀가 말합니다. "여기 참 좋네요. 난 꼭 다시 올 구실을 만들고 싶거든요." 그녀가 장을 보기 시작합니다. 여자들이 흔히 하듯 파란색 바구니를 팔에 건 채 말입니다. 포장마다 꼼꼼히 살펴보며 우유 두 팩, 밭에서 자란 닭이 낳은 여섯 개들이 달걀 한 팩, 모차렐라 치즈, 현미로 만든 빵. 맨 위에는 '바르타 알카라인 롱 라이프' 배터리가 놓여 있습니다. "뮤슬리만 없네." 그녀가 말합니다.

내가 젖소 수영 튜브를 뒷좌석에 밀어 넣는 동안 리디아가 사람들과 작별 인사를 나눕니다. 그들은 짝을 지어 택시에 오릅니다. 리디아는 또다시 명함을 모읍니다. 여자들 것까지도.

그들이 내게 손짓했을 때 나는 운전대에서 손가락 하나만을 치켜듭니다. 그들이 나를 잘난 체하거나 재미없는 놈으로 여기는 것을 잘 압니다. 나는 리디아가 그들과 함께 떠나는 상상을 해 봅니다. 주유소 점원이 다가옵니다. "이걸 놓고 가셨네요." 하고 말하며 네모나고 빨간 세차증 카드와 투명한 플라스틱 포장에 든 청소용 수건을 내밉니다. 그가 손을 들어 택시 꽁무니를 향해 흔듭니다. 리디아는 짐빔 병을 트로피인 양 머리 위로 듭니다.

"당신, 그놈이 우리 차를 마구 박을 때 나한테는 전혀 신경도 안 쓰더라." 리디아가 말합니다. 그녀는 마치 당장에라도 뛰어내릴 듯 문을 완전히 닫지 않은 채 술병을 품에 꼭 끌어안습니다. "적어도 손이라도 붙잡아 주면서 보호해 줄 테니 아무 걱정 마라, 뭐 그런 말 한마디 정도는 했어야 하잖아."

"난 너무 요란법석을 떨고 싶지 않았어."라고 마침내 내가 말합니다. "멍청한 놈이 하는 짓거리를 가지고."

"통 이해를 못 하는군." 그녀가 말합니다. "각자 그저 자기 자신만 생각했단 말이야. 당신은 거기 그렇게 앉아 있고, 나는 여기 앉아 있고, 너무 끔찍하잖아!"

"그렇지 않아."

"아니야. 내 말이 맞아." 그녀가 짐빔 병의 뚜껑을 돌려 엽니다. "당신은 인정하고 싶지 않은 것뿐이라고. 늘 그런 식으로 진실을 무마하지."

병목을 한 손으로 쥐고 그녀가 술을 들이켭니다.

나는 기분이 나쁩니다. 리디아가 술을 그만 마시고 안전띠를 맨 다음 문을 닫았으면 좋겠습니다.

나는 차에서 내려 자동차 내부용 진공청소기가 있는 곳으로 갑니다. 그 아래서 오줌을 눕니다. 차가운 공기가 상쾌합니다. 내 오줌에서 김이 오릅니다. 나는 바지를 끄른 채 한참 더 서 있습니다. 그러고선 공기압 통을 냅다 걷어찹니다. 노즐 위에서 공기압 통이 좌우로 이리저리 시소 운동을 하며 치직거립니다.

주유소 점원이 라이터와 동물 인형과 초콜릿 바가 차려진 선반을 출입문 뒤로 밀어 놓았습니다.

리디아가 화장을 합니다. 차 안에서 익숙하고도 기분 좋은 냄새가 납니다. 마치 내가 그 냄새를 애초부터 항상 맡아 왔다는 듯이. 하지만 우린 이 피에스타를 지난가을에 샀습니다.

"드라이버 하나 마련되어 있지 않은데 뭘 가지고 어떻게 방어할 수 있겠어?" 그녀가 말합니다. 오른손에는 립스틱을, 왼손으로는 립스틱 뚜껑을 들고 있습니다. "그래도 기적이라면 기적인 건, 용케도 길바닥에서 공격받지 않았다는 거야."

문은 닫혀 있었습니다. 나는 시동을 걸고 도로로 나갑니다. 백미러를 바로잡습니다.

"내가 생명 보험을 든다면 당신 이름을 대야겠지?" 리디아가 묻습니다. 갑자기 그녀가 내 쪽으로 몸을 들이밀더니 나를 안으며 내 오른쪽 귀에 입을 맞추기 시작합니다. 다른 쪽 귀는 립스틱으로 애무합니다. 그녀의 입술이 목을 타고 내려옵니다. 나는 그녀의 팔꿈치가 세차증을 넣어 둔 내 가슴 주머니를 누르는 것을 느낍니다. 그러면서 그녀는 내 왼쪽 어깨 너머로 립스틱 뚜껑을 닫습니다.

나는 한 팔로 리디아를 안습니다. 그녀의 양발 사이에 놓인 짐빔 병을 봅니다. 백미러로는 바람을 불어넣은 젖소가 보입니다. 원피스가 흐트러져 리디아의 무릎이 드러납니다. 측면 거울을 봅니다. 사위에 어둠이 그대로 깔려 있을 무렵 우리는 차를 몰고 길을 떠납니다.

7 피서

레나테와 에른스트 모이러가 버려진 주말 별장을 어떻게 수리하는지에 관해 이야기한다. 유리창이 깨져 있다. 모이러가 혼자 남아 산책길에 나선다. 한밤중에 그는 노랫소리를 듣는다.

"우리가 행운을 만난 게 아니라고 주장하는 사람이야 물론 없지! 다만 그런 집을 손본다는 게 보통 큰일이어야 말이지." 모이러가 휴지로 입가를 닦고 접시를 나무 도마 위에 놓은 다음 모조리 쟁반에 담아 빈 비타말츠 병과 잔들을 함께 들고 아내 뒤를 따랐다. "유리창에 대해서는 당신한테 일언반구도 없었잖아!" 그녀가 이리저리 서성거렸다. "불평 좀 그만해요! 그가 무슨 수로 그걸 알았겠어요? 어떻게요?"

모이러가 멈춰 섰다. 부엌에서 덜컹거리는 소리가 났다. 냉장고 전원이 꺼지는 소리였다. 그 위에 놓은 병들이 부딪히며 덜컹거렸다.

"선물받은 건 흠잡는 게 아니다, 그런 말도 모르나." 그녀가 허공에 대고 혼잣말을 했다.

"그딴 같잖은 선물……." 모이러는 씩씩거리기는 했지만 말을 계속하지는 않았다.

"그건 당신한테 준 거잖아요. 내가 아니고. 물론 손을 좀 봐야겠죠. 그렇지 않으면 그이가 그걸 당신한테 거저 줬을 거라고 생각해요? ……노이게바우어를 잘 알면서 그러시네!" 그녀는 마치 쟁반을 그에게 건네주려는 듯 더 높이 추켜들었다. "게다가 당신은 남자예요!"라고 말하며 그녀가 몸을 돌렸다.

모이러는 부엌에서 잔들과 병들을 개수대 가에 놓았다. 그는 행주를 탁탁 털고 나서 빵 칼을 쥐고 허공을 찔렀다. "루마니아 사람들이 오면." 그가 말했다.

"그 더러운 놈들!" 그녀가 말했다. 긴 나무 손잡이가 달린 솔을 들고 그녀는 포크를 이쪽저쪽 벅벅 문질러 닦았다.

모이러가 서랍을 열고 수저통 옆에 칼을 놓았다. "적어도 그들이 그 외에 별다른 짓을 저지르지 않았기에 망정이지."라고 말하며 그가 그녀에게서 잔을 건네받았다.

"생각하는 거라곤! 그들이 당신한테 뭔가를……. 그랬다면 당신 얼굴이 어땠을지 보고 싶구려. 그런 다음엔 당신이 뭐라고 할지." 그녀가 마개를 뽑고 나서 개수대를 문질러 씻었다. 프라이팬에 물을 반쯤 부어 레인지에 얹어 두고 침실로 갔다.

"신문 보도는 늘 과장되어 있어." 모이러가 외쳤다. "우리가 해야 할 일은……." 그는 행주를 수건걸이에 걸고 소매를 내렸다. 부엌 창문은 그대로 열어 두었다. 그들은 이틀 전부터 바람이 드는 것을 감수했지만 곰팡내와 칠을 하지 않은 나무 냄새는 여전히 남아 있었다. 그 목재에 두껍게 쌓였던 먼지 층은 물걸레로 닦아 냈더랬다. 그녀가 여행 가방을 들고 밖으로 나왔을 때 그는 그녀가 블라우스 단추를 젖은 손으로 잠갔다는 것을 알았다. "우리가 해야 할 일이에요." 그녀가 말했다.

그들이 이 거리에서 이 방향으로 걷는 건 이번이 처음이었다. 모이러는 모든 게 자신이 원하는 대로 완성되고 나면 어떤 모습일지 상상해 보려고 애썼다. 땅을 포장하고, 좁은 정원 앞에 목재 울타리를 세우고, 해초투성이인 철조망 밑으로 쇠로 된 관을 대서 샘물을 끌어오고, 진입로에 둥글게 담을 두르고 나면. 마당의 정문 밑 틈새로 바둑무늬의 개 주둥이가 나타났다. 개는 옆으로 누워 컹컹 짖고 있었다. 어쩌면 누군가에게 인사를 건네는 건지도 몰랐다.

모이러는 아내의 가방을 들었다. 가방 속에는 빨아야 한다면서 그녀가 걷어 내린 커튼이 들어 있었다. 늦어도 금요일이면 그는 버스에서 내리는 아내를 데리러 이곳에 다시 들를 것이다. 저녁에는 아내에게 사다리를 받쳐 주고 그녀에게 커튼을 한 자락 한 자락 천천히 건네줄 것이다. 그의 집에서 도청 장치가 또 하나 더 발견된다면 사람들은 닷새 밤낮으로 코 고는 소리 말고는 거의 아무것도 듣지 못했을 거라고 말하게 될 것이다.

그녀의 장딴지는 투명하다 싶을 정도로 창백했다. 샌들 끈 밑으로 발목 아랫부분이 빨갛게 빛났다. 잠자리에서 그는 자신의 발을 그녀의 발 사이에 넣으려고 애쓰다가 그녀가 또 굳은살을 갈아냈음을 느꼈다. 침대가 침대보보다 길어서 발치는 수건을 깔아 폼 러버를 가렸다.

얼마 후 그가 잠에서 깼다. 소리가 나서 창문을 닫으려고 몸을 일으켜 앉는 도중에 그는 그 소리가 밖에서 나는 게 아니라 아내에게서 나는 것임을 알아챘다.

그녀가 버스 안에서 손가락으로 유리창을 두드리며 "저기 왼쪽에서 두 번째 집이에요."라고 말했을 때부터 그는 노이게바우어의 집이 역겨웠다. 회칠은 바래어 있었다. 그 아래로 짙은 회색빛의 회벽이 드러났는데 지면과 닿는 부분은 습기 때문에 시꺼멓게 변해 있었다. "러시아 사람들 집 같군." 모이러가 화를 냈더랬다. 깨진 기왓장이 흩어져 있는 길을 지나 그들은 정원 문에서부터 집의 현관에까지 이르렀다. 마지막에는 깨진 유리 파편들이 보였다. 그는 테이블 밑에서 발견한 돌을 손수건으로 싸 들어 올려 서랍장 위 노이게바우어 부부의 결혼사진과 기압계 가운데에 두었다. 그러곤 손수건을 다시 접었다. 그 외에는 아무 일도 하지 않았다. 아내 뒤만 따라다니면서 그녀의 어깨 너머로 욕실과 화장실과 주방을 보았고 뻑뻑해서 잘 열리지 않는 후문을 억지로 통과하는 그녀를 지켜보았다. 가꾸지 않아 황폐해진 정원에서 펌프는 잘 돌아갔다. 과일나무 두 그루 사이에 해먹이 매달려 있었다. 지붕은 견고해 보였다. 다락방 두 칸은 열쇠가 없어서 열어 볼 수 없었다.

모이러는 집 바로 앞을 조금 파헤쳤고 아내에게 점심밥 먹을 시간임을 상기시키지 않았다. 너무나도 힘차게 그녀가 무릎걸음으로 돌아다녔고 그러는 동안에도 파파게노의 아리아를 흥얼거렸다. 그러다가 "언제나 즐겁게, 하이사, 홉사사."라는 대목에 가서는 큰 소리로 노래를 불렀다. 한 치의 망설임도 없이 그녀는 모든 물건에 손을 댔고 화장실이며 샤워실이며 할 것 없이 닦으며 구석구석 먼지를 잔뜩 뒤집어쓴 거미줄을 맨손으로 걷어 냈다. 그녀는 낡은 베개보를 찢더니 창틀에 압핀으로 고정해서 유리창을 가렸다. 모이러는 문손잡이를 잡아 내릴 때도 자제심을 발휘해야 했다. 또한 구급상자에 들어 있던 밴드가 오후에 물집 잡힌 그의 손바닥에 쩍쩍 붙어 떨어지지 않자 진저리가 났다. 남이 쓰던 그릇들을 그녀가 기꺼이 한 번 더 씻겠다고 나서서 오직 그 이유에, 평소라면 남의 그릇으로 무엇을 먹는다는 것을 꺼림칙하게 여기는 그는 그녀가 따라 주는 커피를 얌전히 받아 마셨고 설탕을 저은 뒤에는 심지어 숟가락을 빨기까지 했다.

그들은 도로의 가장자리와 구덩이 사이의 국도를 걷고 있었다. 잔디가 짓눌려 바닥에 길게 누운 곳에는 깡통들과 병들이 마치 뿌리라도 내리고 자라는 모양새로 비죽비죽 솟아 있었다. 모이러는 그 모든 잡동사니들을 한데 모아 버려야 한다는 생각을 자주 했다. 다른 사람들이 함께해 주기만 한다면야……. 도로 가장자리와 승강장 구역의 정화를 위해 조직이 잘 짜인 시민 단체, 그거야말로 그에게는 좋은 일거리가 될 것이었다.

버스 정류장에서는 자신과 나이가 비슷해 보이는 남자가 버스 시간표 앞에 서서 기다리고 있었다. 모이러가 그에게 고개를 끄덕여 보였고 그가 인사를 받아 주지 않자 "안녕하세요."라고 말하며 몸을 돌렸다.

날씨는 아직도 무더웠고, 이쪽저쪽 오가는 차량이 일으키는 바람도 주위를 서늘하게 만들지는 못했다. 치마가 바람에 날려 올라가지 않게 그녀는 매번 손을 허벅지로 가져가야 했다. 그의 여름 바지도 펄럭거렸다.

"이건 정말 무리한 요구야." 아내를 돌아보지 않은 채 모이러가 낮은 목소리로 말하며 도로의 차선을 가리켰다. 차선 표시의 가장자리가 지워져 빗살 무늬를 만들고 있었다. "이걸 어떻게 버스 정류장이라고 부를 수 있냐고."

일 년 전 그녀는 여러 가지 자동차 모델에 관해 상세히 알아보았다. 언젠가 차를 산다면 그는 반드시 독일제를 사거나 적어도 독일 회사와 관련 있는 회사의 차를 살 작정이었다. 세아트와 스코다가 머리에 떠올랐다. 하지만 그 두 회사를 빼더라도 독일엔 총 여섯 개의 자동차 브랜드가 있었고 이탈리아에는 페라리를 포함해서 총 네 개, 프랑스에는 르노를 끼워 넣고도 고작 세 개뿐이었다. "독일의 수입 업체 1위!"라는 문구가 차 유리창마다 붙어 있었다. 하지만 사실 유럽에서 1위는 골프였다. 일본에는 다섯 개의 브랜드가 있다. 미국에 몇 개나 있는지는 아무도 알 수가 없다. 그런 식의 함선은 독일 도로에 어울리지도 않는다.

버스가 오자 모이러는 아내의 입술에 입 맞추려고 애썼다.

"전화 줘요. 내일. 8시 전에는 안 돼요, 듣고 있어요?" 그녀가 말했다.

모이러는 가방을 들어 그녀 앞에 올려 주었고 그녀가 버스표를 사는 동안 밑에서 받치고 있었다. "유리공 부르는 거 잊지 말고요." 라고 말하며 그녀는 양손으로 가방을 무릎께까지 끌었고 좁은 통로를 통해 뒤쪽으로 걸어갔다. 그는 그녀와 보조를 맞춰 걸으며 손을 흔들었다. 버스가 움직이기 시작하는 순간 그녀가 자리에 앉았다. 그가 잠시 숨을 멈췄다. 그의 머리에 스바루와 이스즈가 떠올랐고 그게 어쩐지 그의 기분을 상하게 만들었다.

모이러가 다시 공기를 들이마셨을 때 매연 냄새가 났다. 그는 도로를 가로질렀다. 맞은편은 포석이 깔린 길이었다. 숨어 있던 푯말에 '신축'이라는 글자가 보였다. 그 뒤에 있는 이 층짜리 건물의 1층에는 아무도 살지 않는 것 같았다.

왼쪽으로 보이는 가옥들 역시 노이게바우어의 집과 비슷하게 높은 박공지붕을 얹었는데 모이러는 그 집들 역시 얼른 지나치고 싶었다. 한 동물 사육장에서 세인트버나드 한 마리가 으르렁대며 낮게 짖고 있었다. 모이러는 마지막으로 낯선 장소에 있었던 것이 언제였는지 기억나지 않았다. 햇빛이 등 뒤로 쏟아져 셔츠 아래로 오래 묵은 뜨거운 열기가 느껴졌다. 언제 어디서 다시 되돌아가야 할지 모르는 채 무작정 이렇게 걷는 게 마음에 들었다. 아무도 만나고 싶지 않았으며 누구냐 혹은 여기서 뭘 하느냐 하는 질문 따위는 더더군다나 받고 싶지 않았다. 마을 사람들이 설령 노이게바우어의 친구나 친지라고 생각해도 마찬가지였다. 그는 또 한 번 과감하게 《폴크스차이퉁》의 상담란에 세금 정보 기사를 냈다. 하지만 그들은 그런 건 알지도 못할 것이 분명하다. 시골 사람들은 그를 그저 바르트부르크나 타고 다니며 정원 일을 못해서 쩔쩔매고 작센 지방 사투리를 쓰며 지금은 이유가 뭔지 알 수 없지만 행방을 감춘 뒤 집이 썩어 가도록 방치하는 인물 정도로나 여길 것이었다.

모이러는 셔츠를 벗을까 말까 고민했다. 하지만 반나체로 돌아다니기는 싫었다. 쐐기풀 덩굴 담장이 길 양편에 줄지어 서 있었다.

십 분 뒤, 모이러는 벽돌로 지붕을 얹은 창고에 도착했다. 빗물받이 배관이 다양한 색상의 플라스틱 부품으로 짜 맞춰져 있었는데 그마저도 군데군데 고리가 풀려 뜯겨 있었다. 정문 앞으로는 잡초가 무성히 자라 녹슨 기계를 뒤덮고 있었다. 그 기계는 어디에 쓰는 물건인지 알 수 없었다.

곡물이 자라는 들판은 굽이진 땅의 물결 너머에서 오르막길을 향해 펼쳐져 있었고 그 속에서 포장도로가 마치 짙은 색의 띠처럼 보였다. 차 한 대가 그를 향해 오고 있었다.

모이러는 먼 곳에서 나는 비행기 소리를 들었다. 그들이 원한 다면 제대로 된 휴가 여행을 떠날 수도 있고 지갑을 바닥내지 않 아도 골프 차 대금의 선불 정도는 지불할 수 있었다. 어쨌든 간에 화폐 교환 이후에도 1만 2000마르크가 남아 있었으니까. 아내의 말을 빌리자면 삼 개월 전, 사람들이 신문사에서 일하던 그를 크 게 지탄했더랬다.

모이러가 옆으로 비켜나서 자동차는 포장도로를 벗어나지 않 아도 되었다. 흰색 피에스타가 속도를 줄이면서 자기보다 훨씬 젊 은 것 같은데도 머리가 반쯤 벗겨진 운전사가 고맙다는 인사를 건 넸다.

모이러 부부는 모이러의 실업 수당으로 집세를 지불하고 조 금 남은 돈은 저축했다. 노이게바우어의 비서로 일하는 그녀의 봉 급으로는 다른 데 드는 비용을 충당했다. 그들은 스테레오가 갖춰 진 컬러텔레비전을 새로 샀고 시디플레이어가 달린 음악 기기와 녹음기 한 대, 그리고 새 헤어드라이어를 샀다. 1990년 2월, 그들은 관광버스를 타고 베네치아와 피렌체를 거쳐 아시시까지 여행하고 돌아왔다. 가을이 되면 일주일간 부르겐란트를 돌아보고 올 계획 이다.

오르막길에 다다르기 전에 갈대 우거진 내리막길이 그를 인 도했다. 이곳은 좀 시원했다. 모이러는 상체를 숙이고 까맣게 윤이 나는 큰 풍뎅이가 콘크리트에 난 구멍 주위를 기어 다니는 것을 관 찰했다. 잘하면 자연에 관해서 뭔가 배울 수 있는 곳이었다. "말똥 구리." 그가 말했다. 그는 쌍무늬바구미, 무당벌레, 콜로라도딱정

벌레도 알고 있었다. 하지만 그건 말똥구리가 아닐지도 몰랐다.

물론 노이게바우어에 관해 많은 것을 알고 있는 사람이 모이러만은 아니었다. 하지만 지금까지는 모두 입을 다물었고 신문마저 침묵으로 일관했다. 여름을 날 수 있는 '작은 집'을 주겠다는 소리를 들었을 때 모이러는 아직도 노이게바우어가 겁내고 있다는 것을 알았다. 아니면 그는 봉급을 주지 않아도 되는 집사가 필요했던 건지도 몰랐다. 그것도 아니라면 그, 바로 모이러 자신을 먼저 보낸 건지도 모른다. 혹시라도 사람들이 그 사람, 바로 노이게바우어의 옛 직책이 무엇이었는지 낌새를 채는 경우에 대비해서.

작은 트랙터가 가까이 다가오고 있었다. 뒤에 달린 트레일러에 남자 네다섯이 걸터앉아 다리를 위아래로 흔들고 있었다. 모이러는 콘크리트 근처, 좁다란 흙길로 또 한 번 비켜섰다. 그가 그들을 보았다기보다는 그들이 먼저 그를 보았다고 하는 게 맞을 것이다. 그가 처음 인사를 건넨 건 그들이 벌써 10미터는 멀어졌을 때였다. 그에게서 더 멀어지기 전 그들은 몇 번이고 고개를 끄덕여 보였다. 트랙터가 포장도로를 벗어났다. 먼지가 자욱이 일었다. 남자 몇 명이 모이러에게 큰 소리로 뭐라고 외쳤는데 관이라거나 통이라고 하는 것 같았다. 먼지구름 속에서 그는 그 남자가 몸을 일으키고 손을 번쩍 든 채 트레일러에 서 있는 것을 보았다. 다른 남자들이 그를 받쳐 주었다. 모이러는 또 한 번 숨을 멈췄다.

사십오 분 후 그는 교차로에 도착했다. 오른쪽으로는 들길이 숲으로 이어지다가 동굴 속으로 사라지는 것처럼 보였다. 모이러는 왼쪽으로 몸을 돌렸다.

공기가 점점 더 뜨거워졌다. 그는 자신이 제일 좋아하는 휴가지를 생각했다. 1986년 9월 포상을 받아 떠났던 중앙아시아 여행이었다. 그들이 깜깜한 밤에 부하라[06]의 작은 골목길을 걷고 있을 때 그의 아내는 너무 더워 마치 빵 굽는 오븐에 들어와 있는 것 같다고 말했다.

들판은 양쪽 모두 이미 수확이 끝난 후였다. 그루터기 밭 가운데 무엇인가 둥글고 은빛이 나는, 직경 34센티미터쯤 되는 것이 놓여 있었다. 모이러가 그쪽으로 다가갔다. 그는 그것이 엔진일 거라고, 작은 전기 엔진이라고 생각했다. 아니라면 지뢰거나 아주 작은 유에프오. 몇 걸음 떼지 않아 그는 다시 방향을 돌렸고 조약돌 몇 개를 주워 모았다. 그는 길 가운데 서서 홈이 패고 윤기가 없는 은색 바퀴통 덮개를 겨냥한 후, 돌멩이를 던졌다. 가운데 오펠 상표가 새겨진 바퀴통 덮개였다. 명중하면서 짧게 팍 하는 소리가 났을 뿐이었다. 넘치도록 따라 부은 와인 잔처럼 둔탁한 소리였다. 모이러는 나머지 돌멩이도 다 던진 다음 가던 길을 계속 갔다. 오펠 표시가 아니었다면 그게 자동차 바퀴 덮개임을 확인하기 위해 좀 더 가까이 다가갔어야 했을 거였다. 채널 '프로 7'에 나왔던 미국 사람들이 거짓말을 한다는 인상을 받지는 못했지만, 그래도 그는 유에프오를 믿지 않았다. 존재 자체를 부정하는 것은 결코 아니지만 진지하게 그것에 관해 심사숙고하는 건 일단 신문에 나온 다음이어도 충분하다는 생각이었다. 의도하지 않았음에도 어느덧 그는 이제 근방에서 가장 높은 곳에 다다랐다. 그건 이유 없이 일어나는 일이었다. 어쩌면 지극히 자연스러운 인간의 욕망, 아니 정상을

06   우즈베키스탄의 도시.

정복하려는 그 욕망은 이미 유전자 속에 들어 있는지도 몰랐다. 다윈식의 종의 투쟁에서 그건 장점으로 작용했을 것이다.

모이러는 북쪽 지평선까지 뻗어 있는 너른 평야를 보았다. 지평선 앞으로는 두 채의 발전소가 있었다. 그 아래로는 막돌로 지은 교회의 첨탑을 중심으로 작은 마을이 있는 언덕이 보였다. 모이러는 그곳까지의 거리와 그곳에서부터 발전소까지의 거리를 가늠해 보았다. 그는 노이게바우어의 집과 그 앞의 하르츠 구릉에 관해서 전혀 다른 상상을 했더랬다. 좀 더 단정하고 친근하게. 잠깐 동안이었지만 자신이 꿈꾸던 그림이 눈앞에 다시 또렷이 떠올랐다. 마치 산책길을 돌아가면 그곳으로 돌아갈 수 있기라도 한 듯. 그는 턱을 추켜들고서 귀를 기울였다. 하지만 종달새 말고는 아무것도 없었다.

집으로 돌아온 뒤, 그러니까 알텐부르크 북부에 있는 자신의 1층 집에 돌아온 후로는 두통이 계속해서 그를 괴롭혔다. 나치 정권 때 정치범이었던 슈미트는 날마다 인도를 쓸었다. 세 번이고 네 번이고 포석 하나하나를 정성껏 쓸었다. 그의 빗자루가 벽에 부딪히는 소리는 끔찍했다. 게다가 그 기침 소리. 그가 계단을 내려오는 소리가 들리면 모이러는 곧장 침대로 다시 기어들거나 장을 보러 나갔다. 모이러는 합리적으로 일하기를 좋아했고 한 가지 일을 다른 일과 연결시켜 한 번에 해결하는 편이었다. 그러고는 할 일이 없어 가만히 앉아 있는 한이 있더라도 말이다. 슈미트와 별의별 주제로 쓸데없는 수다를 길게 떠는 사람은 시간이 많아 남아도는 사람일 것이었다. 정오에는 아이들이 돌아와 저녁까지도 주택의 담벼락에 축구공을 걸어차곤 했다. 언젠가는 모이러의 지하실 유리창을 깨뜨려 놓기도 했다. 그때부터 그는 공을 찰 때마다 매번 유리가 깨지는 환청을 들었다. 물론 그가 과민한 건 사실이었다. 하지만 그걸 안다고 해서 달라질 것은 없었다.

쓰레기를 버리러 밖으로 나갈 때마다 그는 창문 하나가 열리며 누군가 그의 이름을 부르기를 바랐다. 그가 멀리 도망칠 때까지도 그들은 그에게 욕을 퍼부을 것이었다. 지난주에는 아내가 옷장을 뒤져 정리하면서 따로 내놓은 옷가지들을 '시민 연대'에 가져다주라고 했다. 모이러는 번지수를 못 찾아 헤매다가 어쩔 줄 모른 채 양로원의 초인종 아래 문패들만을 계속해서 살폈다. 그러던 중 거기서 뭘 하느냐는 한 여자의 음성이 그의 머리 위로 쏟아졌다. 그리고 더 많은 머리들이 목을 내밀었을 때 그는 옷이 가득든 비닐 자루를 짊어진 채 집으로 그냥 돌아와 버렸다. 지난 목요일에는 상가에 가려고 집을 나서다가 복도에서 수리공 한 명과 마주쳤다. 자신이 그곳에 있어야 함을 반드시 정당화하기라도 하려는 듯 모이러는 우편함에서 신문을 꺼내 팔 아래에 끼웠는데, 그러곤 잊어버렸다. 계산대 앞에서야 그는 정신을 차렸고 겨드랑이가 젖어 종이가 달라붙어 있음을 느꼈다. 그는 계산대 위 다른 물건들 옆에 신문을 놓고 돈을 지불했다. 모이러는 계속해서 길을 걸었다. 길은 이제 마을로부터 산등성이로 이어지다가 어느 막사 앞에서 끝이 났다. 그 뒤로는 콘크리트 기둥 하나가 우뚝 솟아 있었다. 그가 푯말 위에서 "이곳에 공사장 쓰레기를 버리지 마시오."라는 문구를 보기 전까지는 그 지점에 막 새로 무엇인가가 지어진 것인지 철거된 것인지를 가늠할 수 없었다.

모이러는 서둘러 돌아가지 않으면 안 되었다. 그는 저녁 햇살을 얼굴에 받으며 곡식 경작지 가장자리 길을 따라 걸었다. 그는 작동을 멈춘 노천 광산의 나머지 갱도를 떠올렸다. 몇백만 년 전처럼 그 안에서 새로운 생명이 탄생할 수 있다는 것을 어디선가 읽은 적이 있었다. 사람들이 그대로 두고 간섭하지만 않는다면. 그러니까, 어쩌면 아무것도 하지 않음으로써 그야말로 옳은 일을 하고 있는 셈인지도 몰랐다. 모이러는 몸을 흠칫 떨었다. 그는 이삭들을 응시했다.

무엇인가 옆에서 움직이는 것이 있었다. 몸집이 커다란 동물이었다. 어쩌면 멧돼지인지도 몰랐다. 거리가 5미터도 안 되는 곳에서 암사슴 한 마리가 껑충 뛰어올랐고 바로 뒤에 새끼 사슴, 그 뒤에 또 암사슴 한 마리가 뛰어올랐다. 그들은 사냥의 표적물이 되려는 듯 다시 한번 껑충 뛰어올랐지만 곧 몸을 숨기고, 그 후론 농작물 속을 통과하는 소리만 남겼다. 그가 뢰슈타이히 연못가 '근로자의 거리'를 지나 시골길로 접어들었을 때에는 사방에 이미 어스름이 깔려 있었다. 교회 앞에는 1차 세계 대전 희생자 추모비가 보리수나무 두 그루 사이에 서 있었다. 주변은 잡초를 뽑아 깨끗했고 갈퀴 자국이 지그재그로 뚜렷하게 남아 있었다. 그곳을 에워싼 통나무 울짱에는(윤기가 나는 철망은 새것인 듯했다.) 조그만 문이 달려 있었는데, 하얀색 조약돌을 밟으며 울짱 안으로 들어서려면 문고리를 옆으로 밀면 되었다.

모이러는 기념비 관람을 내일로 미뤘다. 이름을 훑어보고 그 중 몇 개는 외워 둘 작정이었다. 그들 중 많은 이들은 전쟁만 아니었다면 살아생전 분명 이 지역을 한 번도 떠나지 않고 살았을 사람이었다. 여행이란 자연스러운 현상이 아닌지도 몰랐다. 더욱이 요즘같이 방 안에 앉아서도 모든 것을 다 볼 수 있는 텔레비전의 시대에, 여행이란 적어도 불필요한 일이 되어 버렸다.

노이게바우어의 집에만 인공위성 접시가 달려 있지 않았다. 입구에는 접착제로 문패만 붙어 있었다. "R. 노이게바우어/ M. 모이러"라는 이름을 읽으며 그는 아내의 글씨체를 알아보았다. 문을 열고 아내를 불렀다.

침실에는 창틀에 붙였던 베개보가 떨어져 매달려 있었다. 압정 두 개는 그래도 여전히 박혀 있었다. 깨진 유리창의 틈새는 챙을 위로 젖힌 모자를 쓴 형체처럼 보였다. "이봐, 색남." 모이러가 말했다. 트레일러의 사내는 그렇게 외쳤더랬다. 이제야 그가 뭐라고 했는지 알 것 같았다. "이봐, 색남." 그 사내가 외치던 말이 이제 귓가에서 또렷하게 들렸다.

모이러는 불을 켜지 않은 채 뒷문을 열고 정원으로 나갔다. 머리를 펌프 물 아래 한참 대고 있다가 손수건으로 젖은 머리를 닦았다. 그는 바지를 둥둥 걷어붙인 다음 두 발을 번갈아 가며 물줄기 아래로 뻗었다. 다시 미끄러지듯 슬그머니 돌아와 문을 더 활짝 열지 않은 채 문틈을 비집고 들어오느라 애를 먹었다. 그는 팬티만 남기고 모두 벗었고 한동안 침대 앞에 서 있었다. 그러곤 더듬더듬 잠옷 상의를 찾아 코앞으로 가져갔다.(섬유 유연제 냄새와 다림질 냄새를 맡으니 집에 가고 싶었다.) 부엌에서는 물을 반쯤 담고 레인지에 올려놓았던 프라이팬을 한참이나 살펴보았다. 그는 그 안에 세제를 뿌렸다. 그러곤 수저통에서 빵 칼을 꺼냈다.

이불 속에서 그는 팬티마저 벗어 베개 밑으로 밀어 넣었다. 그는 걸어 다니느라 발바닥이 닿는 부분이 쩐득쩐득하게 된 샌들을 들어 냄새를 맡아 보았다. 샌들의 발목 끈을 한 짝 한 짝 묶은 다음 팔이 닿는 데까지 뻗어 침대 밑으로 넣었다. 파리 혹은 그보다 더 큰 뭔가가 날아다니며 벽과 천장에 연신 부딪쳤다. 또 다른 소음도 들렸다. 거리에 지나가는 차량들, 냉장고, 보일러, 수도꼭지에서 물방울 떨어지는 소리. 힘겹게 그런 소리에 귀를 기울이느라 그는 숨을 멈추었다가는 거칠게 공기를 들이마셨다.

　모이러는 얼마나 잤는지 알지 못했다. 그는 다리를 끌어 내리고서 침대에 앉아 있었다. 잠옷 상의를 당겨 발목까지 끌어당기고서 등은 침대 머리맡 철제 받침에 기댄 채, 챙을 위로 젖힌 모자를 쓴 듯한 형체의 그림자를 응시했다. 그 아래 벽에는 베갯보가 축 늘어져 있었다. 그는 또 한 번 깨진 유리창의 삐걱대는 소리를 들었다. 그는 자신을 잠으로부터 깨운 그 소리를 듣고 또 들었다. 그 소음, 점점 더 크게 부풀어 다른 모든 소리를 다 빨아들이는 그 소리, 모든 것들이 부스럭부스럭, 똑똑똑, 절그럭절그럭, 삐걱삐걱하며 소음은 절정을 이루었고 새나 구름처럼 공기를 통과해 날아가며 유리창에 부딪쳤다. 피할 수 없는 일이었다. 유리창에서 눈길을 떼지 않은 채 그는 코를 무릎에 갖다 댔다. 바로 그제야 모이러는 아내가 예전부터 늘 파파게노 아리아를 불렀음을 기억해 냈다.

8 내 목에 닿은 숨결

바르바라 홀리체크가 한밤중에 걸려온 전화에 관해 이야기한다. 한니가 게임 중에 무엇인가를 고백하고 유명한 남자와 함께 사는 생활이 어떤지 묻는다. 딸과 고양이와 거북이의 안부를 듣는다.

"그럼, 물론이지. 까마득한 옛일이야." 나는 말하면서 수화기를 어깨와 목 사이에 끼워 수화기를 꼭 붙들죠. 다른 손으로는 고불고불하게 꼬인 전화선을 정리합니다.

"내가 잠을 깨웠니?" 한니가 묻습니다.

"오, 이걸 어쩌." 한니가 외칩니다. "잠 깨운 거 맞구나! 미안해, 밥스! 하지만 너희 일은 늘 오래 걸리잖아. 그러잖으면 전화 안 걸었을 거야!"

철제 의자 바닥의 가죽이 차갑습니다. 나는 프랑크의 셔츠를 낚시질하듯 끌어 올리려고 애씁니다. 잠깐 동안 난 수화기를 귀에서 떼야 합니다. 한니가 말합니다. "……읽었는데, 그들이 그가 언제 일을 제일 잘할 수 있느냐고 물었어. 그래서 내가 말했지. 밤에요 하고, 안팎으로 조용하기 때문에. 사진에서 난 하마터면 그 사람, 못 알아볼 뻔했어." 그녀가 계속 말하는 동안 나는 프랑크의 셔츠를 걸칩니다. "유명한 남자하고 사는 기분이 어때?"

"한니, 너도 참. 지금 몇 시지?" 내가 말합니다.

"이제 곧 12시야."라고 말하며 그녀는 누군가와 이야기를 나눕니다. "밥스, 너 거기 있니?" 그녀가 외칩니다.

"응. 너 지금 어디야?" 내가 말합니다.

"생일 파티 중이야."

그녀 뒤로 사람들이 마구 떠들고, 한 남자의 웃음소리가 터집니다. "무슨 일이야?" 내가 묻습니다.

"아니, 왜? 아무 일 없는데. 밥스, 우리 게임하는 중이야. 사람들이 하자는 대로 해야 해. 그게 게임의 규칙이거든. 그래서 지금 이 사람들이 여기 쭉 둘러서서 내가 말하는 걸 듣고 있는 거야. 듣고 있니? 게임이라고. 내가 지금 이야길 하는 거야." 한니가 말합니다.

"무슨 게임인데?"

"게임에서 지면 누군가한테 전화를 걸어야 해. 예전에 사랑했지만 한 번도 고백한 적은 없는 사람한테." 그녀가 성급하게 말합니다. "게임인 거지, 그러니까. 너 화났니?"

"프랑크 바꿔 줄까?"

"너야, 밥스, 너라고. 화났니?"

"네가 날 사랑했다고?" 내가 묻습니다.

"그럼! 물론 너지. 들리니? 박수 소리? 이거 우리를 위한 박수야." 그녀가 외칩니다. "프랑크랑 네 소식을 읽었는데, 토요일 기사 말이야. 갑자기 너무 그리워지더라. 난 내 낡은 일기장을 꺼냈어. 너하고 다시 얘기를 나누고 싶었어. 게다가 지금 난 게임에 진 거야. 우습지?"

"아니." 내가 말합니다.

"남자는 언제나 그런 고백을 하는 여자를 우습게 생각하지. 남자는 그런 감정을 어떻게 처리해야 할지 모르니까. 난 언제나 네가 멋지다고 생각했어. 네가 나한테 친절하면 난 행복했어. 하지만 넌 모든 사람한테 다 친절했지. 네가 내 애인이었으면 싶었어. 나만의 애인."

나는 그녀가 계속 이야기하게 내버려 두다가 내가 원체 좀 수줍은 성격이라고 말합니다.

"난 그 말 안 믿어." 한니가 말합니다. "과소평가하는 거야. 그래서 그렇게 말하는 거라고. 이곳에서 제일 좋은 남자가 네 남편인 건 지당한 일이야. 그 점만 봐도 네가 얼마나 멋진 여잔지 알 수 있잖아."

"가족들은 잘 지내니?" 내가 묻습니다.

"내 딸?"

"그래, 레베카."

"사라 말이겠지. 아니면 페기하고 프리돌린뿐인걸." 한니가 담배를 피우는 모양입니다. "프리돌린은 거북이이고. 내가 거북이만큼이나 나이 먹는다면, 그러니까 연금 수령자가 된다면 말이지, 내가 진짜 그 나이까지 살아 있다면, 그때까지 프리돌린도 살아 있을 거고 난 이 거북이를 맡아 줄 누군가를 찾아봐야 할 거야. 너무 웃기지 않니?"

"그래, 상상이 잘 안 가네." 난 말합니다.

"그렇게 변하지 않고 충직한 남자……. 이사했더니 페기가 정신이 없어. 제자리를 못 찾고 있어."

"폐기?"

"우리 고양이 말이야. 나, 병원 하나 차려야 할까 봐. 동물 정신 병원. 동물도 우리랑 똑같다니까. 어긋나."

"늘 네 기사 읽고 있어." 내가 말합니다.

"기사라니 참 좋은 말이구나, 밥스. 기껏해야 광고 신문의 생활 상담란인데. 하지만 내가 지금 그것 말고 뭐, 다른 일자리를 구할 수가 있어야지. 프랑크 같은 사람들, 그러니까 시민의 대표라는 사람들은 늘 우리더러 신청서를 내라고 하지. 난 신청서만 냅다 썼는데 그러고 나니 공사하는 사람들하고 노상 싸움인걸. 그러고도 안 되면 은행에 가서 눈을 이쁘게 뜨고 공중 변호사를 닦달해서 주겠다고 약속했던 환등기를 달라고 조르지. 아직도 일은 그만두지 않았니?"

"왜 그만두겠니?" 내가 묻습니다.

"프랑크가 지지자를 모으면 넌 장관 부인이 되는 거잖아, 적어도. 내 생각엔 그래. 난 녹색당을 찍었는데 그래도 내가 내 무덤을 팔 순 없으니까……. 그러고 나니 박물관에 들어오는 돈이 줄어들어……. 너, 우리 사이가 벌써 십팔 년째인 거 알고 있니?"

"9학년 때부터." 내가 말합니다.

"그런 숫자를 생각하면 난 늘 기분이 안 좋아져."

"무슨 숫자?"

"거 봐. 알고 있었다니까. 넌 나랑 다르다는걸. 넌 뭔가 해낸 거야. 하지만 난 위기야. 공포 상태지. 서른다섯이면 3분의 2가 다 간 거라고."

"한니, 기껏해야 반이야." 내가 말합니다.

"아니야." 그녀가 거세게 반박합니다. "우린 아니야. 남자들한테야 여전히 값어치 있는 인생의 반이 남았겠지만, 우린 아니야. 난 이제 다 잘돼 가는 척하지 않아. 넌 결혼했잖아, 밥스……." 한니가 담배를 한 모금 빱니다. 복도의 불이 꺼집니다.

"게다가 그중에서도 제일 나쁜 건, 예전에 있던 모든 것들이 이젠 다 없어졌다는 거야. 사람들이 다 사라졌어."

프랑크는 문틀에 기대선 채 우리 대화를 들으려는 듯 고개를 앞으로 기울입니다. "한니 전화야." 내가 그에게 소곤거립니다. 그가 웃음을 지어 보입니다. 그의 허벅지에 시퍼런 멍 자국이 보입니다.

"……그리고 왜 그런지 알아?" 한니가 말을 잇습니다. "난 혼자 있을 수 없기 때문이지. 무슨 말이냐면, 물론 혼자 있을 수도 있어. 하지만 어쩐지 사람들 속에 끼어 있고 사랑에 빠져야 할 것 같거든. 결혼한 사람들이야 어차피 나한테는 가까이 오지도 않잖아. 그들은 모두 겁을 내거든."

"그렇게 생각해?" 내가 묻습니다. 프랑크가 갑자기 내 다리 사이에서 무릎을 꿇습니다.

"무슨 말이야?"

"네가 말한 것처럼 생각하느냐고." 프랑크가 셔츠를 옆으로 밀치고 내 젖가슴에 입을 맞춥니다.

"물론이지." 한니가 말합니다. "그럼 내가 달리 어떻게 생각하겠어? 내 눈엔 그게 보이는걸. 똑똑한 사람들은 모두 이곳을 떠나고 있어. 누군가 머무는 사람이 있다면 뭔가 장난치는 거겠지. 오늘 내 생일이야, 밥스. 내 생일!" 난 수화기를 들어 올려야만 합니다. 프랑크가 나를 끌어안기 때문입니다. 그의 몸이 뜨겁습니다.

한니가 말을 계속합니다. "……그저께 일요일, 자고 있는데 갑자기 너무나 끔찍스러운 소리가 들렸어. 초인종을 마구 누르고 문을 두드리는 소리였어. 모든 게 뒤죽박죽이었지. 나도 잠이 덜 깬 상태라 똑똑히 다 듣지는 못했는데, 초인종이 또 울렸어. 내가 문을 열러 가는 동안에는 아주 조용했지. 누군가 나한테서 뭔가 원한다면 또 한 번 초인종을 눌렀겠지. 그렇지 않니?"

프랑크가 내 어깨를 깨뭅니다.

"뭔가 나한테 원하는 게 있다면 다시 오겠지. 난 침대로 돌아갔고, 5시 30분 새벽이었는데, 그때도 밖은 깜깜했거든. 침대에 눕기 무섭게 소리가 다시 들렸어. 그들이 뭘 했는지 알아? 아침밥을 먹자고 약속을 잡더라니까. 나는 현관 앞에 서서 그들의 말을 다 들었지. 그들이 아침 식사 약속을 잡았어. 어차피 이제부터 잠자기는 글렀다면서. 나도 그랬지. 난 한번 깨어나면 그 길로 못 잔단 말이야. 엄마 닮아서 그래. 하지만 이제 더 이상 문을 열어 줄 수는 없지. 이젠 안 되는 거지. 그리고 내가 생각한 건……, 아 참. 그 얘긴 그만두자. 수도관이 터졌던 거야. 게다가 어제는 버스를 타고 가는데 내 맞은편에 앉은 비쩍 마른 여자가 머핀을 끝도 없이 계속 먹는 거야. 손톱으로 종이를 벗기고는 입이 터져라 쑤셔 넣는 거 있지. 잘 부서지잖아. 그런데다가 머핀 포장 비닐이 자꾸만 무릎에서 미끄러져 내렸어. 먹고, 먹고, 또 먹고. 비닐봉지는 자꾸자꾸 무릎에서 떨어지고."

"누가 너더러 그걸 다 쳐다보라고 했니?" 하고 난 말합니다. 프랑크가 일어나 욕실로 갑니다.

"그들은 모두 시계를 따라 돌고 있어. 난 여기서 뭘 해야 할지 모르고. 예전하고 똑같아. 모두가 다 떠나. 사라는 이제 제 아빠한테 가겠대. 열여섯에 말이지. 어차피 난 그 아이를 보지도 않는걸. 거의 볼 수가 없지. 이젠 아빠한테도 갈 수 있는 거지. 내가 더는 걱정할 필요가 없는 나이니까. 이젠 그가 멋지게 서 있지. 이젠 그가 아이를 데려가는 거야. 그 아빠란 작자는 딸한테는 큰소리를 뻥뻥 쳐. 내가 천식으로 발작하는 아이를 업고 매일 밤 병원 응급실로 달릴 때, 그땐 코빼기도 안 보였으면서. 게다가 양육비도 꼭 주지 않으면 안 되는 만큼만 겨우 줬어. 그럴 때는 있는지 없는지 조용하다가. 이젠 전화를 걸어서는. 사라가 일주일 내내 운 적도 있어. 그러곤 갑자기 아빠한테 가겠다는 거야. 그러면서 담배를 골초처럼 피워 대고. 너도 내 소식 같은 건 궁금하지 않을 거라고 생각했어."

"내가 결혼했기 때문에?"

"난 그냥 카드 한 장에 운명을 걸고 전화해 본 거야. 지난번 너 좀 이상했어. 그리고 나서부터는 아무 소식 없었잖아. 내가 전화하지 않으면, 나한테 전화를 거는 사람은 어차피 아무도 없지. 간단한 얘기야."

"나 기분 정말 별로였거든." 내가 말합니다.

"오소리 때문에?"

"그래. 오소리 때문에." 내가 말합니다.

그러자 한니가 말을 멈춥니다. 처음으로 막간이 생깁니다. 막간의 악몽입니다. 한니의 숨소리가 들립니다. "이제 오소리 한 마리 구했니?" 내가 묻습니다. 내 목소리는 아주 평범하게 들립니다.

"아니." 한니가 말합니다. "그날 우리 둘이 차를 타고 가지 못해서 미안해. 하지만 리디아, 그 표본 제작 담당자 리디아 말이야. 그녀가 안내를 맡으면, 혼자서 박물관을 안내하게 내버려 두면, 누구도 어떻게 수습할 수 없게 난리가 나. 아주 엉망진창이 되지. 그런 일은 네가 잘할 거야."

"괜찮아." 내가 말합니다. 프랑크가 욕실에서 나옵니다. 그가 복도 불을 끄지 않고 놔둡니다.

"널 꼭 다시 보고 싶어, 밥스. 그냥, 아무 이유 없이. 저녁을 함께 보내자. 셋이서, 둘이서. 그냥 말이야. 수다도 좀 떨고. 바보 같다고 생각하니?"

"아니, 전혀 안 그래." 내가 말합니다.

"그냥 예전에 알던 사람을 만나고 싶어. 이해하겠니?"

"그래." 그러면서 나는 내 쪽에서 한 번 전화를 걸겠다고 약속합니다. 너무 오래 미루지도 않겠다고.

"밥스." 한니가 마지막으로 말합니다. "널 진심으로 사랑해. 그냥 말이야. 내 말, 믿지?"

내가 수화기를 놓았을 때 전화선이 비비 꼬이면서 마치 지퍼처럼 군데군데가 엇물립니다. 나는 전화기를 들고 수화기를 바닥으로 떨어뜨립니다. 선이 길게 늘어집니다. 전화기를 더 높이 들어 수화기가 카펫에 거의 닿는 곳에서 빙글빙글 돌아가도록 합니다. 꼬인 부분이 다 풀려 이리저리 흔들리기까지는 적어도 일 분은 걸립니다. 나는 전화기를 테이블에 놓고 수화기도 제자리에 내려놓습니다.

"무슨 일이라도 났어?" 프랑크가 묻습니다.

"아니." 나는 그의 셔츠를 벗겨 의자 등받이가 있다고 짐작되는 방향으로 던집니다. "걔가 술에 많이 취해 있었어." 나는 말하면서 정강이뼈를 침대에 부딪칩니다. "그애는 당신은 유명한 사람이고, 그래서 매일 밤 사람들과 파티를 열고, 나는 영부인 행세를 한다고 생각해."

프랑크가 머리는 내 어깨 위로, 오른쪽 다리는 접어서 내 무릎 위로 밉니다. 천천히 장롱이며 옷걸이가 달린 횃대, 그림 액자와 두 개의 스탠드 그리고 내 목걸이가 걸린 거울과 의자의 윤곽이 눈에 들어오기 시작합니다.

내 목에서 프랑크의 숨결을 느낍니다. 따뜻하고도 고른 숨결입니다. 우린 저녁마다 완전히 녹초가 됩니다. 난 이제 잠들기는 글렀다는 것을 압니다. 이 느낌을 잘 압니다. 6시 30분까지는 여섯 시간 남았습니다.

제일 생산적인 일이라면 일어나 앉아 할 일을 몇 가지 처리하는 것이겠지요. 나는 어머니께 편지를 써서 성탄절에 무엇을 하고 싶으신지 여쭤봐야 합니다. 우리는 테네리파[07]로 여행을 떠나 1월 둘째 주까지 있을 작정입니다. 전에는 그런 게 어머니에게 전혀 문제가 되지 않았습니다. 하지만 지난번 방문 때부터는…… 그때 나는 현관에서 신발 끈을 묶는데 구두끈에 먼지 뭉치와 머리카락이 엉켜 붙어 있었습니다. 나는 그 보풀이 저절로 떨어지려니 하고 생각했죠. 하지만 보풀은 실뭉당이와 엉켜 붙었습니다. 나는

07   스페인 카나리아 군도의 섬.

할 수 없이 그걸 떼 내서 쓰레기통에 버리고 손을 씻었습니다. 어머니가 그걸 지켜보셨는데 아무 느낌이 없는 것 같았습니다. 적어도 아무 말씀을 안 하셨지요. 2월에 어머니는 예순여덟이 되십니다. 난 지금까지는 다만 어머니가 아무런 정성 없이 장을 보시는 게 이상했습니다. 상품 진열대에서 인스턴트 소시지나 치즈를 고르시고, 뭔가 신선한 것을 사시는 법이 없고, 그리고 그 네스카페 인스턴트커피라니요. 아무리 어머니가 당신 입맛에는 그게 맛있다고 하셔도 그렇지요, 네스카페 골드라니. 흰색과 파란색이 섞인 예쁜 커피 통이 사용되지 않은 채 찜통 뒤에서 몇 년이고 그대로 있습니다. 우리는 한때 금띠를 둘렀던 체코제(製) 겨자 병에 음료수를 따라 마십니다. 어머니는 식기 세척기에서 직접 그릇을 꺼내 쓰시고 사용 후 도로 넣어 둡니다. 난 어머니가 그렇게 늙으셨다는 것을 전혀 몰랐습니다. 이젠 곧 내가 어머니를 돌봐 드려야 할 것입니다.

프랑크의 다리가 한 번 움찔 움직입니다. 그의 호흡은 뜨겁고 매번 내 목의 똑같은 위치에 닿습니다. 나는 다리를 조금 오므립니다. 침대보에 내 발톱이 닿는 것을 느낍니다.

나는 한니에게 생일을 축하한다는 말조차 건네지 않았습니다. 내가 그녀의 무엇을 바라 주어야 할지 알 수가 없었습니다. "프랑크." 내가 말합니다. 좀 전에 그가 깨물었던 어깨가 아직도 아픕니다. 블라인드의 꺾인 슬랫 틈으로 빛이 들어옵니다. 나는 고르지 못한 카펫 바닥을 알아봅니다. 나는 전화기 줄이 빙글빙글 회전하는 장면을 상상하며 잠들기를 기대합니다. 그의 숨결은 이제 참기 어려울 정도로 뜨겁습니다. "프랑크." 난 작은 목소리로 부릅니다. 그의 아래팔이 내 갈비뼈를 누르고 그의 손가락이 내 척추뼈를 건드립니다. "프랑크, 나 누굴 죽였어." 하고 속삭입니다. 나는 그를 향해 옆으로 돌아눕습니다. 내 심장 박동이 우리를 뒤흔듭니다. 침대 전체가 흔들립니다.

때론 잠을 조금 자면 그런 날 밤의 일들을 잊을 수 있기도 합니다. 그러면 깨어 있던 시간들은 단번에 하나의 순간으로 녹아들고 마치 아무 일도 없었던 듯, 꿈처럼 부서져 없어집니다.

나는 일어나 뭔가 유익한 일을 해야 합니다. 하지만 어디서부터 뭘 시작해야 할지 알 수가 없습니다. 나는 내 나이를 고양이의 나이로 환산해서 계산합니다. 인간의 나이는 고양이의 나이에 7을 곱하면 됩니다. 거북이의 경우라면 나눗셈을 해야 합니다. 하지만 거북이의 나이 같은 건 없습니다.

9 디스패처

택시 운송업을 하는 라파엘이 갈비뼈를 잘라 내 일자리를 만들어 낼 수 없는 이유와 오를란 도가 운전사로서 적합하지 않은 이유에 대해 이야기한다. 원하든 원하지 않았든 큰 혼란을 겪는다. 날씨는 계절에 비해 너무 덥다.

라파엘이 사무실에 앉아 있다. 그의 집게손가락이 키보드 위를 횡단한다. 시선은 주기적으로 모니터에서 책으로 돌아온다. 책상 한쪽 끄트머리에 놓인 토피피 초콜릿 상자는 비어 있다. 그는 손바닥을 연신 허벅지에 문지른다.

라파엘은 계단을 올라오는 발소리를 들었다. 그는 문 쪽을 바라보았고 초인종이 울리자 움찔 몸을 움츠린다.

"라파엘?" 문손잡이가 움직인다. 초인종이 또 한 번 울린다. "라파엘, 무슨 일이야? 나야, 나, 나라고!" 구두코가 철문을 차고 있다. 위잉 소리가 나더니 이윽고 문이 열린다.

"그렇게 온 집이 떠나가라 떠들면 어떡해." 라파엘이 일어선 채 바지의 맨 위 단추를 잠그고 있다. "문을 좀 일단 꼭 닫아."

오를란도는 여행 가방을 내려놓고 무릎으로 문을 닫은 뒤 손잡이를 잡고 흔든다. "잠겼어." 그가 말한다.

라파엘이 그에게로 다가간다. "그래, 어떻게 지내? 그동안 키는 좀 컸냐?" 오를란도 앞에서 그가 손을 들어 보인다. "이러지 않으면 너한테 옮길지도 몰라. 전통 의상 모임이라도 창설했냐?"

"재킷이야." 오를란도가 단추를 풀고 목에 둘렀던 목도리를 벗으며 말한다. "나, 시작할 수 있어."

"언제 나왔니? 새 신발이구나."

"오늘."

"곧장 이리로 온 거야? 이 짐이며 가방을 다 들고?"

오를란도가 고개를 끄덕인다.

"병가 낸 건 아니고?"

"나 운전할 수 있어. 문제없어. 정말이야."

라파엘은 안락의자로 가서 털썩 주저앉는다. "살쪘구나, 오를란도."

"잘 먹었으니까."

"난 담배를 끊었을 때부터……." 라파엘이 허벅지 안쪽을 가볍게 툭툭 친다. "겨울나기용 지방이야. 언제나 제일 먼저 여기가 찌지."

"차 한 대만 주선해 줘."

라파엘이 또 한 번 손을 들어 보이곤 그예 안락의자의 손잡이 너머로 떨어뜨린다.

"나, 운전 잘했어."

"나도 알아, 오를란도." 라파엘이 안락의자에서 몸을 앞으로 조금 옮기며 탁상용 달력을 넘긴다.

"나, 진짜로 운전 잘했단 말이야. 너도 그렇게 말했잖아."

"오 주. 오를란도. 오 주." 라파엘이 한 장 한 장 달력을 넘겼다.

"사 주 하고도 오 일. 정확하게 말하면."

"일주일에 육 일, 칠 일, 열두 시간, 열세 시간."

"내가 여기서 얼마나 오랫동안 웅크리고 앉아 있었는지 알아? 거기에 대해선 생각을 좀 해 본 적이 있기나 해? 난 아스피린 사러 갈 시간조차 없어. 난 사실 침대에 누워 있어야 할 사람이거든. 열이 나고. 이마에 손 좀 대 볼래?" 라파엘이 손바닥을 쫙 펴 이마를 짚는다.

"난 택시 운전사야."

"지금은 누구나 택시 운전사야, 오를란도. 누구나 택시 운전을 할 수 있다고 생각한다고. 어중이떠중이 다 택시 운전사가 될 수 있다고 믿는다고! 그러니 날 좀 괴롭히지 마!"

"네가 하란 대로 다 할게."

"한 번으로 족했어, 오를란도. 이미 난 한 번, 노력해 봤었다고. 그리고 실패했고. 그것도 아주, 아주 큰 실패."

"그 작자가 많이 취했더랬어."

라파엘의 입에서는 목소리가 거의 없는, 그러면서도 갑자기 내쉬는 한숨 같은 탄성이 터져 나온다. "참, 넌 아직도 할 말이 남은 모양이구나." 그는 달력을 덮고 몸을 일으킨다. "오늘이 마지막 홈경기야."

"그놈, 술에 취했더랬어. 지금은 교도소에 가 있고, 라파엘."

"넌 원래 어느 팀을 응원했지? 좀 앉아. 차 한잔 줄까? 같이 마실래?" 라파엘은 냉장고로 다가간다. 냉장고 위에는 커피 머신과 그릇들, 크내커 빵과 과일 잼 두 병이 놓여 있다. "지난해에는 그 망할 놈의 날씨가 우리를 구했어. 우리와 연료 업계. 그리고 이곳에서 뭔가가 빨리 시작되지 않는다면……, 그땐 샐, 러, 리, 맨. 인생이란 게 그래. 예전에 우린 늘 겨울이 좀 늦게 왔다가 빨리 가 버리기를 바랐지. 그런데도 난 언제나 자발적으로 운전사를 하겠다고 자청했어. 첫눈이 내리고 일이 없는 날이면 이 건물의 당직을 자청했고. 그러다가 본격적으로 눈이 많이 내리면 제설차를 끌고 나갔어. 보통은 밤이었고, 도로의 차선이 잘 보이지도 않을 정도였어. 그것도 나 혼자. 내 앞엔 하얀 눈만 가득 쌓였지. 정말 장관이었어!"

"그놈은 감옥에 들어앉아 있다니까, 라파엘. 그런 일은 다시는 일어나지 않을 거라고!"

"'그런 일은 다시는 일어나지 않는다'고? 베를린이나 함부르크나, 뭐 또 라이프치히나 그런 데로 가도 되잖아. 하지만 여긴 안돼! 내 말 못 알아듣겠어? '다시는 일어나지 않는다'고? 다음번에는 칼이 네 등이 아니라 다른 곳에 꽂힐지는 모르지……." 라파엘이 원두 찌꺼기를 쓰레기통에 버리고 유리통을 씻은 다음 커피 머신에 물을 붓는다. "좋아, 오를란도. 내가 지금 지나친 과장을 하고 있다고 치잔 말이야. 그렇다 해도 나한테는 이제 택시가 더 이상 없어."

"네가 그랬잖아……."

"내가 그랬지. 너를 돕겠다고. 그렇게 말했어. 하지만 내 갈비뼈를 잘라 내서 일자리를 만들어 주겠다고 한 적은 없어." 그가 바지에 손을 문질러 닦는다. "손톱 좀 가만히 둬라, 제발. 못 느끼겠어? 홀리체크한테나 가 봐. 그 시 의원인가 뭔가 하는 작자 말이야. 그가 널 돕고 싶어 한다는 기사가 신문에도 나오잖냐. 내일 아침에 그 사람한테 가서 방문이며 꽃이며 참 고마웠다고 인사하고, 유색 인종을 위해 대체 그가 뭘 어떻게 도울 생각인지 물어보란 말이야." 라파엘이 커피 머신의 스위치를 눌렀다. "이제 날 좀 똑바로 쳐다봐. 의료 보험이란 게 뭐 하려고 있는 건지 말 좀 해 봐. 육 주나 영업이 깡통 소리를 내는데도? 난 다섯 대 분의 자동차 보험료를 내야 하고, 그런데도 기름 값은 더 싸지지 않고. 게다가 도시 행정부는 연못가에 있던 택시 승강장을 없앨 거라고 하고, 불법 주차 단속 여경한테 자동차는 무조건 다 똑같은 자동차일 뿐이야. 제일 중요한 문제는." 라파엘이 갑자기 조용해진다. "그중에서도 가장 큰 문제. 여봐, 이 딱한 사람아, 넌 어엿한 기계 공학자잖아. 하바나에서 학위를 땄고, 드레스덴 공대에서도 학위를 땄어. 네가 받았던 재교육들은 모두 제외하고 하는 말이야. 넌 컴퓨터에 관해서도 여기 이 원숭이 같은 놈들보다도 실력이 월등하잖아. 여기 이걸 다 깔아 줬던 놈들 말이지. 하지만 넌 택시 운전사는 아니거든. 도토레. 관청에서 또 기초 생활비를 다 안 주냐?"

"응." 오를란도가 코를 실룩거린다. 그가 몸을 돌린다. 라파엘이 그의 어깨를 꼭 잡아 준다.

"그래도……." 라파엘이 말한다. "나를 좀 봐. 넌 택시 운전사가 아니야. 도토레. 택시 운전사가 아니라고. 내 말 알아들어? 내가 일자리를 양복 짓듯 재단해 낼 수도 없는 노릇이고 마술을 부려 무화과나무처럼 자라게 할 수도 없는 거잖아! 모두가 도움을 바라. 모두가 문제가 있고. 모두 다!" 라파엘이 집게손가락을 옆으로 뻗어 관자놀이를 누른다. "그런 지경이라고! 그러곤 탕……." 그가 엄지손가락을 구부린다. "탕! 난 전 세계를 구할 수는 없어.

내가 구할 수 있는 건 네 명 반을 먹여 살릴 일자리뿐이야. 그러니 난 거기에만 집중해야지, 안 그래? 오를란도! 난 이제 소동도 싫고 혼란도 싫어. 이해 못 하겠어? 제발 그 손톱 좀 가만히 내버려 두라니까!" 라파엘은 냉장고 쪽으로 다시 돌아가 문을 연다. "내가 마지막으로 페트라를…… 그녀의 몸에 마지막으로 손을 대 본 게 언젠지 알아? 부활절! 다비드는 주말에나 가끔 보고. 월말에는 손에 남는 게 하나도 없어. 자동차 할부금, 여기 사무실 집세, 전화료, 봉급, 보험료…… 그 정도면 약과지. 지금 도대체 몇 시나 됐지?"

"9시."

"후반전. 너 언젠가 나한테 왜 도르트문트 팀을 응원하느냐고 물었지?"

"삼머 때문에?"

"아니야."

"안디 때문에?…… 아니면 뭘러?"

"알고 싶냐? 보루시아가 우승하면, 그 팀이 올해에 우승을 따낸다면, 그럼 나도 해낼 수 있거든. 난 알고 있어. 그렇지 않으면 난 부도날 거야. 그럼 난 다 포기할 거다. 그러면 내 차 전부 네가 다 가져라. 왜 웃냐? 언젠가는 끝나게 돼 있지. 이렇게든 저렇게든. 페트라가 모든 돈을 지불하고 있어. 집세, 식비, 다비드 물건들, 성탄절 선물. 하지만 난 북쪽에서 가족을 데리고 오는 첫 번째 사람이 되고 싶었어." 라파엘이 커피 머신을 손으로 찰싹 쳤다. "석회 제거제가 필요해. 무슨 차 마실래? 마테 차, 녹차, 민트 차, 얼그레이, 야생버찌 차, 잉글리시 브렉퍼스트? 크리스마스 티도 있어."

"인원이 꽉 찰 때도 있지만 빌 때도 있잖아. 네가 그랬잖아, 라파엘!"

라파엘은 유리잔을 행주로 닦아 윤을 내고 차 봉지를 하나씩 잔에 건다. 그러곤 코르크로 만든 잔 받침 두 개를 책상 위로 던진다. "널 성탄절부터 새해까지 고용할 수는 있어. 이제 좀 앉아." 그는 통에서 각설탕을 꺼낸다.

"안 돼." 오를란도가 말한다.

"앉지 않겠다고?"

"임시 고용은 안 돼, 라파엘."

"레몬이 다 떨어졌네." 그는 잔들 사이에 쓰레기봉투를 놓고 자리에 앉으며 두 대의 전화 수화기를 한꺼번에 든다. "내 생각엔 누군가 내 사업을 방해하는 게 분명해. 아무도 여기로 전화 걸지 않는 이유가 뭔지 얘기 좀 해 줄래? 도심에 4만 8000명의 나쁜 놈들이 살고 있어! 4만 7000명이라고 치자, 아니면 4만 5000명. 그 많은 놈 중 왜 아무도 택시를 타려고 하지 않는 거지? 왜 여기 전화벨이 연신 울리지 않는 거냐고. 네가 내 자리를 아예 대신 맡아라. 나 정말 너하고 지금 바꾸고 싶다. 진짜로 바꾸고 싶어. 실직자이기는 하지만 적어도 빚은 없으니까. 넌 자유라고! 넌 하고 싶은 건 뭐든지 할 수가 있어!" 그가 수화기를 거칠게 놓는다.

"여행하기 좋은 날씨니까. 사람들이 택시를 타고 싶어 하는 날씨가 아니잖아." 오를란도가 말한다. 그는 담배를 입술 사이에 끼운 다음 담뱃갑을 책상에 놓는다.

"여기 사람들 지갑에 돈이 말라붙었는데 밖에 쇠똥이 떨어지든 비가 내리든 그게 무슨 상관이냐고! 다 그런 거야! 제발 좀, 이제 말귀 좀 알아들어라! 그리고 여기서 담배 피우지 마, 오를란도." 라파엘은 우유 봉지를 뜯는다. "왜 다른 도시로 가지 않는 거야? 이 촌구석을 왜 못 떠나는 거냐, 응?" 라파엘이 손가락에 묻은 우유를 빤다. "오늘 아침에 누굴 만났거든. 예전 동창생. 물론 내가 다가갔지. 걘 나를 힐금힐금 보면서 아무 말 않더라고." 라파엘이 고개를 빼고서 두 손으로 망원경 모양을 만들어 눈앞에 갖다 댄다. "여깄다. 난 걔한테 일을 하느냐고 묻지 않지. 일자리가 있다고 해도 내 장담하는데, 분명 얼마 받지도 못하는 일자리일 게 뻔해. 이곳 사람들은 전부 내가 무슨 잘나가는 사업가인 줄 아는데, 너도 그럴 거고. 그래서 난 그냥 그의 가족 안부나 애들이 잘 크는지 뭐 그런 거나 물었어. 그게 다였어!" 라파엘은 얼굴을 양손에 파묻고 마치 이야기가 다 끝났다는 듯 이마를 문질러 댄다. "넌 아마 짐작도 못 할 거다! 그놈이 미친 듯 소리 지르며 날뛰는 거야! 내가 마땅히 알아야 할 게 있다면 그걸 내가 자기보다 훨씬 먼저 알았을 거라나! 난 도대체 그놈이 왜 그러는지 알 수가 없더라고. 갓난 아기같이 생긴 턱이 칠면조처럼 부르르 떨리더라고. 길가에 서서 '법도 도덕도 없냐'고 소리소리 지르는 거야. 또 뭐랬는지 알아? 자기 아내가 딸을 낳은 걸 내가 자기보다 먼저 알지 않았었느냐는 거야. 난 통 기억이 안 나는데. 지금까지도 그런 일은 기억 안 나! 난 그놈의 아내 얼굴도 모르는걸. 어떻게 내가 그걸 알겠어 하고 내가 물었지. 누가 그런 얘길 나한테 해 줬겠느냐고. 그놈은 그냥 소리만 질러 대면서 그건 법도 도덕도 무시하는 일이라는 거야. 그게 육 년 전이었다는구먼. 오를란도, 생각 좀 해 봐. 육 년! 나를 누군가 다른 사람하고 헷갈린 모양이야. 하지만 그게 정말 나였다 해도, 그놈이 생각하는 게 나라고 해도 말이야……. 이해하겠어?"

"아니." 오를란도가 작게 말한다. 커피 머신에서 수증기 빠지는 소리가 난다. 김이 오른다. 유리통에는 물이 맨 아래 눈금까지 찼다.

"누군가 육 년 내내 그런 분노를 가슴속에 품었다면, 오를란도…… 그게 무슨 뜻인 줄 알아? 그건 지금부터 내가 갑자기 자동차 칠이 벗겨져 나가는 상해를 입거나 누군가 타이어를 찔러 구멍이 나는 피해를 입는다 하더라도 그나마 다행으로 생각해야 한다는 뜻이야. 난 더 이상 집 밖으로 나가지도 않아. 전화기만 있으면 충분하니까. 그 외에 다른 모든 행동은 괜한 분쟁이나 혼란만 불러오거든."

"난 정말 당장에라도 시작할 수 있어. 아프기만 한 게 아니야. 너 이거 좀 볼래?" 오를란도가 재킷과 윗도리를 벗는다. 셔츠 단추를 허리띠까지 풀고 왼팔을 빼낸다. 라파엘에게 등을 보인 채 책상에 기대고는 러닝셔츠를 끌러 내려 왼쪽 어깨를 드러낸다.

"밴드도 안 붙였냐?" 라파엘은 일어나서 책상 쪽으로 상체를 숙인다.

"공기가 통해야 하니까 이게 더 나아. 그들이 그렇게 하라고 했어."

"상상 속에서나 일어날 법한 일이었는데." 라파엘이 팔을 뻗어 손가락 끝으로 흉터를 따라간다. "실은? 아프냐?"

오를란도는 고개를 설레설레 흔든다. 그리고 말한다. "가려워."

라파엘이 그의 어깨를 쓰다듬는다. 그의 손이 오를란도의 팔을 따라 내려간다. 그가 러닝셔츠의 어깨끈을 올려 준다. 또 한 번 손이 닿자 오를란도가 몸을 움찔하며 책상 모서리에 부딪힌다.

"아직도 아프긴 하네." 라파엘이 다시 자리에 앉으며 말한다.

오를란도가 간 후 그는 문을 닫고 초인종의 전선을 뽑아 버린다. 창문으로 다가가 천장의 등을 켠다. 그는 오를란도를 지켜본다. 그는 짐 가방을 먼저 택시 뒷좌석에 올리고 다른 쪽 문으로 차에 오른다. 그리고 차가 떠난다.

라파엘은 길 건너 자신의 오래된 사무실을 건너다본다.

역사의 두 창문이 컴컴하다.

"디스패처, 디스패처." 그가 반복한다. "디스패처, 디스패처." 그는 점점 빠르게 발음한다. 음절이 낱낱이 떨어지고, 낯설고 의미 없는 소리가 되어 울릴 때까지. 예전의 직업을 묻고 그의 대답을 들은 다른 사람들에게도 무의미하기는 마찬가지인 그 의미 없는 '현장 감독'이란 낱말을. "알텐부르크, 보르나, 가이트하인, 슈묄른 지역의 단거리 여객 운송 담당 디스패처. 디스패처디스패처디스패처." 그가 그 말을 오래 발음하면 할수록 자꾸만 중간에 새로운 음이 생겨나 끼어든다. 라파엘은 스스로 자초한 그 혼란을 즐긴다. 그런 일이 항상 가능한 건 아니다. 그 낱말이 또렷하고 정확하게 발음될 때도 많다. 그가 무슨 짓을 하든 상관없이. 예전에 그는 '디스패처'라는 게 전 세계가 다 똑같이 사용하는 직업명인 줄 알았다. 적어도 서독 사람들만큼은 이해할 것이라고 생각했다. 원래는 '현장 감독'이라는 뜻의 영어 단어니까. "디스패처디스패처."

라파엘은 곧장 전화기로 다가가서 수화기를 든다. 잠시 마음을 가다듬는다. 그리고 수화기를 들고 조용히 말한다. "귄터 택시입니다, 안녕하세요!"

"나야."

"벌써?" 라파엘이 묻는다.

"뭐가 벌써야?"

"그가 네 짐 가방을 올려다 주지 않았어?"

"나 건강해, 라파엘."

"네 생각이 그렇다면야."

"4만 7000명이 전화를 걸었냐?"

"누가?"

"전화벨이 또 울리더냐고."

"응, 그래. 성탄절 파티 끝내고 가는 사람들. 몇 번 울렸지."

"도르트문트는?"

"뭐?"

"이겼어?"

"응?"

"내가 묻는 건……."

"그랬으면 해. 그랬으면 좋겠다."

"날씨 정보만 들었는데, 영상이래. 다음 주 날씨가 어떨지는 그들도 모르고."

"늘 그래. 그게 제일 화나는 점이야."

"맞아."

"다음 주엔 달라질지도 몰라."

"그래."

"오를란도?"

"응?"

"미안하다⋯⋯. 내 몸에서 열이 나. 그러려고 한 건 아닌데⋯⋯. 내일 컴퓨터 좀 살펴봐 줘."

"그럴게."

"전혀 작동이 안 돼."

"내가 한번 볼게, 그럼."

"그래 주면 참 좋겠다. 진짜 좋겠어."

"11시까지 있을 거냐?"

"11시. 응."

"초콜릿은 충분히 있어?"

"초콜릿?"

"넌 라파엘로라고 이름을 고쳐야 해. 라파엘이 아니라. 페레로 라파엘로. 초콜릿 이름처럼."

"화가랑 관련된 이름이잖아. 그런데 그걸 아는 사람이 더 이상 없긴 하지."

"라파엘?"

"그래, 맞아."

"그 사람하고 무슨 관계 있냐?"

"아무것도 아냐. 나중에 얘기할게."

"너, 그림 그리냐?"

"나중에 얘기한다니까. 지금은 아냐."

"내가 제안을 하나 하려고 했었는데, 라파엘, 듣고 있어?"

"그래."

"모든 게 제자리로 돌아올 때까지, 그때까지 내가 운전할 수 있다고. 내가 여기 도착했을 때 그 생각이 났어. 병원비에 수리비…… 그거 다 얼마나 들었는지 말해 줘."

"뭐라고?"

"내가 운전하겠다고. 전부 갚을 때까지. 병원비에 차 수리비에……."

"말도 안 되는 소리 하지 마, 오를란도."

"내일 내가 그리로 갈게. 아니면 네가 잘 알지. 어디로 오면 날 만날 수 있는지."

"응."

"그럼, 라파엘."

"응."

"네 차례야."

"뭘?"

"전화를 받은 쪽, 언제나 그쪽이 전화를 끊는 게 규칙이야."

"그러니까 나란 말이지."

"원한다면 셋까지 세도 돼."

"이제 끊어야겠다."

"네 차례야."

"그래."라고 말한 후 라파엘은 수화기를 놓는다.

"디스패처."라고 말하며 그는 문틀 위 두 줄의 전선을 본다. 반짝이는 전선의 끄트머리가 축수처럼 비죽이 서 있다. 셔츠의 겨드랑이 아래와 등 부분이 젖어 있다. 그는 소매를 걷어붙인다. 창가로 다가가 양쪽 창문을 활짝 열고 십자 모양의 창살 아래 몸을 대고서 상체를 굽혀 밖을 내다본다. "디스패처." 그가 말한다. "디스패처, 디스패처." 그는 계속해서 큰 소리로 빠르게 말한다. 라파엘은 자신의 입김이 연기로 보였다고, 심지어 아주 잠시 눈이 쌓인 버스 터미널로 보였다고도 생각한다. 하지만 춥지는 않다. 한기나 으스름조차 느껴지지 않는다. 정말이지, 아직은 너무 더운 날이다.

10 미소

마르틴 모이러가 친아버지를 이십사 년 만에 재회한 일을 이야기한다. 예상치 않았던 고백을 듣는다. 신앙인은 병에 잘 걸리지 않으며 훨씬 오래 산다. 「사도행전」과 주방 장갑이 등장한다.

아버지를 다시 만났던 일을 그때의 경험 그대로, 그 순간 내가 어떤 인상을 받았고 아버지의 이야기가 나한테 어떤 감정을 불러일으켰는지 이야기한다는 것은 쉬운 일이 아닙니다. 내 기억력이 좋지 않기 때문이 아니라(일 년도 안 된 일인걸요.) 최근 들어 더 많은 것을 알게 되었기 때문입니다. 심지어 난 이제 예전과는 완전히 다른 사람이 되었다고도 말할 수 있습니다.

1969년 3월의 어느 날 아침, 어머니가 피트와 내가 있는 방으로 오셔서 말씀하셨습니다. "아버지가 떠나셨다." 어머닌 커튼을 젖히고 창문을 연 후 밖으로 나가셨습니다. 나는 일곱 살, 피트는 다섯 살이었습니다. 어머닌 내 동생을 데리고 유치원에 가기 전에 "누가 묻든 간에 감출 것은 아무것도 없다. 아무것도 감출 필요 없어."라고 제게 당부하셨습니다. 그 후 얼마간 어머니는 그 일을 더 이상 말하지 않으셨습니다.

1988년 2월 13일 티노가 태어난 후 난 아버지께 우리 세 식구의 사진을 보내 드렸습니다. 아버지가 보낸 축하 카드 속에는 100마르크짜리 서독 지폐가 들어 있었습니다. 1991년 10월 내 아내 안드레아가 사고로 죽었습니다. 나는 그 일 역시 편지에 썼습니다. 위로의 편지에는 또 100마르크의 서독 지폐가 들어 있었습니다. 나중에는 무르나우로 소풍 가는 길에 보내신 편지를 받았습니다.

다섯 번째 생일 바로 직전에 우리 아들 티노, 그 아이를 제 이모 단니에게 보냈습니다. 그녀가 아이를 훨씬 더 잘 다루기 때문이었습니다. 몇 주 후 예전 이웃사촌 간이었던 토마스 스토이버가 전화를 걸어왔는데 나더러 직원 할인가로 구입한 BMW 5 시리즈를 뮌헨 근처 그뢰벤첼에서 가지고 올 수 있는지 물었습니다. 그는 250마르크를 주겠다고 제안했고 차비와 기타 잡비는 따로 주겠다고 했습니다. 분명 내가 실직자라는 소리를 들었을 것입니다. 나는 즉시 그러겠다고 했습니다.

내가 왜 전화번호 안내 센터에 전화를 걸어 아버지 이름을 대고 번호를 알아냈는지는 나 스스로도 잘 몰랐던 것 같습니다. 단순한 호기심이었거나 아버지가 돈을 좀 주실 거라는 기대 때문이었는지도 모릅니다. 어쨌든 아버지는 수석 의사였으니까요.

전화를 받은 아버지는 불안정한 목소리로 "얘야." 하고 부르셨습니다. 난 아버지가 주중에 오후 4시 이후로 늘 가신다는 카페의 주소와 전화번호를 받아 적었습니다. 다음 날 저녁 아버지가 제게 전화를 걸었습니다. 당신의 몸이 어떤 상태인지 짐작되지 않느냐면서요, 그러니 너무 놀라지 말라고 하시는 것이었습니다. 우린 이십사 년 동안 만나지 못했으니까요.

그뢰벤첼의 자동차 대리점에서 나는 오래 기다릴 필요가 없었습니다. 난 마지막으로 운전대에 앉아 직접 차를 몬 게 언제였는지 생각했습니다. 그로부터 난 한 시간 안에 영국 정원에 도착했고 주차장에서는 후진할 필요도 없이 곧바로 주차할 수 있는 빈자리를 발견했습니다. 마지막 길은 걸어서 갔습니다.

넓은 보도에, 카페와 아주 가까운 곳이었는데요, 둥그런 테이블들이 서 있었고 테이블마다 의자가 두 개씩 딸려 있었습니다. 누군가 식사를 마치고 계산을 하기만 하면, 종업원들이 테이블을 치우는 중이라 해도 사람들은 지나가던 발걸음을 멈추고 얼른 그 빈자리를 차지하려고 그 앞에서 초조하게 기다렸습니다. 나는 한 여자가 앉아 있는 테이블에 자리를 잡았는데 그녀는 색안경을 머리에 얹은 채 생각에 잠겨 있었습니다. 커피는 계산서와 함께 테이블에 놓였고 잔 받침에는 쿠키 한 조각이 있었습니다.

난 테니스 시합을 지켜보는 관중처럼 좌우를 번갈아 둘러보았습니다. 천천히 지나가는 택시도 살펴보았습니다. 그러는 동안 쿠키를 뜨거운 커피에 적시기도 하고 커피 잔이 찰랑찰랑 넘치도록 연유를 부은 다음 담배를 꺼내 물었습니다. 아버지를 생각할 때마다 난 어머니와 아버지의 결혼사진을 눈앞에 그렸습니다. 우리 방에 몰래 감춰 뒀던 사진이었습니다. 나는 마침 아버지를 만나는 순간을 상상하고 있었습니다. 그 왜소한 체구의 남자가 곧장 내 쪽으로 걸어온다면 나는 피우던 담배를 던져 버리고 벌떡 일어나 의자 사이를 비집고 그쪽으로 다가갈 겁니다. 남자가 발자국을 뗄 때마다 긴 외투가 그의 무릎을 휘감는 모양이었습니다. 그는 바로 내 앞에서 멈춰 서더니 반원을 그리며 테이블로 다가와 오른손을 뻗어 아무 말 없이 길고 지저분한 손가락으로 설탕 통에서 각설탕을 꺼냈습니다. 갑자기 응달에 앉아 있던 여자가 눈을 떴습니다. 곧이어 우리가 그의 외투가 발꿈치에서 펄럭거리는 것을 보았는가 싶은 순간, 그는 사라졌습니다.

나는 4시에 보도에 서 있었습니다. 입구가 보이는 곳이었습니다. 몇 번이고 난 아버지의 얼굴을 알아보았다고 생각했습니다.

그리고 난 아버지의 얼굴을 바로 알아보았습니다. 그는 한쪽 다리를 끌긴 하지만 지팡이를 짚지 않은 채 천천히 조금씩 다가왔습니다. 그가 가는 길 중간에 내가 서 있었습니다.

"잘 지내셨어요, 아버지." 내가 말했습니다. 전에는 아버지라고 부른 적이 한 번도 없었습니다.

"잘 있었니, 얘야." 그는 머리를 다른 방향으로 조금 돌렸습니다. "나는 왼쪽 눈으로만 볼 수 있단다."

아버지는 내 팔짱을 끼셨고, 우린 한 걸음 한 걸음 옮기며 카페에 들어섰습니다. 그는 나보다 키가 작았습니다.

"아비는 이제 폐인이 다 됐다. 적어도 외관상으론. 그래 보이지 않니?"

"그렇게 생각하지 않아요, 전. 뭐가 어때서요?"

여종업원들은 옅은 파란색 원피스를 입고 가장자리를 코바늘로 뜬 하얀 앞치마를 두르고 있었습니다. 그중 하나가 우리가 나란히 걸어 지나갈 수 있도록, 케이크와 빵과 구운 과자들로 가득한 쇼케이스에 몸을 바짝 붙였습니다. "라인하르트 박사님, 안녕하세요." 그녀가 말했습니다. 아버지가 멈춰 서시더니 고개를 돌리곤 그녀에게 왼손을 내미셨습니다. 그러곤 "내 아들이라오."라고 말씀하셨습니다. 그녀가 눈썹을 높이 추켜올렸습니다. "라인하르트 씨, 만나서 반갑습니다. 잘 오셨어요. 안녕하세요." 우리도 악수를 나누었습니다. 그리고 나는 다시 아버지의 팔을 느꼈습니다. 손님 몇 명이 우리 쪽을 돌아보며 미소 지었습니다. 우리를 마주 보고 다가오거나 지나치던 여종업원들이 큰 소리로 인사했습니다.

"넌 아직도 모이러라는 성을 쓰니?" 아버지가 물으셨습니다.

"네."라고 대답하며 나는 아버지가 외투를 벗으시는 걸 도와드렸습니다. 우리는 서로 몸이 닿지 않게 몇 발짝 떨어진 채로 아버지가 가리키는 구석의 둥근 테이블로 걸어갔습니다. 카페에는 사람이 제법 꽉 들어차 있었는데, 그중에는 예순이 넘었을 것으로 보이는 할머니들이 많았고 대부분은 두세 명씩 둘러앉아 있었습니다. 부부는 드물었습니다.

젊은 여종업원이 주문받으러 오기 전에 수첩에 뭔가를 기입했습니다. "안녕하세요." 그녀는 예약이라고 쓴 푯말을 앞치마 주머니에 꽂으며 말합니다. 우린 커피 두 잔을 주문했습니다.

"노천 맥줏집이 문을 여는 여름에 꼭 한번 오너라. 그때 꼭 와." 아버지는 사진에서처럼 웃으셨습니다. 다만 이번에는 뺨이 볼록 솟아오르지 않는다는 것만 달랐습니다. 이제는 나를 꼼꼼히 살펴보셨습니다.

"옛날에 난 네가 살찔 수도 있겠다고 생각했단다. 넌 3인분씩 너끈히 먹고도 어딘가 남은 음식이 조금만 있으면 다 먹어 치웠거든. 믿을 수 없을 정도였어……. 젬멜 클뢰세[08]를 콤포트까지 얹어서 열네 개나 먹었지. 대식가들은 대개 뚱뚱해지고 일찍 죽는다."

***

08 고기와 야채와 빵가루를 섞어 만든 일종의 완자.

아버지는 왼손으로 오른팔을 들어 테이블에 올리셨습니다. "이젠 너도 볼 수 있겠구나. 내 앞발바닥을." 난 아버지의 얼굴에서 마비의 흔적을 찾으려고 애썼으나 발견하지 못했습니다. 아버지는 여전히 머리숱이 풍성했고 잘생기고 호감 가는 육십 대 중반의 남자였습니다. 아버지는 손끝으로 넥타이 매무새를 가다듬었습니다.

아버지는 그날 아침 일을 이야기해 주셨습니다. 화장실에 가려고 잠에서 깨어났는데 방으로 다시 돌아왔을 때는 옆으로 쓰러진 의자를 발견하셨다는 것이었습니다. 아버지가 의자를 다시 세우자 이번에는 테이블에서 꽃병이 떨어졌습니다.

"그게 시작이었던 거야. 나도 모르게 물건에 자꾸 부딪쳤단다. 그러고서는 번개. 그건 번개 비슷한 게 아니라 진짜 번개였어. 아무리 봐도 번개였지. 다른 사람들이 생각하듯 심장 마비도 아니었어. 통증이 없었거든. 그냥 번쩍했는데, 그러고서 마비가 왔단다."

아버지는 우리한테 잔을 가져다주며 미소를 지은 뒤 돌아가는 여종업원을 돌아보았습니다.

"난 처음부터 다시 시작했단다. 밑바닥부터. 하지만 일단 시작하기까지는! 난 한쪽 다리에 쥐가 난 것처럼 갑자기 그만둬야 한다고 생각했어."

나는 아버지가 커피 잔을 입으로 가져가는 모습을 지켜보았습니다. 아버지는 빨리 한 모금 마셨습니다. 그러고는 손을 떨지 않은 채 커피 잔을 테이블에 도로 놓았습니다.

"너한테도 당이 있더냐?"

나는 설탕 통으로 손을 뻗었습니다.

"아니, 얘야, 너한테 당이 있냐고. 나는 당뇨를 앓거든." 아버지는 다시 한 모금 마신 후 안으로 굽은 오른손 옆의 쿠키를 바라보았습니다. "밑바닥부터 난 다시 시작했다. 정말로 맨 밑바닥부터." 아버지가 말씀하셨습니다. "왜냐하면 내가 왔을 때, 그때가 시작이었으니까."

"나도 늘 다시 시작해요. 하지만 오래가진 못하죠." 내가 말했습니다.

"다 뜻이 있단다, 마르틴. 모든 건."라고 하시며 아버지는 왼손으로 오른손을 잡아 잔 받침으로부터 약간 멀리 옮기셨습니다. "우리가 그 뜻을 이해할 수 없더라도, 혹은 당장 이해하지 못하더라도."

내가 아무 말을 하지 않았는데도 아버지는 점점 더 생기를 띠어 갔습니다. "네가 무슨 생각 하는지 안다. 그렇지만 지금껏 여러 해를 보내면서 깨달은 바는……." 아버지는 접은 손수건을 한 장 꺼내서 입가를 닦으셨습니다.

나는 무슨 말을 해야 좋을지 몰라, 아버지가 침묵하는 내내 커피만 마셨습니다. 나는 아버지가 한 문장 한 문장 정리해 두셨다는 느낌을 받았습니다. 마치 강연을 준비하듯 나를 위해 준비해 오신 겁니다. 어쩌면 지금 침묵하시는 것도 아버지 웅변술의 한 부분일지도 모릅니다.

나는 설탕 통에서 각설탕을 꺼내던 남자 이야기를 꺼냈습니다. "쓱싹하더니 그만 사라지더라고요." 내가 말했습니다.

"그러고 나선?" 아버지가 물으셨습니다. 우린 침묵했습니다.

"너, 뭣 좀 새로운 일을 구했니?"

"아니요."

"여자 친구는 없고?"

"아 네, 없어요." 내가 말했습니다.

"그게 얼마나 지난 일이냐? 애 엄마 사고가? 일 년쯤 됐나?"

"일 년 반요."

"운전사는? 그들이 찾아냈니……?"

"운전사는 없어요." 나는 말했습니다. "적어도 흔적조차 없었거든요. 누군가 너무 가까이에서 추월했거나 뭔가 다른 게 그녀를 깜짝 놀라게 했는지도 몰라요. 아주 어처구니없게 넘어졌거든요……. 세르비츠를 지나서요."

나는 안드레아가 죽은 게 나 때문인 것 같다고 말씀드렸습니다. 내가 운전면허증을 잃어버리곤 자동차 따윈 필요 없다고 주장했으니까요. "그래서 안드레아가 자전거 타는 연습을 했거든요. 아주 불안해했어요."

난 이미 그런 식으로 그녀의 죽음에 대해 이야기한 적이 많았습니다. 하지만 별안간 나는 말했습니다. "난 안드레아가 죽었으면 좋겠다고 생각했어요. 그러자 곧 그런 일이 일어났고요."

난 잔을 뚫어져라 응시했고 어떻게 그런 말이 입 밖으로 나왔나 싶어 스스로도 당황하지 않을 수 없었습니다. 게다가 우리를 버리고 떠난 데다가 시시각각 기회가 있을 때마다 정확한 카드를 내밀고 계시는 아버지 앞에서요.

"네가 그 아이를 정말로 사랑하지 않았거나 충분히 오래 사랑하지 않았던 모양이구나. 그런 건 미리 알 수가 없단다." 아버지가 잔을 내려놓으시고는 쿠키가 담긴 잔 받침을 내 쪽으로 밀었습니다. "이거 먹을래?" 난 쿠키를 입에 밀어 넣고 어쨌든 결국 삼켜 넘겼습니다. 그러곤 담배를 피워도 되겠느냐고 물었습니다. 아버지가 손짓으로 거부의 뜻을 표시하셨습니다.

"그리고 넌?" 한참 후 아버지가 물으셨습니다.

"예술사 전공한 놈을 누가 오라고 하겠어요? 그것도 박사 학위도 없이." 난 말했습니다.

"내가 방금 그 얘길 하려고 했다."

나는 보헤미아 판화미술과 대학과 데모에 관해 이야기를 시작했습니다. "아무도 끝내지 못했어요. 우린 뭐, 안 해 본 게 없죠. 박사 논문만 못 쓰고 나머진 다 했어요. 그러곤 단번에 착, 새 교수가 오고, 착, 새 조수가 오고."

아버지가 나를 뚫어져라 쳐다보셨습니다. "그래서, 그들이 널 내쫓았니?"

"네." 나는 말을 하면서 또 아버지의 왼쪽 눈과 오른쪽 눈을 비교해 보았지만 결국 이렇다 할 차이점을 발견하지 못했습니다.

"너, 당에 들었었니?"

"왜 그런 생각을 하세요?"

"미안하다. 하지만 그 모이러란 자 말이다. 빨갱이 모이러! 모두가 그를 그렇게 부르지 않았니." 아버지는 눈살을 찌푸리셨습니다. "그 작자를 용서하는 게 제일 어려운 일이었다. 그 작자를 난 증오했어. 그래도 난 그를 용서했단다."

"뭘 용서하셨는데요?"

"얘야! 내가 낳은 자식들이 갑자기 그런 작자의 손에 넘어갔는데…… 난 너희가 거기서 그렇게 썩길 바라지 않았어. 우리 모두 다 같이 가자고, 내가 네 엄마를 설득하려고 얼마나 여러 번 노력했는지 아니. 하지만 네 엄마는 고집스러웠다. 그냥 고집만 세어 갖고, 도저히 꺾을 수가 없었어."

"우리도 떠나기를 원하지 않았어요." 내가 말했습니다.

"너희는 어렸으니까. 마르틴, 그게 어떤 결과를 초래했는지 지금 보고 있잖니."

"난 그저 운이 없는 것뿐이에요." 내가 말했습니다. "이젠, 앞으로 술이나 마시고 집세를 못 내서 내쫓기거나 그럴 일만 남았겠죠." 난 좀 더 이야기를 계속하고 싶었습니다. 하지만 잘되지 않았습니다. 난 안드레아를 생각했습니다. 목이 바짝 말라 아플 지경이었습니다. 나는 눈물이 솟는 것을 느끼며 뜨거운 자기 연민에 빠지기 직전까지 갔습니다.

하지만 아버지가 말씀을 다시 하시며 내 주의를 다른 데로 돌리셨습니다. 한번은 아버지가 산책을 갔다가 늦도록 돌아오지 않자 어머니가 경찰에 신고했다는 것이었습니다. "네 엄만 자고 있었고 너희는 창가에만 앉아 있었단다. 너흰 한 번도 신선한 공기를 쐬러 나가고 싶어 하지 않았어. 처음에 네 엄마는 수위실에 신고했다. 내가 멧돼지에라도 끌려가 어딘가에 쓰러져 있을 거라고 여겼던 거야." 웃느라고 아버지의 눈가에 주름이 지고 이마가 번들거렸습니다. "난 그 생각을 자주 한단다." 아버지는 시계를 쳐다보셨습니다.

"얘야." 아버지가 그렇게 말씀을 시작하시면서 앉은 자리에서 몸을 추스르셨습니다. "내가 레나테와 이혼하고 여기서 노라와 결혼했을 때……." 아버지는 관자놀이를 만지셨습니다. "노라와 내 결혼 생활은 거의 이십 년이나 지속되었단다. 아침마다 눈을 뜨면 그녀가 내 곁에 있었고 잠들 때도 난 그녀의 손길을 느꼈다. 그러고도 이 년간 불구자를 수발하고……. 물론 나는 세상에서 노라를 제일 사랑한다고 생각했었지. 노라가 없다면……. 그러던 중, 너한테 지금부터 그 얘길 해 주마. 그러던 중 난 내 운명에 도전장을 내밀었단다. 운명이 나를 기습했고 편협함과 늘 모자라는 행복 속에서 내가 분별하지 못했던 허상을 다 지워 버리는 일이 일어났지." 아버지가 손을 또 한 번 옮기셨습니다. "주기적으로 우리 집 초인종을 누르는 남자가 있었다. 당시 난 그를 늘 구원 천사라고 불렀지. 난 그런 사람들에 대해서 별로 좋게 말한 적이 없었지만, 언젠가 노라가 그를 들어오게 했단다. 우리를 찾아오는 방문객은 거의 없었으니까. 난 걸을 수 없었고 다시 걸을 수 있을 거라는 희망은 눈곱만치도 없었단다. 그 구원 천사는 급기야 집 안으로 들어왔고 우린 그의 말을 들으며 그를 놀리기도 했단다. 그는 참을성 있게 앉아 전혀 방어하지 않고 있다가는, 갑자기 기도를 시작하더구나. 지금도 눈에 선하단다. 무릎을 꿇고 두 손을 모으고 고개를 숙인 채, 어딘가 통증을 느끼는 사람처럼 양미간에 주름을 잡고서 말이다."

아버지가 또 한 번 입을 닦으셨습니다. 그가 이야기를 하면 나는 말을 할 필요가 없다는 생각이 들었습니다.

"뭐 좀 먹지 않으련?" 하고 물으시며 아버지는 손수건을 도로 내려놓으셨습니다. "노라와 나는 기도하는 천사 옆에서 끝날 때까지 기다렸다. 아무 일도 없었다는 듯이 그가 작별 인사를 하더니, 이틀 후 다시 왔단다. 그때는 꽃을 가지고서. 일주일에 두 번, 세 번, 네 번 우리를 방문했어. 그가 그렇게 살짝 돌지만 않았다면,

난 그렇게 생각했었단다." 아버지는 무뚝뚝하게 말씀하셨습니다. "아 그래. 대충 생략하고 이야기하지. 그가 노라와 함께 사라져 버렸을 때, 그제야 난 내가 어떤 인간과 함께 살았는지 알게 되었던 거야. 그 여자가 그동안 내내 나하고 살면서 간수했던 게 뭔 줄 아니? 첫째는 내 저축 통장, 둘째는 내 보험, 셋째는 내가 앞으로 받을 연금. 돈, 돈, 돈. 노라가 내일 비행기로 보리스와 함께 포르투갈로, 그 목사 놈하고 간다는 걸 알리는 자리에서 덧붙인 말이 있단다. '당신, 이제 돈 꽁꽁 감춰 두지 않아도 돼요.' 내 노라, 내 인생 전부였던 노라가! 우리에겐 필요한 건 뭐든 다 있었다. 그것도 넘치게 있었어."

아버지가 잠깐 말을 멈추셨습니다. 내 눈에는 아버지가 이제야 그 상황을 이해하는 듯이 보였습니다. 그러나 굳은 목소리로 다시금 말을 이으셨습니다.

"그게 끝이겠거니, 난 당시에 그렇게 생각했었다. 하지만 상황은 더욱더 나빠졌어. 심지어 그때 안도감 같은 걸 느끼기도 했지. 그들이 원래 그렇지 하고 난 생각했어. 그 경건함 뒤에 숨어 있는 거지. 세상은 그렇게 간단한 거니까. 난 열정적으로 자학적인 사람이다. 하지만……." 아버지는 말씀하시면서 마치 이제부터 할 농담이 너무 우스워 미리 터져 나오는 웃음을 참는 사람처럼 눈살을 찌푸리셨습니다. "얘야, 너 그거 아니? 바로 그 시점에서 내 인생은 시작되었단다. 혼자? 물론 아니지! 예수 그리스도가 나와 그토록 가까이 있던 적은 한 번도 없었어. 우린 도대체 누구란 말이냐? 우리 인간 스스로에게서 거부감을 느끼는 존재들인 우리 말이다. 우린 도대체 뭐란 말이냐?"

아버지의 그 말씀은 마른하늘에 날벼락같이 내 마음에 와닿았습니다. 난 세례조차 받지 않았더랬습니다. 난 그저 믿음이 있는 사람은 병에 덜 걸리고 오래 산다고만 생각했습니다. 며칠 전 난 그걸 우리 서가에 꽂혀 있던 《심리학의 오늘》이라는 잡지에서 읽었습니다. 아버지의 어투, 아버지의 음성이 갑자기 달라졌습니다.

"날마다 형제와 자매 들이 나를 돕고 내게 힘이 되어 주겠다고 왔단다. 난 그들과 함께 하느님의 말씀을 읽고, 기도할 수 있었다." 내게서 눈을 떼지 않은 채 아버지가 선포했습니다. "너도 보다시피 난 스스로 잘해 나가고 있다. 올바른 방법으로 은퇴하고 있지." 아버지는 내 손을 잡으려고 했습니다. "네가 외롭거나 절망을 느낀다면 예수 그리스도가 너와 가장 가까이 계시다는 말이다. 넌 그저 '네.'라고 대답하면 된단다, 마르틴. 그냥 '네!' 하면 돼."

"전 외롭지 않아요." 난 대답했습니다.

"물론 외롭지 않지!" 아버지의 손끝이 내 손끝을 건드렸습니다. "넌 혼자가 아니란다, 마르틴." 아버지는 당신의 오른팔을 잡더니 몸을 뒤로 기대셨습니다.

우리가 또 무슨 얘기를 했는지 모르겠습니다. 아무튼 곧, 나는 밝을 때 조금이라도 더 차를 몰려면 이젠 가 봐야 한다고 말했습니다.

아버지는 재킷 주머니에서 10마르크 지폐를 꺼내서 테이블에 놓으시곤 다시금 주머니로 손을 집어넣으셨습니다. 그러곤 내게 짙은 초록색 꾸러미를 하나 내미셨는데 뭔가 부드러운 게 들어 있는 것 같았습니다. "풀어 보고 싶으면 풀어 봐."

나는 선물 포장지가 찢어지지 않게 조심해서 접착테이프를

떼어 냈습니다. 내가 그 주방 장갑 한 켤레를 꺼내 들어 보였을 때
아버지는 "그 무늬는 내가 고안한 거야."라고 말씀하셨습니다. 연
한 파란색 바탕 한가운데 팔각형의 별이 있었습니다. 못에 걸도록
되어 있는 장갑 고리에는 각각 조그만 표식이 붙어 있었습니다.
한스 라인하르트 박사. C동 209번. "이런 거 필요하지 않니? 실용
적인 물건은 언제나 필요한 법이다."

나는 고맙다고 말하고 아버지는 돈을 지불하셨습니다.

그 후 난 아버지가 외투 입는 걸 도와드렸습니다. 아버지는 목
도리가 자리를 잘 잡았는지 물으셨습니다. 나는 그것을 약간 가운
데로 잡아당겼습니다. 아버지는 내 팔짱을 끼셨고 우리는 밖으로
나갔습니다. 종업원이 가볍게 목례를 했습니다. 많은 시선이 내
게 꽂혀 있음을 알 수 있었습니다. 여자들은 서로서로 우리 시선
을 끌려고 했고 미소를 보냈습니다. 난 자세를 바로하려고 노력했
습니다. 우리한테 인사를 건넸던 여종업원이 안쪽 문을 열어 주었
습니다. 밖에서 미닫이문을 열고 들어오던 두 여자가 우리를 위해
문을 잡고 기다려 주었습니다. 그들 역시 미소를 지었습니다.

택시가 이미 갓돌에 와 대기하고 있었습니다. 내가 고개를 끄
덕이자 운전사가 내렸습니다.

"잘 있어라, 마르틴." 아버지가 말씀하셨습니다. 나는 내 오른
뺨에서 아버지의 턱을 느꼈습니다.

아버지는 왼손으로 보조석 차문을 그러잡으신 채 상체를 뒤
로 밀며 좌석에 털썩 주저앉으셨습니다. 운전사가 아버지의 발을
들어 올려 주었습니다. 아버지가 뒤돌아보실 때 나는 팔을 뻗어
손을 흔들었습니다. 아버지가 고개를 돌렸을 때는 차가 벌써 움직

이기 시작했는데 고개를 충분히 돌리시지 못해서 나를 볼 수 없었습니다.

나는 걸음을 옮겨 왔던 방향으로 되돌아 걸었습니다. 그러곤 이젠 확실히 아무도 더 이상 나를 바라보며 미소를 짓지 않을 것으로 생각되는 곳에 이르러서야 고개를 들었습니다. 난 공중전화 부스로 가 스토이버의 번호를 누르곤 모든 일을 잘 처리했고 10시나 11시 사이면 거뜬히 도착할 거라고 알렸습니다.

"잘됐군, 그럼 기다리겠네." 스토이버가 외쳤습니다. "가족 모두 자네를 기다리고 있어!"

"그럼." 내가 말했습니다.

"운전 잘하고 오세요!" 그의 아내가 멀리서 전화기 쪽으로 크게 말했습니다.

"운전 잘하게!" 스토이버가 말했습니다.

"고맙습니다." 하고 말하고서 나는 전화기를 귀에 바짝 눌러 대며 뒤에서 나는 소리에 귀 기울였습니다.

"좀 있다 보세." 스토이버가 말한 후 수화기를 놓았습니다.

나는 단니의 번호를 눌렀습니다. 티노와 이야기하고 싶었거든요. 난 그냥 그 아이에게 "안녕."이라고 말하고 싶었는데, 첫 신호음이 울리기도 전에 수화기를 놓았습니다. 내일 전화해도 늦지 않을 것입니다. 집 전화로 말입니다. 나는 차로 다시 돌아갔고, 후진을 하지 않고도 주차한 자리에서 잘 빠져나올 수 있었습니다.

지금은 물론 잘 알고 있습니다. 아버지의 이야기가 한 편의 사울 바울 우화였다는 것을요. 신약의 「사도행전」을 보면 얼마든지 읽을 수 있는 이야기입니다. 탄압받는 기독교도 중 누군가 가장 중요한 전교사가 되고 복음의 전파자가 된다는 이야기 말입니다.

주방 장갑에 관해서는 아버지 말씀이 옳았습니다. 그건 내 주방의 레인지 바로 옆에 걸려 있습니다. 필요할 때 팔을 뻗기만 하면 됩니다.

11 여자 둘, 아이 하나, 테리, 괴물과 코끼리

에드가와 단니와 티노가 신축 주택으로 이사한다. 구운 소시지 냄새가 나고, 크고 작은 재앙이 일어난다. 안락의자와 페르시아 융단에 얼룩이 생긴다.

"에디, 아이고! 이런 괴물 같으니라고!" 에드가는 단니가 그렇게 외치는 소리를 들었다. 그는 몸을 일으켰다. 그는 회색 안락의자를 뒤집어 거대한 헬멧인 양 머리 위로 들었다. 눈썹까지 안락의자에 파묻혔다. 균형이 문제일 뿐이었다. 그는 누구라도 들을 수 있을 정도로 거칠게 숨을 쉬었다. 등받이 부분이 어깨를 짓누르고 있었다. "우아!" 티노가 탄성을 질렀다.

"에디, 왜 또, 오늘은 좀 안……."

단니의 발이 그의 신발 앞 자주색 카펫 위에서 움직였다. 에드가는 그녀가 안락의자를 건드린다고 느꼈다. 그는 그녀가 팔걸이 아래 공간을 지나 그에게로 와 두 손으로 엉덩이를 끌어안는 장면을 상상했다. 그러면 그들은 입을 맞출 것이다. 그것도 티노가 안 보는 곳에서 말이다. 그리고 흔들흔들 춤을 출 것이다.

"힘 되게 세네, 에디 아저씨." 단니가 안락의자의 앞부분을 가볍게 툭툭 치면서 말했다. 대답 대신 에드가는 두 번 껑충껑충 뛰는 시늉을 하곤 그녀를 따라 전등이 있을 것으로 짐작되는 곳에서 상체를 숙였다. 그는 부딪치지 않고 용케 문을 빠져나가 복도로 나갔다. "여기 좀 긁어 줘." 그의 오른쪽 발끝이 왼쪽 정강이를 톡톡 찼다.

"고마워." 단니가 속삭이곤 현관문을 열었다.

"여기 좀 긁어 달라니까!" 그가 말하면서 그 자리에서 꼼짝하지 않았다.

"바람 들어와, 에디. 빨리, 좀, 에디……."

그가 다시금 상체를 숙이고 큰 보폭으로 현관 매트를 뛰어넘었다. 매트에는 검고 커다란 글씨로 '웰컴(Welcome)'이라는 인사말이 반원을 그리고 있다.

위층에서 내려오는 발소리가 들렸다. 무릎까지 오는 원피스를 입은 여자였다. 에드가는 그녀의 신발과 허벅지로 나이를 가늠해 보려고 애썼다. 그의 인사는 답례를 받지 못했다. 계단 맨 아래에서 그녀는 그의 옆을 겨우 지나가느라 애먹었고, 문을 연 채 기다려 주었다. 그는 고맙다고 말했지만 이번에도 아무런 답을 듣지 못했다.

에드가는 오른손으로 셔츠와 바지 주머니를 더듬어 자동차 열쇠를 찾았다. 그는 무릎을 구부려 주저앉은 다음 안락의자의 앞쪽 다리가 아스팔트 길에 닿을 때까지 어깨와 머리를 앞으로 숙였다. 그러곤 등받이 아래에서 몸을 뒤로 빼낸 뒤 재빨리 몸을 일으켰다. 하지만 중심을 잃고 허공에서 허우적대다가 앞으로 쓰러지고 말았다. 그는 안락의자와 하나가 되어 포드 트란지트의 왼쪽 미등 앞으로 넘어졌다.

여자는 사라지고 없었다. 그는 등받이를 흔들었고 하품을 했다. 후텁지근한 날이었다.

"그게 어디였는데요?" 에드가 거실로 들어오자 티노가 물었다.

"알베크, 발트해였단다." 단니가 말했다. "에디, 우린 아주 깊은 감동을 받았어. 자리가 아직 남아 있나?"

에드가가 고개를 끄덕였다. "열쇠는?"

"저건요?" 티노가 외쳤다.

"뭐 말이야? 내 강아지야. 당나귀 위에 있는 거 말이니?"

"이거 말이에요!" 티노가 사진첩을 높이 들어 올렸다. "이거요!"

"잠깐 기다려 봐, 에디. 열쇠라, 잘 모르겠다. 내 강아지야, 진짜로 모르겠어. 어쩌면 부엌에?"

에드가는 냉장고 앞에서 웅덩이를 만났다. 그는 걸레를 펴서 덮고는, 물을 덮은 걸레 표면이 군데군데 불룩 튀어나오며 섬 같은 모양을 이루는 것을 보았다. 헝겊이 시칠리아 모양으로 바닥에 달라붙었다. 그는 걸레 가장자리를 가운데로 모아 젖은 걸레 뭉치를 세면대로 옮겨 갔다. 그는 그렇게 몇 번을 왔다 갔다 했다. 그러고서 살짝 열어 두었던 냉장고 문을 활짝 열었다. 냉동고 안에 검은색 열쇠 주머니가 걸려 있었다.

거실에서 에드가는 티노 쪽으로 눈길을 주지 않으려고 노력했다. "뭘 좀 갖다줄까?"

"이거요!" 단니가 옆에 있던 상자를 가리켰다. "테리 것도 두 통."

"정말 좋은 생각이었다, 정말이야." 에드가가 말했다.

"그 아이 개야, 에디. 자기 개한테 뭐가 좋고 나쁠지 아이가 결정해야 한다고. 테리는 새로운 환경에 적응하고 있고, 여기서 우린 조용히 지내면 되잖아. 난 좋은 생각이라고 봐." 단니는 장롱 앞에서 무릎을 꿇고 낡은 신문지를 한 장 털어 쥔 뒤 접힌 선을 따라 반으로 찢어, 하나는 둘둘 말아 맥주병에 꽂고 나머지 하나는 병을 쌌다. 에드가는 신발 끝으로 신문지 한 장을 끌어당겼다. "쾌락 대신 절망. 운전대 아래서 자위행위." 뒤집힌 화물차 사진 아래 달린 기사 제목이었다. 그가 그 짧은 기사를 그녀에게 내밀고 그녀가 다 읽었다고 생각한 순간 웃음을 터뜨렸다.

"세상에. 사람들이 그걸 어떻게 안다는 거야? 그 운전사가 운전하는 도중에……, 그러니까 그게." 단니가 말했다.

"뭐 말이야, 앰마?"

에드가가 신문지를 뒤로 돌렸다.

"뭘?"

단니가 허공을 응시했다.

"사고가 났단다." 에드가가 말했다. 단니의 목에 빨간 얼룩이 생겨났다. "동물원에 사고가 났는데, 코끼리 레오가 벽에 기댔는데 그 사이에 사육사가 있다가 끼었다는 거야."

"정말이야, 앰마?"

"넌 왜 에드가 아저씨 말을 안 믿니?"

에드가가 동물원 기사를 찢어 내어 비행기를 접었다. 그는 티노 쪽으로 팔을 들었다. 비행기가 카펫 위로 빙글빙글 떨어졌다. 두 번째 시도에서 비행기는 사진첩 바로 앞에 떨어졌다.

"사람들이 코끼리를 쏴 죽였나요?"

"아니, 이쁜 강아지야, 일부러 그런 게 아닌걸!"

"그래서 어떻게 됐는데요?"

"사육사는 병원에 입원해서 다시 건강을 되찾고 가족이랑 동료 사육사들의 문병을 받았지." 단니가 말하면서 스파클링 와인 잔 하나를 포장했다. "그가 다시 일터에 왔을 땐 코끼리 레오가 코에 꽃다발을 꽂고 그에게 인사를 건넸지."

어깨에 턱을 대고서 에드가가 트롬본 소리를 내며 오른팔을 흔들었다.

"3월 19일이야!" 단니가 외치며 끼어들었다. "이 기사는 금요일 거라고. 금요일, 19일. 그러니까 목요일에 일어난 사건이다, 그렇지?" 그녀는 에드가와 티노를 이리저리 번갈아 바라보았다. "참, 남자들아. 목요일, 3월 18일, 그래도 몰라? 무슨 일이 있었느냐고? 두 사람도 다 알잖아. 강아지, 에디?"

"아아!" 에드가가 탄성을 질렀다.

"그래, 강아지야, 너 아직도 모르겠니? 남동쪽, 남동쪽, 짜자잔, 짜자잔. 새집 말이야, 새집!"

"우리가 나무가 몇 그루인지 세는 동안, 코끼리는 사육사를 깔아뭉갰던 거야."

"에디! 헛소리 좀 하지 마!"

"앰마?"

"아냐, 내 이쁜 강아지야." 단니가 고개를 흔들었다. "밀어서 깔아뭉갠 게 아니야." 그녀는 열려 있던 상자 뚜껑을 아래로 내려 닫았다. 에드가가 그녀의 골이 팬 가슴께를 쳐다보았다.

"오늘은 이만 끝." 단니가 말하면서 몸을 일으켜 현관문을 열러 앞장서서 걸어갔다.

에드가가 브레이크를 밟았다. 차는 시내버스 종점으로 굴러가 작은 통나무집 구조의 매점 앞에서 멈춰 섰다. 흰색과 빨간색이 섞인 방풍 재킷 차림으로 마침 《빌트차이퉁》과 《포쿠스》 신문대를 접고 있던 여자가 그에게 손을 흔들었다.

"퇴근하니?" 에드가가 차창을 내리며 외쳤다.

"벌써 아까부터. 베치도 데리고 나왔어?"

"테리. 개 이름은 테리야." 에드가가 차에서 내리면서 말했다. "오늘 아침 그들이 그 개를 남동쪽으로 데려갔어. 길들이려고 그런대. 케이크 있어?"

"오늘은 아예 없었어. 이런 날씨에는 어차피 그런 거 사 먹으러 오는 할머니도 없는걸. 그래도 여기 이건……." 그녀가 머리로 전봇대를 가리켰는데 거기에 헝겊 주머니가 기대져 있고 그 위에 알루미늄박으로 싼 무엇인가가 놓여 있었다.

"테리라니까. 간단하지, 테리."

"테리든 에디든 베치든 뭐, 하여간!"

"테리. 폭스테리어종이니까."

매점의 차양이 차르랑 소리를 내며 내려갔다.

"안녕, 우테." 막 차에 오르는 그녀에게 에드가가 인사를 건넸다. "오늘 티노가 자동차 열쇠를 냉동실에 감췄어."

"그 아인 네가 나가고 없는 걸 더 좋아하지 않아?" 그녀는 알루미늄박으로 싼 묶음을 수동 브레이크 옆에 놓고 왼손으로는 변속 레버 손잡이를 잡았다. 에드가는 차에 시동을 걸고 클러치 페달을 밟았다. 그녀가 기어를 넣었다. 그들은 출발했다.

그는 오른손으로 그녀의 목을 어루만졌고 엄지손가락을 풀오버의 칼라 아래로 집어넣었다. 그녀에게서는 감자튀김과 사바티니 향수 냄새가 났다. 지난주에 그가 선물한 향수였다.

"내일 아침 7시에 우린 이 차가 필요해, 정오까지. 그러고 나면 다시 가져가도 돼."

"알았어."라고 대답한 후 에드가는 앞으로 몸을 내밀면서 속삭였다. "우테."

"팅코는?"

"티노라니까. 이응이랑 키읔은 빼고, 티노."

"난 팅코라고 부를래."

"그야말로 테러야. 하루 종일 그래. 어제 저녁엔 내가 그 아이의 개를 좀 쓰다듬었는데……, 그럴 때 티노를 너도 한번 봐야 해. 완전 질투에다가, 살기등등한 증오. 그리고 양심에 찔린 그녀는 노상 그 아이한테 말하지. 제 엄마 배 속에 있을 때부터 그 아이를 사랑했었다고!"

"그 아이가 널 어떻게 부르는데? 삼촌?"

"나하곤 아예 말도 안 해."

"그럼 그녀는?"

"앰마."

"엄마?"

"엄마가 아니라 앰마. 그녀가 그 아이 앰마야."

"근데 왜 앰마는 너희 모두 함께 이사를 들어가길 바라는 거지? 마지막 대(大)노력?"

"그게, 이제 그녀가 일자리를 잃었으니 집세를 반씩 나눠 내는 게 더 낫지. 게다가 거의 녹색 지대와 가까운 곳이니까."

"녹색 지대! 자진해서 남동부로 이사를 가다니. 그렇게 예쁜 집에서 이사를 나와서! 뭐 양심의 가책이라도 느끼는 거야, 아니면 그녀를 정말 사랑하는 거야, 응? 꼬부랑 머리카락 때문에? 너 때문에 일자리를 잃어서 양심의 가책을 받은 거지."

"'첩자'라고 바이어가 의심했어. 비밀이란 게 더 이상 어디 있어? 단니는 편집 일을 했고 광고와는 아무 상관도 없었단 말이야."

"경쟁사 사람들하고 거래를 하면 안 되는 거지. 그거야 마땅한 이치 아니겠어. 그 같잖은 신문사에서 다음으로 쫓겨날 타자는 너야."

"아니야." 에드가가 말했다. "난 아냐. 바이어가 단니를 좋아했더랬어, 그게 전부야. 그리고 우리가 다시 합쳤다는 걸 그가 알아내자마자…… 그걸 요란하게 표하며 역할을 수행한 거지."

"뭐라고?"

"역할 수행. 그 뚱뚱보 막스 시늉을 한 거라고."

"팅코 아빠 말이야?"

"네가 뭘 알겠어. 막스 동생 피트가 그러는데, 그가 애들을 잘못 다룬대. 애들하고 뭘 어떻게 해야 할지 모른다더군. 적어도 어린애들하고는 그렇다나 봐."

"뭐가 그렇게 복잡하냐, 너희는." 그녀는 변속 장치에서 손을 떼곤 무릎 사이에 있던 보따리에서 담뱃갑을 꺼냈다. "그런 애한테서는, 애초에 떡잎부터 문제가 있다면 몸을 사리는 게 유일한 방

책이야." 그녀는 담배에 불을 붙이고 연기를 그의 품으로 불었다.

도시의 숲 뒤, 아스팔트 찌꺼기가 버려지는 곳에서 에드가는 오른쪽으로 길을 꺾어 차를 세웠다.

"아, 이 공기!" 그가 차문을 열며 말했다. "지금부터 깜짝 놀랄 일이 있지."

"뭔데? 저 괴물 같은 거 말이야?" 그녀가 에드가 곁에 가 섰다.

"이국적이지. 아니면 낭만적이라고 해야 할까. 원하는 대로 불러 줘." 그가 말했다.

"그리고 저건 기도하는 양탄자야?"

"페르시아 융단?"

"하늘을 나는 양탄자구나!"

"그러기엔 너무 부드럽지." 에드가가 말했다. 그녀가 다시 차에 오르자 감자튀김이랑 향수 냄새가 다시금 났다. 그가 그녀 뒤로 차 문을 닫았고 자신은 차체의 오른쪽으로 탄 뒤 안에서 문을 당겨 닫았다.

"난 말이야, 그 애가 여자애거나 말을 잘 듣는 남자애면 좋겠다고 생각해. 난 애들을 좋아하거든. 공정한 게임 말고는 원하는 것도 없다고. 아주 조금만 동등한 관계라면 충분하겠어. 우린 늘 걔가 하자는 대로 해야 해. 그렇지 않은 경우에는 어차피 아무 기대를 말아야 해."

"여길 어떻게 올라가란 거야?" 등받이는 그녀의 어깨까지 닿았다. 그녀는 머리카락을 동여맸던 동그란 헝겊 머리 끈을 빼내고 몸을 앞으로 숙였다. 그녀 뒤에 있던 상자 위에는 파란색으로 '목마름'이라고 쓰여 있었다.

에드가가 안락의자를 오른쪽의 여닫이 상자 쪽으로 밀고 팔걸이를 탁탁 두드렸다. "자, 이제 껑충 뛰어 올라가!" 담배를 문 채 이미 바지와 신발을 벗은 몸으로 그녀가 의자 위로 기어올랐다. 오른손에는 수건을 들고서.

"언제나 문제가 있단 말이야." 그녀가 말하면서 빨간색과 흰색이 섞인 방풍 재킷의 지퍼를 내렸다.

"이건 또 뭐냐?" 에드가가 물었다.

"뭐가?"

"이거 말이야, 이 걸레 쪼가리."

"이 괴물 때문에. 우리 어제 벌써 카펫에……."

"그 두 사람이 언제 한 번이라도 나를 배려했냐?" 그는 수건을 안락의자 뒤로 던지고는 바지와 팬티를 한꺼번에 벗었다.

"그럼 이젠?"

에드가가 무릎을 꿇고는 팔을 넓게 벌려 양손으로 그녀의 엉덩이를 눌렀다.

"추워." 그가 미소를 머금은 채 말했다. "아, 되게 춥다, 우테." 담배를 차체의 지붕에 눌러 끈 뒤에도 그녀는 엄지손가락을 꽁초에 한참이나 대고 있었다. 그러곤 안락의자에 털썩 몸을 맡겼다.

에드가가 집 앞 주차 구역에서 파란색 플라스틱 양동이 세 개를 주워 모으고 있을 때는 가랑비가 내렸다. 그는 포드의 뒷바퀴가 보도블록 모서리에 닿을 때까지 천천히 뒤로 몰았다. 그리고 자동차의 윗문을 열고 측면 팔걸이를 잡아 안락의자를 끌어냈다. 전면의 모서리를 배로 받치면서 팔을 굽힌 자세로 안간힘을 쓰느라 팔을 벌벌 떨었다. 개 짖는 소리가 들렸다. 허벅지에 안락의자를 대고 서서히 미끄러지게 해서 인도에 놓았다.

"그만해, 테리, 그만!" 개는 앞발을 창가의 빈 화분에 올려놓고 있었다. 한 층 아래에서 커튼이 펄럭였다. "그만 내려와, 테리!" 에드가는 자신의 가방을 두드리며 차로 도로 걸어가 알루미늄박 꾸러미를 꺼내 집으로 달려갔다. 꽃 화분과 주택 관리를 위해 걸어 놓은 시간표를 보면 몇 층인지를 구분할 수 있었다. 3층, 바론과 하니슈의 집 사이에서 그를 방해하는 것은 없었다. 하지만 한 층 더 올라간 곳에는 허술한 대나무 받침대에 두 개의 산세비에리아 화분과 망치질을 한 황동박판 물뿌리개가 있었고, 거기엔 물이 찰랑찰랑 끝까지 차 있었다. 어제 그는 레코드판이 든 상자를 들고 가다가 그 물뿌리개의 긴 주둥이를 스쳤다. 물이 계단 밑으로 쏟아져 지하실까지 흘렀다.

테리가 그를 보자 마구 뛰어오르며 낑낑댔다. 에드가가 구운 소시지를 조금 떼어 개의 머리 위를 훌쩍 넘겨 현관으로 던졌다. 거실 앞 문지방에 에드가가 서 있었다.

"잡종." 그가 낮게 중얼거렸다. "귀여운 잡종 같으니라고." 둘둘 말린 페르시아 융단이 여전히 벽에 기대져 있었다. 에드가의 그릇이 담긴 상자와 여닫이 상자, 그의 슬라이드 필름 상자, 레코드판과 책들은 발코니에 차곡차곡 쌓여 있었다. 바람이 불어 비가 유리창에 들이쳤다.

난간에 기댄 채 에드가가 상체를 앞으로 숙였다. 그가 빈 화분을 때리자 화분을 고정하는 철제 받침대가 삐걱거렸다. 저 아래 인도에는 회색 안락의자가 길을 막고 있었다.

에드가가 자신을 따라와 올려다보는 개에게 남은 구운 소지시를 던져 주었다. 그는 얼른 방으로 들어가 발코니 문을 일단 닫은 후 앞으로 기울여 반쯤만 열었다. 에드가는 다음 소시지를 한 입 베어 물어 손바닥에 도로 뱉었다. 그러곤 테리가 고개를 들 때까지 기다렸다가 문틈을 통해 밖으로 던졌다. 개는 소시지를 덥석 물기 위해 서커스 묘기를 부리듯 공중으로 풀쩍 뛰어오르기도 하고 상자와 갑들 사이를 분주히 뛰어다니기도 했다. 대부분의 소시지 조각들이 3층 아래 잔디밭으로 떨어졌지만 아주 멀리 바깥으로 벗어나지는 않았다.

에드가는 현관문을 잠갔다. 아래로 내려간 그는 남은 소시지가 든 알루미늄박을 열고 흩어진 부스러기들을 모아 전부 발코니 앞 잔디밭에 놓았다.

"이리 와! 테리, 이리 와!" 개가 짖다가는 사라졌고, 또 금세 발코니의 담 너머로 나타났다. 빈 화분에 앞발을 올린 채.

"테리, 앞발 들어. 앞발." 에드가는 음절 하나하나 티노하고 똑같이 발음했다. 그는 가만히 기다렸다. 다른 발코니에는 식물이며 양산이나 안테나가 있었다. 빗줄기가 세졌다. 작은 화물차가 경적을 울리며 지나갔다. "테리!" 에드가가 소리쳤다.

그는 안락의자를 둔 곳으로 갔다. 비에 젖어 색이 짙어진 의자를 끌고 집 안으로 들어왔다. 바닥의 가장자리 얼룩은 눈에 거의 띄지 않았다. 그가 의자를 조용히 거실에 내려놓았다.

에드가는 테리가 상자 위에 서서 머리를 앞으로 내밀고 컹컹 짖으며 꼬리를 흔드는 것을 보았다. 바깥쪽의 무엇인가를 알아본 모양이었다. 개는 흥분해서 어쩔 줄 모르고 빙글빙글 돌았다.

에드가는 발코니 문의 양쪽 끝을 잡고는 정신을 집중하며 눈을 감았다. 그러곤 쾅 소리를 내며 닫았다. 테리는 아직도 상자 위에 서 있었다. 에드가는 초인종 소리에 이어 누군가 열쇠로 문을 여는 소리를 들었다. 테리가 뒷다리로 선 채 문 유리에서 미끄러져 내렸다. 에드가가 개를 들어오게 했다.

"에디, 당신. 또 다 잊어버렸지." 단니가 보라색 상표가 붙은 깡통을 아령처럼 양손에 하나씩 들고 있었다. "개 먹이!"

에드가가 테리의 허리를 찰싹 때렸다. "젖었어. 완전히 폭삭 젖었다고!" 그는 마치 개와 대화라도 나누듯 목소리를 조용히 유지했다. 그는 발코니로 가 노란색과 파란색이 섞인 작은 상자 하나를 들고 들어왔다. "다 젖었어!" 에드가가 단니를 피해 지나가 상자를 내려놓고는 몸을 돌렸다.

"미안해!" 단니가 외치며 그를 따라 발코니로 나갔다. "일주일 내내 비라곤 안 왔어."

"너희는 그저 좋은 생각만 해내니까!"

"우리…… 내일 가구가 오면, 에디, 난…… 안 그러면 모든 게 뒤죽박죽이 되잖아. 에디……." 그가 지나갈 수 있게 단니가 옆으로 비켜섰다. 그녀 역시 상자를 하나 집어 들고 뒤따랐고 다른 두 개의 상자들 위에 그것을 놓았다. 에드가는 다시 밖에 있었다.

"저기." 그가 멈추어 서며 말했다. 테리의 발톱은 책의 뒤표지에 자국만 남긴 것이 아니라 책장 사이로 파고들어 구멍까지 냈다. 단니가 고개를 절레절레 흔들었다. 에드가는 젖은 안락의자에 앉았다. 테리가 그의 품으로 뛰어올랐다.

"피자 먹을래?" 단니가 물었다. 그녀는 둘둘 말린 페르시아 융단 위에 앉았다. 그리고 왼쪽 소매에서 손수건을 찾았다.

에드가 조심스럽게 몸을 뒤로 기댔다. "비가 좀 잦아들면 나머지 짐을 올리자고." 그가 말했다.

단니가 코를 풀었다. "내일 이 시간이면 아마 다 끝날 거야."

"모레." 그가 개를 쓰다듬으며 말했다. "내 가구는 모레 온다고!" 에드가의 손길에 테리가 눈을 감았다.

"우리가 당신을 도와주잖아, 에디. 테리는 오늘 우리가 데려갈게. 알았지, 에디?" 그녀가 손수건을 바지 주머니에 밀어 넣었다. "그런데, 당신한테도 이 냄새 나?"

"개가 젖어서 그래."

"아니, 그게 아니라 감자튀김 냄새 같은 거."

"내가 개한테 구운 소시지를 줬거든."

"아이고, 저런 저런! 돼지 같은 놈. 저것 좀 봐. 페르시아 융단! 개가 융단 위에 오줌을 쌌네." 단니가 벌떡 일어나 페르시아 융단을 펼쳤다.

"개를 너무 오래 혼자 놔둬서 그렇잖아." 에드가가 조용히 말했다. "건물 전체가 쩌렁쩌렁 울리도록 짖어 댔어."

"이거 큰일이다. 큰일이야!" 단니가 욕실로 달려가 파란색 플라스틱 양동이에 물을 가득 채워 들고 들어왔다. "아니면 개가 토했나?" 에드가는 이제 손과 팔을 안락의자의 팔걸이에 얹었다. 가까운 곳에서 누군가 창문을 닫아걸었다. 복도 계단으로 누군가 올라왔다가는 층계참에 가만히 서 있었다.

"에디?" 단니가 고개를 들었다. "에디?" 그녀는 무릎을 꿇은 채였다. "세상에! 당신도 이걸 느끼지? 에디!"

"탈수." 그가 말했다. "우리 바로 위에 사는 사람들이 탈수기를 돌리는 모양이네."

"탈수기라고?" 단니가 걸레를 짜낸 뒤 얼룩을 벅벅 문질렀다가 엄지손톱으로 그 젖은 부분을 긁기도 했다. 이웃집 문이 닫혔다. 테리가 앞발로 에드가의 배를 눌렀다. 양동이에서는 또 한 번 물이 찰박거리는 소리가 났다.

"여기서 지금까지 뭐 했어?" 단니가 물었다.

"테리를 데리고 밖으로 나갔지. 집 안이 떠나가라 짖어 댔으니까." 에드가가 말했다. 젖은 셔츠가 그의 몸에 찰싹 달라붙어 등에서 한기가 느껴졌다. "사육사가 죽었대."

"뭐라고?" 단니가 고개를 들고 쳐다보았다. "코끼리 인간 말이야?"

테리가 목을 핥으려고 하자 에드가는 고개를 뒤로 젖혀 피했다. "순식간에 일이 벌어졌어. 이미 그날 밤에 그렇게 됐대. 레오가 장기 하나를 깔아뭉갠 거야. 사람들이 나중에야 모래 속에서, 그가 없어지고 나서야 그걸 본 게 틀림없어."

"끔찍해라." 단니는 고개를 다시 앞으로 숙인 채 페르시아 융단을 살펴보며 말했다. "토한 게 분명해."

에드가가 고개를 뒤로 젖히고서 묵직한 테리의 주둥이를 느끼며 눈을 감았다. 탈수기는 멈췄고 밖에는 자동차 한 대 지나가지 않았다. 그래서 그는 돌연 그녀가 엄지손톱으로 긁는 소리와 빗소리만을 들었다.

12 살인자

피트 모이러와 에드가 쾨르너가 '가구 파라다이스'의 면접 대기실에서 자신들과 함께 지원한 크리스티안 바이어를 만난다. 비서 마리안네 슈베르트는 대기자들을 접대한다. 급할수록 돌아가라, 그러면 못 할 일이 없다.

누군가 문을 똑똑 두드린다. 동시에 젊은 남자 둘이 대기실로 들어온다. 둘 다 재킷 차림에 넥타이를 맸고 옅은 갈색 슬리퍼를 신었다. 그들은 몸놀림이 날렵하다. 손에는 아무것도 없다. 대기실 가운데에서 두 사람이 어깨를 나란히 하고 선다. 그들의 머리 위에서 선풍기가 돌아가고 있다.

"음료, 어떤 걸로 하시겠어요?" 비서가 묻는다. 그녀는 짧은 잿빛 머리에 넙적한 귀걸이를 하고 있다.

"뭘 마시지?" 에드가 등 뒤에서 손을 엇갈리며 앞쪽으로 몸을 흔든다. "피트, 넌 뭐 마실래?"

"몰라. 뭘 마실지 모르겠어. 백맥주 정도면 좋겠지만."

"레몬 띄워서?"

"응, 레몬 띄워서." 피트는 넥타이핀을 만지작거리며 여비서의 목에 걸린 안경을 쳐다본다. 안경은 가는 은 체인과 연결돼 그녀의 가슴 위로 걸려 있다.

"내 생각엔······." 에드가가 왼쪽을 돌아보며 말한다. "우리, 저기 앉은 저 신사분이 마시는 걸로 하자."

양손으로 커다란 잔을 쥐고 있던 바이어는 꼼짝도 하지 않는다. "우리더러는 6시 전에 오라고 했잖아. 이제 곧 45분이야." 피트가 말하곤 고개를 들어 시계 쪽을 가리킨다. 시계는 여비서 뒤 붙박이장의 유리문 안에 들어 있다. "사장님, 지금 계십니까?"

"30분이에요." 그녀가 뒤돌아보지 않은 채 말하곤 창문 앞에 늘어선 의자들을 가리킨다. 그곳을 통해 판매장 막사 내부가 들여다보인다. 그녀는 양손으로 안경을 쓰더니 오른쪽에 있는 서류를 힐끗 쳐다본 뒤 약간 뒤로 밀어 놓고 뭔가를 쓰기 시작한다.

"사장님이 계신지나 말씀해 주겠습니까? 제가 너무 많은 것을 바라는 건가요?"

"30분이야. 저분 말이 맞아. 이리 와."

"난 대답을 듣고 싶을 뿐이야. 우린 약속 시간을 잡았고 정시에 왔어. 지나칠 정도로 시간을 잘 지켜 왔다고. 그럼 좀 물어볼 수도 있는 거 아냐, 에디. 사장이 있는지 정도는."

"사장이 언제 올 거라고 말했어?"

"시간 약속을 잡으셨다면······." 여비서가 글을 쓰던 손을 멈추지 않은 채 고개를 든다. 그래도 펼쳐진 달력에 손을 가져가 살펴보기는 한다. "여긴 아무것도 적혀 있지 않은데요."

"그래서, 결국 사장님이 안 계신다는 건가요?" 피트가 묻는다.

"여기 어디 커피를 좀 마실 수 있나?" 에디가 바이어를 가리키는 시늉을 한다. "저 사람이 직접 가져온 커피인가?"

"언제 그의 신문이 인쇄소에 넘어가야 하는지 물어봐. 좀 물어보라고. 또 무진장 오래 걸릴 거야. 게다가 빚을 질 테고. 바이어 씨, 금요일마다 정신없지."

비서가 일어난다. 그릇들이 덜그럭거린다. 바이어는 여전히 꼼짝 않고 앉아 있다. 그는 열린 차양을 통해 좁은 복도에서 안락의자와 테이블, 의자 사이를 비집고 지나다니는 사람들을 지켜본다. 선물 코너 계산대에는 긴 줄이 늘어서 있다. 판매직 여직원들은 모두 빨간색 유니폼에 하얀 명찰을 달고 있다. "여러분의 문의에 답해 드립니다."라는 문구 뒤에 초록색 글씨로 이름 중 성만 새겨져 있다. 하지만 견습생들의 명찰에는 안나라든가 율리아, 수잔네 등 성은 빼고 이름만 있다.

"커피, 어떻게 드세요?"

"연유 두 개." 에디는 창가에 있는 바이어의 맞은편에 앉으며 말한다. "이리 와, 피트."

"사실은 나, 너무 답답해, 에디. 여기서 담배도 피우지 못하는 거라면." 피트가 문에 붙은 금연 푯말을 가리킨다. "적어도 뭘 좀 먹을 수나 있으면 좋겠다. 혹시 화재 안전 요원이 예외로 허락해 줄까?"

"아니요." 마침 그들 앞에 서 있던 비서가 말한다. "예외 같은 건 없어요."

에드가와 피트가 쟁반에 놓인 찰랑거리는 잔을 조심스럽게 들어 올린다.

"하지만 설마 그가 선풍기에 대해서 반대 의견이 있는 건 아니겠지?" 피트가 말한다. "그런 작은 부엌에 최소한의 안전거리라나, 뭐 그런 거? 아무튼 고마운 커피네. 건배!"

"노동자 보호를 위해." 에디가 말한다. 여비서가 쟁반을 책상에 기대 놓는다.

피트가 무릎 위에서 손으로 잔을 꼭 쥐고 있다. 그가 선풍기를 가리킨다. "신선한 공기는 모든 사람을 위해서 좋은 건데 말이에요. 경쟁이 사업에 활력을 불어넣는 거죠. 안 그래요, 바이어 씨?"

"앗, 뜨거워!" 에디가 커피를 자신의 양발 사이 바닥에 내려놓는다. "이렇게 오래 기다릴 수 있는 사람이 어딨냐? 이건 사업을 다 망치는 행위야. 선생님 분야에서도 그렇지 않습니까, 바이어 씨?"

"그가 또 제일 큰 잔을 골랐구나."

"급할수록 돌아가란 말도 모르냐. 느긋하게 기다려. 우린 너무 고객이 많아, 피트. 한마디로 너무 많아."

"아직 아무도 특별 행동 같은 말은 꺼내지도 않아."

"너 아냐? 바이어 씨가 너에 대해서 뭐라고 하는지?"

"나에 대해서?"

"그가 그러는데, 피트는 똥구멍에 갈고리가 달린 놈이래."

"갈고리?"

"네가 늘 광고를 다 긁어모으니까. 네가 지나간 곳에서는 더이상 거둬들일 게 없단 말이지. 전부 다 긁어 버려서."

"똥구멍에 갈고리가 달렸다고?"

"네가 다 싹쓸이한다는 거야, 그의 말이. 하지만 그 전에는 갈고리라고 그랬어."

"아무렴 어떠냐, 에디. 진실은 언제나 단호한 법이잖아, 안 그래?"

"그렇지, 옳은 말이야, 피트. 네가 슈미트 목재상 광고를 쓸어 왔던 일을 생각해 봐. 바이어 씨가 그를 저녁 식사에 초대까지 했는데. 그런데도 그가 너한테서 서명했잖니. 프런트 페이지. 모두가 다 볼 수 있도록."

"바이어네가 점점 하락 추세야."

"너무 많은 걸 다 폭로하면 안 돼, 피트."

"내가 말을 너무 많이 한다고?"

"결국 그는 우리 경쟁자잖아."

"그게 사업에 활력을 불어넣지, 에디. 우리처럼."

"하지만 그는 개인적으로 받아들인단 말이야."

"안 그래도, 내 눈에 띄는 게 있는데……."

"피트!"

"내가 하고 싶은 말은, 마젠타는 분홍색도 아니고 불처럼 빨간색도 아니고 주황색도 아니라는 거야. 마젠타는 마젠타야. 크라우치크 씨가 그렇게 말했어. 그리고 크라우치크 씨가 마젠타다 하면 마젠타를 말하는 거라고. 분홍색도 새빨간색도 아니고 그렇다고 주황색을 말하는 것도 아니라는 거지. 게다가 거기에 노란색이 잘못 들어가면 크라우치크 씨는 슬퍼하시지. 매우매우 슬퍼하신단 말이야."

"네 말은 그러니까, 피트, 누군가를 위로하려면 무조건 가격의 문제만이 아니다, 그 말이지?"

"내가 하고 싶은 말은 그러니까, 바이어 씨네 비닐 포장이 엉성하게 붙었거나 인쇄가 엉망이었던가 그랬단 말이야. 그런 지경이니 새삼 놀라워할 이유가 없지. 그래 가지고서야 계약을 체결해 봤자 소용없어. 100만 건을 체결해 봤자."

"그러니 그를 위한 조언과 충고의 말이……."

"수도 없이 많이 생각난다고."

"이제 그만해, 피트! 내기해도 좋아. 넌 절대 고맙다는 말은 못 들을 거야. 결코 못 들을걸. 안 그렇습니까? 어떻습니까, 제 말이?"

"우린 비판만을 일삼는 놈들이 아니에요. 모두 다 정성 어린 충고일 뿐이죠.

"선생님이 언젠가 쓰셨던 글과 똑같은 내용이죠, 바이어 씨. 사람은 누군가에게 진실을 외투처럼 내밀어야 하는 거지, 걸레를 던지듯 해서는 안 되는 거죠. 그러니 직원을 해고할 때 역시 그렇게나 동정심이 많았던 거야. 적어도 단니를 내쫓을 때 말이지. 그는 곧 그런 일을 당한 사람의 입장이 되거든. 그래서 전 선생님의 '일요일의 한마디'를 오렸습니다. 우리 모두, 그 기사가 마음에 들었거든요. 안 그래, 피트?"

"그거 아십니까, 근데 저 여자분 이름이……."

"슈베르트 양." 에디가 말한다. "마리안네 슈베르트."

"그거 아십니까? 슈베르트 양. 바이어 씨가 직접 글을 쓰신다는 걸? 헬로. 저 좀 보세요!"

"그만둬, 피트."

"우리를 통해서 모두 다 꿰뚫어 보고 있다고."

"네 말은 그 역시 꿰뚫어 보고 있단 거야?"

"그건 아니지만." 피트가 한 모금 마신다. "아, 괴로워. 말을 참는 순간 견딜 수가 없어. 더욱더 괴로워져."

"그럼 그러지 않도록 뭔가 해야겠네. 그 정도는 누릴 자격이 있는 놈이니까."

"그 생각만 하면……."

"내가 갖다줄게. 금요일인 데다 넌 똥구멍에 갈고리를 달고 살아야 하니까. 그러고도 아무도 나한테 고맙다고 하지 않으니까."

"아, 에디. 넌 언제나 나한테 참 잘해 주는 놈이야."

"그동안 넌 우스운 얘기나 몇 개 해 보란 말이야!" 에드가가 재킷의 단추를 채운다. "내가 올 때까지 여기 분위기 좀 살아나게."

피트가 그의 등 뒤에서 손을 흔들고 한 모금 마신 다음 잔을 다른 잔들이 있는 바닥으로 내려놓는다. "제 생각에는요." 그는 말을 꺼내면서 여비서 쪽을 바라본다. "제 생각엔, 여기 이걸로 시간을 좀 절약하는 게 좋을 것 같은데요." 그는 안주머니에서 봉투를 꺼내 팔꿈치를 무릎에 괸 채 부채질을 한다. "제가 이걸 지금 드리겠습니다."

여비서가 왼발을 의자의 회전축 뒤로 밀어 넣는다. 그 옆에는 꼭 닫힌 네스퀵 코코아 분말 통과 빨대가 있고 비피 소시지를 쌌던 비닐 포장이 놓여 있다.

"천천히 시간을 두고 읽으시라고 하세요." 피트가 말을 계속한다. "시간 많이 드리겠다고요. 조용한 가운데, 급하게 서두를 필요 없습니다. 그리고 저기, 실장님, 실장님도 시간이 많을 겁니다."

바이어가 몸을 뒤로 기댄다. 잠시 그들의 시선이 마주친다. "싹쓸이가 끝난 거죠." 피트가 눈썹을 높이 추켜올리며 말하더니 자리에서 일어나 두 손바닥에 봉투를 올린 채 책상으로 간다. "이건 뭐, 수표나 다름없는 거죠. 더욱더 큰 다섯 자리 수의 금액을 절약하실 수 있으니까요. 어쩌면 더 절약할 수 있을지도 모르고요.

여깄습니다."

"거기 놓으세요." 여비서가 쓰던 손을 멈춘다. 그녀는 허리를 꼿꼿이 펴고 앉아 있다.

피트가 그녀에게 봉투를 건네주고 뒤돌아선다. "그럼 우린 이제 무슨 대화를 나눌까요, 바이어 씨?"

밖에서 문이 활짝 열린다. "중국 요리 아니면 카레 소시지?"

"우리 친구 건 안 사 왔냐?"

"아, 너 이제부터 그를 크리스티안이라고 불러도 되는 거냐?"

피트는 카레 소시지가 담긴 종이 접시를 받아 들고 먹기 시작한다. "아까는 그래도 그가 나를 쳐다보기는 했거든." 그가 음식을 씹으며 말한다.

"와!"

여비서가 봉투를 끼워 넣은 서류철을 들고 사장실로 들어간다. 문은 조금 열어 둔 채 내버려 둔다.

"네가 먹는 걸 보면, 피트, 네가 그걸 입에 다 집어넣는 걸 보면, 그걸 다 해치우는 걸 보면 말이야. 아무리 내가 배가 안 고팠다 하더라도……."

"눈으로도 먹는 법이니까."

"맞아."

"내가 그에게 말했어. 여기서 괜히 시간 낭비하고 있는 거라고. 우리가 일을 다 맡을 거고 그는 편안하게 주말을 맞으면 된다고."

"우리가 전 독일을 돌며 갈고리로 다 쓸어 모으는 동안, 피트."

"우리가 그에게 경고하지 않았다고는 아무도 말할 수 없지."

"맞아. 우린 카드를 다 보여 주며 게임을 한 거야. 비밀 같은 건 만들지 않았다고."

"아니지, 우리한테도 비밀이 있긴 있지!" 피트가 엄지손가락으로 코를 문지른다. "서른 살, 곱슬머리, 그런 모습으로 그녀가 그 앞에 서 있었어⋯⋯. 야, 이것 좀⋯⋯." 그가 새끼손가락을 뻗어 재킷 호주머니를 가리킨다. 에디가 거기서 꼬깃꼬깃한 손수건을 꺼낸다.

"맛있는 걸 먹기만 하면⋯⋯." 피트가 코를 풀며 말한다. 그러고는 남은 빵 조각으로 카레 소스를 닦아 내고 종이 접시를 잔 위에 놓은 다음 다시 한번 코를 푼다.

"미스터 바이어가 여기서 진짜 애인을 만났구나. 하지만 마리안네 역시 더 이상 아무것도 해 줄 수가 없지."

"너, 마리안네한테 말해야 돼. 우리가 파리를, 미스터 바이어를 맡는다고."

"아니면 물고기, 피트, 우린 원래 물고기를 만드는 거잖아."

두 사람이 자리에서 일어난다.

"아무튼 우리가 두 사람만 있도록 해 주겠나이다." 피트가 하인인 듯한 시늉을 한다. "어스름이 내려앉아 거리를 배회하는 때가 오면 만취해서 거리를 방황하는 게 좋겠지. 그녀에게 라디오를 하나 선물하라고. 그러곤 빙글빙글 춤을 좀 춰. 휴식 시간의 체조라고 생각하고서."

"크리스티안은 이제 이쪽은 처다보지도 않아."

"크리스티안은 지금 무슨 생각을 하는 걸까? 글쎄, 모습으로 봐서는⋯⋯."

"커피 잘 마셨어요, 슈베르트 양. 고맙습니다!" 에디가 그렇게 외치고 피트에게 고개를 끄덕여 보인다.

"커피 고맙습니다, 슈베르트 양! 주말 잘 보내세요!"

"나도, 주말 잘 보내시길 빕니다." 에디가 작별 인사로 두 손가락을 가르마에 대고 톡톡 두드리며 말한다.

사장실에서는 장롱 문이 찰칵 하고 닫히는 소리가 난다. 바이어는 왔다 갔다 서성이다가 차양 앞에서 멈춰 선다.

"이젠 아무 의미가 없어. 벌써 6시 10분이야."

여비서가 들어와 하얀 종이를 타자기에 꽂더니 자판을 누른다. "사장님이 손님을 잊은 건 이번이 처음은 아니세요."

"광고 효과가 있잖아요. 그렇게 보지 않으세요?" 바이어는 종이가 딸려 들어가는 것을 지켜본다.

그녀는 세면대에 작은 물뿌리개를 놓는다. 수도꼭지를 틀자 물줄기는 곧장 물뿌리개로 쏟아져 들어간다. 그녀가 필로덴드론 식물에 다가가 화분째 번쩍 들어 올린다.

"하이드로 볼에 직접 물을 주세요. 그게 더 좋답니다."

바이어가 말한다.

타자기가 윙윙대는 소리를 멈춘다. 종이가 보이지 않는다.

"난 이게 진짜가 아닌 줄 알았습니다." 바이어가 화분을 가리킨다. "덩굴 식물은 꼭 진짜같이 만들거든요. 상자 속에 검은색 바늘만 없다면 아무도 눈치채지 못할 겁니다."

여비서는 또 한 번 물뿌리개에 물을 채운다.

"쾨르너 씨라고 혹시 들어 보셨어요?" 바이어가 묻고는 자기 의자로 되돌아간다. 이미에 흘러내린 머리카락이 선풍기 바람에 흔들린다. "쾨르너가 뭘 했던 사람인지 아세요? 그가 1989년 12월까지 무슨 일을 했는지. 에드가 쾨르너!"

"난 이름 같은 건 외우지 않아요."

"신문 안 보셨어요, 예전에? 누군지 모르지만 그런 놈을 고용하다니……. 뭘 했던 놈인지 세상 천지가 다 아는데 말이에요! 머리 좋고 매수하기 쉬운 그런 놈을! 난 그놈만 생각하면 파란 셔츠가 떠올라요!"

"이제 퇴근 시간이에요."라고 말하며 그녀가 물을 가득 채운 물뿌리개를 하이드로 화분 옆에 놓고 블라인드 금속판에 낀 잎사귀들을 빼낸 후 블라인드를 내린다.

"예전 광고문을 그대로 쓸까요?"

"그건 절대 안 돼요!"

바이어가 웃으려고 애쓴다.

"이 시간에 비서님이 여기 계시다니요. 더구나 화요일에. 여긴 교정 보는 사람이 없습니까?" 여비서가 타자기 앞에 앉아 결재 서류철을 열고 타자기에 꽂혀 있던 종이를 끼워 넣는다. "사람들이 우리가 선생님을 꼬드기려고 술수를 부리는 줄 알겠네요."

"우리는 이익을 챙기려는 게 아니라는 걸 말씀드렸나요?"

"아주 순진하시군요. 이익을 챙기지 않는다니. 우린……. 사업이 성사되면 어차피 선생님한테도 돌아갈 텐데요."

"사장님 차에는 전화기가 없습니까?"

"있죠. 선생님이 그 전화번호만 아시면 되는 거죠. 나는 몰라요."

"우리도 뭔가 얻는 게 있어야겠죠?" 바이어가 두 개의 잔과 그 위에 얹힌 종이 접시를 향해 상체를 굽힌다. "비서님께 추가로 5퍼센트를 드리려고 합니다만, 원칙적으로는요."

"오늘 오시지 않았으니 빠르면 사장님이 목요일쯤에는 들르실 것 같아요. 그래도 서면으로 말씀하시는 게 좋을걸요." 그녀는 스탬프 걸이를 서랍 속에 넣고 잠근다.

"이젠 가 봐야 해요." 그녀가 떨어진 종이 접시를 내려다보며 말한다.

"미안합니다. 바람 때문에요." 바이어가 선풍기를 쳐다보며 말한다. "저한테 전화해 주시겠습니까? 원칙적으로 말해서요. 다음 주 정도, 사장님이 오시면요, 전화 주실 거죠?"

"난 더 이상 여기 없을 거예요. 적어도 올해 안으론 안 오죠. 제가 정말 다시 올지 어떨지 그건 저도 잘 몰라요."

"무슨 말씀이신지 저는 잘 못 알아듣겠군요. 사장님이 비서님을……."

"수술을 받아야 하거든요." 그녀가 종이 접시를 쓰레기통에 던진다.

"제가 좀 할까요?" 바이어가 조심스럽게 잔 두 개를 개수대에 놓는다.

그녀가 수돗물을 튼다. 글리치 수세미의 까칠한 부분으로 그녀가 잔의 가장자리와 손잡이를 문지른다.

"그렇다면 난 그에게 서면으로 말해야겠군요. 뭘 정확히 어떻게 해야 할지 모르니까 우린 예전 광고를 그대로 내겠다고요. 약간 수정해서 말입니다. 여기 쟁반 하나가 또 있군요." 그가 상체를 숙인다.

"저쪽에." 그녀가 고갯짓을 한번 하며 그 앞에 있던 테이블보를 가리킨다. "잔을 이리 주세요." 바이어는 접착테이프와 사무용 클립, 주황색 형광펜과 초록색 지우개를 치운다. 그는 쟁반을 올릴 공간을 만들려고 그것들을 책받침 가장자리에 늘어놓았는데, 마치 딱정벌레 모양의 폭스바겐 모형들과 닮았다. 그러곤 자신의 잔을 개수대로 가져간다. "제가 행주로 물기를 닦을까요?"

"선풍기나 좀 꺼 주실래요? 뒤쪽에 있어요."

"네." 바이어가 말한다. "제가 사장님에게 편지를 쓰겠습니다. 제 생각에, 우린 그렇게 하면 됩니다." 그는 선풍기를 끄고 자리에 앉아 의자 아래 있던 서류 가방을 끄집어내어 무릎에 올린 후 볼펜과 종이를 꺼낸다. 상체를 약간 앞으로 구부린 채 그가 글을 쓰기 시작한다.

여비서는 행주로 그릇을 닦고 잔을 쟁반에 놓으면서 그를 관찰한다. 그의 왼손 손가락이 가방 가장자리에 나란히 놓여 있고 엄지손가락으로는 종이를 단단히 누르고 있다. 그는 한 줄 한 줄 거침없이 써 나간다. 문득 오른손이 정지한다. 바이어의 시선이 바닥을 향한다.

마리안네 슈베르트는 그를 자세히 들여다보았지만, 선풍기의 마지막 움직임을 그가 느끼는지 어떤지를 가늠할 수는 없다. 다만 그녀가 놀란 사실은 바이어가 갑자기 몹시 젊게, 거의 대학생처럼 느껴졌다는 것이다. 곧 안경을 써야 하긴 하겠지만 아직은 모든 일을 앞두고 있는, 아니 전 인생이 여전히 그의 앞에 놓인 젊은이로 보였다는 것이다.

13 이제 씻어도 돼

마리안네 슈베르트가 한니의 이야기를 들려준다. 불면증과, 비난과, 유혹의 휘파람 소리에 관한 이야기이다. 중요한 깨달음을 통해 마리안네 슈베르트는 기분이 좋아진다.

"처음 그 휘파람 소리를 들었을 때 난 어떤 남자가 고양이를 부르는 소리려니 생각했어." 한니가 목을 길게 빼고 휘파람을 불더니 금세 또 한 번 더 불려고 애를 씁니다. 목을 길게 빼고 가슴을 앞으로 내밀고서요. "그래." 그녀가 말합니다. "대략 이런 소리였어. 암호 같은 거였지. 처음 듣기엔 별 특별할 게 없는 소리." 그녀가 와인을 홀짝홀짝 마십니다. 은팔찌가 덜그럭거리며 손목에서 팔로 미끄러집니다. "잠에서 깬 채 그냥 누워서 그 휘파람 소리를 들으며 데트레프의 등에 난 점을 따라 별자리를 그리는 중이었어. 호텔 주위의 모든 것, 원래 그건 호텔은 아니었어. 정식 호텔이 아닌 거지. 아마 그런 걸 근로자 숙박 시설이라고 할 거야. 하지만 그들은 그걸 호텔이라고 불러. 방 하나에 침대 네 개. 밖에는 선풍기 소리에 냉방기 돌아가는 소리, 거기다가 자동차와 사람들이 싸우거나 웃는 소리까지. 그들 전부가 독일인은 아니야. 그리고 바로 우리 방 창문 앞에 가로등이 있어. 그중에서도 가장 나쁜 건, 이미 말했다시피 끊임없이 계속되는 소음. 바로 우리 코앞에서 나는 부우, 부부부우부부붐붐 소리였어." 한니가 손을 납작하게 만들어 허공에 박자를 젓습니다. 그녀가 와인 잔을 뒤로 밀더니 담배를 입에 뭅니다.

"데트레프의 왼쪽 어깻죽지에는 큰곰자리가 있고 그 옆으로 척추뼈가 있는 곳에 카시오페이아가 있어. 국자 모양의 작은곰자리 중 맨 앞의 별이 바로 엉덩이 갈라지는 틈 위에 있지. 별자리를 그리다 보면 이가 안 맞아서 조금씩 빼먹고 지나가야 하는 부분이 있기도 해. 어떨 땐 수레를 매는 채가 너무 짧기도 하고, 가령 오리온의 카이 같은 거, 아니면 너무 길 때도 있지. 내가 먼저 욕실로 갔다가 침대에서 데트레프를 기다리지 않으면 그는 이미 잠들어 버려. 날이 너무 더웠고 그의 옆에서는 움직일 수가 없었어." 한니가 담배를 한 모금 빨더니 전등 갓 아래에서 연기를 내뿜습니다. "난 우리 옆에 있던 침대로 옮길까 생각하고 있었어. 베개랑 침대보 위에 수건을 깔면 되니까. 옮지는 않을 거라고 생각했어. 독일 사람들뿐이니까, 우리랑 똑같은 독일인들이고, 뭐 물론 터키인들하고 똑같은 보수를 받지만, 글쎄, 경비원은 다른 사람들하곤 이야기를 나눌 수 없지. 아무튼 그 휘파람, 그리고 그 추크추크추우 츠크……." 그녀가 말을 중단하더니 세 번째로 또 한 번 목청을 돋웁니다. 그녀는 제법 많이 마신 편이었고 마치 이곳에 우리만 있는 듯이 행동합니다. 양초 세 개가 다 탔습니다.

"물론 정말 그런 소리가 난 건 아니지." 한니가 말하며 손바닥을 목 아래 가슴께에 갖다 댔습니다. "그런 소리가 아니라 꺅꺅대는 것 같으면서도 동시에 노래를 부르는 듯한, 부시 언어 같으면서도 다른 사람들이 선뜻 흉내 낼 수 없는 소리였던 거야. 그는 어디로 간 거야?"

그녀는 주위를 두리번거리다가, 베어 먹던 빵이 놓인 받침 접시 위에서 담배를 수직으로 쥡니다. 난 세면대로 가 재떨이의 물기를 닦습니다. 내가 재떨이를 내밀자 그녀가 말합니다. "고마워. 난 너무 놀랐어, 정말 놀랐지. 그게 여자 목소리인 걸 알아차렸거든. 너무너무 아름다운 소리였어. 그걸 아직 얘기 안 했네, 마리안네. 알토 톤이었어. 느긋하면서도 전혀 애쓰지 않고도 울려 나오는 소리. 그러곤 다시 소음. 부우, 부부부우, 부부붐붐."

"욕실이 비었어." 내가 말합니다. 디터가 주방 문을 통해 미끄러지듯 지나가는 것을 봤거든요. 한니는 내 말을 듣지 못합니다. 복도 불이 꺼집니다.

"난 그러니까, 다른 사람 침대에 누워 있었던 거야. 내가 깔고 누웠던 이불은 기분 좋게 차가웠어. 내가 들은 소리라곤 그 부우 부부부우 부부붐붐밖에는 없었지."

"잠깐만 기다려." 나는 자리에서 일어나며 말합니다.

"그래." 한니는 미소 지으며 나한테 연기를 내뿜습니다.

"디터."라고 말하며 침실로 들어간 후 나는 문을 닫습니다.

그가 자명종을 가리킵니다. "지금이 몇 신 줄 알아? 1시가 넘었어. 이것 봐. 1시가 넘었다고!" 소리를 지를 때처럼 그의 머리가 새빨갛습니다. "종알종알 조잘조잘 종알종알 조잘조잘 끝도 없고, 시끄럽게, 온 집 안이 잠을 못 자도록 수다를 떨다니. 저 여자, 일요일 하루 종일 내내 우리 귀중한 시간을 그만큼 망쳤으면 된 거 아냐, 그것도 하필이면 이번 일요일을. 게다가 당신은 아직 짐조차 챙기지 않았잖아!"

"나도 알아." 나는 침대에 걸터앉으며 말합니다. "그녀가 누군가를 필요로 하는 거 같아서 말이야."

"네 사정이 어떤지는 알고 싶지도 않다는 거잖아? 아니면 가구 공장의 여비서한테는 별 관심도 없다는 거냐?"

"콘니 안부를 물었어."

"콘니 안부를 물었다고! 당신은 그래, 뭐라고 대답했는데?"

"그렇게 큰 소리로 떠들지 마……."

"조잘조잘, 조잘조잘! 자기가 관장이라고 해서 제멋대로 행동해도 된다는 거야 뭐야. 아니면 무슨 생각을 하는 거야? 아니, 저 여자 생각을 하기는 하는 거야?"

"한니, 이제 관장 아니야. 박물관에서 나왔어."

"뭐? 해고됐어?"

"더 이상 박물관에서 일 안 해."

"비밀경찰? 그녀도 혹시……?"

"당신이 그랬잖아, 그녀가 여기 있어도 좋다고."

"그야 내가 그렇게 말하면 갈 줄 알았지. 우리가 자고 싶어 한다는 걸 눈치챌 거라고 생각했어! 그녀가 비밀경찰 요원이었던 걸 털어놨어?"

"그건 또 무슨 소리야. 그녀를 본 게 이번이 처음이면서."

"그러게 말이야! 하지만 그녀가 용의주도하게도 날 제우스라고 부르잖아. 조잘조잘 떠들어 대면서! 문밖으로 그냥 쫓아 버렸어야 했어! 그리고 당신을 반말로 마리안네 하고 부르는 것도 당장 금지시켜야 한다고."

"당신이 그녀한테 친절하게 대했잖아." 내가 말합니다.

"당신 친구니까." 디터가 반듯하게 눕더니 팔을 머리 뒤로 가져가 팔베개를 합니다.

"당신, 그녀를 아주 유심히 쳐다보더라."

"마리안네, 제발."

"내 말 맞지."

"말도 안 되는 소리." 그가 말합니다. "식탁에 앉아 화장하는 사람이라면, 그것도 온 세상이 다 보는 앞에서⋯⋯."

"그게 문제가 아니야."

"아아."

"그녀는 내가 내일 어디로 가는지 모른단 말이야."

"물론 알지, 왜 몰라. 그녀가 가슴에 멍울이 잡힌다는 둥 말도 안 되는 농담을 하기에, 내가 그런 농담은 접어 두는 게 좋겠다고 했거든. 물론 그녀가 다 잘 알고 있지!"

"내가 밖에 있을 때? 당신이 그걸 얘기했단 말이야?" 내가 묻습니다.

"그래." 그가 말합니다.

우리는 침묵합니다. 잠시 후 그녀에게 무슨 말을 했느냐고 내가 묻습니다.

"당신이 내일 베를린에 있는 종합 병원으로 간다고. 수술받으러. 그리고 그가 그 분야에선 대가이며 당신을 '연구' 프로젝트에 넣어 줘서 우리 보험 회사가 수술비를 지불하도록 했다는 거." 그가 말하며 나를 바라봅니다. "잘못한 건가?"

"그러고 난 다음 당신은 그녀더러 여기서 자고 가라고 했고.

푹 자라고, 당신이 그랬지."

"그래. 그렇게 말하면 갈 줄 알았다니까." 디터가 말합니다.

나는 일어납니다. 그가 나를 붙잡으려고 합니다. "또 나가?" 그가 외치면서 이불 위에 대고 주먹질을 합니다. 나는 뒤돌아보지 않은 채 불을 끄고 주방으로 돌아갑니다.

한니가 자기 잔에 술을 더 따랐습니다. "너 졸리니?" 그녀가 묻습니다. 난 찬장에서 새 행주를 꺼냅니다.

"정말로 통증을 느낄 지경이었어. 바로 귓가에서 쿵쿵댔거든. 부우부우 부부붐붐 부부붐붐." 한니가 손가락을 벌리고서 와인 잔의 밑받침 부분을 밉니다. "난 생전 안 하던 짓까지 했어. 창문을 닫았거든. 두통이 걱정돼서. 늦어도 다음 날 아침이면 머리가 아플 테니까. 그랬더니 내 베개에서 직접 부부 부우부우 붐붐부우부우우. 가끔씩 막간이 생겼지만 테이프를 거꾸로 돌리기에는 너무 짧고 그렇다고 시디를 틀기에는 너무 긴 시간이었지. 막간이 생길 때마다 내가 그 박자를 셌다는 게 제일 기분 나빴던 일이지. 붐붐 소리는 두 박자 반 정도 중단됐다가, 이제는 끝났겠지 하는 희망을 품는 순간 다시 시작되는 거야. 원시적인 악기지. 세련됨이라곤 하나 없는. 이리 와 앉아, 마리안네."

나는 개수대 앞에 서서 고급 잔들과 수저들의 물기를 닦습니다. 한니가 꽁초를 가지고 재떨이 안을 뒤적댑니다. 좀 더 두꺼운 팔찌가 테이블 위에서 차랑댑니다.

"히스테리를 일으킬 지경이었어." 그녀가 말합니다. "너무나 끔찍했어. 누군가 내 귀에 바짝 대고 그렇게 두드려 대다니. 그래서들 고막을 북 가죽이라고 하는 걸까? 두드려 댄다는 뜻으로?"

그런데 왜 아무도 화를 내지 않았던 건지? 난 데트레프를 흔들어 깨웠어. 보통 때 그는 모든 걸 다 듣거든. 자명종이든 전화벨이든. 다른 땐 불면증으로 화가 난 그가 날 깨우곤 하니까. 나더러 진정을 좀 시켜 달라는 거지. 그가 불면증보다 무서워하는 건 없어. 참을 수가 없다고 내가 말했어, 도저히 참을 수가 없다고. 그런데 그는 아무 소리도 안 들린다는 거야. 고개를 약간 들고서 나한테 묻더라고. '뭘?' 그냥 '뭘?' 하고 묻더니 돌아눕더라. 내가 말했어. '북소리. 이 소리 안 들려?' 그러니까 그가 하는 말이 '조용한데 뭘.' 베개 밑에서 망치 두드리듯 두들겨 댄다고 내가 말했지. '내 귀 안에서 두드려 댄다고. 너무 고통스러워!' 난 그가 뭔가 행동을 취하기를 바랐어. '아이, 참. 이럴 땐 어떻게 좀 해 봐야 하는 거 아냐? 무슨 호텔이란 데가 이래? 호텔이 뭐 이렇고, 이런 걸 그냥 두고 보며 가만히 있는 경비원들은 또 뭐란 말이야?' 내가 그렇게 말했어."

한니가 와인을 마시고 담배에 또 한 번 불을 붙입니다. "두 가지 가능성이 있다고 데트레프가 말하더군." 한니가 성냥불을 흔들어 끕니다. "데트레프 말이 '두 가지 가능성이란 그걸 흘려들으면서 다른 것에 집중을 하거나 아니면,' 그는 말하는 도중에도 눈을 뜨지 않았어. '아니면 그 소리가 당신을 관통해 지나가도록 하면 저절로 다 없어질 거야.' '아니면 당신이 빨리 일어나서 그만 좀 끝장을 내 주든가!'라고 내가 말했지. '너무 시끄러워서 내 발바닥을 문지를 지경이라고.' 그러니까 그는 '웃기지 마.'라고 했어. 나중에 그가 자긴 '웃기지 마.'라고 한 적이 절대 없고 '우리 자기'라고 했다는 거야. 암튼 그는 '웃기지 마. 그 사람들이 우릴 비웃을 거야.'

라고 했거든. 그 사람한텐 전혀 문제가 안 됐던 거야. 그가 날 침대로 끌어당기려고 했어. 난 미치는 줄 알았어. 난 그 소리를 마치 빛의 속도인 양 상상하게 돼. 별에서부터 발사되는 빛 같은 거. 그 빛은 사실 더 이상은 없는 거지만 우리한테는 지금 막 나타나잖아. 그리고 누군가가 최초 발견자가 되는 거고, 그럼 그는 그 별에 자기 아내나 애인 이름을 붙이겠지. 근데 사실 그 별은 존재하지 않아. 이미 다, 펑 사라진 거야. 빛뿐인 거라고. 너 그런 거 알아?" 그녀가 나를 응시합니다. "오, 하려던 얘기를 까먹었어." 그녀가 덧붙입니다.

"별들, 네 아래서 들리던 그 시끄러운 소음. 데트레프." 내가 말하며 행주를 펼쳐 히터 위에 놓습니다.

"이따금씩은 내가 분명 잠들었던 거란 생각이 들기도 해. 난 창가로 가서 울었어. 그러곤 귀를 막았어. 그래도 그 소린 여전히 거기 있었어. 부우 부부부우 부부붐붐이 잠시 멈추면 난 머릿속에서 미리 그 소리를 되새기고, 가라앉는 소리를 도로 끄집어내기라도 하듯 일부러 상기해서 다시 반복하는 거야. 마리안네, 난 내가 미쳐 가는 중이라고 생각했어." 한니가 고개를 설레설레 흔듭니다. 난 고급 잔들을 쟁반에 놓습니다. 나는 문을 좀 열어 달라고 합니다. 그녀는 곧바로 일어납니다. 나는 쟁반을 거실로 가져갑니다. 그곳 소파에 난 그녀의 이부자리를 깔아 놓았더랬습니다. 그녀가 주방에서 나를 기다립니다.

"거기서는 여자가 나 혼자여서, 혼자 밑으로 내려가고 싶지 않았어. 그 소리에 방해받는 사람도 나뿐인 것 같았고." 내가 테이블을 닦는 동안 그녀가 재떨이를 높이 들어 줍니다. "지난밤까지만 해도 난 그놈의 부부부우우부우우 부부붐붐 소리만 좀 그치면 데트레프와 사이가 더 좋아질 거라 생각했어. 난 그에게서 오로지 진실만을 바랐어. 그다음은 그다음 문제인 거고. 난 우리가 프랑크푸르트에서 아름다운 주말을 보내고 그가 날 데리고 도시 구경을 시켜 줄 거라고 생각했지. 한 번쯤은 우리 사이가 다시 좋아져야 해. 물론 나만의 바람일 뿐이지만." 그녀는 와인 병에 남은 마지막 몇 방울을 잔의 가장자리에 흘려 따릅니다. "게다가 세상엔 창녀나 주삿바늘에 의지해 사는 사람들 천지잖아. 상상할 수도 없는 일이야. 넌 아마 모를 거야, 그들이 무슨 짓들을 하는지. 중독자들 말이야."

그녀는 코르크 마개를 병에 꽂으려고 애쓰며 계속 돌려 봅니다.

"그런데 바로 그때 그 일이 일어났어, 마리안네."라고 말하며 그녀가 코르크를 옆으로 치우더니 내 손을 부여잡습니다. "내가 울고 있는데, 마리안네, 갑자기 그 암호 같은 소리가 내 목에 걸려든 거야. 난 그 소리를 완벽하게 낼 줄 알았어. 마치 내가 마침내 그 어떤 원시의 멜로디를 상기해 냈다는 듯이……." 그녀가 의미심장하게 덧붙입니다. "난 그 소리를 풀어냈어. 조용하게, 느긋하게, 그리고 바로 그 순간 내 몸 전체에 어떤 느낌이 퍼졌지. 세상이 고요해지고 극심했던 불면의 피곤이 사라지면서 부드러워지는 느낌. 그리고 나를 조용히 취하게 하는 그 느낌. 문득 난 나 자신과 하나였어. 그 어느 때보다도 더욱더 단단하게. 난 그 소리를 소유하고 있었던 거야, 아무도 악보에 적을 수 없는 그 소리를. 그냥 들을 수밖에 없는 그 소리를. 마치 내가 바로 그 순간을 위해 인내했어야 했다는 듯, 마치 그 때문에 지금 상을 받는다는 듯. 이해하겠니? 어쩌면 난 바로 그 때문에 프랑크푸르트에 갔던 건지도 몰라. 그 암호 같은 소리를 배우려고."

나는 손을 빼냅니다. 한니는 팔을 벌린 채 그대로 앉아 있습니다.

"데트레프가 오늘 아침 날 깨웠을 때." 그녀가 말합니다. "난 피곤해서 파김치가 되어 있었어. 하지만 난 미소를 지었지. 그가 욕실로 갔고 난 창가에 섰어. 난 준비를 하고서 눈을 감았어. 아무 소리도 안 나. 마치 누군가 자는 동안 내 목구멍에서 그 소리를 빼앗아 가기라도 한 듯, 누군가 그걸 싹 지워 버리기라도 한 듯. 난 방충망 처진 창밖을 바라보았는데, 쇠창살 말고는 아무것도 알아보지 못했어. 난 아주 녹초 상태였어, 마리안네. 데트레프가 내 어깨를 만졌고 내 목에 입을 맞췄지. 난 엉엉 울기 시작했어. 바로 그 순간 모든 게 허사구나 하는 생각이 들었던 거야. 데트레프와 난 이제 끝장이구나 싶었어. 그런 걸 상상할 수 있겠니?"

한니가 올려다봅니다. 그녀가 빈 잔을 빙빙 돌립니다. 그녀는 내게 무언가를 기대하고 있습니다. 하지만 나는 그럴 수 없습니다. 그녀처럼 그냥 도망을 가 버린다든가, 다른 사람들한테 그런 이야기를 한다든가. 우린 삼사 년 동안 서로 보지 못했습니다. 우린 여성 전용 체조장에서 알게 되었습니다. 거기서는 그녀가 가장 어렸습니다. 하지만 서로의 집을 방문한 적은 한 번도 없었습니다. 언제나 체조가 끝나면 함께 식사를 하거나 마시거나, 그랬을 뿐입니다.

나는 테이블 앞에서 일어납니다. 와인을 한 모금 마시고 싶습니다. 한니가 은팔찌를 빼내고 손목시계를 풉니다.

"마리안네." 그녀가 내게 다가오며 말합니다. 그녀가 팔을 벌려 내 목을 끌어안으려고 합니다. 나는 그녀의 양손을 잡아 내 어깨로 가져갑니다. 물론 난 그렇게 하고 싶지도 않습니다. 날 건드리지 않았으면 좋겠습니다.

난 그녀에게 데트레프가 보고 싶은지 묻습니다. 그녀가 고개를 흔듭니다. 난 그녀의 손을 놓습니다. 그녀는 내 어깨를 더욱더 꼭 붙잡습니다. 난 그녀의 호흡을 피하고 맙니다. "너, 많이 긴장하고 있구나." 그녀가 말합니다. 그녀가 손가락으로 나를 조금 주무릅니다. 가까이서 보면 그녀의 입술은 색 바랜 것처럼 보입니다. 어쨌거나 이젠 그녀의 얼굴이 예뻐 보이지 않습니다.

"이제 씻어도 돼." 내가 말합니다. 그녀가 이마에 주름을 잡고서 나를 볼 때 내가 한마디 더 덧붙입니다. "욕실에 이제 아무도 없거든."

나는 주방 문을 닫고 창문을 엽니다. 재떨이를 비우고 씻습니다. 그러지 않으면 환기해도 소용없으니까요. 빵에도, 그녀가 씹던 그 빵 쪼가리에도 립스틱이 묻어 있습니다. 난 코르크와 함께 빵을 내다 버리고서 유리잔과 병을 씻고 아침 식사 준비를 조금 해 둡니다. 난 팔찌와 시계를 달걀 그릇과 컵 받침 사이에 놔둡니다.

욕실에서 그녀의 그 이상스러운 새소리가 들립니다. 난 그녀가 정말로 그렇게 큰 소리를 내는 건지 아니면 마침 나한테만 그렇게 느껴지는 건지 모릅니다. 나는 재떨이의 물기를 닦습니다. 그러고 그걸 팔찌 옆으로 밀어 놓고 손을 씻은 다음에도 한참 동안 흐르는 물에 손을 대고 있습니다. 빈 와인 병은 폐지를 모으는 바구니 위에 얹어 두고 지난주 텔레비전 프로그램 잡지를 끄집어

냅니다. 테이블 앞에서 난 별자리 운세란을 읽습니다. "처녀자리, 8월 22일부터 9월 21일까지. 사람들이 당신을 필요로 하는군요. 곤란을 겪고 있는 사람의 입장이 되어 줄 수 있다면 그를 도와줄 방법 역시 금방 떠오를 것입니다."라고 적혀 있습니다. 그러고 나선 디터의 것을 봅니다. "전갈자리, 10월 23일부터 11월 21일까지. 선택 상황에 부딪쳐 골치가 아플 지경이군요. 일단은 가만히 일의 진행 과정을 지켜보세요. 그리고 뭔가 즐거운 일을 찾아 시간을 보내세요!" "립스틱이 암을 예방한다. 여성이 구순암에 걸릴 확률은 남성에 비해 현저히 적은 편이다. 이유는 간단하다. 여성들은 립스틱을 칠하고 다녀서 입술이 낮 동안 자외선에 노출되지 않는다. 화장품의 색 첨가물이 자외선 차단 효과를 가져온다."

한니의 두꺼운 팔찌는 내 손에는 들어가지 않습니다. 얇은 것들 몇 개가 들어갈 뿐입니다. 그녀의 시계가 가리키는 날짜는 반쯤만 보입니다.

나는 커피 머신에 여섯 잔 분량의 물을 붓고 뚜껑을 열어 둔 채 그냥 둡니다. 내일 아침에 잊어버려서 물이 철철 넘치는 사태가 생기지 않도록 말입니다. 필터가 든 종이 곽은 비어 있습니다. 난 빈 종이 곽을 납작하게 눌러 신문 사이에 끼웁니다. 우리는 뜯지 않은 필터밖에는 없습니다. 그것도 사이즈가 너무 큰 필터입니다. 2~3인용이 아니라 4~6인용입니다. 베이킹파우더와 푸딩파우더 뒤에 놓인 필터 상자는 내 눈에는 이미 아주 익숙한 물건입니다. 난 새 포장을 뜯습니다.

필터 끄트머리를 얇은 띠 모양으로 오려 내자 우리 집 커피 머신에 아주 잘 맞습니다. 나머지 종이 필터도 그 크기로 똑같이 잘라 냅니다. 왜 진작 그렇게 하지 않았는지 모르겠습니다. 나는 빈 곽을 다시 꺼내어 띠 모양의 필터 끄트머리들을 구겨 넣은 뒤, 그 곽을 신문지 사이에 억지로 끼워 넣습니다. 나는 커다란 숫자판을 가진 자명종을 눈앞으로 바짝 들어 올려 분침이 어디 있는지 자세히 봅니다. 한기가 느껴져서 일어나 창가로 갑니다. 별은 보이지 않습니다. 달도 보이지 않습니다. 난 천천히 여닫이 창문을 닫습니다. 뭘 좀 마시기로 했었다는 사실이 다시 떠오릅니다. 주방의 찬장에서 잔을 꺼내며 나는 혼잣말을 합니다. 언제가 되든 결국 모든 사람은 죽는다고. 바로 그 순간 그것은 내게 아주 대단한 깨달음처럼 여겨집니다.

난 물을 마시고 촛대에서 초를 긁어내며 다 타고 남은 초 토막을 빼낸 후 새 초를 끼웁니다. 갑자기 더는 졸리지 않습니다. 심지어는 라디오를 켜고 음악을 듣고 싶은 마음까지 듭니다. 그냥 아름다운 음악이면 뭐든지요. 하지만 그만두는 게 좋겠습니다. 혹시라도 문제가 일어나길 바라지 않으니까요. 난 이 기분을 계속 유지하고 싶습니다. 적어도 앞으로 단 몇 분만이라도.

14 거울

바르바라와 프랑크 홀리체크가 대화를 나눈다. 욕실의 한 장면이다. 정치가는 처음에는 반응하지 않지만, 곧 깜짝 놀란다. 도망치던 중 신발을 잃어버린다.

프랑크가 이마를 욕실 문에 갖다 댄다. "괜찮아?" 그가 묻는다. 그의 목소리가 둔탁하게 울린다. 그가 문손잡이에 손을 올린다. "들어가도 돼?" 껌을 씹는데도 그의 호흡은 저녁에 먹은 자네게슈네첼테,[09] 그 전에 먹은 양파 수프, 후식으로 먹은 티라미수를 떠올리게 한다. 맥주 말고 더 마신 것은 없다. 그들은 12시쯤 시청 지하 식당에서 나왔더랬다. 지금은 1시다.

"바르바라?" 그의 손가락이 문틀을 두드린다. "괜찮아?"

그녀가 문을 열자 그는 뒤로 흠칫 물러나 기다렸다가 그녀가 손을 떼자 다시 문을 연다. "들어가도 돼?"

그녀는 블라우스를 입은 채 거울 앞에 서 있다. 그녀는 화장솜으로 왼쪽 눈썹 위를 두드린다. 치마가 변기 뚜껑 위에 놓였고 블라우스와 스타킹은 앞쪽 타일 바닥에 떨어져 있다. 화장 솜을

---

09 얇게 썬 고기에 크림소스를 곁들여 구운 요리.

병에 꾹 누르고 나서 병을 잠깐 돌린 다음 머리를 다른 쪽으로 돌린다. 그녀가 팔을 들자 엉겨 붙어 있는 겨드랑이 털이 보인다.

"밥스."라고 부르며 그가 그녀의 머리카락에 입을 맞춘다. "아직 아파?" 거울 속에서 그녀의 얼굴이 또 다른 표정을 짓고 있다.

"당신이 나를 때렸다고 내가 주장한다면 말이야, 진짜로 두들겨 팼다고 주장한다면, 그럼 어떻게 되지? 무슨 일이 일어날까?"

그의 얼굴에 긴장이 가신다. 그가 미소를 짓는다. "그럼 끝이지. 그렇게 되면 난 끝장나는 거야."

"그렇지 않을걸." 그녀가 상체를 다시 앞으로 숙인다. "당신은 그 반대를 주장하겠지. 그리고 모두들 우리가 매우 사이좋은 부부였다고 증언할 거야. 그럼 난 또 나쁜 여자가 되겠지. 히스테리에 돈만 밝히는 여자의 전형으로. 사실이 그렇잖아." 그녀가 작은 화장 솜 뭉치를 수도꼭지 뒤로 밀어 넣는다. "그들은 당신의 면책 특권도 취소하지 않을 거야."

"그래도." 그가 말하며 또 한 번 입을 맞춘다. "언제나 트집거리는 반드시 남아 괴롭히는 법이니까."

"게다가 내가 임신 중이었다면?" 그녀가 거울 속에서 그를 바라본다.

그가 그녀의 묶은 머리를 옆으로 밀치고서 목에 입을 맞춘다. 그의 손끝이 그녀의 어깻죽지에 닿는다. "미안해." 그가 눈을 감으며 말한다.

"미안해할 필요 없어." 그녀가 말한다.

"그래도."라고 말하며 그가 양손으로 그녀의 배를 감싼다. "좀 더 일찍 내가 스위치를 껐어야 했는데. 훨씬 더 일찍. 하지만 누군들 짐작이나 했겠어!"

"프랑크." 그녀가 말한다. 그가 그녀의 블라우스 아래로 손을 넣는다. 그는 재빨리 손을 더 위로 가져간 다음, 거울로 그녀의 젖가슴 위에 얹힌 자신의 손가락을 본다. 바르바라는 속눈썹 화장을 지우려는 중이다. "아무도 미리 알 수는 없었어. 그런 걸 누가 미리 알겠어?" 그녀가 말한다. 눈썹에 화장 솜이 걸려 있다.

그가 그녀의 어깨에 입을 맞춘다.

그녀가 왼팔을 들어 찰과상을 입은 팔꿈치를 들여다본다. "당신도, 내가 다루기 쉬운 여자라고 생각해, 프랑크? 내가 그래?"

"무슨 그런 말도 안 되는 소리를." 그가 말한다.

"그냥 물어보는 거야. 몸집이 작은 여자들은 다루기 쉽잖아. 안 그래? 말해 봐. 내가 다루기 쉬운 여자야?" 그가 그녀를 놓아준다. 바르바라가 한 손으로 블라우스를 내린다.

"어떻게 그런 일을 미리 알 수 있겠어!" 그녀는 했던 말을 반복하며 세면대 가장자리에 있던 화장 솜 뭉치들을 모아 작은 쓰레기통의 페달을 밟는다. 뭉치 하나는 옆으로 떨어진다. 프랑크가 그걸 주우려고 몸을 굽힌다. 그는 씹던 껌을 손바닥에 뱉은 뒤 젖은 화장 솜에다 누르고 그걸 쓰레기통에 던져 넣는다. "십사오 년을 학생으로 보냈어." 그가 몸을 일으키며 말한다. "세 번이나 진급하지 못하고 꿇었지. 불쌍한 돼지 새끼들. 하나하나 다 그 모양이지."

"당신들 중 누구도 꼼짝하지 않았어, 프랑크. 그들이 일을 시작했을 때. 아무도." 그녀가 수도꼭지를 돌리고서 팔을 굽혀 수돗물 아래 갖다 댄다.

"씻지 않는 게 좋아. 저절로 깨끗해질 거야." 그가 말한다.

"남자 다섯." 그녀가 말한다. "다섯 중 아무도 엉덩이를 들썩이는 놈이 없었단 말이야. 당신은 내가 뭐 때문에 놀랐는지 알아?"

"알았어." 그가 말한다. "그건 당신 관점이야. 하지만 내가 생각하기로는 그게 옳았어."

"당신, 내가 왜 놀랐는지 아느냐고. 당신들이 여종업원한테 알리지 않았다는 거야……."

"그들은 싸움을 걸려고 했던 거야. 화를 부추겨 싸움을 걸려는 의도 말고는 아무것도 없었어."

"참, 다행이군. 우리가 그들의 속임수에 넘어가지 않았으니. 프랑크, 아주 잘했어. 그리고 당신 친구 오를란도를……, 그들이 그 사람도 그냥 단순히 화나게 하려는 거였다고? 그래서 그의 등에 칼을 꽂은 거란 말이지?"

"아, 그만해!"

"삼십 분 동안 그들이 의도를 충분히 밝혔는데도 당신들은 우두커니 앉아……."

"그래서 당신은 그 난리를 치고."

"당신들은 바이에른 전통 복장을 한 채 거기 앉아서 껌이나 짝짝 씹고 있었어. 한니가 거기 더는 못 있겠다고 하자, 당신들이 그러라고 하면서 음식 값을 지불하려고 했잖아."

"십 분 뒤에 경찰이 출동했어. 그래서 그들을 내보냈고. 어쩌면 십오 분 뒤였는지도 모르겠지만……." 그가 수건을 팽팽하게 펼쳐 건조대에 넌다.

"그러곤 그들이 밖에서 우리를 기다렸어."

"당신은 그놈들이 내 말을 듣기나 했을 거라고 생각해? 내가 직접 그들을 내쫓았다면 물론 그런 일이 일어나지 않았을 거다, 바로 그게 당신 논리인 거야? 내가 무술이라도 배워야 한단 말이야?" 그녀가 얼굴을 씻었다.

그가 말한다. "미숙아라고 해서 누구나 나치는 아니란 말이야! 당신은 그들을 전부 다 감옥에 넣겠다는 거야?"

"무슨 말을 하는 거지?"

"모르는 척하지 마." 그가 말한다.

"프랑크." 양손으로 세면대 가장자리를 붙잡은 채 그녀가 말한다. 턱과 코끝에서 물방울이 뚝뚝 떨어진다. "난 아직도 당신을 존중하는 마음을……."

"그래서? 내가 뭘 어떻게 했어야 한단 거야? 나한테 말 좀 해 줄래?"

"그놈들이 당신 아내를 뭐라고 불렀는지나 알아? 그들이 나를 어떻게 다루겠다고 말할 때 당신, 일부러 못 들은 척했지? 프랑크. 당신의 다루기 쉬운 아내를 다루겠다는데도?"

"이제 그만 좀 해, 밥스."

"난 그저 사건의 절정 부분만 떠올리는 거야."

"소리 지르지 마. 나도 다 들었다고."

"그럼 됐네, 당신도 들었다니까……. 난 또 당신이 못 들었나 싶었지. 그렇게 느껴졌거든. 내가 또 착각한 거네. 내 부당함을 용서하라고."

"내가 그놈들을 두들겨 팼어야 하는 거야?" 프랑크가 한 발 뒤로 물러난다. "두 사람 정도였다면 나 혼자 해치울 수도 있었을 거야. 어쩌면 세 사람까지도. 하지만 그들은 열, 아니 그보다 훨씬 많왔다고. 아마 그들이 나를 두들겨 팼을걸. 그러곤……."

"그러곤, 뭐?" 그녀가 묻는다. 세면대에서 젖은 얼굴을 든 채. 그녀가 손을 더듬어 수건을 찾는다. "프랑크, 계속해. 당신을 두들겨 패고, 그러곤 무슨 일이 일어난다는 거지?"

"아니, 그걸 바라는 거야? 그들이 날 두들겨 팼으면 좋았겠어?" 그는 벽에 몸을 기대고 팔짱을 꼈다. 그의 슬리퍼가 약간 아래로 미끄러진다.

"그러는 대신 우린 토끼들처럼 내달렸어, 프랑크. 토끼. 그리고 내가 넘어졌을 때, 당신은 멍청히 기다리고 섰더군. 참, 그 일로 내가 고맙다는 말을 아직 못 했네. 난 정말 부당한 인간인가 봐. 당신이 나를 기다려 줬는데, 몇 걸음 떨어진 곳에서, 게다가 충고까지 해 줬는데 말이야!" 그녀가 수건을 도로 수건걸이에 건다. "사람 두들겨 팬 적이 한 번도 없어? 프랑크? 길어 봐야 일주일이면 병원에서 퇴원했을 거야. 내가 날마다 당신 문병 갔을 거고, 그것도 늘 맛있는 걸 만들어 갔겠지. 당신이 어떤 사람인지 알겠어?"

"당신, 제정신 아냐." 그가 말하며 그녀의 다리를 내려다본다. "문밖으로 나가기만 하면 돼. 그때 못 했던 일 지금이라도 하면 된다고."

"맞아." 하고 말하며 그녀가 묶었던 머리카락을 푼다. 고개를 옆으로 젖히고서 솔로 빗질을 시작한다. "그러잖아도 난 당신한테 내 신발이라도 좀 가져다 달라고 부탁하려던 참이었어. 가죽끈 몇 개밖에 안 되지만 그래 봬도 그거 200마르크짜리거든."

"밥스." 그가 말한다.

"듣고 있어, 프랑크."

"난 뭐, 마음이 편한 줄 알아?"

"편하지 않겠지, 물론. 그건 왜 물어?"

"왜 묻겠어!" 그는 그녀가 솔에 묻은 머리카락을 떼어 내는 모습을 거울로 지켜본다. 그리고 "나에 관해서라면 당신 마음대로 생각하라고."라고 말하며 바지 주머니에 양손을 찔러 넣는다. "우린 택시를 탔어야 했어. 그것 말고 또 뭐가 있지?"

"당신네들의 그 잘난 민주주의가 그놈들 때문에 망하지는 않겠지. 그놈들 때문에는 아닐 거야."

"당신네들의 민주주의라고! 아주 독창적이군, 밥스! 그런 소리, 나 아침 먹을 때마다 지겹도록 읽고 있어. 정말이지 역겹다고!"

"이봐. 나 귀 안 먹었어." 그녀가 납작한 타원형의 아이섀도 케이스를 연다.

"물론 아니지. 귀는 안 먹었지. 술에 취했을 뿐이지. 당신, 또 한 번 멋지게 성공한 거야." 그가 셔츠의 단추를 끄른다.

"아직 내 말에 대답 안 했어, 프랑크." 그녀는 속눈썹 라인을 그린다.

"뭘 안 했단 거야?"

"내 질문에 대답 안 했다고." 새끼손가락으로 그녀가 눈가를 가볍게 두드린다. 그는 셔츠를 난방기 조절기에 걸고 허리띠 버클을 푼다.

"그래서 내 신발을 가져다주겠다는 거야, 아니야? 그냥 한 번 물어보는 거야." 그녀가 케이스를 닫는다.

그가 바지를 내린다. "나 좀 지나가도 될까?"

"프랑크." 그녀가 말한 뒤 입술 윤곽을 그린다. "그러니까 당신 말은 결국…… 내 신발을 갖다주기 싫다는 거지? 그런 거지?"

프랑크는 빨래 바구니에 양말을 던지고 그 위에 바지를 놓은 다음 욕조 가장자리에 걸터앉는다. 손에 떨어지는 찬물을 발 위로 흘려보낸다. 바르바라는 슬리퍼를 집어 올리고 욕실을 나간 뒤 침실로 들어가 문을 잠근다. 프랑크는 세면대 앞에 작은 수건을 펼쳐 놓는다. 빨간 엘맥스 치약 튜브에서 치약을 짜 두 개의 칫솔에 묻히고 유리잔에 따뜻한 물을 채운다. 그 위에 그녀의 칫솔을 놓고는 이를 닦기 시작한다. 그러는 동안에 그는 세면대 옆에 걸려 있던 비닐 포장의 "뷰티 화장 솜"이라는 글자를 읽는다. "피부를 보호하는 꽃잎처럼 부드러운 다층 구조의 순면 이중 시트로 보풀이 일어나지 않습니다." 바르바르가 문을 두드린 후 곧장 문을 연다. "저것 좀 줘." 그녀가 변기 뚜껑을 가리킨다. 그가 칫솔을 입에 문 채 그녀의 옷을 하나하나 건네준다.

"이건 줄 나가서 못 써."라고 말하며 그녀가 스타킹을 세면대 아래로 던지고 블라우스를 걸쳐 입는다.

"뭐야?" 그가 말한다. 그녀가 치마를 입는다. "뭐 하냐고?"

바르바라는 지퍼를 잠근다. 프랑크가 세면대에 고개를 숙이고서 입을 헹군다. 그녀가 거울을 볼 수 있게 그가 옆으로 비켜선다.

"지금 뭘 하는 거야?" 그는 말하면서 그녀 옆에 나란히 선다.

"다른 건 다 참아." 그녀가 말한다. "하지만 내가 누군가의 밑에서 슬슬 기어야 한다는 건……. 나한테 남편이 왜 있는지 의문이 들 뿐이야."

그녀는 현관의 붙박이장에 몸을 기댄 채 구두를 신고는 손가방 안을 살펴본다.

"재킷을 하나 더 입는 게 좋을 거야." 그가 말한다.

"내 열쇠 어디 갔지?"

"꽂혀 있어."

"당신은 갈까 말까 고민조차 안 하는구나, 프랑크?"

"응. 생각 안 해 봤어." 그가 말한다.

그가 문까지 그녀를 따라간다. 그녀가 문을 연다. 그녀가 손잡이를 아래로 끌어 내리기 직전에 그가 그녀를 어깨 쪽으로 끌어당긴다. 한 팔로 바르바라를 안아 현관에서 잡아끈 다음 그녀의 배에 손을 대고 한 바퀴 돈다. 이젠 프랑크가 문 앞에 서 있다. "밥스, 나한텐 안 통해."

"아무도 믿을 수 없을 거야." 그녀가 말한다. "그렇지? 내 말을 누가 믿어 주기나 할까? 이렇게 활기찬 남자가! 게다가 또 단 한 번에 나를 휘어잡을 수 있다니! 정말 훌륭하군. 그 말밖에 안 나오네. 훌륭해!" 그녀가 블라우스 자락을 매만진다. "자, 프랑크. 나 좀 나가게 해 줘. 아님 당신 여기 밤새 이러고 서 있을 거야, 응?" 그녀가 한 발을 앞으로 내민다. "그만해! 그렇게 오래 생각할 거 없어. 난 그냥 신발만 도로 가져올 작정이고, 그러고서 우린 금방 잠자리에 들면 되는 거고. 당신한테, 내일은 힘든 날이 될 거잖아."

"왜 이런 짓을 하는 거야?" 그가 묻는다.

"내가 지금껏 열심히 설명했잖아." 그녀는 말을 하고서 무게 중심을 다른 발로 옮긴다. "그러니, 이제 우린 이 놀음을 언제까지 계속해야 하지, 응?"

초인종이 울린다. 두 번 짧게 울린 뒤에 한 번 길게 울리고 잠시 지속된 휴지 동안 그들이 서로 마주 본다. 다시 한번 초인종이 울린다. 그가 그녀에게 가만히 뒤로 물러나 있으라는 신호를 보낸다. "밥스." 그가 낮게 소곤거린다. "밥스!" 그가 그녀 곁을 스쳐 욕실로 들어간다. 불을 끈 다음 창가로 다가간다. 소리 나지 않게 창문을 열고 밖으로 몸을 내민다. 현관 바깥의 전등이 꺼져 있다. 한참 뒤 그가 외친다. "누구세요?" 그 순간, 그는 현관문 소리를 듣는다. 현관에서 스며져 나오는 전등 불빛에 투영된 한 형체를 본다. 똑바로 서서 팬티 바람으로 한 손으로는 창문을 잡고 있는 형체이다. 그가 얼굴을 살펴보며 무엇인가가 달라지기를 기대한다. 다리에 서늘한 바람을 느낀다.

"프랭키!" 그녀가 그렇게 부르더니 현관문을 닫는다. "빨리 나와! 누군가 그걸 갖다 줬어. 여기 놓여 있었어. 여기 문턱에. 빨리 와. 이제 자자." 신발을 벗지 않은 채 그녀가 침실로 들어간다.

그는 그 형체가 여전히 그대로 똑바로 서서 왼손을 창문에 갖다 대고 있는 모양을 본다. 그러곤 창문이 서서히 닫히는 것을 본다.

15 빅 맥과 빅 뱅

디터 슈베르트와 페터 베르트람이 두 명의 여자에 관해 이야기를 나누는 장면이다. 잉어 낚시는 새로운 스포츠 종목이 되었고, 이들은 낚시 성공담과 그 증거 자료를 만들어 기록하는 데 어려움을 겪는다. 디터는 심장 부근에서 통증을 느낀다. 안개가 끼고 아침 해가 뜬다.

"빅 맥!" 베르트람이 소리쳤다. 거대한 잉어를 품에 꼭 껴안고 발걸음을 뗄 때마다 디딜 곳을 찾으며, 그는 어렵사리 부둣가 둔덕에 올랐다. 불빛이 한 번 번쩍이자 일단 한 번 멈춰 섰다. "거대하지!" 그는 외치면서 물고기를 더 높이 쳐들었다가 재빨리 꼭 움켜잡았다.

"이런!" 슈베르트가 외쳤다. "막혔어. 뭔가가 막혔어!" 뒷지느러미가 이리저리 꿈틀거렸다. "그놈을 짓이기면 안 돼. 잉어 대가 양반!" 또 한 번 불빛이 번쩍 하고 지나갔다. 베르트람이 손가락으로 물고기를 꾹 눌렀다. 슈베르트가 그를 향해 다가오기는 했지만 몇 발짝 떼지도 않은 곳에서 어깨 너머를 가리키며 "저울이……." 라고 외치고는 다시 뒤돌아섰다.

베르트람이 천막 앞 잔디에 양반 다리로 앉았다. 왼손으로는 비늘이 큰 잉어의 가슴지느러미 아랫부분을 붙잡았고 오른손은 희끄무레한 물고기의 배가 끝나고 꼬리가 시작되는 곳을 붙잡고 있었다. 꼬리지느러미가 베르트람의 더러워진 신발 끝을 때렸다.

"와, 이것 좀 보게!" 슈베르트가 그렇게 말하며 자리에 쪼그리고 앉았다.

베르트람이 미소 지었다. "이번만큼은 진짜야. 디터!" 그가 주먹을 쥐어 보였다. "50이야. 내기해도 좋아." 그의 턱이 뒷지느러미에 닿았다.

"가만있어! 좋아. 아주 좋아!" 슈베르트가 말했다.

베르트람이 물고기를 가슴에 안은 채 무릎걸음으로 앞으로 미끄러지듯 걸어가서, 개조된 개인용 저울에 조심스럽게 올려놓았다. 51.4!" 그가 외쳤다. "나 참, 좀 가만히 있어라, 이놈아. 51.5!"

"와, 굉장하네." 슈베르트가 말했다.

베르트람이 꿈틀거리는 잉어의 주둥이 아래를 쥐었다. "저울이 너무 작아. 이렇게 건장한 잉어한테는 정말 작아. 50, 1, 점, 6! 51.6!"

"원, 세상에!" 슈베르트가 말했다. 그는 몸을 깊이 굽혀, 눈금과 물고기가 화면을 꽉 채울 때까지 숙인 뒤 다시 한번 사진기 플래시를 터뜨렸다.

"이 녀석, 우리 떡밥 보일리가 맛있었던 모양이네." 베르트람은 그렇게 말하며 양팔로 줄자를 펼쳤다. "물론 물고기한테야 애들 좋아하는 스마티즈 초콜릿보다 그게 더 맛있겠지. 94. 끝났냐?"

"잠깐만." 슈베르트가 말했다. 사진기 플래시가 재충전될 때까지 그들은 기다려야 했다. 그는 커다란 환타 병에 채워 뒀던 물을 물고기 위로 쏟아부었다.

베르트람은 줄자를 등지느러미에 갖다 댄 다음 배를 한 바퀴

감으며 길게 늘였다. "48."

"곤충 날개처럼 반짝이는군." 슈베르트가 사진기를 들고 천막 안으로 들어갔다가 튜브를 가지고 돌아왔다.

"빅 맥." 그가 소곤거리며 물고기를 가볍게 두드렸다. "배가 이렇게 불뚝한데도 비늘은 거의 없어. 지금까지도 꿈틀거리며 살아 있다니." 그가 조심스럽게 주둥이 안으로 손을 넣어 카르본 갈고리에 걸려 상처가 난 부분에 '클리닉'이라고 적힌 상처용 연고를 발랐다. "빨리 나아라, 수리 수리 마수리." 슈베르트가 읊조렸다. "사진 한 장 더 찍어야겠어. 그럴 만한 가치가 있는 놈이니까." 그가 손을 잔디에 문질러 닦았다.

베르트람은 환타 병에 남아 있던 물을 아가미에 마저 쏟아부었다. "내가 좀 할게." 그가 잉어를 들고 경사진 길을 올라갔다. 운하에 이르러서는 얼마간 뒤로 물러났다가 물속으로 첨벙첨벙 걸어 들어가 잉어를 놓아주었다.

"잘 가라, 빅 맥!" 슈베르트가 위쪽에서 외치고는 「옐로 서브마린」의 나팔수처럼 뿔피리를 불었다. "물고기가 보여?"

양손을 십자가 모양으로 엇갈리게 잡고 있던 베르트람이 안개에 싸인 잔잔한 갈색 수면을 들여다보았다. 그리고 다른 낚시꾼들을 살펴보았다. 슈베르트는 그와 평행선상에서 움직이며 둔덕을 올랐고 몇 번인가 무릎을 굽혔다 펴며 양팔을 돌리고 나서 다음 전봇대까지 느린 속도로 뛰어가기 시작했다. 반쯤 뛰어갔을까 싶은 곳에서 그가 방향을 돌렸다.

"잉어계의 대가 양반." 그가 헐떡였다. "이젠 기분이 좀 어때?" 그의 아랫입술이 번들거렸다.

베르트람은 천막으로 들어가 물통에 입을 대고 마셨다. 그러고는 물통을 슈베르트에게 내밀었다. 그는 고개를 좌우로 흔들고 몸통 돌리기 운동을 시작했다.

"다음번엔 네 차례야." 베르트람이 옷을 벗으며 말했다. "그러면 체조 놀이 같은 건 안 해도 된다고. 자넨 아주 정신이 나간 짓을 하는 거야. 디터, 새 운동화며 운동복에……." 수영 슬리퍼와 팬티만 남자 그는 천막과 전봇대 사이에 팽팽하게 맨 줄에 셔츠와 양말, 군청색 바지를 던져 걸었다. 젖은 신발을 입구에 세우고 배낭을 뒤졌다.

슈베르트는 팔과 다리를 털었다. "사흘 동안 잘 먹긴 뭘 잘 먹어." 그가 말했다. "이틀째 되니까 벌써 사람들이 더 이상 나쁜 짓할 생각을 하지 않는구먼."

베르트람이 풀오버를 꺼입은 다음 새 양말을 들고서 한쪽 발로 균형을 잡았다.

"이봐, 잉어계의 대가! 지금 몇 시야?" 슈베르트가 묻더니 호흡법을 시작했다.

베르트람은 맨발로 잔디를 밟고 서서 한쪽 발가락으로 다른 쪽 다리를 문질렀다. 그러곤 양말을 신었다. 그가 천막 안으로 다시 들어갔다.

"자넨 애인한테나 갔어야 해. 여기 있을 게 아니라!" 그가 안에서 외쳤다.

"무슨 일이 일어났다고 그러는 거야? 나, 아주 멀쩡하단 말이야." 슈베르트가 말하고는 천막 입구를 때렸다. "페터, 배고프냐?"

"내 생각엔 자네가 아예 한 상자를 산 거 같은데." 베르트람이 말했다. "필름 한 상자를 통째 살 작정이었잖아."

"물론 샀지." 슈베르트가 몸을 굽히고서 돗자리 위를 지나갔다.

"거의 한 시간째야. 한 시간째 그놈과 씨름하면서도 제대로 된 사진 한 장 못 찍었어. 자네가 여기서 잠이나 자는 바람에."

"나한테 말을 했어야지." 슈베르트가 배낭을 정리했다. "난 노상 뛰어다니기만 하는 사진 기자가 아니거든."

"자네 관심사는 그저······. 여기 이런 거엔 관심도 없지. 이렇게 많이도 아니겠지." 엄지와 검지로 그가 1센티미터쯤의 간격을 만들어 보였다.

"있어!" 슈베르트가 말했다.

"그런 말 하지 마. 넌 머릿속에 그 뭐냐, 그 여자나 들어 있겠지. 또 정치적 탄압을 받았다는 증명서, 그런 말도 안 되는 서류나. 참, 내 말이 맞지, 뭘."

"내가 원하지 않았다면 여기 오지도 않았을 거야. 하지만 자네 모습은······." 슈베르트가 웃었다. "낚싯밥을 물었다는 신호음이 들렸을 때 자네가 쳐다보던 그 모습이라니." 그가 지퍼를 올려 잠갔다. "자네, 신호음을 낸다며 고함쳤어. 너무너무 큰 소리로!"

"국경에서처럼." 베르트람이 말했다.

"신음 소리도 낸 거야?"

베르트람은 가쁘게 숨을 내쉬며 목 뒤로 팔짱을 꼈다. "거기, 우리가 있던 곳엔 별의별 게 다 있었어. 토끼, 여우, 노루, 멧돼지, 오소리. 전부 다."

"그리고 여기 나한텐 이게 있지." 슈베르트가 자신의 유리 의안을 두드리며 말했다.

"내가 놀란 건 단지 짐승들이 그걸 알아차리지 못했다는 거야. 무슨 일이 일어났는지, 어떻게 다른 동료들이 전부 갈가리 찢겨 죽었는지 그들도 보았을 텐데. 다른 건 다 낌새를 채면서 말이야. 짐승들은 지진도 미리 알아내잖아."

"그 때문에 그들이 자넬 해직시킨 건가?"

"뭐라고?"

"자네, 뭔가 높은 자리에 있지 않았어?"

"그들이 한 마리를 가지고 올 때마다 별 하나씩 줬어. 그게 뭐 어때서? 그게 나랑 무슨 상관이야? 다른 사람들은 전투 그룹에 들어갔었는걸."

"왜?"

"난 우리가 여기 낚시하러 온 줄 알았는데, 제우스."

슈베르트가 웃으며 유리 의안을 두드렸다. "나를 제우스라고 불렀던 마지막 사람한테는 이게 기능을 못 해." 그가 손으로 천막의 지붕을 때렸다. 비가 오고 있었다. "전혀 보지 못했지."

"자네 참 유치하군." 베르트람이 슈베르트의 손을 잡았다.

"그래. 늙고 유치하고." 슈베르트가 말했다.

"게다가 감상적이야."

"아무렇게나 말해라. 아무튼 내 기록에 자네 이름은 없어. 자넨 좀 기쁜 마음으로 살아야 해. 적어도 낚시할 때만큼은."

베르트람이 슈베르트의 손을 놓았다. "화냥년." 그가 말했다. "널 홀랑 벗겨먹고 있지. 그래도 행복하다는 거지?"

"그녀는……."

"화냥년 나부랭이야. 너희가 낳은 콘니보다도 어린 여자를."

슈베르트가 또 한 번 지붕을 때린다.

"제우스." 한참 뒤에 베르트람이 말했다. 그가 또 한 번 「옐로 서브마린」의 몇 구절을 흥얼거렸다. 건너편 부둣가에서 자동차 경적 소리가 들려왔다. "이리 와, 페터." 그가 말했다. "우린 서로를 잘 알잖아." 그가 머리카락을 뒤로 쓸어 올렸다. "어쩌면 모든 게 우리 두 사람한테 그렇게 나쁜 일이 아닐지도 몰라."

베르트람이 큰 소리로 웃음을 터뜨렸다. "자네, 더는 전부 다를 가질 순 없어!"

"이 사람, 다 늙은 노인네처럼 말하는군. 자네도 한 명 사귈 생각은 안 하고 인쇄하겠다는 사람도 없는 그런 쓸데없는 고약한 악성 기사나 쓰고 말이야." 슈베르트가 말했다.

"아, 이젠 또 그게 갑자기 악성 기사야?"

"내 말은, 자네도 얼른 여자나 하나 구하란 거야."

"이제 그게 악성 기사란 말이지?"

"여봐, 페터, 좀 평화롭게 살자고……."

"내가 묻는 건, 다만 내가 쓰는 글이 갑자기 악성 기사냐 아니냐 그거야. 난 악성과는 정반대의 반응을 본 적이 있거든. 이를테면 자네가 진짜 감동했던 일 말이야. 아니야?"

"하지만 자네도 인정해야 할 게……."

"뭘?"

"정상은 아니라는걸."

"정상이 아니다?" 베르트람이 팔꿈치를 바닥에 괴고 누웠다. "그렇다면 왜 자네는 내 그런 악성 기사를 사려고 한 거지? 복사는 또 왜 했던 거야? 어째서 그걸 읽으면 흥분해서 무엇이 선다고 말했던 거야? 왜? 평소 때는 그게 잘 안 서냐?"

"무슨 그런 소리를." 슈베르트가 말했다.

"어쩜 지금 여기서 정상이 아닌 인물은 자네, 제우스 아니던가? 어째서 자네는 그 화냥년이 아무것도 요구하지 않는다면서도 돈을 주는 거지?"

"나한테 그만한 가치가 있는 여자니까." 슈베르트가 말했다.

"내가 한번 말해 봐? 어째서 그 여자가 그렇게 가치가 있는지? 왜 자네가 돈을 줘야 하는 건지?"

"난 명확한 관계를 원하는 것뿐이야. 그뿐이야. 그녀는 저기, 난 여기 있고. 그러고 난 다음에 서로 만나는 거지. 그녀는 그 대가로 돈을 받고, 그러면 우린 헤어지지."

"그런 환상, 나도 좀 가져 봤으면 좋겠다." 베르트람이 말했다. "첫째 그 아가씨는 돈을 벌려는 속셈이고, 둘째 자네는 그녀에게 뭔가 요구한 거겠지. 몇 가지 맛있는 특별 메뉴 같은 거. 내가 자네를 아는 한 그래. 내 말이 틀렸나, 제우스?"

바람이 천막의 지붕을 눌렀다. 베르트람이 고개를 다시 내밀었다.

"자네가 뭐라고 생각해도 좋아, 페터." 슈베르트가 말했다.

"그런 거 말고 내가 자네에 대해 무슨 생각을 할 수 있겠어? 악성 기사나 읽는 작자?"

"이봐, 페터!"

다음 순간 두 사람 다 몸을 벌떡 일으켰다.

"가자!" 베르트람이 외쳤다. 낚싯줄에 물고기가 미끼를 물었다는 신호가 울렸다.

조금 후 슈베르트는 발전소가 있던 강의 하류 쪽으로 이미 물고기를 쫓고 있었다.

"줄을 풀어! 저게 줄을 잡아당기고 있어! 야, 야, 야아아!" 베르트람이 소리를 지르며 박수를 쳤다. 그는 낚싯줄의 도르래에서 줄이 스르르 풀려나가는 소리를 들었다. 전기선이 지지직대는 소리와 건너편 부둣가에 드문드문 지나가는 자동차 소리 말고는 고요했다. 그가 돌아보았을 때 슈베르트는 이미 그에게로 뛰어오는 중이었다.

"무슨 일이야? 난 발전소까지 뛰어……. 이봐, 디터." 베르트람이 불렀다. "난 대사건을 한번 겪어 보고 싶어. 아주 큰, 대사건을! 제대로 된 역경 말이야!"

바로 그 순간, 탄소 섬유 낚싯대가 마치 생물체로 변신하기라도 하듯 꿈틀거렸다. 슈베르트가 양팔을 내밀자 낚싯줄이 다시금 스르륵 풀려나갔다.

"아주 억척스러운 놈이군!"

베르트람이 손잡이가 달린 어망을 가지고 왔다. 슈베르트는 팔을 뻗은 채 부둣가에 주저앉았다. 낚싯대 끄트머리가 거의 물에 닿을 지경이었다. 그가 줄을 감아 올렸다.

"이럴 수가! 이렇게 가볍게 끌려오는 놈은 없는데. 아니면 놈이 벌써 도망갔나?"

쪼그리고 앉아 있던 슈베르트가 일어나 강의 하류 쪽으로 좀 더 내려갔다. 이제는 그렇게 춥지 않았다. 서서히 건너편 부두와 안내 푯말, 전조등을 밝힌 자동차들이 모습을 드러냈다.

갑자기 낚싯줄이 팽팽해지고 낚싯대 끝이 물을 찍었다. 슈베르트는 양 입술을 깨물었다. 이마와 관자놀이 부근에 힘줄이 드러났다. 아래턱 근육까지 긴장했다.

"이거 뭔가 문 거 같은데!" 베르트람이 외쳤다. "뭔가 물었다, 디터! 이름 좀 붙여 줘 봐!"

힘겹게 숨을 몰아쉬며 애쓰느라 슈베르트의 몸이 고부라들었다.

"이 짜릿한 기분이라니. 이 힘센 것 좀 보게! 디터. 뭐라고 이름을 붙일까?"

"빅 밴." 슈베르트가 겨우 내뱉은 말이었다. 그는 작은 보폭으로 조금씩 발을 옮기며 부둣가로부터 멀어지려고 애썼다. 잉어는 이리저리 요동쳤지만 슈베르트가 물고기를 한참 괴롭히다가 낚싯줄을 재빨리 감으며 거칠게 잡아당겼다.

"빅 밴은 이미 한 번 써먹었던 이름이야. 빅 뱅이라고 불러." 베르트람이 물에서 눈을 떼지 않은 채 말했다. "빅 뱅 좋지, 안 그래? 그러니까 빅 뱅이야."

잉어가 수면으로 떠올랐다. "야!" 슈베르트가 외쳤다.

"이봐, 디터!" 베르트람이 소리쳤다. "착륙 성공. 끝장을 내라!"

물고기는 마치 저항을 포기한 것 같아 보였다. 작은 물결이 부둣가에서 출렁거렸다.

슈베르트가 잉어를 끌어 올렸다. 젖은 이마에 붙은 머리카락을 팔등으로 쓸어 올리려고 애쓰는 바람에 그의 코에 물고기가 닿았다. "에이." 그가 말했다. 사진기 플래시가 터졌다.

"뭔데? 왜 그런 얼굴을 하는 거야?" 베르트람이 물었다.

슈베르트는 대답하지 않았다. 잉어가 저울 위로 철썩 떨어졌다. "51.5, 51.6." 슈베르트가 그렇게 말하며 옆으로 비켜서서 베르트람에게 자리를 내 주었다. 그는 눈금을 보려고 상체를 숙이는 친구의 모습을 지켜보았다. 그는 물고기를 한 번 조금 위로 들어 올렸다가 다시금 저울에 내려놓았다.

"51.5. 이럴 수가, 51.6." 베르트람이 말했다.

두 사람은 나란히 어깨를 맞대고 서서 잉어를 굽어보았다. 베르트람이 한 발 앞으로 나갔다. "51.5. 그놈이 그렇게까지 멍청할 리는 없겠지. 아니, 어떻게 이런 일이. 이거 빅 맥이잖아!"

"어쩐지 좀 불길해. 악취가 심하게 난다." 슈베르트가 말했다.

"쓸데없는 소리 좀 하지 마." 베르트람이 말했다. "자, 빨리, 빨리 끝내자고." 그가 물고기 위로 줄자를 펼쳤다. "94. 적어도 사진 한 장은 찍어 줄 수 있지? 48. 무슨 일이야?" 베르트람이 상처용 연고를 집어 들었다. "우리, 물을 까먹었네." 그가 아가미를 가리켰다. 그러곤 잉어의 주둥이 안으로 손가락을 넣었다.

슈베르트는 심장을 문질렀다. 왼손에는 사진기를 들고 있었다.

"아무도 믿지 못할 거야, 디터. 정말이야. 누구라도 사진을 본다면 생각할 거야. 자네가 그걸 나한테서 빌렸다고. 나한테서 빌린 거라고."

"아니면 거꾸로거나."

"어째서?"

"사진기에 날짜 표시 기능조차 없잖아." 슈베르트가 얼굴을 찌푸리고 몸을 돌렸다. "이런 제기랄." 그가 겨우 내뱉은 말이었다.

"자넨……."

슈베르트가 몸을 꼬며 상체를 구부렸다.

"왜 그래? 어디가 안 좋은 거야?"

슈베르트가 잔디 위에서 몸을 뻗었다. "나 좀 똑바로 누워야겠어."라고 말하며 그가 몸을 돌려 등을 바닥에 대고 누웠다. "이렇게 따끔따끔하다니."

"뭐라고?" 베르트람이 잉어를 옆으로 끌어당겼다. "뭐가 말이야?"

"금방 괜찮아질 거야." 슈베르트가 말했다. 그가 아랫입술을 지그시 깨물었다. 그의 손이 셔츠 안을 이리저리 움직였다. "그것 좀 버려. 페터, 제발 부탁이야. 악취가 너무 나."

베르트람은 물고기를 들고서 경사진 길을 내려갔다. 그는 몇 번인가 걸려 넘어질 뻔했지만 그때마다 다시 자세를 바로잡았다.

무릎까지 물이 잠기는 지점에서 잉어를 풀어 주었다. 잉어는 바로 앞에서 바닥으로 가라앉았다. 베르트람이 발가락으로 잉어를 건드렸다. 그는 상체를 굽혔다가 또 금세 몸을 일으켰다. "디터!" 베르트람이 소리쳤다. 그의 눈에 팽팽하게 펴진 줄에 널린 젖은 옷들과 천막만이 보였다. "제우스!"

강의 하류 쪽에서 태양이 안개를 뚫고 나타났다. 건너편 부둣가 자동차들의 색깔을 이제는 확연히 구분할 수 있었다.

"이봐! 등산 대원!" 베르트람이 외쳤다. "등산 대원!" 갑자기 그가 몸을 구부리더니 양손으로 잉어를 작은 보트처럼 앞으로 밀기 시작했다. 진흙과 돌을 발로 밟고 선 채 그는 허벅지까지 차오른 물을 느꼈다. 누군가 다리를 붙잡는 것만 같았다. 그가 큰 소리로 부르짖었다.

물결이 물고기를 휘몰아 갔다. 베르트람은 뒤돌아 팔을 벌리고서 부둣가로 서둘러 나오려고 애썼다. 육지까지 마지막 1미터를 남겨 두고 다시 뒤돌아보았을 때 그는 아침 해가 반사된 빛 속에서 다시 한번 하얀 잉어를 보았다고 믿었다.

베르트람이 풀오버에 손을 문질러 닦았다. 그는 미끄러운 조약돌 위에서 발을 끌며 낚시터로 걸어갔다. 그의 수영 슬리퍼에서 가볍게 찍찍거리는 소리가 났다. 그곳에서부터는 둔덕을 올랐다.

그는 잔디에 누운 슈베르트의 곁에 오랫동안 무릎을 꿇고 앉아 있었다. 한참을 그러고 나서야 그의 머리를 자신의 무릎에 누인 뒤 눈을 감기고 입을 닫을 수 있었다. 아랫입술에는 윗니 자국이 남아 있었다.

"이 사람, 제우스!"베르트람이 말했다. 그는 한 손으로 그의 이마와 뺨을 연신 쓸었고 다른 쪽 손으로는 유리 의안을 덮었다.

16 깡통

간호 학교 학생인 제니와 환자 마리안네 슈베르트가 베를린 비르초우 종합 병원 근처에서 만나 한 죽은 남자에 관해 이야기를 나눈다. 젊은 종업원 마이크가 주문을 받는다. 제니가 피우던 담배가 재떨이에 남아 있다. 사멸하는 가치들과 불멸하는 가치들.

"왜 그런 이야기를 나한테 하는 거죠?"

"그걸 아시게 되면, 제가 생각하기에……."

"난 아가씨 말을 믿지 않아요."

"알아서 하실 문제죠." 제니가 말했다.

그들은 바에 나란히 앉아 있었다. 바의 데스크 뒤에 있던 젊은 종업원이 커피를 내려 주었고 제니한테는 진토닉 한 잔을 더 갖다 주었다. 그러곤 테이블 앞에 있던 의자들을 빼내어 갔다. 그는 커튼 속으로 사라졌다가 이따금씩 재떨이를 비우러 다시 나타났다. 그는 촘촘하고 붉은 금발에 창백하고 의욕을 상실한 듯 보였는데, 그게 아니라면 단지 과로했던 건지도 모른다. 창문을 통해서는 빛이 거의 새어 들어오지 않았다. 건물 앞 공사 중인 철제물에 긴 비닐 포장이 걸려 있었기 때문이다. 아침 9시 무렵이었다.

"하지만 그걸 아셔야 해요." 제니가 말했다.

"뭘요?"

"제가 한 말이 사실이라는 걸요."

"아니에요."

"그분이 말씀하셨는데요, 두 분 사이는……."

"이봐요……."

"이제 아무것도 아니라고요." 제니는 반쯤 피우다 만 담배를 눌러 끈다. "그래서 제가 말하는 겁니다. 걱정하지 않으셔도 된다고……."

"내가 바라는 건…… 이런 모든 얘기를 나누는 게 정말 싫네요. 이런 일에 관해 한 번도 말을 나누어 본 적이 없어요. 그 누구와도. 다른 사람들하고는 상관없는 일이니까요. 참 무례하군요."

제니가 잔에 든 음료를 마셨다. "미안합니다." 그녀가 말했다. 유리잔 안에 얼음 조각이 남았다. "그러니까 제 생각은……."

"뭔가 허황된 공상을 하고 있군요."

"그렇담 왜 제게 전화하셨던 거죠? 그냥 우체통에 편지를 던져 넣었으면 그걸로 끝이잖아요."

여자는 한순간 눈을 감았다가 어깨 너머 허공을 바라보았다.

"경찰관들이 그이의 물건들을 나한테 줬어요. 그게 첫 번째 이유고." 그녀가 오른손 엄지손가락을 곧추세웠다. "두 번째 이유는. 난 그 편지를 여행 가방에서 발견했어요. 우표를 붙이지 않은 채였고. 난 베를린에 산다는 제니 리터라는 사람은 모릅니다. 주소를 봐도 역시 아는 바가 없었어요. 그래서 전화번호부를 들고 아가씨를 찾은 겁니다."

"제니 리터가 누군지 궁금하셨던 거겠죠."

"아니에요." 여자가 손톱을 내려다보았다. "난 다만 안타깝게도 죽은 사람이 편지를 보내는 꼴이 날까 봐, 그걸 원하지 않았던 거예요."

"하지만 그 후에……."

"그런 일은 전화로 이야기하는 게 아니에요. 그 정도는 아셔야죠, 간호사로서. 난 내 남편한테 무슨 일이 일어났는지 알리고 싶었어요."

"제 목소리를 들어 본 적 없으신가요?"

"아무려면 어때요. 누가 그런 걸 짐작할 수 있겠어요? 게다가 난 아가씨 성도 몰랐는걸요."

"이 안에 뭐라고 쓰여 있는지 전혀 궁금하지 않으세요?" 제니는 가죽 외투 속에서 회색 편지 봉투를 꺼내 테이블 위 커피 잔 사이에 놓았다. "저 같으면 보고 싶었을 건데요. 전 늘 진실을 알고 싶거든요." 그녀가 담배에 불을 붙이고 성냥을 훅 불어 껐다.

"그런 거, 난 더는 원하지 않아요."라고 말하며 여자는 종업원이 나타나자 옆을 돌아보았다.

"한 잔 더." 제니가 말하고 빈 잔을 앞으로 밀었다.

"손님은요? 커피 더 드릴까요?"

"아뇨, 괜찮아요. 그보다는 물을 주세요. 탄산수 말고 아무것도 들어 있지 않은 수돗물이나 한잔."

"그러죠." 종업원이 말했다. 한순간 그의 얼굴이 밝아졌다. 그가 제니 앞에 진토닉을 가져다주고 잔을 들고 다시 사라지기까지 그들은 침묵했다.

"나에 대해서 또 뭘 알고 있나요?" 여자가 조용히 물었다.

"이름요……. 마리안네."

"아가씨 마음에 들었어요? 유리 의안을 한 남자가? 내 생각엔 아가씨가 원한다면 얼마든지……."

"디터가 제 시선을 끌지 못했을 거다, 그게 무슨 말이죠?"

"아무것도 아니에요. 그이가 아가씨의 시선을 끌지 못했을 거라는……."

"그는 벌떡 일어나, 의자 하나를 뒤로 치우면 될 것을, 의자 세 개를 한꺼번에 지나 창가로 가려는 바람에 하마터면 의자 하나를 부러뜨릴 뻔했어요. 그는 바로 다시 몸을 일으켰어요. 외투 때문이었죠. 그걸 무릎 위에서 구깃구깃 구겨 말았어요. 그러고는 메뉴판이 나오자 뭘 어째야 좋을지 몰랐지요. 연신 미끄러지기도 하고. 죄다 불필요한 행동들이었어요. 아시겠어요? 게다가 그가 너무 작게 말하는 바람에 종업원들이 또 한 번 물어봐야 했죠. 조심스레 식사를 했고 그러는 동안에는 우리와 시선이 마주치지 않도록 접시만 응시하더군요. 식사를 끝내자 계산대에서 돈을 내고 나서 그곳을 떠나 버렸어요."

"여깄습니다." 종업원이 말했다. "얼음처럼 차지는 않아요. 시원한 정도예요." 슈바벤 지방의 사투리가 섞인 말씨였다.

"고마워요." 여자가 말했다.

"그것 말고는요?"

"사랑스러웠어요." 그녀가 손가방을 뒤지며 무엇인가를 찾았다. 종업원이 우물쭈물하며 자리에 서 있다가 재떨이를 바꿔 주고는 몸을 돌렸다.

제니가 양쪽 팔꿈치를 잡았다. "그다음 주 수요일에 우린 다시 만났어요. 제 생각에 여기 자주 오는 것 같았어요. 그는 또 제가 언제나 여기 앉아 있는 줄 알았고요. 모든 게 다 우연이었어요." 제니는 손목시계가 진이 담긴 유리잔에 부딪칠 때까지 왼쪽 손목을 돌렸다. "제가 담배를 빼 들면 그가 라이터를 켰어요. 제가 계속해서 말을 하면 불을 껐고요. 그러곤 다음 기회를 기다렸죠. 외투를 입혀 주고 문을 열어 주고……. 그런 행동이 뭘 말하는지 알아채고 서야 말했죠. 전 동베를린 프리드리히스하인에서 자랐다고요."

"그런 행동이 뭘 뜻하는 건데요?"

"그는, 우리가 둘 다 서쪽에 앉아 있었다고 제가 서독 출신일 거라고 여겼거든요. 그래서 제가 그 말을 한 거예요. 하지만 그는 프리드리히스하인이 어디에 있는지도 몰랐거나 아니면……."

"그는 베를린을 좋아하지 않았어요. 우린 단 한 번도 이곳에 온 적이 없어요. 상수시 궁전조차도. 그는 드레스덴을 더 좋아했어요. 이탈리아 바로크. 그곳에는 산도 있었고, 엘프 사암 산맥. 아가씨한테도 분명 이야기했겠죠, 그가 산악인이었던 걸." 그녀는 유리잔을 앞으로 끌어당긴 다음 아스피린 약통을 열고 한 알을 꺼내 물에 떨어뜨렸다.

"전 그걸 별로 중요하게 생각하지 않았거든요." 제니가 말하며 양쪽 팔을 동시에 긁었다. "우린 함께 술을 마셨는데 그가 갑자기 300마르크를 주더군요. 그는 제 옆에 눕고 제 옆에서 잠에서 깨는 것 외에는 아무것도 바라지 않는다고 말했죠."

두 여자는 아스피린이 유리 물 잔 바닥에서 넙치처럼 이리저리 움직이는 모양을 관찰했다.

"그는 제가 간호사가 될 거라는 것을 알고 있었어요."

"우린 예전에 간호사들을 석탄산새앙쥐라고 불렀더랬죠. 병원의 간호사들한테선 늘 그 냄새가 나니까요."

"전 제가 간호사가 될 거라고 했어요. 그런데도 그는 믿지 못하겠다는 듯 미소만 지었지요."

"정말 믿지 않은 게 분명하군요. 기분 나쁘지 않았나요? 왜 그 돈을 거절하지 않았죠?"

"네, 그랬더라면 좋았겠죠." 제니가 말했다. 그녀는 커튼을 주시하더니 그라파 술병들이 놓인 선반과 거울로 된 벽을 본 다음, 다시 알약이 빙빙 춤을 추며 거의 수직으로 곧추서는 물 잔을 보았다.

"그가 마음에 들었어요?"

"제가 고민하는 걸 알아차리자 그는 500마르크를 가져왔어요. 저는 겁이 없었고요."

"하지만 마지막에는……."

"그건 겁하고 상관없는 일이에요." 제니의 손이 진토닉을 찾느라 테이블을 더듬었다.

"그 일에 대해선 이야기하고 싶지 않나요?"

"다 말했는걸요. 믿지 않으시지만……."

"아가씬 그냥 그가 잔인했다고만 말했어요."

제니가 음료를 홀짝거리며 마셨다. "도착증이 있었다고요, 잔인한 게 아니라."

"뭐라고요?"

"도착증이 있었다니까요."

"뭘 했는데……, 무슨 일이 있었어요?"

"물에 녹는 알약 같은 거죠." 제니가 말하며 턱으로 알약을 가리켰다. "이후 제가 유일하게 원한 건, 그의 얼굴을 보는 거였어요. 그가 사모님을 방문하러 올 때, 그가 우리 병동에 올 때 혹은 내가 사모님 입원실의 문을 열거나 그가 사모님의 침대 머리맡에 앉을 때, 저녁 식사로 사모님이 소시지를 드실 건지 치즈를 드실 건지 물을 때, 전 그의 얼굴을 보고 싶었어요."

"아가씬 그를 협박하려고 했나요?"

"그가 무슨 생각을 하고 있을까 상상했어요."

"그래서요?"

"충격이겠죠."

"그걸 바랐군요."

"그가 충격받기를, 네, 맞아요."

여자가 고개를 끄덕였다가 머리를 좌우로 흔들었다. "석탄산 새앙쥐……, 글쎄요."

"전 아직 아니에요. 잘 아시면서요."

"아가씬 돈을 받는군요."

"우연이었어요. 그가 그러길 바랐으니까요. 왜 제 말을 믿지 않으시는 거죠?"

"아가씬 그와 다섯 번 함께 있었어요. 아가씨 입으로 직접 말한 바에 따르자면. 그러니까 다섯 번 돈을 받아 챙겼군요."

"아니에요. 마지막엔 아니었어요." 제니가 말했다.

"아가씬 돈을 받았어요."

"그건 아무 상관도 없는 일이에요. 저를 모욕하실 것까진 없어요."

알약이 수면 위로 떠올랐다. 낱낱의 조각들이 녹으며 가장자리로 둥둥 떠갔다. 유리잔 안의 액체 방울이 편지 봉투 위로 튀었다.

"네, 그러고서 그는 아가씨를 떠났군요. 낚시하다가 사고가 났더랬죠. 발견됐을 땐 이미 늦었고요."

"저도 알아요. 병동으로 연락이 왔어요. 그가 얘기를 많이 했어요, 낚시에 관해서요. 그는 늘 뭔가를 이야기했으니까요. 이야기를 아주 잘했어요."

"선생님이었으니까요."

"그는 동독에 관한 건 뭐든 다 얘기하고 싶어 했어요."

"늘 화가 나 있었죠."

"저도 알아요. 눈 때문에, 사람들이 그의 유리 의안을 한 번도 제대로 바로 넣어 준 적이 없기 때문이었지요."

"뭐라고요?"

"네, 맞아요, 그렇다니까요. 그는 동독 인민 공화국을 미워했어요. 동독에선 유리 의안 하나를 제대로 못 만든다면서요. 적어도 그의 의안은 그랬다는 거죠."

"눈 때문이라고요?"

"별명 때문이기도 하고요."

"전쟁 직후였을 거예요. 그들이 총알을 발견했고……, 그것 때문에 그는…… 못……."

"그의 일이라면 뭐든 다 알고 있어요. 전부 다요, 야간 학교, 미술 동아리, 대학 시절 그리고 그들이 그를 내쫓았던 일……."

"아무것도 아닌 일로, 사실 아무 일도 아니었어요."

"물론 그렇죠. 그리고 그가 갈탄 탄광으로 가야 했을 때, 집행 유예를 받고, 그리고 왜 그들이 그에게 더 이상 교사직을 허용하지 않았는지, 적어도 금방 복직되지는 않았던 거죠. 게다가 그 때문에 그의 딸이 불이익을 당했고, 그런데도 콘니는 무슨 일이 일어날지 제일 먼저 예견했고 그런 깡통 속 이야기들과 뭐 그런 자질구레한 일들."

"그게 또 무슨 말이죠? 무슨 깡통 말이에요?" 여자가 알약이 녹은 물 잔을 들었다.

"그가 그렇게 불렀어요. 깡통 제단 때문에……. 디터가 이곳에서 잠을 자면, 사모님의 조카네 집 말이에요, 리졸레트헤르만가에 있는 집요, 거기 거실에 깡통으로 만든 제단이 있다면서요. 제 오빠도 똑같았어요. 그런 깡통을 제일 아꼈죠. 그런 걸 구하려고 뭐든 다 바꿨어요. 돈도 지불했는걸요."

"빈 맥주 캔 말인가요?"

"네, 물론 그런 거죠. 한 번도 말씀 나눈 적이 없으세요? 그는 미헨도르프의 휴지통들을 뒤졌어요. 그는 그 일에서 손을 뗄 수가 없었어요. 스토리가 없는 깡통은 없다는 거죠. 지금에 와선 다 쓰레기일 뿐이지만요. 이젠 거리의 매점마다 깡통은 얼마든지 있죠. 오빠가 자기 입으로 그렇게 말했어요. 하지만 진짜로 확실하게 그 사실을 받아들인 적은 한 번도 없는 게 분명해요."

"내 남편은요?"

"그도 마찬가지였을 거예요."

"둘이 그런 얘기를 나누었어요?"

"밤새도록요. 한번은 이런 말도 했어요. '저걸 봐. 너무 멋있지 않아?' 밖은 어두워져 가고 있었고. 우린 잠도 자지 않고 꼬박 밤을 새웠어요. 그가 제 손을 잡더니 아주 조심스럽게 조금씩 조금씩 돌아가며 입을 맞췄어요. 여기 한 번, 저기 한 번. 손끝까지요. 갑자기 전 하품이 나왔어요. 입이 자꾸만 자꾸만 벌어지는 것을 느꼈지만 제 힘으로도 어쩔 수가 없었어요. 그때 그가 제 입 속을 쳐다봤어요. 하품하는 내내. 전 손을 뺄 수가 없었거든요. 그가 꼭 붙잡고 있는 바람에요. 전 미안하다고 했어요. 그가 말했죠. '하품 더 자주 해도 괜찮아.' 그러곤 제 손에 입을 맞췄어요. 제 모든 게 마음에 들었던 거예요."

"그런 이야기를 왜 나한테 하는 거죠?"

"제 말을 믿어 주셨으면 해서요. 저도 그런 일을 미리 예상하지 못했다는 것을 알아주셨으면 해서요. 어쩌면 제 쪽에서 알아차려야 했을지도 모르죠. 누군가가 이야기를 하고, 또 하고, 그 외엔 아무것도 하지 않았다면. 그런 일은 좋은 결말을 내지 못하는 법이니까."

"가끔씩 그의 집에는 안전 장치가 타 버리곤 했어요." 여자가 말했다.

제니가 웃었다. 그녀는 잔을 들다가 다시 놓았다.

"내 말은 그저……, 왜 웃는 거죠?"

"그걸 말씀하시는 말투가요……."

"뭘?"

제니가 고개를 좌우로 흔들었다.

"그가 아가씨한테 그렇게나 많은 것을 이야기했다면, 뭘 더 바라는 거죠?"

"이해를 못 하시는군요." 제니가 자신의 손을 여자의 팔에 놓았다. "지하철에서 우리 맞은편에 한 튀르키예 여자가 앉았는데요. 스무 살쯤 되었을까요. 쇼핑백을 대여섯 개나 들고. 손이 엄청 컸어요. 삽 같았죠. 디터는 그 손을 보고 노예의 운명이라고 말했어요. 그러곤 그의 흥분은 더 이상 가라앉지 않았죠. 그에게는 아주 전형적인 태도예요."

"그 사람과 지하철을 탔어요?"

"네. 그런데 왜요?"

물 잔은 비었지만 알약은 좁다랗고 하얀 테두리로 흔적을 남겼다.

"그것 좀 보세요! 금방 떨어지겠어요." 여자가 말했다.

제니가 재떨이 가장자리에 있던 담배를 눌러 껐다. "여기가 계속 아프세요?" 제니가 엄지손가락으로 그녀의 가슴을 가리켰다.

"10시까지 들어가야 해요. 방사선 치료가 있어요. 이제 가 봐야겠어요."

"네. 우린 작별 인사를 할 필요가 없잖아요." 제니가 말하며 고개를 끄덕였다. 그러고는 옆으로 몸을 기댔다. "전 언제나 신발 뒤축을 발꿈치로 눌러 신어요." 그녀는 손가락으로 낚시질하듯 신발을 찾았다. 제니의 머리가 여자의 어깨에 닿았다. 제니의 뺨이 그녀의 허벅지를 눌러도 그녀는 꼿꼿이 앉아 꼼짝하지 않았다.

"이건 좋은 신발이에요." 테이블 위로 머리를 드러내며 제니가 말했다. "하지만 전 뭐든 다 구겨 신어요. 순전히 게을러서 그런 거죠. 걸을 수 있으세요?"

"몇 발짝은요."

제니가 고개를 끄덕였다. "아스피린 드시고 좀 나아지셨어요?"

"아 참. 이건 나한테 맞는 물건이 아니군요." 여자가 몸을 옆으로 기우뚱하며 등받이 없는 의자에서 내려섰다. 그녀는 잠깐 동안 제니의 허벅지에 몸을 기대야 했다. "단추가 금세 떨어지겠어요……. 여기, 제일 위에."

"고맙습니다." 두 사람이 마주 보고 서게 되자 제니가 말했다.

"담배를 그렇게 많이 피우지 않는 게 좋을 겁니다. 제일 좋은 건 아예 안 피우는 거고요." 여자가 말했다.

제니는 고개를 다시 끄덕이고 문이 닫힐 때까지 그녀의 뒷모습을 지켜보았다.

"그래서, 이젠 마음이 좀 편해졌어?" 옆에 와서 서 있던 종업원이 갑자기 물었다. 그는 바의 긴 테이블을 닦으며 재떨이를 높이 들었다가 제자리에 놓았다. 제니는 자리에 다시 앉았다.

"난 도대체 뭘 하자는 건지 알 수가 없어. 뭔가 결실이 있어야 하는 거야?" 그가 상체를 앞으로 굽히고 그녀 얼굴을 보기 위해 머리를 숙였다.

"이봐, 제니. 난 지금 너하고 말하는 중이야. 그녀가 네 말을 믿지 않았잖아. 무슨 그런 빌어먹을 일이 있어?" 그는 그녀가 담뱃갑을 톡톡 두드려 담배를 꺼내는 모습을 지켜보다가 얼른 불을 붙여 주었다.

"넌 내가 다 털어놓을 줄 알았겠지."라고 말하며 제니가 연기를 옆으로 불었다. "커튼 뒤에서 넌 꼼짝도 않더라. 한마디도 빠짐없이 듣고 싶었던 거겠지."

"미쳤구나. 적어도 그녀의 음료수값은 네가 지불했겠지?" 종업원이 말했다.

"그걸 뭐라고 부르는지 알아? 마이키? 난 그걸 스페너라고 부르겠어." 제니는 담배를 재떨이 가장자리에 놓고 회색 봉투를 찢어 안을 들여다보았다.

"그 직업은 너한테 전혀 맞지 않아." 종업원이 말했다. "내가 전부터 말했잖아. 너한테는 맞지 않아."

"내 직업이 아니라고." 그녀가 말했다.

"너, 정말 미쳤구나." 그가 그녀 쪽을 돌아보지도 않은 채 말했다. 그의 얼굴이 붉어졌고 이마와 코끝이 번들거렸다. "좀 참아 보든지, 아니면 그만둬. 그러고 나면 더 이상 네 직업이 아닌 거야, 알겠어? 게다가 넌 왜 거기 앉았던 거야? 그 바에? 내가 그 여자와 네가 주고받는 말을 듣는 걸 원하지 않았다면 왜 하필 그 자리에 앉은 거지?"

그는 그녀 앞에 진토닉을 또 한 잔 가져다주었다. "그 여자는 사실 저 아래 자리에 앉고 싶었을 거야. 보통 테이블에. 몸도 성치 않으니까."

제니는 한 손에 쥔 지폐를 다른 손으로 세었다. "그가 뭘 했는지 알고 싶어?"

종업원은 테이블에 놓여 있던 빈 봉투를 뒤집었다. "이게 그 사람 필체야?"

"그럴 거야, 분명 그 사람 글씨일 거야." 제니가 하품을 하며 다시 한번 지폐를 셌다. "넌 그러니까 알고 싶지 않다는 거야, 마이키?"

"마음씨 한번 아주 너그럽구나." 종업원이 말했다. "500마르크야? 그가 땅속에 묻힐 때까지는 기다리는 게 좋을 뻔했어. 적어도 그 정도는 기다릴 수 있었잖아."

제니가 돈을 집어넣었다. "나, 새 신발이 필요해." 그녀가 말하며 다시 한번 하품을 했다.

"세상에, 제니! 어쩜 그럴 수가 있어!" 종업원이 외쳤다. "내가 스무 켤레 사 줄게. 얼마든지, 원하는 만큼." 그가 행주에 손을 닦았다. "피곤해?"

"아니. 다만, 여긴 밝아질 기색이 전혀 없네." 그녀가 말했다.

"커피 한 잔 줄까?"

"아니." 제니는 필터가 재떨이 가장자리를 벗어날 때까지 계속 손톱으로 담배를 툭툭 밀었다.

"나 아무렇지도 않아. 정말 괜찮아." 그녀는 가득 찬 잔을 조심스럽게 입으로 가져가 마시기 시작했다. 종업원은 허벅지에 양손을 받친 채 그녀를 묵묵히 지켜보았다.

17 빚

크리스티안 바이어가 한니와 여름휴가를 보내러 뉴욕으로 여행 갔던 일을 이야기한다. 기대하지 않았던, 한 남자의 방문을 받는다. 그는 돈과 물에 관해 이야기한다.

우리는 도심에서 닷새를 보내면서 자유의 여신상, 월드트레이드 센터, 자연사 박물관 외에는 아무것도 구경한 게 없다. 오전 11시쯤 기온은 이미 화씨 101도, 베데커의 환산법으로 하면 섭씨 38.33도이다. 모든 게 덥고 축축하다. 안경테마저도. 책들은 종이 결이 울퉁불퉁 운다.

냉방기는 작동되지 않는다. 왼쪽 창문에 끼어 있는 냉방기, 바로 우리 침대 위에 있는 그 물건은 마치 오래된 텔레비전 수상기의 뒷면같이 보인다. 어쨌든 냉방기가 멈추는 바람에 우리는 아파트 세를 25퍼센트나 덜 낼 수 있었다. 이 아파트는 스페인 출신 건축가 알베르토의 것이다. 왼쪽 벽부터 천장까지 거울로 장식되어 있다. 그래서 욕실이나 거실로 갈 때, 커다란 테이블을 돌아서 조리대를 지나는 내내 우리를 관찰할 수 있다.

한니는 머리를 옆으로 돌린 채 엎드려 있다. 그녀는 오른손으로 머리를 괴고 있다. 그녀의 엉덩이와 어깻죽지 아래로 비키니를 입었던 흔적이 얇고 하얀 줄로 남아 있다. 나는 두 개의 베개를 등에 깔고 누워 《지오》를 소리 내어 읽는다. 크라운 하이츠가 유대인에 관해 쓴 기사다.

"당신, 자?" 내가 묻는다.

한니가 머리를 움직이더니 말한다. "아니."

우린 둘 다 이상한 꿈을 꾼다. 지난밤, 그건 꿈이라기보다는 하나의 느낌, 하나의 상황이었다. 요가 깔려 있었고 침대가 있었다. 저녁 또는 밤이었고, 그곳은 많은 불을 밝힌 아시아의 어느 항구 도시였다. 내 아래 보이는 모든 것은 생동감이 넘쳤다. 내가 머리를 어디에 두든 마찬가지였다. 매번 그 아래에는 생명이 있었고, 목소리와 말들로 들끓었다. 그중 어떤 것들은 나를 향하기도 했다. 화장실에 갈 때조차 난 꿈에서 깨지 않았다. 내 밑에 있던 침대도 아침이 되자 마침내 잠든 듯, 나는 그제야 마음이 진정되었다.

"창문 좀 열까?" 내가 묻는다. 한니의 머리가 움직인다. "싫다는 뜻이야?"

"응." 입을 반쯤은 요에 파묻은 채 그녀가 말한다. 밤마다 청소차가 지나갈 때면 어김없이 차량 도난 경보음이 울린다. 나는 그 경보음과 그 뒤를 따르는 소리 그리고 이 초쯤 막간을 뒀다가 또 한 번 울리는 그 멜로디에 너무도 익숙하다. 그 외에도 이따금씩 소방용 사다리가 덜그럭거린다. 건너편 지붕의 물받이는 두껍지 않다. 그건 발소리처럼 들린다. 아침에는 냉방기 위로 후두둑 떨어지는 물방울 소리가 들린다. 어쩌면 우리 위층에 사는 사람이 화분에 물을 주는 건지도 모른다. 창문에 덧댄 방충망 때문에 고개를 내밀어 밖을 올려다볼 수 없다.

"뭐 좀 마실래?" 내가 묻는다.

"잡지나 계속 읽어." 그녀가 말한다.

"다 끝났어. 차를 끓일까?"

"차는 싫은데. 어제 당신이 다 버렸잖아."

"다 버리진 않았어." 내가 말한다.

"그래, 그럼 다 버린 게 아닌 거지."라고 말하며 한니가 머리를 돌려 내 쪽으로 돌아본다. "그 일이 일어났을 때 왜 나한테 말하지 않았어?"

"기분이 영 좋지 않았어." 나는 《지오》를 뒤적이며 말한다. "언제나 사람은 불완전하다고 느끼지. 사지가 절단된 것처럼."

"세상에! 뭔가 좀 다른 생각을 할 수도 있잖아!" 그녀가 그렇게 외치면서 똑바로 돌아눕더니 몸을 일으킨다. "그게 당신한테 그렇게 나쁜 일이야? 당신은 일주일 동안 스트레스 없이, 물과 빵만으로 살고 싶어 하잖아!"

"그래. 자포자기의 심정이야." 내가 말한다.

"그건 순전히 당신 문제야." 한니가 말한다. 그녀는 한 손으로 머리카락을 휘감고 다른 손으로는 머리핀을 집어 올린다. 젖가슴의 아랫부분이 하얗다. "미안해. 그건 정말이지 당신 문제야. 어쨌든 그들이 내 신용 카드를 정지시키지는 않았거든. 난 아직 저축해 둔 돈이 얼마간 있어. 그동안은 당신하고 외출도 하고 싶고 길게 잘 빠진 리무진을 타고 추월도 하고 싶어. 메뉴판의 요리들을 설명해 주는 레스토랑 종업원과 테이블에 놓인 촛불도 누리고 싶어. 전망도. 그것 말고도 헬리콥터를 타고 메트로폴리탄 기차역으로 날아가고 싶고. 물론 난 당신을 가질 수 있지. 이탈리아 광천수도."

한니는 잠에서 완전히 깼다. 그녀는 냉장고 앞에서 몸을 구부리고 열린 문에다 팔꿈치를 괸 채 물을 마신다. 내가 파란색 상표를 볼 수 있을 때까지 병을 점점 위로 들어 올리며 단숨에 마신다. 그녀가 문을 닫고 빈 병을 다른 병들 옆에 놓는다. "그다음엔……." 한니의 시선이 나를 스쳐 지나간다. "난 다시 행복해지고 싶어. 아무 말도 하지 마. 부탁이야. 나도 알아, 당신이 기계가 아니라는 거. 그냥 그 얘길 한번 하고 싶었어. 그런 말은 해도 되는 거잖아." 그녀는 테이블에 놓인 밀짚모자를 집어 들고 거울 앞에서 자신의 모습을 바라본다. "이거 보기보단 별로 비싸지도 않네. 맨해튼인데 말이야!" 그녀는 양손으로 모자 차양을 당긴다. "이제 됐어?" 그녀가 샌들을 신고 나를 바라본다. "또 이의가 남았어? 미스터 우주?"

"하지만 너도 돈 없잖아." 내가 말한다.

"내가 비행기 한 대 사 줄게. 비행기 한 대랑, 어쩌면 턱시도까지 한 벌. 아무튼 진짜 유명 디자인인데도 우스울 정도로 싼걸." 그녀는 텔레비전 테이블 밑에서 알베르토의 야구 방망이를 꺼내 오른쪽 발치에 세운다. 그리고 왼손 손등을 허리춤에 갖다 댄다. "그 젊은 남자 이름이 뭐였지? 도나텔로?"

"이리 와." 내가 말한다. 그녀가 누웠던 자리에 그녀의 배가 만든 젖은 흔적이 있다.

"도나텔로." 그녀가 말하며 체중을 반대쪽으로 옮긴다. "없는 건 양말뿐이야."

"우린 당신이 원하는 곳이면 어디든 갈 거야. 당신이……." 내가 말한다.

"그 사람, 머리카락 길지. 그리고 그 귀여운 배라니……" 한니가 배를 앞으로 내민다. "이렇게. 당신처럼이 아니라, 이렇게라니까."

내가 일어나자 그녀는 머리를 흔든다. "화장실 좀." 그녀가 그렇게 말하며 내게 야구 방망이를 건넨다. "순전히 사무적인 일이야. 오줌."

그녀가 샌들을 끌며 서둘러 화장실로 향한다. 모자를 쓴 채. 건너편의 높은 창문 아래 부채 모양의 등받이가 달린 하얀색 플라스틱 의자가 놓여 있고, 의자 위에는 초록색 바나나 나무 화분이 올려져 있다. 나는 방망이를 텔레비전 밑으로 도로 집어넣고 침대에 대각선으로 비스듬히 눕는다. 그녀의 오줌발이 변기에 떨어지는 소리가 들린다. 문이 살짝 열려 있다.

우리는 1시나 2시 전에 나가 본 적이 없다. 너무 견디기 힘들면 우리는 가게 안으로 피해 들어간다. 저녁에도 시원해지지 않는다. 무더위는 아스팔트에도 돌에도 꼭꼭 스며 있다. 지하철역은 지옥이다. 도처에서 악취가 난다. 화장실 물 내리는 소리가 들리고 얼마 있다가 샤워하는 소리가 들린다.

한니를 알게 된 건 우리가 애완동물을 잘 다룰 사람을 구해야 했을 때, 어찌 됐든 동물의 세계 중 모든 진귀한 것들에 관한 지식을 가지고 있는 사람을 찾고 있을 때였다. 한니는 매주 우리를 위해 두 쪽짜리 글을 쓴다. 고양이에 대해서 쓸 때도 있고 지렁이에 관한 글도 있으며 철새나 거미에 관한 것도 있다. 난 그녀에게 뉴욕에 가고 싶다고 했고, 그녀도 같은 마음이라고 했다.

문을 두드리는 소리가 나자 그녀는 샤워기를 끈다. 아주 잠깐 동안 정적만이 흐른다. 다시 문을 두드리는 소리가 나서 나는 운동복 바지를 입고 앞쪽으로 가 욕실을 살핀다. 한니는 온몸에 비누를 묻힌 채 작은 욕조에 서서 눈을 찌푸리고 있다. "문 닫아." 그녀가 속삭인다. 나는 욕실의 문손잡이를 잡고 있다. 마치 그녀를 절대 밖으로 내보내지 않겠다는 듯이. 그리고 기다린다.

"손님? 실례합니다, 손님?" 낭랑한 남자 목소리다. "전 팔머 부동산에서 나온 로버트 반더빌트라고 합니다. 문 좀 열어 주시겠습니까?" 감시용 구멍은 빼내고 없다. 그가 외친다. "미스터…… 미스터 바이어. 전 미스터 설리번의 아파트 사진을 몇 장 찍어야 합니다. 손님, 제 명함을 문 밑으로 밀어 넣겠습니다. 괜찮죠, 손님?"

로버트 D. 반더빌트의 명함이 내 발가락 앞으로 드러난다.

"손님, 문 좀 열어 주시겠습니까?"

나는 현관문 안전 체인을 빼낼 수가 없다. 작은 철제 체인들이 홈에 빡빡하게 걸려 빠져나오지 않기 때문이다. 천천히 힘을 고르게 주며 당겨야 뺄 수 있다. 조금이라도 실수하면 걸려서 다시 뒤로 밀어야 한다. 난 다시 시도했다. 하지만 결국은 세 번째 시도를 한다. 난 쇠붙이끼리 마찰하며 내는 소리가 나한테만 들릴 거라고 생각한다. 그러곤 로버트 D. 반더빌트를 들어오게 한다.

"아니, 두 사람이 도대체 무슨 짓들을 한 거야?" 한니가 눈을 깜박거린다. 그녀가 여행 가방에서 티셔츠를 꺼낸다. 수건은 엉덩이에 걸치고 있다. 엄지와 검지로는 머리카락을 모아 쥐었고, 더 작은 수건은 머리에 터번처럼 얹혀 있다. "무슨 일이 있었던 거야?"

"로버트 D. 반더빌트. 그가 알베르트를 위해서 방을 판다니까."내가 말한다.

"뭘 한다고?"침대에 걸터앉는 그녀의 눈이 충혈되었다.

"그가 아파트를 팔려고 한다고."내가 말한다.

"당신은 그걸 믿어?"수건이 그녀의 무릎 위로 떨어진다. 그녀가 다시 허벅지 위로 잡아당긴다.

"그가 명함을 문 아래 틈새로 밀어 넣었어."내가 말한다. 난 등과 겨드랑이, 심지어 발바닥에서도 땀이 나는 것을 느낀다.

"왜 전화로 물어보지 않은 거지? 그가 그래도 되는 건지, 당신이 그래도 되는 건지? 알베르트가 자기 집을 가지고 뭘 할지 그걸 어떻게 알아? 게다가 그가 어떤 작자인지도 모르잖아!"

"도대체 왜 그래?"나는 말하면서 자리에 앉는다. "아파트를 관리하는 친절한 남자였어. 그 외엔 아무것도 아니야."

"우린 지금 뉴욕에 와 있어. 당신은 잘 알지도 못하는 남자에게 문을 열어 주고. 나라는 사람은 여기 있지도 않다는 듯이 당신은 나를 여기 그냥 서 있게 하고. 당신들끼리만 쑥덕거리면서……."그녀가 두 눈을 감더니 손끝으로 눈꺼풀을 누른다.

"한니."내가 말한다.

"……아니면 나한테는 뭐가 필요한지 물어보거나."그녀가 머리 위에서 수건을 잡아당겨 뒤로 던진다. "한 번 물어보기라도 한다면……."그녀가 티셔츠를 걸치고는 뭔가 찾는지 주위를 둘러본다. 슬리퍼가 침대 머리맡에 놓여 있다. "문을 두드리면서 물어볼 수도 있었잖아. 아무 이상이 없는 건지 어떤지."

"무슨 일이 있을 거라고 그래?"

"무슨 일이냐니! 여기에 이렇게 죄다 널려 있는데. 돈이며 빨랫감이며 당신 양말…… 적어도 내가 옷을 입을 때까지만이라도 기다렸어야 했던 거 아니냐고."

"미스터 반더빌트는 이제 가고 없어." 내가 말한다.

"당신은 줄곧 뭐든지 금방 가고 없다거나 지나갔다고 말하지. 그가 또 오면 어떻게 할 건데? 그가 염탐한 거였다면? 그러려고 여기 왔던 거라면?"

"그럼 그는 아무것도 발견하지 못한 거지." 내가 말한다.

"세상에, 기가 막혀!" 그녀가 천장을 올려다본다. 그러고 나선 나를 응시한다. "적어도 지금 이 순간이라도 당신은 전화를 걸어야 한단 말이야."

"알베르토가 그를 보낸 거라니까. 그게 아니라면 그가 내 이름을 어떻게 알았겠어? 당신도 들었잖아!"

"당신은 그걸 어쩜 그렇게 잘 알지? 알베르토가 그를 보낸 거라니? 그게 아니라면? 그 사람, 왜 욕실 사진은 안 찍은 거지? 나라면 어떤 집에 관심이 있다면 분명 욕실이 어떻게 생겼는지 알고 싶을 텐데 말이야." 그녀는 등 뒤에 베개 두 개를 아무렇게나 받치고 무릎을 끌어당긴다.

"당신은 그가 어떻게 생겼는지 얘기도 못 하잖아! 그런 질문은 어린아이라 해도 한 번쯤은 던질걸. 경영 책임자 양반만 빼고."

난 테이블에 있던 명함과 폴라로이드 사진을 가져다준다. 그녀가 수건으로 머리카락을 닦는다.

"직접 보라고."라고 말하며 난 알베르토의 번호를 누른다.

"이게 뭔데." 그녀가 말한다.

"그 사람이 놓고 갔어. 별 소용이 없었던 건지도 모르지." 내가 말한다. "거울 때문에 제대로 찍지도 못했어."

"뭐? 당신은 알지도 못하는 중국 사람이 여길 찍도록 그냥 놔 뒀단 거야? 세상에, 정말이야?"

"밖에서부터 그가 그렇게 하겠다고 말했어. 반드시 필요한 일 이잖아! 뭘 팔려면 보여 줄 게 있어야 할 거 아냐." 한니는 이제 양 손으로 폴라로이드 사진을 들고 있다. 알베르토는 통화 중이다. 난 냉장고로 다가간다. 펠레그리노 탄산수 한 병을 새로 꺼내 테 이블에 올려놓고 잔 두 개와 사과 주스를 가져온다. "그가 정말 중 국인이라면, 그래, 그가 중국인이라는 것 말고는 뭔가 당신 눈에 띄는 게 없어?" 내가 묻는다.

"당신, 배 집어넣는 걸 잊었네."

"그 사람, 파란 양복에 하얀 셔츠, 파란 넥타이를 맸어." 나는 말하면서 음료를 가득 부은 잔을 그녀에게 건넨다.

"그래, 물론 보여. 당신들은 재미나게 이야기를 나누며 친해졌 단 말이지. 고마워. 그가 돌아가고 없는 것만 애석하네?"

나는 병을 냉장고에 넣는다. 걸어가면서 한 모금 마시고 전화 기 옆에 앉는다.

"이 년간 텍사스에 있었대. 거긴 이제 물이 모자란다는군."

"텍사스? 중국 사람이 텍사스에서 뭘 하는 거지?"

"뭐, 그 사람이라고 그런 데 가면 안 되나?"라고 말하며 난 전 화기의 숫자 판을 누른다. "거기서는 선인장마저 태워 버린대. 짐 승들 먹이 때문에. 사람들은 성당에서 성인상과 성녀상을 빌려 서 들판에서 들고 다닌대. 얼마나 상황이 열악한지 성인들도 좀 보라는 뜻으로. 짐승들은 해골만 남았고 농장주들은 다 망했다는 거야."

"내 말 좀 들어 봐." 그녀가 말한다. "텍사스에서 중국인이 농장 주인이 될 수 있을 거라고 생각해?"

"그렇게 주장한 적 없는데. 난 그냥 그가 텍사스로 떠났고 이 년간 그곳에 머물렀고 가뭄이 농장주들을 망하게 한다는 걸 말했을 뿐이야. 땅이 메마르면 부동산도 헐값으로 떨어져. 그럼 적어도 가뭄만큼은 아주 명백한 사실인 거지."

"무슨 사실이라고?"

"명백한 사실. 어느 누구도 가뭄에 맞설 수는 없으니까. 누군가를 비난할 수도 없는 노릇이고. 그런 일이 일어나거나 일어나지 않거나 둘 중 하나지. 아무도 당신이 무식했다느니 실패자라느니, 그렇게 비난할 수 없지. 분노는 오로지 신에게만 집중되고, 누군가를 굳이 비난한다면 말이야, 아니면 마돈나 뭐 그 사람들이 섬기는 존재들에게 비난을 돌리겠지. 하지만 어찌 됐든 분명한 일 아니냐고."

"그가 그런 말을 했어?"

"그는 사진을 찍었고 내내 이야기를 했어. 거울 때문에 어려웠어. 공간과 면적에 관해 도무지 정확한 정보를 얻을 수가 없으니까. 난 어디에 기어 들어가 있어야 할지 모르겠더군. 사진마다 내가 나왔지."

한니와 난 동시에 잔을 비운다. 내 허벅지가 의자에 쩍쩍 들러붙고 내 팔은 수건에 휘감긴다.

"그가 당신한테 이리저리 비키라고 했어?"

"아니, 전혀. 그냥 기다렸어. 나중에 내가 그냥 알아차렸던 거야. 영 여기 내가 잘못 있는 거구나 싶더라. 그 사람들은 우리보다 훨씬 더 예의 바르거든. 내 생각에 그는 빚 때문에 사라진 거 같아.”

“빚 때문에?”

“그렇게 들렸어.” 수화기를 목에 끼우고 나는 세 번째로 전화번호를 누른다. 한니는 한쪽 무릎에는 폴라로이드 사진을, 다른 쪽에는 명함을 올려놓은 채 앉아 있다.

“반더빌트 앞에 이 D라는 알파벳은 뭘 말하는 거지? 딩, 동 아니면 둥? 둥은 아니겠지. 친이 아닐까?”

“아니면 데트레프.”라고 내가 말한다. 우린 얼굴을 서로 마주 본다. “알베르토는 어쩌면 빚 때문에 집을 팔려는 건지도 몰라. 22만 달러 밑으로는 내려가지 않을 거야. 분명 더 많아질 거야. 그걸로 그들은 집을 수리하겠지.”

“중국인이 빚이 있다고 말한 거 아니었어?”

“처음에 그는 아마 빚이 있어도 살 수 있으려니 생각했던 거야. 그가 그렇게 말했어. 경고장이 집 안으로 날아들면 그냥 찢어 버렸대. 하지만 아름다운 어느 날 갑자기, 그 많은 경고장 생각을 하지 않을 수가 없더래. 다음 날 아침에도, 그다음 날에도. 그 생각을 하지 않으려고 아무리 애써 봐도 더는 불가항력이었다는 거야. 그의 머릿속에 떠오른 맨 처음 생각은 늘 빚이었대. 특히 혼자 있으면 더 그랬대. 돈을 마련할 수가 없었던 거지. 그래서 그냥 도망친 거야.”

“지금 누구 얘길 하는 거야? 중국 남자?”

“기업 회계 감사원을 고용하는 돈을 대려면 세무자 한 명당 내는 세금 중에서 일 년에 6만 마르크가 들어가. 자, 그럼 당신, 그런 남자 때문에 얼마나 많은 돈을 벌게 되는지 알아? 140만 마르크.

상상을 좀 해 보라고. 140만 마르크라니까!"

한니는 폴라로이드 사진으로 부채질을 한다. 나는 알베르토의 자동 응답기에서 들리는 여자 목소리가 끝나기를 기다리고는 수화기를 놓는다.

"응? 뭐라고 얘기 좀 해 봐!" 한니가 묻는다. "어차피 전화를 받지도 않아." 나는 창문 너머 초록색 바나나 나무를 한 번 바라보고 나서 다시 한번 번호를 누른다.

"중국인이 가뭄 때문에 텍사스를 떠나 지금은 여기 뉴욕에서 알베르토를 위해 아파트를 판다고 했단 말이야? 그게 말이 돼?" 한니가 묻는다. "게다가 그걸로 두 사람이 집을 수리한다고? 내 생각엔 당신이 뭔가 잘못 알아들었거나 이야기를 뒤죽박죽으로 한 거 같아. 아니면 그 작자가 그런 한심한 스토리로 속임수나 쓰려는 진짜 도둑놈이든지." 그녀는 잠시 그림을 보고 나서 부채질을 계속한다. "아니면 물을 보고 돈이라고 한 거든지."

"그게 무슨 말이야?"

"그래, 어쩌면 그럴지도 몰라. 여기도 우리네와 같은 관용어가 있을지 모르니까. 물이 목까지 차올랐다, 뭐 그런 말. 아니면 수도 꼭지가 막혔다. 그 미스터 딩당동이라나 뭐라나 하는 중국인 집에 수도꼭지가 막혔다, 그게 다 돈줄이 막혔다는 말이잖아."

"전화해 보면 알겠지." 나는 여자 목소리 뒤에 나올 삑 하는 신호음을 기다린다. 그러고서 말한다. 로버트 반더빌트가 와서 집 안 구석구석 사진을 찍어 갔다고. 우린 아무 이상이 없기를 바란다고.

"이제 만족해?" 나는 잔을 집어 들지만 비어 있다.

"적어도 전화는 해야지." 그녀가 말한다. "정말이야."

"반더빌트는 매우 다정하고 친절한 남자였어." 나는 냉장고로 향한다. "그는 아무 짓도 하지 않았어. 전혀 아무 짓도."

"당신이 그렇게 생각한다면." 한니가 말한다.

"내가 여자라면, 그에게 진짜 기회를 주겠어." 내가 말한다.

"하지만 당신은 그 사람 관심을 끌지 못할걸." 한니는 무릎에 놓인 폴라로이드 사진들에서 눈을 떼지 않은 채 말한다. "도나텔로 아닐까? 가능하지 않아? D는 도나텔로를 의미하는 거야."

난 곁눈으로 거울에 비친 내 모습을 본다. 난 한니에게 물어봐야 한다. 누군가 집으로 들어오는 게 싫었다면 왜 내게 욕실 문을 닫으라고 한 건지. 현관문을 아예 열지 말라고 했을 수도 있었을 것 아닌가. 하지만 어쩌면 그런 소소한 일로 싸우는 건 사치일지도 모른다.

한니는 베개를 두드려 모양을 바로잡고 나서 똑바로 눕는다. 이젠 폴라로이드 사진들이 그녀 옆에 놓여 있다. 그녀가 티셔츠를 팽팽하게 당긴다. 티셔츠가 그녀의 허벅지까지 닿는다. 한 팔을 머리에 올리고서 짧은 소매 속의 다른 팔로는 이마의 땀을 훔친다. 티셔츠가 다시 위로 올라간다.

"크리스티안?" 그녀가 말한다.

"응." 내가 말한다.

"됐어. 당신이 거기 있는지 그냥 알고 싶었어." 그녀가 말한다.

"금방 갈게." 내가 말한다. 나는 잔을 개수대에 놓고 욕실로 들어간다. 그녀의 모자가 변기 뚜껑 위에 놓여 있다. 나는 그걸 어디다 둬야 할지 알 수가 없어서 머리에 쓴다. 난 철벅대는 소리가 한니에게 들리지 않도록 물을 내린다. 그리고 양손으로 샤워기를 틀고서 모자가 젖지 않도록 고개를 비스듬히 옆으로 기울인다. 이곳에는 아직도 더운물, 찬물이 얼마든지 원하는 대로 거품을 일으키며 흘러나온다. 심지어 난 그걸 마시기도 한다.

18 저녁 뒤에 맞은 아침

프랑크 홀리체크가 2월 말의 어느 날 아침에 일어난 일을 이야기한다. 바르바라는 최근에 악몽을 꾸고, 프랑크는 그녀를 위로하려고 노력한다. 엔리코 프리드리히와 리디아와 사진들을 이야기한다.

바르바라가 수다를 떠는 바람에 나는 잠에서 깹니다. 그녀는 한쪽 팔을 이마에 올린 채 똑바로 누워 있습니다. 이미 사위가 밝아 오는 중입니다. 바르바라는 또 악몽을 꾸었습니다. 어쩌면 내가 느끼지 못한 사이에 눈을 깜박이거나 몸을 뒤척였는지도 모릅니다. 아무튼 그녀는 내가 잠에서 깼다고 생각했을 겁니다. 아니면 그냥 단순히 말을 하기 시작한 건지도 모릅니다. 악몽을 꿀 때마다 그녀는 반드시 이야기를 해야 합니다. 마침 내가 곁에 없으면 그녀는 내게 전화를 겁니다. 내가 어디에 있든지 간에 전화를 겁니다. 늘 대충 다음과 같습니다. 그녀가 자동차 안에서 운전 중인데, 그러다 어떤 자전거 주행자를 추월합니다. 바르바라가 다시금 우회전 깜빡이를 켜고 백미러를 보았을 때 자전거 주행자는 보이지 않습니다. 바르바라는 다음번 신호등에 다다를 때까지 아무생각도 하지 않습니다. 그곳에 있던 한 남자가 비명을 지르며 피투성이 손으로 그녀를 차 밖으로 끌어내립니다. 그의 팔이 허공에

240

서 이리저리 노를 저으며 주먹질을 해 댑니다. 그의 팔은 유리창을 깨고 들어와 그녀를 공격합니다. 바르바라는 배기 장치 옆에 눕는 자신을 봅니다. 그녀가 고개를 들려고 애씁니다. 호기심이나 두려움 때문이 아니라 남자가 좀 더 잘 두들겨 부술 수 있도록 하기 위해서입니다. 그녀는 하루를 처음부터 다시 시작하고 싶습니다. 그녀는 이 모든 게 사실이 아니기를 바랍니다. "제발, 제발." 그녀가 꿈속에서 흐느낍니다. "이건 꿈이어야 해. 반드시 꿈이어야만 돼." 그게 절대 꿈이 아님을 알면서도, 당연히 하루를 처음부터 다시 시작할 수는 없다는 것을 알면서도 그녀가 그렇게 흐느낍니다. 모든 것은 제자리에 그대로 있습니다. 남자가 소리칩니다. "살인!" "살인자!" 누군가 바르바라를 찍습니다. 지나가는 사람들, 경찰, 심지어 지나치는 자동차 안에서도 누군가가 사진을 찍습니다. 그녀는 자신을 현상 수배하는 커다란 벽보가 광고탑에 한결같이 붙어 있는 것을 보며 그 아래에서 체포되기만을 기다립니다.

난 그 이야기를 너무도 자주 들었습니다. 내가 직접 그 꿈을 꾸지 않은 게 이상할 지경입니다. 길거리의 가로수 앞 십자로를 볼 때 혹은 가로등 꼭대기를 볼 때면 나는 언제나 그녀의 악몽을 떠올립니다.

그녀는 다른 팔도 구부려 눈 위에다 갖다 댑니다. 나는 좀 더 가까이 다가가 그녀의 오른쪽 겨드랑이에 난 털을 입술로 잡아당깁니다. 혀끝으로 겨드랑이 탈취제 데오 맛을 강렬하게 느낍니다. 우리는 늦게 잠자리에 들었지만, 사실 그렇게 늦게 잠자리에 들 수 있는 형편이 못 됩니다. 적어도 주중에는 절대 안 되지요.

"당신은 괜찮다, 그런 일은 그냥 일어나는 거다, 그렇게 말했어.” 바르바라가 말합니다. 난 그녀의 코끝과 약간 벌어진 입만을 봅니다. 그녀가 낮게 헛기침을 합니다.

“당신이 말했어. 우리가 서두르면, 아무도 눈치채지 못할 거라고. 조금 서두르기만 하면 된다고. 난 당신의 자전거 짐 싣는 곳에 앉으면 된다고. 그렇게 당신이 날 설득했어. 단 한 번도……” 그녀가 입술을 모읍니다. “단 한 번도 시체를 살펴보지 않은 채.”

“그런데 당신을 때리던 남자는 어떻게 됐어? 그 사람은 어디 갔는데?” 난 그녀의 목에서 정맥이 뛰는 것을 봅니다.

“나도 몰라. 그가 어딘가에 있기는 해. 그는 모든 걸 다 알고 있어.” 그녀의 목소리는 완전히 체념한 듯 들립니다.

나는 혀로 윗니 앞쪽을 훑으며 데오의 쓴맛을 떨쳐 버리려고 애씁니다. “꿈속에서 당신은 나랑 같이 있어?” 난 그녀의 오른쪽 가슴에 입을 맞춥니다. 바르바라는 대답하지 않습니다. 나는 말합니다. “아내의 악몽 속에 함께 출현하는 건 별로 기분 좋은 일이 아니야. 비난은 아니야.” 그녀가 웃을 기분이 아니기 때문에 나는 그렇게 덧붙입니다. “내가 나타난 게 도움을 의미하는 건지도 몰라. 그렇지 않아?” 그녀는 침묵합니다. 그리고 내가 그녀의 갈비뼈와 엉덩이를 지나 허벅지를 애무하는 것도 느끼지 못하는 듯합니다.

“당신이 병원에 입원한다면, 머리부터 발끝까지 깁스를 두르고서 천장만 쳐다보는 중에도 누군가를 죽였다는 사실을 안다면……” 그녀가 말합니다.

“이제 당신, 운전도 안 하잖아.” 내가 말합니다. “벌써 이 년이나 됐어.” 바르바라가 오소리 한 마리를 친 다음부터는 그 어떤 무엇도, 어느 누구도 그녀를 다시 운전석에 앉힐 수 없었습니다.

그녀가 운전을 거부함으로써 일상이 복잡해졌습니다. 그녀가 버스를 놓치지 않는다고 해도 되젠까지 가려면 한 시간 삼십 분이 걸립니다. 바르바라가 눈을 가리고 있는 게 언짢습니다. 그건 절대 좋은 징조가 아닙니다. 그녀는 언제나 그 꿈속으로 들어가곤 합니다.

"당신은 오소리 한 마리를 치었을 뿐이야. 오소리! 어쩌면 그놈을 조금 스치기만 했는지도 몰라. 지금쯤은 다 나았을 거고 이미 할아버지가 되었을 거야!" 내가 말합니다.

"당신이 그렇게 생각하고 말한다면, 물론 그렇겠지."

나는 그녀의 팔 안쪽을 따라 애무하며 팔꿈치를 돌아 내 손을 그녀의 손목으로 가져갑니다. 그곳에서 내 손은 재빨리 그녀의 몸을 돌아 다른 손으로 옮아 갔다가 이윽고 그녀의 왼쪽 겨드랑이에 닿습니다. 내 팔이 그녀의 가슴을 스칩니다. 나는 좀 더 깊은 곳으로 내려가 내가 누운 쪽에서 가까운 그녀의 무릎으로 다시 돌아갑니다.

바르바라가 말합니다. "당신이 누워서 천장을 보는데, 시간이 전혀 흘러가지 않거나 흘러간다고 말할 수도 없을 정도로 너무 느리게 흘러가는 거야. 그런데 그때 시간은 당신 머리에 떠오르는 유일한 차이란 말이야. 삶과 죽음을 분리하는 유일한 차이."

"꿈을 꾼 거야. 지금은 잠에서 깼고." 나는 이렇게 말하며 내 머리를 그녀의 오른쪽 가슴에 얹고 손가락으로 왼쪽 가슴을 두릅니다.

"내가 만일 잠에서 깨어나지 못하면, 갑자기 그게 꿈이 아니었다는 게 밝혀지면?" 나는 그녀가 말하는 동안 그녀의 몸이 반응하는 것을 감지합니다. 그녀가 묻습니다. "그럼 당신은 어떡할 거야?"

"그럼 당신하고 또 한 번 결혼하지. 아니면, 도대체 당신 생각 엔 내가 어떻게 하면 좋겠어?"

나는 몸을 지탱합니다. 내 배를 바르바라의 배에 갖다 댄 채 그녀의 몸을 지나 자명종 쪽으로 몸을 기울입니다. 이불이 옆으로 미끄러집니다. 자명종을 든 채 나는 다시 몸을 위로 움직인 뒤 이불을 바로잡고 등을 바닥에 대고 눕습니다. 내 관자놀이가 그녀의 팔꿈치에 부딪힙니다. 나는 그녀에게 팔을 좀 치우라고 부탁하려는 참입니다. 그녀의 팔을 뒤로 밀까 싶기도 합니다. 바르바라의 배려심 없는 태도 때문에 기분이 언짢습니다. 하지만 나는 아무 말도 하지 않고 내 자리로 다시 돌아눕습니다.

우리가 지금 일어난다면 샤워를 하고 아침 빵을 먹는 평범한 아침이 될 것입니다. 침실 문은 닫혀 있습니다. 그렇지 않았다면 난 오를란도가 밖에서 빵 주머니를 현관 문손잡이에 거는 소리를 들었을 것입니다. 난 자명종을 7시로 맞추고는 계속 쥐고 있습니다. 어쨌든 이십 분이나 남았으니까요. 우리가 좀 서두른다면 다 잘될 것입니다.

그녀가 말합니다. "깨어나지 못한다는 걸 알기 전에 당신은 내가 전혀 다른 사람일지도 모른다고 생각할 거고 내가 나라는 사람의 역할 속에 들어간 것이 오류였음을 알게 될 거야. 그러면 당신은 또 깨어나지 못한다는 걸 깨닫게 되고 당신 몸을 벗어나지 못한다는 걸 알게 될 거야."

"밥스. 무슨 얘길 하는 거야?"

그렇게까지 나빴던 적은 한 번도 없었습니다. 천장의 갈라진 금은 벽지의 맨 *끄트머리* 가장자리와 나란히 나 있기는 하지만 뾰족뾰족한 모양입니다. 하얗게 페인트칠한 면이 갈라지며 고르지 못한 선을 만들어 냈고 그 선이 벽지의 무늬를 일그러뜨립니다. 금이 간 점박이 얼굴이 나타났다가도 휘어진 기둥이나 용수철이 보이기도 합니다. 거기서부터 큰 이파리와 짧은 꽃받침을 단 한 송이 꽃이 자라납니다. 벽지에 찍힌 것과 같은 꽃입니다. 꽃은 몸을 비틀며 솟아오르고 있는데, 그건 어쩌면 꽃이 아니라 칠면조인지도 모릅니다. 곱슬곱슬한 털을 가진 튼튼한 칠면조. 소리를 지르기 위해 일그러뜨린 입이 보입니다.

"난 이제 일어나 앉을 거야." 내가 말합니다. "우리는 좀 더 일찍 잠자리에 들어야만 해." 우린 어제 바르바라의 오랜 친구인 엔리코 프리드리히를 방문했습니다. 바르바라는 내가 그에게 연설문 작성자 자리를 하나 마련해 주어서 다시 자립할 수 있도록 해 주기를 바라고 있습니다. 하지만 그런 건 생각할 수 없는 일입니다. 술주정뱅이에다가 입만 살아가지고, 자칭 시인이라는 놈을, 게다가 그토록 중요하다는 생각을 잊어버리지 않기 위해 벽이나 벽지에 글을 쓴다는 놈이니까요.

"그 사람 아내를 어디서 알게 된 거야? 그 리디아라는 여자 말이야." 내가 묻습니다.

"그 사람 아내가 아니야." 잠시 후에 바르바라가 말합니다.

"하지만 같이 살잖아."

"아니야." 바르바라가 말합니다. "우린 그저 딱 한 번 보았을 뿐이야. 우연히. 자연사 박물관에서."

"근데 당신은 왜 그녀랑 싸운 거지?"

"누가 그래? 우리가 싸웠다고?"

"그냥 그렇게 느껴졌어. 내가 화장실에 갔을 때 두 사람이 으르렁거렸잖아."

"화장실에 갔다면 당신은……."

"이해를 못 하겠어." 내가 말합니다. "그 여자, 어떻게 엔리코란 작자 집에서 참고 사는지. 그 사람의 태도를 보나 외모를 보나 거의 기적에 가까운 수준이야."

"더 나쁜 경우도 많아." 바르바라가 말합니다.

그녀는 언제나 엔리코를 두둔했습니다. 언제나 사회가 잘못한 거라면서 말입니다. 우린 그를 벌써 두 번이나 방문했더랬습니다. 두 번 다 난 사진을 봐야만 했습니다. 엔리코와 바르바라가 발트 해의 방파제 위에서 찍은 사진이었습니다. 난 그렇게 포즈를 취하는 걸 아주 싫어합니다. 그래서 나는 바르바라와 찍은 사진이 거의 없습니다. 결혼사진 몇 장을 제외하면 다 공식적인 것들이었습니다. 불가피한 사진이었던 것입니다.

난 예전에 그녀와 엔리코 사이에 무슨 일이 있었는지, 어떤 사이였는지 그런 건 알고 싶지도 않습니다. 아무튼 난 바르바라 좋으라고 술주정뱅이를 연설문 작성자로 고용할 수는 없습니다. 그에게 또 다른 부정적인 경험만 안겨 주게 되거나 뼈에 사무치도록 나만 톡톡히 창피를 당하게 될 것입니다.

"엔리코의 문제가 뭔지 알아?" 내가 말합니다. "그가 소설이든 단편이든 뭐든 글에서 다룰 만한 문제를 이젠 전혀 발견하지 못한다는 거야. 진짜 문제 말이야. 전 세계를 통틀어 사람들은 우리를 부러워해. 우리가 가진 문제들을 부러워하는 거지. 그들더러 한번 우리와 역할을 바꿔 보라고 해 봐. 그렇게 되면 엔리코 같은 작자는 아무 힘도 못 쓸걸. 그는 고통받으며 괴로워하고 싶은 거라고."

예전에 누군가를 방문하고 집으로 돌아와서 단둘만 있게 되면 바르바라와 나는 서로를 끌어안았습니다. 예전에 우린 종종 이야기를 나누었더랬습니다. 우리가 참 잘 지내고 있다고, 얼마나 좋은지 모른다고, 우리는 건강하며 참으로 큰 행운을 누리고 있다고. 밤에 잠에서 깨어 바르바라의 소리를 듣지 못하면 나는 그녀가 있는지 확인하려고 손으로 이불을 더듬거나 불을 켰습니다. 심지어는 엔리코를 질투하기도 했습니다. 어젠 바르바라가 질투의 장본인이었습니다. 어쩌면 그 때문에 그녀는 오늘 그런 위로의 말이 필요했는지도 모릅니다.

나는 그녀의 생각을 다른 데로 돌릴 수 있는 무엇인가를 이야기하고 싶습니다. 하지만 이런 상황에서 딱히 좋은 생각이 떠오르지 않을 뿐입니다. 나는 천장을 봅니다. 칠면조는 다시 용수철이 되었습니다. 나는 회칠로 거칠어진 한 부분에서 세계 전도를 그리려고 애씁니다. 인도가 플로리다의 맞은편에 있습니다. 축소 비례가 잘 맞지는 않지만 명확하기는 합니다. 그 아래로는 스칸디나비아가 있고 발트해에 호주가 있습니다.

"칸델라리아 생각나?" 내가 묻습니다. "뱃고동 소리에서 울리던 메아리 말이야. 산마루에서 계속해서 작게 들려오던 메아리 소리. 난 날마다 아침이면 비가 온다고 생각했어. 그런데 그건 그냥 산이 해를 가린 것뿐이었던 거야. 저녁에는 바다가 어디에서 끝나고 하늘이 어디에서 시작하는지를 알 수 없을 지경이었지. 모든 게 은빛에 회색이었으니까. 분간할 수 없을 정도로 온통 다."

"칸델라리아가 아니야." 바르바라가 말합니다.

"어째서?" 내 물음에 그녀가 아무 반응이 없어서 나는 덧붙입니다. "우리가 묵었던 그 지역, 분명 칸델라리아라고 했는데." 정말 사소한 일들 때문에 우린 종종 싸웁니다. 지난주에 난 양말 서랍을 정리했습니다. 그때 바르바라는 새로 산 릴랙스 양말 한 짝을 내가 버렸을 거라고 생각했습니다. 어떤 양말도 한 짝만 버린 적이 없고 오로지 쌍으로만 버렸다고 내가 말했습니다. 몇 년째 신지 않거나 낡거나 혹은 모양이 밉거나 너무 많이 빨아서 해진 내 양말만 버렸다고 했습니다. 그러자 그게 바로 릴랙스 양말의 독특한 점이라며 그녀는 내 말을 막았습니다. 그건 새것임에도 불구하고 오래된 것처럼 보인다는 것이었습니다. 한 켤레에 15마르크나 줬다면서요. 나는 도대체 릴랙스 양말이란 게 뭐냐고 물었습니다. 그녀는 그게 뭔지도 잘 모르면서 어떻게 버리지 않았다고 주장할 수 있느냐고 따졌습니다. 그래서 난 다시 한번 내가 양말을 버렸다면 오로지 짝을 맞추어서만 버렸고, 양말 크기로만 봐도 그게 내 양말일 리가 없음을 알았을 거라고 항변했습니다. 욕실의 창턱에서 난 광고지를 발견했습니다. "릴랙스 양말. (작은 글씨로) 고무가 섞여 있지 않은 섬유. 편안한 착용감. 믿을 수 있는 섬유 제품. 유해 물질 검사를 통과한 친환경 섬유 표준형 100." 다음 날 나는 그녀에게 아직도 양말을 찾지 못했다면 내가 버렸다는 가능성 말고는 없지 않겠느냐고, 물론 잘 설명할 수 없기는 하지만, 그렇다면 그녀가 양말을 내 서랍에 넣은 게 틀림없지 않으냐고, 언제나 빨래를 다 하고 장롱에 양말을 챙겨 넣은 사람은 그녀가 아니었냐고 말할 작정이었습니다. 바르바라는 양말을 다시 찾았다고 했습니다. 그런데 왜 나한테 이야기하지 않았느냐고 묻자 그녀는 믿을 수 없다는 얼굴로 나를 쳐다보았습니다. 마치 내가 그녀의 표정에서 '내가 이미 말했잖아. 당신은 또 내 말을 주의 깊게 듣지 않았지.'라는 의미를 파악해야 했음에도, 어떻게 그런 질문을 던질 수 있는지 이해할 수 없다는 듯이 말입니다. 그건 적어도 우리 사이에 존재하는 오해의 절반을 차지합니다. 내가 늘 그녀의 말에 귀를 기울이지 않는다는 게 그녀의 주장입니다. 하지만 난 맹세코 우리가 그런 이야기를 나눈 적이 없다고 생각합니다. 난 귀머거리가 아니거든요!

자명종이 울립니다. 난 끕니다. 소음이라곤 이제 헬리콥터 소리뿐입니다. 마침내 내가 말합니다. "밥스, 우리 일어나야 해."

"프랑크." 그녀가 말합니다. 그녀의 오른쪽 팔꿈치가 나를 가리킵니다. "만일 그게 꿈이 아니라면, 만일 더 이상 깰 수 없다면, 몇 시간 내로 늙어 버려서 다 살았다고 느낀다면, 결국 이젠 충분히 기다렸고 더는 기다리지 않아야겠다는 것을 깨닫고, 창가로 다가가 밖을 내다보며 뭔가 눈에 보이든 말든 상관없다는 느낌, 그러니까 밤이든 낮이든 아무래도 좋다는 느낌이 들고 그 어떤 차이도, 정말이지 아무런 차이도 존재하지 않음을 안다면, 그렇다면 그런 상황에서 마지막으로 바랄 수 있는 유일한 기적을 경험하겠지. 그럴 땐 뛰어내릴 수 있을 거야."

"7시야. 우린 나가야 돼, 밥스. 듣고 있어?" 내가 말합니다. 난 일어나 앉아 침대 발치로 미끄러져 실내화를 신고는 창가로 갑니다. 운하는 얼어붙었습니다. 파랗고 노랗고 옅은 초록색 비닐봉지가 얼음에 꽂혀 있습니다. 길게 늘어진 버드나무 가지도 마찬가지입니다. 부두의 맞은편 거리는 차단되었습니다. 그래서 자동차 한 대 보이지 않습니다. 중개인 여자는 이곳에서 새집뿐 아니라 전혀 다른 인생을 빌릴 수 있다고 했더랬습니다. 이웃들, 교통, 전망.

나는 집 앞 거리를 좀 더 잘 보려고 이마를 유리창에 갖다 댑니다. 거리는 텅 비어 있습니다. 건너편 너도밤나무에서 까치 한 쌍만이 가지에서 가지로 뛰어다니고 있습니다. 나는 집중하려고 애씁니다. 그리고 며칠 내에 있을 일들을 생각해 봅니다. 토요일엔 극장에서 무도회가 있고 일요일엔 바르바라의 아버지가 새로 사귄 여자 친구와 커피를 마시러 옵니다.

"병가 낼 거 아니면 이제 일어나야 해." 내가 말합니다. "물을 틀어 놓을게. 욕조에 물 받을게, 응?" 바르바라는 대답하지 않습니다. 어쩌면 그녀는 아무것도 듣지 못했을지도 모릅니다.

"옆에 있어 줄래?" 그녀가 묻습니다.

"나, 에르푸르트에 가야 돼."

"그 말이 아니야. 무슨 일이 일어나도 내 곁에 있을 거지?" 그녀가 말합니다.

"밥스. 그럼 내가 뭘 어쩌겠어?"

"누가 당신을 선출하겠어, 이런 여자하고 사는 당신을?"

"원, 맙소사! 도대체 무슨 말이야? 꿈이 아냐. 당신은 이미 잠에서 깼어!"

"소리 지르지 마!" 바르바라가 말합니다. 그녀가 팔을 뻗습니다. 왼손이 침대 모서리를 넘어갑니다. 아래로 늘어진 손끝이 카펫이 깔린 바닥에 닿습니다. 이제야 난 그녀의 눈을 봅니다. 바르바라가 고개를 들고 나를 응시하더니 다시 고개를 숙이고 눕습니다. 그녀가 일어나 욕실로 가게 하려면 무슨 말을 해야 할지 알 수 없습니다. 이제부터 내가 무엇을 해야 좋을지조차 모르겠습니다. 까치가 날아가 버립니다. 먼저 한 마리가 날아갑니다. 그러자 곧 다른 한 마리도 뒤를 따릅니다. 그들이 앉았던 나뭇가지가 한참 흔들립니다. 움직이는 것은 이제 아무것도 없습니다. 마치 사진처럼 말입니다.

19 기적

엔리코 프리드리히가 마티니 한 병을 선물받는다. 그는 파트리크에게 리디아가 갑자기 나타났다가 떠난 이야기를 들려준다. 그러면서 고꾸라지도록 술을 마신다. 파트리크는 침묵하다가 결국엔 날카로운 질문을 한마디 던진다.

"어디선가 여자들이 이미 만난 적이 있는 게 분명해." 엔리코가 그렇게 말하며 마티니 포장을 풀었다. 포장지를 손으로 문질러 편 다음 대충 접어 쇼핑백들이 들어 있는 맨 아래 서랍에 넣었다. "넌 프랑크 사진을 100번도 넘게 찍었잖아. 물론 넌 그를 잘 알지." 종이가 안으로 쑥 들어가지 않아 밖으로 삐져나온다. 엔리코가 그걸 더 깊숙이 찔러 넣고 서랍을 닫는다. "지방 의회 선거 전에 그는 시장을 돌며 장미를 나눠 줬어. 담배는 끊었지만 껌 씹는 건 그만둘 수가 없지." 엔리코의 손이 병마개에서 미끄러진다. 그가 행주를 집어 든다. 그는 "딸깍."이라고 말하면서 병을 딴다. "소리 참 좋지? 얼음?"

"아니." 파트리크가 말한다. 그는 벽지에 가득 적어 둔 메모들을 읽는다. 의자 등받이를 냉장고에 부딪친다. 엔리코는 두 개의 잔에 술을 반쯤 따른다.

"리디아는 무슨 새에 관해서 이야기를 했어. 그 새들이 알래스카에서 하와이까지 날아가는 데 불과 쉰 시간이면 된대. 내가 그리로 좀 들어가야겠어." 엔리코가 냉장고를 가리킨다. "처음에 난 바르바라와 같은 동아리에 속하는 일원일 거라고 생각했어. 예전에 그 무슨 문화 협회나 우라니아 뭐 그런 거 있었잖아. 그들은 뾰족뒤쥐를 모았더랬어. 죽은 뾰족뒤쥐들. 그들이 뭘 연구했던 건지는 아무도 알 수가 없지만."

파트리크가 몸을 다시 뒤로 기댔다.

"습관이지." 개수대 쪽에 있던 엔리코가 말했다. 그가 얼음 저장 용기를 개수대 가장자리에 대고 친 뒤 손바닥에 왈칵 뒤집어 쏟았다. "두 개 이상은 아니군." 대부분의 얼음 조각은 이미 한 번씩 사용한 접시 위에 떨어졌다. 엔리코는 얼음 조각들을 주워 모아 다른 접시에 전부 쌓았다. 그리고 손으로 그 위를 누른 채 나무 식탁 가운데에 가만히 가져다 놓았다. "여기 이 식기 전부 할머니한테서 물려받은 거야."

파트리크는 자기 잔에 물을 가득 부었다. "건배." 그가 말했다.

"건배." 엔리코가 대꾸하며 얼음 조각을 집어 들었다.

"그런데 이건 뭐지?" 파트리크가 물었다.

"두 켤레씩 포장된 검정색 양말 세트, 두로 상표의 칫솔, 손톱깎이, 손톱갈이, 휴대용 휴지 네 장, 다 쓴 버스표 한 장, 2마르크 5페니히." 엔리코가 손톱으로 두 사람 사이에 놓인 술잔을 튕겼다. "그녀가 그거 말고 잊어버린 건 더 없어."

엔리코의 시선이 파트리크를 스쳐 집 건너편을 향했다. 창문 두 개에 불이 켜졌다.

"프랑크는 건배하면서 이제부터 말을 놓자며 자기 이름을 소개하더군. 그가 에르푸르트의 의회에 앉아 있기 때문에 리디아가 반말을 쓰기 꺼릴 거라고 생각했는지도 몰라. 또 한 번 치어스, 친구, 잔을 부딪치라고!"

파트리크가 팔을 뻗었다.

"그가 그녀의 소매 속을 들여다보았어. 그녀가 뭔가 건네줄 때마다 그가 사팔뜨기 눈을 하고선 소매 속을 보았지. 그녀는 검은색 옷을 입었는데 그 넓은……." 그가 겨드랑이 밑의 반원을 묘사했다. "나중에 그가 화장실에 갈 때 말했어. '저 여자, 뼈밖에 없군.' 그렇게 소곤거렸어." 엔리코가 문 쪽으로 몸을 돌렸다. "이리 와, 키티. 이리 와, 왜 그래? 이젠 거기 앉아서 쳐다보고만 있네. 내가 이름을 지어 줬는데. 그래, 그럼 그렇지! 여기 앉아 있어라. 내가 키티라고 이름을 지어 줬지! 잘 땐 코도 골아. 대신에 그르렁거리지는 않아." 엔리코가 불그스름한 잿빛 고양이 한 마리의 턱 밑을 살살 긁어 주고 있었다. "낮이 길어지는 걸 좀 느껴?"

파트리크는 고개를 좌우로 흔들었다. 입술을 꼭 다문 채 그는 혀로 앞니를 훑었다. 그는 또다시 벽지에 끼적인 메모들을 관찰했다. 엔리코가 또 한 번 잔에 술을 따랐고 병을 높이 들었다. 파트리크가 반쯤 찬 잔을 들어 올리며 건배했다.

엔리코가 말했다. "그러니까 상상을 좀 해 보란 말이야. 처음엔 리디아가 여기 서서 이것저것 뒤지며 다녔고, 프랑크에게 전화를 걸더니 나한테 그 자리를 제공하겠다는 거야. 뭐든지 다 쓰면 된대. 내가 개인적으로 생각하는 건 뭐든지. 바로 그게 관건이라는 거야. 자, 키티!"

엔리코가 코를 좌우로 움직였다. "우린 에스키모인의 인사법을 배웠거든." 고양이는 냄새를 맡아 보더니 뒤로 물러났다.

"이 일을 하면 어떤 소득이 있는 건지 내가 그에게 물어본 거야. 리디아와 밥스가 보는 앞에서, 모든 사실이 명확하게 남도록 말이지. 그가 그걸 말하고. 그때 내가 말하지. '거 봐. 나 진짜 남자라니까. 진짜로 돈을 벌 수 있다고.' 그러자 리디아가 내게 입을 맞췄어."

쓰다듬던 손길을 멈추자마자 고양이는 엔리코의 손으로 자기 목을 들이밀거나 그의 팔 쪽으로 앞발을 내밀었다.

"리디아가 거기 갑자기 서 있었을 때와 똑같이 갑자기 사라졌어. 여행 가방을 들고, 그 초록색 물건 말이야. 너희 침실 장롱 위에 있던 거. 우린 집세를 나누어 내기로 했어. 딱 반으로. 그걸로 끝이야. 난 차를 끓였지. 그녀는 식물을 키우겠다며 훨씬 더 큰 화분을 사 왔고 분무기와 행운목도 샀어. 내가 행운목이라고 불렀지만 사실은 진짜 이름이 뭔지 잘 몰라. 줄기 때문에, 내가 지하실에 내려가서 벽 패널 몰딩용 막대기를 가져왔어. 줄기를 묶어 받쳐 주려고. 어떤 식물은 물이 얼마나 필요한지, 그리고 얼마나 자주 물을 줘야 하는지 그녀는 다 알더라. 이틀에 한 번씩 그녀는 화분을 돌려봐. 불을 켤까?" 엔리코가 고양이의 양쪽 귀 사이에 입을 맞췄다. "상상 좀 해 봐, 친구. 리디아가 전화를 받았더라면 어떻게 됐겠어? 그렇다고, 뭐 꼭 달라지란 법은 없겠지만. 하지만 그녀가 전화를 받았더라면. 난 잘 모르겠어. 너라면 뭐라고 말했겠어?" 엔리코가 웃음을 터뜨리며 잔을 비웠다.

"그편이 더 좋았는지도 몰라. 내 말은 그러니까, 그건 너하고는 상관없는 일이라는 거야. 난 그냥 상황을 말하는 거야! 한번 상상해 보라고! 완전 말이 안 되는 거지. 미안해, 친구. 하지만 나로서도 어쩔 수 없는 일이잖아!" 한 손으로 그는 술병의 마개를 돌려 연 뒤 병을 높이 들었다. "그게 아님, 넌 내가 어떻게든 할 수 있었다고 생각하는 거야? 이거 안 마실 거야?" 엔리코가 자기 잔에 술을 따랐다. 고양이는 이제 그의 왼팔 위에서 꼼짝 않고 있다. "여기 분위기 굉장히 좋았어. 완전히 조화로운 시간이었지. 삐걱거리는 문을 고치러 누군가가 왔고, 함석공도 왔지. 그러곤 보일러의 공기를 뺐고. 모든 게 한꺼번에 다 됐어. 나는 글을 쓰고 리디아는 읽고 키티는 등받이에 앞발을 걸치고서 골골거리고. 부엌에선 케이크 냄새가 나지. 너한테야 물론 말할 필요도 없지. 완전한 기적이란 걸, 난 그렇게 생각했으니까. 뭐 하나 더 얘기해 줄까? 기분 나빠하지 마, 친구. 리디아가 처음이야. 진짜 처음으로, 내가 하는 일을 좋게 봐 준 사람이라고. 누군가가 나타나 내가 하는 일이 좋다거나 나쁘다거나 말해 주기만을 학수고대했거든. 비난이 아니야, 친구. 그냥 내 생각이야. 나도 언젠가는 누군가가 필요해. '네가 글을 쓰는 걸 좋게 생각한다.'라고 말해 주는 사람." 엔리코가 손바닥으로 글씨가 적힌 벽지를 쓸었다. "영감이 떠오를 때마다 적어 둔 거야." 그가 말했다. "프랑크와 밥스가 왔을 때, 어디선가 그 두 여자들이 만난 적이 있던 게 분명해. 둘은 여행을 많이 다녀. 프랑크가 아직 젊은 나이에 의회의 의원이 되었으니까. 말하자면 미래를 짊어질 세대라는 거지. 젊은 의회 의원들을 위해선 따로 특별한 프로그램이 있어. 호주까지도 가지. 난 그게 다 뭘 하는 거냐고 물었어. 그는 어떤 사람이 어떤 일을 다른 관점에서 보게 되면 뭔가 유익한 결과를 가져다준다고, 시각을 변화

시킨다고 생각하더군. 아시아나 일본 때문에. 내가 뭘 알겠어. 그는 별의별 이야기를 다 했어. 그는 내가 그 이야기에서 뭔가를 쓸 수 있다고 생각해. 스토리나 뭐 그런 거. 프랑크가 상상하는 대로 말이지." 엔리코는 엄지손톱으로 술잔에 수직으로 파인 물결무늬 홈을 따라 아래로 훑다가 방향을 돌려 다음번 홈을 훑는 동작을 다시 반복했다.

"호주에선 젊은 의원 하나가 식사 도중에 인레이를 삼켰대. 치아에 박은 합금 말이지. 그는 그 후 사흘간 화장실에 가지 않았대. 똥을 뒤져 인레이를 찾아야 할 일이 두려워서 말이지. 하지만 결국에는 가지 않을 수가 없었는데, 붉은 흙에 풀이 듬성듬성 난 곳이었어. 그는 버스가 가도록 내버려 뒀어. 그들이 나중에 데리러 갔을 때 그는 진짜로 똥을 뒤지고 있었대. 뭐 그런 이야기만 하더라고. 프랑크 그 작자. 학교 교사 이야기. 그 교사가 성탄절 행사 때 천사 분장의 날개를 다 떼어 냈어. 유물론자여서, 천사가 이성에 대한 반항이라고 생각했기 때문이었다는 거야. 두 여자가 어디선가 한 번 예전에 만났던 게 틀림없어. 프랑크가 화장실 갔을 때 둘이 싸웠거든. 그들은 내가 눈치채지 못할 거라고 생각한 모양이야. 질투 때문일 거라고 점쳤는데, 그게 아니었어. 리디아는 밥스를 이해할 수 있다고 말했는데, 물론 밥스라고 부른 게 아니라, 홀리체크 박사라고 부르면서 존댓말을 깍듯이 썼지. 리디아는 밥스를 이해하긴 하지만 오소리를 찾아봤다고 주장해서는 안 된다고 했어. 오소리 한 마리가 분명 아니라고 했지. 하지만 누군가가 사람을 자동차로 치었고, 이미 더는 구할 수도 없는 상황이라면, 자기 인생까지 망칠 필요는 없다고 했어. 리디아는 밥스를 이해할 수 있다고 했지. 그러자 밥스가 소리 지르기 시작했어. 리디아가 거짓말을 한다는 거야." 엔리코가 키득대며 웃었다. "리디아가 거짓말을 한다. 거짓말쟁이 리디아. 프랑크가 돌아오자 모든 게 다시 괜찮아졌어. 두 사람 다 입을 다물었지. 불을 켤까? 무슨 일이야? 화났냐, 친구?"

엔리코는, 마티니를 홀짝거리며 마시는 파트리크를 바라보다가 자기 잔에 또 술을 따랐다.

"때때로 여자 꽁무니를 쳐다보곤 하지. 다리를 봤다거나 몸매나 머리카락을 봤기 때문에. 하지만 그녀가 몸을 돌리고 말을 하면……. 리디아는 전체적으로 뭐든 다 감상할 수 있어. 오래 쳐다보면 볼수록 좋지. 뭐라고 얘기 좀 해 봐! 갑자기 그런 여자가 앞에 서 있다면, 아마 누구나 기뻐할 거야, 안 그래?" 그는 얼음이나 물을 섞지도 않은 채 술잔을 비웠다. "네 마음이 어떨지 상상은 가는데, 친구. 하지만 나한테 화낼 필요는 없어. 자, 이보라고! 리디아가 널 떠난 거야. 그러곤 나한테 왔어. 맞는 말이지, 뭘. 글쎄, 물론 그녀가 널 버리고 나한테 온 게 정말 잘한 일인지, 묻고 싶기는 하지. 대답이나 좀 해 보라고." 엔리코가 고개를 좀 더 앞으로 내밀었다. "맞아, 안 맞아? 그래, 안 그래?"

엔리코가 빈 잔을 들어 입술에 갖다 대고서 천천히 기울였다. 몇 방울 남았던 술이 쩍 벌린 그의 입 속으로 흘러들어 갔다.

"넌 내가 술을 마시지 않으면 안 된다고 생각할 거야. 마시지 않으면 아무것도 안 된다고. 그렇지? 내가 반드시 뭘 해야 한다면 그건 글을 쓰는 일이야, 친구. 그리고 내가 원했다면 그녀가 떠나지 않았을 거야." 그가 양손으로 잔을 쥐고서 입술을 일그러뜨렸다.

"그녀가 왜 갔는지 말해 줄까? 난 알고 있거든, 아주 잘 알고 있어."

고양이는 그의 품에서 돌아누웠다. 엔리코는 고양이의 양쪽 귀 사이에 코가 닿을 때까지 상체를 숙였다.

"그녀가 그 얘기를 듣지 못했거든. 기적 말이야, 바로 그거였어, 문제가." 고양이가 엔리코의 품에서 풀쩍 뛰어내려 조금 열린 문가로 가서 앉았다. 엔리코가 식탁 위에 팔을 엇갈리게 놓고는 양쪽 팔꿈치를 번갈아 보았다. "듣지 못했던 거야." 그는 입술을 지그시 누르고서 천천히 고개를 흔들었다. "난 병을 버리지 않았어. 그 병이 수건걸이 아래 있었는데. 욕실을 닦고 '마이스터 포퍼' 세제를 양동이에 부었지. 난 병을 비우고 싶었지만, 아직도 많이 남았다고 생각했지. 난 병을 깜박했어. 안 보이니까, 세면대에서 보면 안 보인다고. 수건 뒤에 가려져 있어서."

"무슨 말인지 통 알아들을 수가 없어." 파트리크가 말하며 마티니가 담긴 잔을 빙빙 돌렸다.

"우린 청소를 했어. 프랑크 때문에. 리디아는 부엌을 맡고, 나는 욕실을 맡았어. 세면대에서 보면, 거기 서서 세수를 하면 말이야, 병이 보이지 않는다 이 말이지."

파트리크가 좀 더 앞으로 몸을 움직였다.

"이제 관심이 가는 모양이구나, 친구. 안 그래?" 엔리코가 술을 따랐다. "난 욕실 세면대 앞에 서 있었어. 근데 그녀의 물건이 하나도 없는 거야. 칫솔, 로션, 스프레이. 리디아는 샤워를 막 마친 참이었어. 그때 물건을 모두 다 챙긴 거야. 젖은 수건까지도. 난 그녀가 지금 꼭 가야 하는지, 한밤중에 이렇게 가 버려야 하는지 물을 수밖에. 그녀는 언제 어떻게 식물에 물을 줘야 하는지 적어 놓앉고 그 쪽지 위에 열쇠를 놔뒀어. 그러고 나서 나는 냉장고를 열어 봤지. 피망이랑 달착지근한 롤몹스[10]도 있……. 쯧." 엔리코가 키득거리며 웃었다. 그는 입맛을 다시며 쩍쩍 소리를 냈다. 침이 치아 사이로 배어 나왔다. "껍데기를 벗긴 달착지근한 그거…….쯧. 난 물을 틀고 손을 갖다 댔어. 마음을 진정하느라고. 그녀는 문틀에 기대고 있었고. 물을 잠그고 손을 닦고 나서 천천히, 천천히, 아주아주 가만히, 마치 내과 의사처럼 정확한 동작으로. 나 술 안마셔도 돼. 내가 원하지 않는다면 안 마셔도 되는 거지. 그러고 나서 수건을 수건걸이에 걸었을 때, 다른 수건 옆에 말이지, 집중했는데도 대칭이 안 되더라. 그러다 수건이 '마이스터 포퍼' 세제 위로 떨어지면서 그걸 넘어뜨린 거야. 그런데 다음 순간 그 일이 일어났어, 친구." 엔리코가 하품을 했다. "이제부터 잘 들어. 귀를 쫑긋 세우고." 그는 귀 위로 커다란 쐐기 모양을 그려 보였다. "정말이상했어. 정상이 아니었다니까. 마술사 코퍼필드라고 해도 그런걸 할 수는 없을걸. 적어도 늘 해낼 수는 없을 거야. 운이 따라야하는 일이니까." 엔리코가 술을 마셨다. "내가 허리를 굽히고서 그걸 주워 들었어. 수건을 들어 올렸단 말이야, 친구. 그리고 '마이스터 포퍼'도 세웠지. 어쩐 일인지 수건이 걸려서 세제를 함께 끌어당겨서 세제가 출렁대더군. 일단 가만히 세웠지. 천천히, 그리고 수직으로 수건을 점점 높이 들어 올리다가, 그 세제가 마술 실험관이라도 되는 양 순식간에 홱 빼냈어. '마이스터 포퍼'는 더 이상뒤뚱거리지 않더군. 난 뭔가 희망적인 것을 말하고 싶었어. 왜냐

10   오이나 양파에 둘둘 말아 가는 막대기로 고정시킨 청어 요리.

하면 그건 좋은 징조였으니까. 리디아와 나, 둘 다한테. 말하자면 일종의 기적인 거지. 모든 일을 새로운 관점으로 보게 하는 기적." 엔리코가 또다시 잔을 쥐고서 길게 뻗은 무늬를 따라 엄지손톱을 움직였다. "봤어?" 그녀에게 물었지. 하지만 대답이 없었어. 한 줄기 바람뿐. 문고리가 움직였어. 조용히. 그녀가 문을 닫을 때면 늘 그러듯이. 그러고 나선 현관문, 찰칵. 인도를 걸어가는 그녀의 발소리. 그 후에 사르륵대는 소리가 들렸어. 난 그런 소리는 한 번도 들어 본 적이 없어. 거품이 녹는 소리야, 거품. 다 흘러내리지 않고 남아 있던 거품이 녹았던 거야. 어떻게 말하면 좋을까, 내 말 이해하겠지. 그녀는 거품을 너무나 좋아했거든. 거품의 기포가 사그라지는 모양은 말이지, 아주 유심히 보지 않으면 안 돼. 매초 100개의 기포가 터져. 사르륵 사르륵 사르륵." 엔리코가 말했다. "그게 리디아가 떠날 때 들었던 마지막 소리야." 그가 술잔을 들이켠 뒤 잔을 식탁에 거칠게 놓았다.

그가 다시 고개를 들었을 때 그는 파트리크의 왼쪽 어깻죽지의 둥근 곡선을 알아보았다. 그의 팔은 건너편 집들의 불 켜진 창문과 가로등의 요란한 불빛 앞에서 윤곽만 드러냈다. 그는 식물의 윤곽도 보았고 화분에 꽂힌 벽 패널 몰딩용 막대기와 오른쪽에 있던 분무기의 형체도 보았다.

그는 테이블에 놓인 물건들을 분간하려고 애썼다. 리디아의 유리잔은 마치 아이스크림 잔처럼 보였다. 유리잔에 꽂힌 칫솔이 긴 플라스틱 숟가락인 셈이었다. 그리고 자신이 들고 있는 잔에 팬 물결무늬는 톱니바퀴 혹은 행운의 추첨 바퀴였고, 엄지손가락은 그것에 닿은 화살표였다. 벽지에 쓴 글이 한 줄 한 줄 뒤엉켜 두

꺼운 밧줄이 되었고, 미로처럼 엮인 실뭉당이로 변했다.

엔리코는 순식간에 어두워졌다는 것을 깨달았다. 그러나 그는 '그건 다만 파트리크가 창문과 내 사이에 섰기 때문이야. 그가 내 앞에 떡 버티고 서 있기 때문이야.'라고 생각했다. 그런 추론은 그의 이성이 아직은 꼼꼼히 일을 하고 있으며, 장난이라도 치듯 쉽게 문맥을 파악하고 있다는 것, 그리고 원한다면 뭐든 글로 쓸 수 있다는 것을 증명했다. 그는 자기 의자 옆에 앉아 연신 한쪽 앞발을 핥거나 머리를 문지르는 고양이를 보았다. 고양이가 몸을 닦는 모습도 묘사하고 싶었고, 빛을 가리고 선 어떤 인물에 대해서도 쓰고 있었다. 그의 소설 속에서 그는 '옆으로 좀 비켜. 네가 해를 가려서 볼 수 없잖아.'라는 말을 들을 것이었다. 엔리코는 소리를 내지 않은 채 키득거렸다. 그가 필기도구를 찾느라 주머니를 더듬었다. 펜과 종이만 있으면 되는 거였다. 그는 모든 것에 관해, 아니 온 세상에 관해서 글을 쓰고 싶었다. 엔리코는 생각했다. '이렇게 키득거리지만 않는다면 글을 쓸 수 있을 텐데. 해를 보게 좀 비켜 줘. 그 외에는 아무것도 바라는 게 없거든. 펜과 종이만 있다면 난 지금이라도 글을 쓸 수가 있어.' 엔리코는 자신의 이름을 들었다. 그리고 리디아라는 이름도 들었다. 엄지손가락 아래 있던 행운의 추첨 바퀴가 사라졌다. 벽지에 공간이 좀 더 있더라면……. 그는 누군가가 계속해서 그의 귀에다 대고 소리 지르며 던지는 질문이 무슨 내용인지 알 수 없었다. 그게 면도용 화장수 냄새인지 아니면 자기 얼굴을 스치는 단순한 호흡인지도 몰랐다. '물론 난 리디아와 잠을 잤지. 누구나 언젠가 한 번쯤은 자야 하니까. 리디아도 마찬가지고, 나도 그렇고. 잠을 안 자면 죽잖아.' 그는 그렇게 생각했다. '하지만 난 글을 써야 해. 무엇보다도 우선 글을 써야 한다고.' 그리고 엔리코는 목의 통증을 느낄 때조차도, 이마를 테이블에 부딪칠 때조차도 세상을 묘사하는 일을 그만둘 수 없었다. 글쓰기를 멈출 수가 없었다.

20 아이들

에드가 쾨르너가 단니와 오래된 고속 도로를 달렸던 일에 관해 이야기한다. 아내가 운전대에 앉아 있다. 두 사람 다 운전을 하고 싶어 한다. 실제 이야기일까, 아니면 꾸며 낸 이야기일까. 진짜 사랑은 늦게 나타난다.

단니는 운전대를 한 번도 놓지 않았다. 그녀는 처음부터 끝까지 줄곧 운전석을 지켰다. 차에 기름을 넣을 때조차 그녀는 열린 차문 옆에서 무릎만 몇 번 굽혔을 뿐이었다. 지난주에는 내게 의견도 묻지 않고 머리카락을 아주 짧게 잘랐다. 일자리를 찾지 못한 데다 날마다 점점 더 말썽을 부리는 티노 때문에 그녀는 신경이 날카로웠다. 티노는 우리가 떠나올 때 길길이 화가 나 그녀 뒤에서 발길질을 했다. 제 아버지와는 채 이 주도 있으려고 하지 않았다. 내가 저축해 놓았던 돈은 몽땅 이케아 주방 가구를 사는 데 들어갔다. 우리는 한 달 한 달 끙끙대고 헉헉대며 간신히 넘겼다. 그럼에도 그녀는 앞 좌석 일체형에 컵홀더까지 달린 플리머스를 포기하려 하지 않았다. 그 자동차는 그녀의 '지미 주니어'였다. 그녀의 옛 스코타 '지미'와 구분하려고 지은 이름이었다.

단니의 운전 솜씨는 나쁘지 않았다. 어쩌면 고속 회전을 좋아한다고 볼 수도 있다. 하지만 동승자인 나한테는 전반적으로 아주

고약한 주행이었다. 게다가 그 예전 고속 도로 구간이야말로 지옥이었다. 포석이 깔린 길을 지날 때마다 차체가 솟아올랐다. 그야말로 고문이었다. 난 운전자 교육용 영화 장면처럼 그걸 지켜보았다. 타르가 묻어 얼룩진 포석의 모서리에 바퀴가 거칠게 부딪치면서 생긴 충격은 좌석에 전달된 뒤 척추까지 전해진다. 제일 나쁜 영향을 미치는 곳은 목뼈인데 통증도 제일 심하다. 이어서 뒷바퀴 쪽에서 또 한 번의 충격이 느껴진다. 몇 개의 신경이 찢어지고 마지막에는 목이 3센티미터는 움츠려 든다.

그것 말고도 단니는 여전히 피임약을 복용하고 있다. 당연히 우리 사이에서 아이를 낳기를 몹시 바라면서도. 서른넷 혹은 서른다섯이면 아직도 나이가 그리 많은 축에 속하진 않는다고 단니가 말한 적이 있다. "당신이 그렇게 생각한다면야, 단니." 그녀가 또다시 그걸 미룬다면 내가 뭐라고 물어봐야 한단 말인가. 이유야 언제든 있다. 그게 문제가 아니다. 단니는 또 그런 말도 했다. 이대로 그냥 있는 게 제일 좋을 것 같다고.

"에디, 어떻게 알아. 우리가 이 년 후에도 여전히 사랑할지?"

나중에 그녀는 울면서 사과했다. 난 그녀를 안고 물었다. "뭐 때문에 사과하는 거야?"

그녀는 심리학책 같은 걸 너무 많이 읽는지도 모른다. 처음엔 밀러, 그다음엔 카를 구스타프 융. 그녀는 언제나 새로운 사례를 들먹이면서, 정말로 논리 정연하다는 이론을 늘어놓았다. 난 그녀가 그런 미신으로 시간 낭비만 한다고 말했다. 연설이 필요 없다. 그녀 스스로 깨달아야 한다.

나는 급히 상체를 앞으로 숙였다. 순간적으로 비행기가 왼쪽 하늘에서 낮게 날며 우리를 추격한다고 착각했기 때문이었다. 하지만 그건 멀리 떠 있는 비행기가 아니라 그녀 쪽 유리창에 묻은 얼룩이었다. 그녀가 물었다. "최근 루카스 소식 들었어?"

그녀는 루카스란 아이의 대모다. 그는 톰과 빌리 사이에서 태어난 쌍둥이 중 하나다. 다른 아이의 이름은 막스다. 루카스는 테디 베어를 침대에다 못 박았고 빌리는 테디 베어의 얼굴을 때렸다. 하지만 애들이 그런 짓을 한 건 처음이라나. 다음 날 루카스가 잉꼬를 잡으려 했다. 아이들은 그 잉꼬를 헤르베르트라고 불렀더랬다. 그런데 잉꼬가 달아나자, 애들은 헤르베르트를 본 목격자를 찾는다는 쪽지를 써서 마을의 나무에 붙였다. 빌리는 애들에게 다시 한번 예수 이야기를 들려주었고 톰은 애들을 데리고 새집을 만들었다. 애들이 가지고 있던 못을 잔뜩 두드려 박아 만들었다고 한다.

단니가 전혀 미소를 짓지 않아서 곧바로 카를 구스타프 융이나 밀러 이야기를 꺼내겠다고 짐작했다. 나는 새집 짓기는 참 잘한 일이라고 말했다.

그녀가 라이터를 눌렀고 아이들한테 생후 처음 몇 년이 얼마나 중요한지 설명했다. 이 단계에서 어긋난 것을 나중에 자란 후에 고치려면 무진장 고생하기 때문이라고 말했다. 고칠 수나 있다면 말이다. 일생을 교사 노릇을 하며 먹고사는 사람들은, 제발이지 학부모들이 지금보다 좀 더 나은 부모들이기 바란다고 했다. 난 누구 이야기를 하는 거냐고 물었다. 그녀는, 만일 우리가 언젠가 아이를 가진다면 양육에 있어서 매사 의식적으로 행동하는 것만이 문제라는 것이었다. 난 그녀의 짧은 바지 아래로 드러난 장딴지를 어루만졌다. 단니가 자기 손을 내 손에 얹었다. 그러곤 티노에게 죄를 많이 졌다고 말했다.

"그들이 너무 버릇없이 응석받이로 키워서 그래." 내가 말했다.

"아니야. 그래서가 아니야." 그녀가 말했다. 하지만 우린 거기에 대해 더 이상 말을 하지 않았다.

단니가 가속 페달을 밟지 않았는데도 출렁임이 갑자기 더 심해졌다. 우리는 어쩔 도리 없이 그 곤경을 그저 견딜 수밖에 없었다. 어딘가 있던 작은 사과 한 알이 떨어져 내 발 사이로 굴러왔다. 그걸 주워 보니 마치 구운 사과 느낌이었다. 쭈글쭈글하고 뜨뜻미지근했다. 그 후엔 운전할 때 지참하는 이런저런 서류들이 차양 아래로 비죽이 드러났다. 난 우리 앞에 가는 굼벵이를 이제 좀 빨리 추월한 다음 왼쪽 차선을 유지하라고 말했다. 하지만 왼쪽 차선엔 차들이 뒤로 바짝 밀려서 깜빡이를 켜고 있었다. 우린 망가진 도로 쪽으로 다시 돌아가야만 했다. 나는 그 구운 사과를 보조석 옆 컵홀더에 넣었다.

단니는 손가락으로 럭키 스트라이크 곽을 부스럭거리며 만지더니, 입으로 담배 한 개비를 빼냈다. 필터를 입에 문 채 그녀는 나한테 담배를 한 대 피우겠느냐고 물으며 차창을 조금 내렸다.

"난 별로 당기지 않는데." 난 말했다.

"근데 우리 날을 아주 잘 골랐네!" 그녀가 말하며 엄지손가락으로 안전띠 아래를 훑으며 안전띠를 헐렁하게 늘린 후 풀었다. 순간 내가 그 모습을 얼마나 즐겁게 바라봤는지 그녀는 생각도 못했을 것이다. 난 담배를 쥔 그녀의 오른손을 관찰했다. 손등에는 정맥이 드러나 있었지만 아주 확연한 건 아니었다. 팔에 난 금빛

털은 정말로 갈색으로 그을렸을 때라야 눈에 띄었다.

나는 그녀에게 가능하면 왼쪽 차선을 유지하고 다음번 주유
소에 들러 달라고 다시 한번 부탁했다. 우린 속력을 줄였고 난 추
월하지 않는 차는 오직 우리뿐이라는 느낌이 들었다. 물론 주유소
앞에서는 추월하는 게 소용없는 짓이었다. 단니는 담배를 눌러 끈
후 차창을 끝까지 내리고서 왼손을 차창에 걸쳤다. 마치 손톱을
백미러에 비춰 보려는 듯이.

원래는 좋은 휴가 여행이 될 수도 있었다. 포장도로야 언젠가
는 끝날 것이고 우리가 빠져나갈 샛길도 곧 나타날 것이었다. 나
는 주유소에 들르면 그때부터는 내가 운전석에 앉으려고 했다. 내
가 직접 운전하면 그렇게까지 고역스럽지는 않을 것 같았다. 그러
면 단니는 내 옆으로 가까이 다가와 가죽 샌들을 벗어 던지고 발
을 뻗어 앞 유리창에 발가락을 갖다 댈 것이고, 내가 쓰다듬을 수
있게 왼쪽 다리를 구부릴 수도 있을 것이었다. 난 그녀가 9월이나
10월에는 다시 일자리를 찾기를 기대했다. 나는 우리가 완충 장치
를 갈기 전에 정말이지 새 차를 사는 게 나을 거라고도 말했다.

그 후 나는 단니가 주유소에 들르지 않고 그대로 지나쳐 가는
것을 지켜볼 수밖에 없었다. 우리는 그대로 지나갔고, 그녀가 말
했다. 독일 자동차 회사에선 여전히 노동자들을 위한 '스위밍풀'
경비를 지불하지만 프랑스나 이탈리아 회사들은 무능력하고, 일
본 회사는 몰상식하다는 것이었다. 그녀가 갑자기 가속 페달에서
발을 떼는 바람에 차체가 한 번 출렁거렸고 금방 또 한 번 출렁거
렸다. 마치 그녀가 기어를 한 단 내릴 때처럼.

"난 '스위밍풀'이라면 미국을 연상하게 되는데." 내가 말했다.

그녀가 아랫입술을 비죽이 내밀며 비어 있지도 않은 환타 깡통을 거칠게 놓는 바람에 난 기분이 언짢았다. 그녀는 손등으로 입을 훔치고 깡통을 목에다 대고 누른 후 가슴에서 굴리더니 나중엔 어깨에 갖다 댔다.

"아무것도 달라지지 않아." 단니는 보란 듯 느릿느릿 말했다. 난 보조석에 앉은 사람은 한심한 상황에 처한다는 것을, 그렇게 기어의 단을 급작스럽게 바꾸는 건 차체에도 결코 좋은 일이 아니라는 것을 생각했다. 게다가 그녀는 깜빡이를 너무 오래 켜고 있었고, 다음번 주유소는 적어도 65킬로미터나 더 가야 나타날 것이었다. 앞 유리창은 곤충들이 부딪쳐 생긴 얼룩으로 세차가 필요했다. 난 속이 좋지 않았다. 오른쪽 차선은 엉망진창이었다. 난 뭐라도 해야 했다. 무슨 말이라도 하려 했다. 하지만 나를 운전석에 앉게 해 주면 안 되겠느냐고는 절대 물어보지 않을 작정이었다. 기쁨은 애초에 이미 사그라졌다.

대략 이런 상황을 한번 상상해 봐야 한다. 내가 한심한 짓을 저질러 그녀에게 뭔가를, 그녀의 화를 돋우는 뭔가를 말했다. 만일 그녀가 또다시 카를 구스타프 융의 '동시성과 이인과성' 얘기를 꺼낸다면, 난 정말이지 이젠 아주 분명하게 내 의견을 밝힐 작정이었다. 그따위 이론은 하등 신뢰할 수 없으며 그렇게 한심스러운 얘긴 더 듣고 싶지 않다고. 그리고 그런 쓸데없는 이론 대신에 음악 같은 것에나 심취해 보라고 조언할 작정이었다. 음악이라면 그래도 진실성이 다분하니까. 아니면 천체학이라든가.

"내가 기차 탔던 일, 얘기한 적 있던가?" 내가 물었다. "아니." 라고 대답하는 어조를 듣고 그녀가 놀랐다는 걸 눈치챌 수 있었다. 어떻든 그건 벌써 일주일 전의 일이니까. 어쨌거나 난 기차 안 복도를 왔다 갔다 하며 뛰어다니던 어린 사내아이와 여자아이에 관해 이야기를 시작했다. 그 애들은 두 여자의 자녀였다. 그 두 여 자는 헝겊 인형(하나는 펭귄이고 다른 하나는 커다란 개구리였다.)을 내 대각선으로 앞쪽 빈자리에 두고는 객차 반대편의 자기들 자리로 돌아갔다.

개들이 벌이는 일들을 보며, 톰과 빌리의 쌍둥이를 떠올리면 모든 상황이 쉽게 이해되었다.

"애들이 내내 소리 지르며 뛰어다녔어." 내가 말했다. "대머리 에 목소리가 높은 남자 하나가 애들을 진정시키려 애썼지. 그 사 람 아내는 자고 있거나 자는 척했을 거야. 곧 둘은 객차를 떠나더 군. 애들이 쓰레기통 뚜껑을 열었다 닫았다 장난치기 시작하자 다 른 사람들도 그들을 따라가 버렸지. 여전히 자리에 앉아 있던 뚱 뚱한 노인이 야단쳤어. 애들은 잠시 잠잠했지만 금세 또 야단법석 이었지. 노인은 절레절레 고개를 흔들며 복도를 따라 여자들에게 로 갔어."

"나이가 어떻게 되는데?" 단니가 물었다. 난 늘 아이들 나이는 가늠하기가 어렵더라고 말하면서 덧붙였다. "아마 초등학교 1학 년쯤."

"내 말은, 엄마들이 몇 살이었냐고." 단니가 말했다.

"이십 대 중반." 나는 그렇게 말해 놓곤 한참 동안 침묵했다.

우린 덜커덩거리며 거대한 덤프트럭 뒤를 따라가고 있었다. 트럭의 매연가스가 뿌옇게 솟아 우리의 시야를 가렸다.

"결국 아이들이 '기습 공격' 놀이를 했어. 그들이 그걸 그렇게 부르더군." 나는 이야기를 계속했다. "여자아이가 복도를 따라 뛰었고, 남자아이가 여자애를 뒤에서 덮치며 쓰러뜨리는 거야. 걔들은 역할을 바꾸기도 했지. 또 한 번 남자아이 차례가 되자 노인이 중간에 끼어들었어. 사내아이는 나중에 군대에 가서 적들을 목 졸라 죽이겠다고 하더군. 그 아이는 내내 그런 이야기를 지껄였고, 노인은 그 애한테 절대로 군대에 가서 하고자 하는 일을 할 수 없을 거라고, 오히려 정반대라고, 군대에 가면 그야말로 질서를 지켜야 한다고 꾸짖었지. 노인은 아이의 팔을 꽉 잡고 흔들었어. 다음 순간 나는 노인이 그 아이에게 묻는 소리를 들었지. '너, 유고슬라비아에 가서 뭘 할 건데?'"

이 대목에서 난 잠깐 말을 멈췄다. 단니가 잠시 내 쪽을 쳐다보았다. 운전하는 내내 눈길 한 번 안 주다가 이제야 처음으로.

"그곳에서 뭘 할 작정이냐고 물었는데, 애가 똑같은 말을 반복하는 거야. '적들을 목 졸라 죽일 거예요!'"

"그러곤?" 단니가 물었다.

"노인이 애를 놔줬지."

"그럼 당신은?" 단니는 덤프트럭을 추월한 후, 끽해야 시속 80킬로미터인데도 끊임없이 덜컹거리는 오른쪽 차선에서 다시 달리고 있었다.

그녀가 막 무슨 생각을 하고 있는지 파악했을 때 내가 말했다. "사내아이는 여섯 혹은 일곱 살 정도……."

"그러니까 그 말은……?"

"단니……." 나는 더는 할 말을 잃었다. 그녀가 아주 새로운 전환을 가져왔다.

"믿을 수가 없군." 그녀가 중얼거리며 천천히 숨을 내쉬었다. 그러곤 이 사이로 공기를 내뱉었다. 뭐라도 해야겠다는 생각에 나는 좌석의 등받이를 높였다. "그 남자애 말이 틀리지는 않아. 사실이 그렇잖아." 내가 말했다. "게다가 누군가 무슨 조치를 취하지 않으면 학살은 계속될 거라고. 한 인종이 다 말살되거나 몰살할 때까지. 그런 상황에서 우두커니 보고만 있을 순 없잖아." 나는 그녀에게 그 문제에 관한 나의 생각을 장황하게 설명했고 내 말이 타당하다고 생각했다.

난 그녀에게 차를 멈추거나 왼쪽 차선으로 가자고 부탁하고 싶었다. 속이 몹시 매슥거렸기 때문이다. 하지만 차들이 줄줄이 우리를 추월했다. 이제 우리 차는 옆으로 빠져나갈 수 있는 길로 들어서기까지 했다.

단니는 경쾌하게 달렸다. 나는 그녀의 무릎에 내 손을 올리고서 담배를 피우겠느냐고 물었다. 그녀가 꼼짝도 하지 않았다. 내 손등에는 빵을 굽다가 입은 화상의 기포가 이젠 그저 빨간 얼룩으로 변해 있었다. 언젠가는 단니가 내 손에 자신의 손을 얹으리라. 글라이더가 들판 위를 빙글빙글 돌며 날아올랐다.

내가 마지막으로 기억하는 아름다운 장면은, 내가 갑자기 그녀의 가죽 샌들 안쪽에서 반들거리는 바닥을 보았던 일이었다. 페디큐어를 칠한 채 가속 페달에 얹은 그녀의 맨발 역시 아름다웠다. 한순간 나는 우리가 지금 이렇게 빨리 달리는 이유가 바로 거기에 있을 거라는 생각마저 들었다.

다시 이야기를 주고받으면서도 우리는 싸우기만 했다. 그녀는 나라는 사람을 다시 봤다고 했고, 내 말을 믿을 수 없다고 했으며, 그런 말이 내 입에서 나오는 것을 믿을 수가 없다고 했다. 매우 당황스럽다는 것이었다. 난 그녀가 금방이라도 울음을 터뜨릴 거라고 생각했다. 하지만 그녀는 독이 오르는 모양이었다. "그런 말한 번 더 해 볼래?" 그녀가 물었다. 난 그녀가 너무나 쉽게 행동한다고 말했다. 지나치게 쉽게. 단니는 고집스럽게 정면을 응시했다. 그녀 역시 나와 같은 생각을 충분히 오래 했다고 말했다. 정말이지 그건 오류였다고도 했다. "1989년도만 해도 당신은 그런 식으로 말하지 않았어, 절대로!" 그녀는 기계 체조 선수나 역도 선수처럼 자꾸만 운전대에서 한쪽 손을 떼다 잡다를 반복했다. 그러면서 그런 말을 하는 사람이 나라는 것을 도저히 믿을 수 없다는 것을 재차 강조했다.

차에 기름을 넣은 후 내가 나머지 일처리를 하는 동안 단니는 무릎을 구부렸다 펴며 운동을 했다. 저녁 식사 때 우리는 신문을 읽었고 우리 사이에 놓인 버터 한 조각만을 응시했다. 다음 날 아침 그녀가 집으로 돌아갔다.

나는 혼자서 십사 일 동안 샤르뮈첼 호숫가의 방갈로에서 지냈다. 어차피 돈을 돌려받지도 못했을 터였다. 나는 일어나자마자 침대를 정리하고 잠시라도 무질서가 지배할세라 설거지도 바로바로 끝냈다. 수영을 하러 갈 때만 그 작은 택지를 벗어났다. 찬장에서 꽃병을 발견하는 바람에 심지어 꽃도 두 번이나 샀다.

난 단니와 티노에 대한 내 관계를 분명하게 규정하려고 노력했다. 하지만 내 머리에 떠오른 건 이미 알고 있던 사실이었다. 난 자신의 아이를 가지고 싶어 하는 건 지극히 정상이라고 생각했다. 그게 내가 티노를 돌보지 않을 거란 말은 결코 아니다. 난 마지막

날까지도 단니가 나를 데리러 올 거라고 생각했다.

처음에 그들은 테리까지 데리고 티노의 아버지에게 갔다. 말하자면 그녀의 형부인 사람에게 간 것이다. 한동안 나는 단니가 내 생일에는 연락을 해 올 것이라고 기대했다. 사실 집 안에는 그녀의 물건이 많이 남아 있다. 워크맨, 책 몇 권, 칼라스 시디, 회색 괴물(그녀가 제일 아끼는 안락의자), 우리가 함께 샀던 모든 물건들, 주방 용품, 돗자리, 스탠드 전등 한 세트, 발코니용 와식 의자. 그냥 불쑥 전화를 걸어 "안녕, 단니. 오늘 내 생일이야. 축하해 주지 않을래?"라고 말할 수도 없는 노릇이었다.

난 빌리와 톰에게 화가 났다. 그들이 나하고 헤어지라고 그녀에게 속닥거리는 장면이 자꾸만 상상되었기 때문이다. 반년 뒤인 1월 말, 난 일자리를 잃었다. 신문사의 그 어떤 누구라도 내가 직격탄을 맞을 거라고는 생각하지 않았더랬다. 그들이 경쟁력을 갖추어야 한다는 말을 꺼낼 때부터 오직 나만 알고 있는 일이었다. 그들이 최우선적으로 나를 지목하고 있다는 것을. 모든 해직은, 심지어 나같이 가장 열악한 외부 영업 사원의 해직조차도 단순히 종업원 과반수의 관심사 때문에 일어나는 일이 아니다. 그건 전체 국민 경제 안에서 봐야 할 현상인데, 그 말은 결국 한 나라의 국민인 나 자신의 관심사와도 직결되는 문제인 것이다.

단니가 이사를 나가면서 내게 남긴 생활의 궁상스러움을 완성시키기 위해서는 바로 그 해직이라는 퍼즐 조각 하나가 모자랐던 것이다. 그건 아주 논리 정연하게 일어난 일이라 난 근로자 법정에서 재판을 열 필요조차 없었다.

처음에 난 행상인 생활이 끝난 것을 그리 나쁘게만 보지 않았다. 게다가 난 예전의 나를 아는 사람들의 조롱 어린 낯짝들을 마주 대하는 데 넌더리가 난 터였다. 애석한 것이 있다면 오로지 피트 때문이었다. 피트와 함께라면 더러 재미있는 시간을 보내기도 했더랬다.

난 시간을 유용하게 쓰고 싶어서 스퇴리히의 『세계 철학사』를 읽기 시작했지만 「플라톤」 편에서 내동댕이치고 말았다. 그러고 나선 『특성 없는 남자』를 읽기로 마음먹었다.('엑스 리브리스'에서 나온 네 권짜리 파란 책들이 언젠가부터 영원히 꽂혀 있었다.) 그러나 80페이지를 읽은 후 흥미를 잃었다. 449마르크를 주고 반년짜리 휘트니스 센터의 회원권을 끊었지만 이 주가 지나고서는 다시 가지 않았다. 심지어 하루 목표치를 정해 놓고 날마다 도달하던 『랑엔샤이트 기본 영어 단어집』, 그 작은 책자마저 침대 위에 방치했다. 난 무엇에 관해 이야기해야 좋을지 더 이상 말할 거리가 생각나지 않았다. 뒤돌아보면 지난해 삼사분기 동안 진공청소기를 사고 가끔씩 우테를 만났던 일 외에 내가 도대체 뭘 했는지 생각나지 않는다. 내 안의 뭔가가 잘못되었다는 느낌이지만 그게 뭔지는 알 수가 없었다.

나는 나 자신이 지구가 돈다는 것을 알아차린 유일한 인간이라고 생각했더랬다. 내가 무슨 말을 하는지 아무도 이해하지 못했다. 그런데 난 그 표현을 찾느라 오랫동안 심사숙고했던 것이다. 지구가 돈다. 지구가 계속 돌아서 그 덕분에 관점이 달라지기만 바랄 수밖에 없다. 그리하여 사물을 좀 다른 시각으로 보게 되기를. 로켓을 발사하기 위해서 필요하다는 그 괴상한 창문이 마침내 언젠가 나타날 때까지. 하지만 난 어떻든 항상 똑같은 것을 보게 된다.

지극히 평범한 지원서, 그러니까 서류를 보내고서는 곧장 잊어버리는 그런 입사 지원서가 통과돼서 갑자기 난 새로운 일자리를 얻었다. "프리드리히 슐체, 베를린 마리엔도르프, 국제 운송." 크리미샤우와 메에라네 근교의 구테보른에 지점을 가진 회사다. 이제 나는 일주일에 두 번 알텐부르크산 식초와 겨자를 싣고 프랑스의 슈퍼마켓 리들에 배송을 나간다. 단니를 꿈꿀 시간은 충분히 남아돈다. 단니와 닮았지만 머리카락을 짧게 자르지 않은 여자를 꿈꾼다.

그녀는 이제 예전 동료와 함께 산다. 바이어 신문사의 사진 기자인데, 아내가 그를 버리고 도망갔다. 톰과 빌리네 집에서 그를 본 적이 있다. 단니와 별로 어울리지 않는 남자다.

어쩌면 모든 게 이렇게 되도록 정해져 있었는지도 모른다. 그래도 난 단니가 어떻게든 알아주기를 바란다. 아무도 그녀의 자리를 차지하지 않았다는 것을, 내가 그녀를 정말로 사랑한다는 것을, 그녀 말고는 그 어떤 다른 여자도 사랑하지 않음을, 이따금씩 우리가 뭘 해야 좋을지, 무슨 얘기를 나눠야 좋을지 내가 모른다 하더라도. 아무튼 난 단 한 사람을 사랑하고, 그 사람 말고는 아무도 사랑하지 않는다는 것이 그리 부자연스럽다고 생각하지 않는다. 설령 그 사람과 함께 살지 않는다 하더라도, 한 번도 만나지 않는다 하더라도.

몇 주 전에 나는 그녀의 지미 주니어를 보았다. 슈퍼마켓 카우프란트 앞 주차장에서. 차 안에는 아무도 없었고, 난 안을 들여다보았다. 아무것도 달라진 건 없었다. 난 금방이라도 차에 오르고 싶었다. 오직 사과만은 보이지 않았다.

　난 상상했다. 내가 운전석에 앉고 두 아이 이야기를 지어내지 않았더라면……. 단니는 내 품으로 건너와 머리를 내 어깨에 기대고는 샌들을 벗어 발꿈치를 자동차 계기판의 오른쪽 끄트머리에 올렸을 것이다. 그녀의 머리카락은 내 어깨에 닿고 페디큐어를 칠한 발가락이 유리창을 밀었을 것이다. 그녀는 잠들었을 거다. 그때처럼 완전히 지쳐서. 저녁에는 내가 자동차를 부둣가로 몰고 가 그녀의 눈에 입을 맞추고 속삭였을 것이다. 이봐, 단니. 여기 좀 봐, 우리가 어디에 와 있는지.

21 솔잎 바늘

마르틴 모이러가 새집에서 첫 손님을 맞는다. 파딜라를 위한 남자는 누구일까. 병에 든 물고기를 그릇으로 옮긴다. 동창들의 경력이 다양하다. 발코니 지붕을 청소한다. 누구를 기다리는 건가?

"베니, 비디, 비키." 타히르가 그렇게 말하며 고개를 뒤로 젖히고 웃는다. 그는 계단 맨 꼭대기에 서서 현관문이 닫히지 않도록 등으로 받치고 있는 마르틴에게 1.5리터짜리 본아쿠아 미네랄워터 병을 건넨다.

"어디서 오는 거야? 이사는 일주일 전이었는데."

"저것 좀 봐." 타히르가 말한다.

"어, 두 마리네, 아, 저기 또 한 마리!" 파란색 상표 틈새로 마르틴이 병 속을 들여다본다.

"물고기들을 병에 넣어 두면 그 속에서 자라는데, 노바디 노즈.(nobody knows.) 물고기들이 어떻게 들어갔는지 아무도 모르겠지." 타히르는 가슴에 작은 악어 상표가 있는 색 바랜 셔츠를 입고 있다. 검은색 바지의 주머니 주위는 반들거리고 다 해진 반부츠에 팔에는 재킷을 걸치고 있다.

"똑바로 가, 타히르. 똑바로, 곧장 앞으로." 마르틴이 문을 잠근다. "마음에 들어?"

"나 좀 줘 봐." 타히르가 말한다. 그는 병을 들고 붙박이장으로 다가가 마치복스 모형 자동차와 돌을 뒤로 밀고 돛단배가 든 병을 앞으로 끄집어낸다. "물고기들이 좀 더 자라면 너도 이렇게 해."

"관사를 잘못 썼어. '병'이란 단어는 여성형인데 넌 중성을 썼어, 타히르. 독일어 여성형 관사 변화는 디, 데어, 데어, 디."

타히르가 병을 선반에 놓는다. 파란색 병뚜껑이 다른 병의 코르크 마개에 닿는다.

"먹이를 어떻게 줘야 하지?"

타히르가 몸을 뒤로 돌리더니 왼쪽 손등 위에서 검지로 뛰는 시늉을 해 보인다. "이걸 뭐라고 하지?"

"응." 마르틴이 말한다. "벼룩. 하지만 월요일까지는 어쩌라고. 동물 용품 가게는……."

두 사람 다 화들짝 놀란다. 병이 붙박이장 선반에서 천천히 굴러 소리를 거의 내지 않으면서 카펫으로 떨어진다. "안 깨졌어." 타히르가 허리를 숙이며 말한다. "깨지진 않았어."

양말을 신고 무릎이 보이는 길이로 짧게 자른 청바지 차림의 마르틴은 운동화 옆 신문지를 밟고 서서 창턱 선반에 있던 납작붓을 매만진 다음 물이 반쯤 찬 유리잔에 담가 씻는다. 붓의 솔 부분을 유리잔 바닥에 대고 누르면서.

"네가 필요할 뻔했어." 그가 말한다. "너희를 서로 소개하고 싶었거든. 스토이버와 너. 그에겐 전혀 다른 가능성이 있어, 아주 다른!"

타히르가 병을 두 손가락 사이에 끼우고 이리저리 기울이며 흔든다. "난 체스 경기를 해야 했어." 그가 말한다.

"이곳에서라면 넌 15마르크보다는 더 벌었을 거야. 아니면, 지금 체스 두는 사람이 몇이나 있는데? 내 동생. 피트, 그 애도 거기 있었지. 네 상대가 될 수 있는 유일한 사람이었을걸."

"이게 뭐야?" 타히르가 묻는다.

"아교 대용물."

"그게 아니라. 똑딱똑딱. 시곈가?"

"흉측하지? 마치 시한폭탄처럼. 폭탄. 난 네가 전기 기술자인 줄 알았는데?"

"나, 전기공 아니야."

"그런 말이 아냐! 난 이걸 좀 해 줄 수 있는 전기공을 기다리는 중이었거든. 그래서 생각하길……."

"그래, 그래……." 타히르가 고개를 끄덕이며 말한다.

"변전소같이 징징대는 소리가 나." 마르틴이 음을 고르며 정확한 음을 찾으려고 애썼다. "그것도 모자라 이 똑딱대는 소리까지. 이런 게 첨단 기술이라면……. 그들이 못 해 준다면 돈을 안 주면 되는 거야, 노 머니(no money), 간단해." 마르틴은 다 떨어진 팬티에 붓의 솔 부분을 눌러 물기를 닦는다. "여기 이 집은 집 관리인이나 살 곳밖에 안 돼. 넌 아래층 집을 한번 봤어야 해. 진짜 유겐트풍에 복층이고, 그야말로 호화판이지. 한때는 유치원으로 사용됐대. 몽땅 다 철거됐지. 여기 지붕엔 관리인이 살아. 엘리베이터도 따로 나 있어."

타히르는 재킷을 어깨에 걸친다. 재킷을 손가락 하나에 걸고. 그러곤 그를 따라 복도로 걸어간다.

"티노를 위해서 문도 새로 칠했어. 그 애가 올 경우에 말이긴 하지만." 마르틴은 손끝으로 문손잡이를 누른다. 커튼이 창문에 끼어 있다. "좀 작지. 그래도 이만하면 괜찮아." 그는 창문을 열어 커튼을 빼낸 뒤 뒤로 물러나와 창문의 맞은편 방문을 활짝 열어젖힌다.

"난 여기서 자. 뭐, 구경할 건 없지. 스토이버가 그런 말을 하지는 않지만, 분명 그 복층짜리 집, 100만 마르크 이하로 나가지는 않았을 거야. 창문 손잡이랑, 전부 다 새거야. 괜찮지? 스토이버는 항상 걱정했더랬어. 그 노인, 집 관리인이 말이야, 집 건물 전체를 폭파할까 봐. 그 노인은 자기 집에 아무도 들어오지 못하게 했거든. 여기, 육 주 전에 어땠는지 넌 모를 거다. 상상도 못 할 거야. 여길 한번 들여다봐야 해." 욕실에서 마르틴이 변기 뚜껑을 내린다. "욕조는 더 큰 건 안 된대. 아무튼 욕조가 있다는 것만 해도 어디야. 여길 눌러 봐, 전등이 따로 달려 있지. 이 거울 좀 봐! 난 특별 할인 상품을 산 다음에 계산서를 편지함에 던져 넣었어. 나한테도 돈을 지불하지. 이젠 제일 좋은 게 남아 있어. 문 좀 닫을래?"

부엌에서 마르틴은 발코니 문을 끝까지 연 뒤 나무쐐기를 발로 밀어 넣어 문을 고정한다. "이것만 끝나면…… 발코니가 딸린 집이지, 말하자면. 자, 그럼." 그는 타히르에게서 병을 받아 든다. "그걸로 사람들 머리를 때리지 않게 하기 위해서야." 그가 말하며 병을 테이블에 놓는다.

마르틴은 선반에서 투명한 플라스틱 그릇 세 개를 모조리 치운 뒤에야 제일 큰 그릇을 꺼낼 수 있다. 그 그릇에 찬물을 가득 부어 헹군 다음 본아쿠아 미네랄워터 병의 뚜껑을 돌린다. "이곳엔 소음이라곤 새소리뿐이야." 그가 큰 소리로 말한다. "이 근처엔 소나무가 아주 드물어. 이끼도 마찬가지고. 소나무와 이끼." 마르틴이 그릇을 맥주잔처럼 기울여 들고 있다. 물이 그릇의 가장자리를 따라 흐른다. 그는 병을 천천히 높이 들어 올린다.

"난 파딜라가 너한테 있을 거라고 생각했는데." 타히르가 발코니 문 앞에서 멈춰 선다.

"파딜라? 네 약혼녀가 왜 나한테?" 마르틴이 병을 내린다. "난 그녀를 전혀 몰라. 난 한 번 본 적조차 없는 여잔데……."

"내가 네 얘기를 많이 하거든." 타히르가 고개를 뒤로 젖히며 웃는다. "우린 너희 얘기를 많이 한다고."

"나를 말하는 거라면 '너'라고 해야지. 너, 너의, 너에게, 너를." 마르틴이 병을 흔들어 물고기를 빼낸 뒤 뚜껑을 돌려 닫는다. "이거, 빈 병 보증금 있어. 35페니히."

"우린 파딜라와 네 얘길 하고 있던 중이야. 왜 안 되는 거야?" 타히르가 재킷을 의자 등받이에 걸친다. 지갑에서 컬러 사진 한 장을 꺼낸 뒤 손으로 테이블을 훔치곤 마르틴 앞에 사진을 놓는다.

젊은 여자가 맨발에 다 해진 청바지와 플란넬 셔츠 차림으로 아이젠헤르츠 왕자[11] 같은 머리 모양을 하고서 회칠한 벽에 기대어 있다. 파딜라는 광대뼈가 높이 솟았고 진지하게 앞을 바라보고 있다.

"닮았어?"

"누구랑?"

---

11 미국 만화 「밸리언트 왕자」의 주인공. 독일에서는 '철의 심장'이라는 뜻의 '아이젠헤르츠'로 번역 소개되었다.

"너한테 묻고 있잖아."

"머리 모양과 키로 봐선, 미레이 마티외 같네." 마르틴이 말한다.

"줄리엣 비노체. 잘 보기 위해서 화장을 할 필요가 없는데."

"잘 보이기 위해서."

"이거 보여? 그녀는 키가 이만큼밖에 안 돼. 이렇게 작다고!" 타히르는 10센티미터 정도의 간격을 만들어 보인다. "참, 이렇게!" 그의 손가락이 시곗바늘인 양 밖으로 벌어진다. "그 이상은 아니야."

파딜라는 무릎을 구부린 채 오른발을 왼발 위에 올리고 있다.

"쪼그만 신발이지. 줄리엣 비노체처럼."

"그녀가 쪼그만 신발을 가지고 있어?"

"몰라." 타히르가 웃는다.

"난 파딜라가 베를린에 있는 줄 알았는데?"

타히르가 사진을 유심히 살펴본다. "우린 라이프치히가에 살아. 어머니가 베를린에 계셔."

"지난번엔 그 반대였어." 마르틴이 붙박이장의 문을 연다. "아버지는?"

타히르가 웃음을 터뜨린다.

"아버지도 여기 계셔?"

"도살됐어."

"아버지가? 그게 무슨 말이야?"

타히르가 웃으며 주먹을 배꼽에 갖다 댔다가 턱까지 끌어 올리며 말한다. "배를 갈랐어."

"내 말은……, 그런 걸 말한 게 아니라……. 미안해." 마르틴은 크내커 한 봉지와 마카로니와 딸기 뮤슬리 한 봉지를 옆으로 밀쳐

낸다. "어디서?"

"병원. 브르치코에 있는."

"우리, 나가서 식사하자. 응, 타히르? 아님 너 지금 뭐 좀 먹을래?" 마르틴이 노란 소스를 입힌 초콜릿 푸딩이 그려진 포장을 가리킨다. "끓이지 않고도 만들 수 있대!"

타히르가 고개를 옆으로 흔든다.

"내가 살게. 넌, 우리 집을 방문한 첫 손님이야. 우리 나가자, 응?"

"그래." 타히르가 말한다.

"여기 일이 다 끝나면 집들이를 할 거야. 그때 꼭 팔리다도 데리고 와, 알았지? 이걸로도 될까, 바실리쿰?" 마르틴이 봉투 아래를 두드린다.

타히르가 테이블 다리에 부딪친다. 물이 그릇 가장자리까지 출렁인다. "팔리다하고 왜 결혼하지 않는 거야? 왜 안 해?" 그가 묻는다.

주황색 물고기 두 마리가 주둥이를 그릇의 바닥에 대고 뻐끔댄다. 파란색 물고기는 천천히 좌우로 헤엄치며 돌아다닌다. 마르틴이 바실리쿰을 휘휘 젓는다. "팔리다를 전혀 찾지도 않는 거야?" 그가 고개를 들며 묻는다.

"나, 팔리다 찾고 있어. 팔리다……." 타히르가 왼손으로 모기를 낚아챈다. 그가 손을 들며 손가락을 천천히 편다.

"아무것도 없네." 마르틴이 말한다.

타히르는 손가락을 벌리고 가운뎃손가락과 약손가락 사이에 묻은 얼룩을 가리킨다. 그는 모기를 그릇 안으로 튕겨 넣는다.

"너희, 약혼한 사이 아니었어? 약혼했다고 나한테 말했잖아. 그런데 이젠 나더러 왜 그녀와 결혼하지 않느냐고 묻다니!" 마르틴이 바실리쿰 봉지를 찬장에 넣는다. "그녀가 정말 여기 올 거라고 생각해? 팔리다가 여기로 온다고?"

"그래, 그럴 거야." 타히르가 말한다.

"이건 어디서 났어? 이 물고기들?"

타히르가 사진을 지갑에 도로 집어넣는다. "어떤 사람이 어항을 깼어. 모두가 연루된 큰 싸움이었어. 다들 거기 있는 걸 집어 가기에……." 그가 손가락을 움직인다.

"……살아 있는데, 이렇게 꿈틀거리는데 말이야?"

"응, 그랬어"

"어항을 깼다고?"

"그래." 타히르가 지갑을 재킷에 집어넣는다. 바실리쿰 부스러기가 그릇 가장자리에 붙어 있다.

"이 재깍대는 소리 때문에 정말 돌아 버리겠어. 이 두꺼비집. 아니면 내가 미친 건가, 타히르? 지금 몇 시야?" 마르틴이 손목을 내려다본다.

타히르가 왼쪽 손목을 쥐고 시계가 보일 때까지 시곗줄을 돌린다. 초침이 이리저리 흔들린다. "배터리를 새로 갈아 끼워야겠네." 마르틴이 말한다. "시계에 새 배터리를 끼워야 해. 밖에서 나좀 도와줄래? 나 혼자서는 너무 위험해. 발코니 지붕을 쓸어야 하거든."

"이게 너야?" 타히르가 빵 보관 통에서 사진을 한 장 집어 든다.

"알아보겠어? 오른쪽 맨 끝. 바지 입고 있어. 스무 살 때야." 마르틴이 테이블을 돌아 다가온다. "여기 말이야. 이사하면서 발견했어. 또 이놈은……." 그가 손가락으로 사진을 가리킨다. "이놈이 사진을 잊어버리고 안 가져간 거야. 디미트리오스, 그리스 애야." 마르틴이 냉장고에서 무알코올 맥주 클라우스탈러를 두 병 꺼낸다. "누가 누군지 알려고 하지 마. 사진에 있는 애들, 뭐 하나 제대로 된 놈이 없어."

"뭐가 안 되었단 말이야?"

"미술학자, 예술사학자. 클라우스탈러 마실래? 삼사 년 전에 이놈이 갑자기 나타났어. 디미트리오스. 미리 알리지도 않고, 전화도 없이. 초인종이 울려서 나가 보니까 걔가 어깨 사이로 목을 움츠리고 있더라니까. 미소를 지을 때 그 앤 늘 이렇게 목을 움츠리지." 마르틴이 흉내를 낸다. "커다란 여행 가방을 들고 있었고, 계단참에는 어깨에 둘러메는 가방들도 놓여 있었어. 이렇게 커다란 가방 두 개나." 양손에 한 병씩 클라우스탈러를 든 채 마르틴이 타히르의 얼굴 앞에 커다란 원을 그리며 병을 내민다. "사과 수확 때 세미나를 함께 들었던 참가자들. 디미트리오스의 손끝은 기타나 바이올린 연주자 같았지. 이렇게 부풀어 있었거든. 그는 손톱을 물어뜯어." 마르틴은 자기 손톱을 물어뜯는다. "물어뜯는다고. 알아듣겠어? 걔는 영어, 스페인어, 프랑스어, 이탈리아어를 할 줄 알고 일 년 뒤에는 라이프치히의 헤르더 연구소에서 독일어까지 배웠어. 물론 그리스어야 잘하지. 공산주의자였어. 아버지가 마크로니소스 감옥에 있었다는군. 러시아어도 잘했지. 1988년에 박사 학위, 그게 우리가 마지막으로 만났던 때야. 그때 걔, 결혼하려 했는데, 덴마크 여자랑. 그 여자랑 집으로, 그러니까 아테네로 돌아가려고 했던 거야. 걔는 여기 박물관에서 전기(前期) 이탈리아 회화를 보고 싶어 했어. 구이도, 보티첼리, 뭐 그런. 그러곤 나더러 물을 한 잔 달라고 했지. 예전에는 물 반 잔을 달라고 했었거든. 건배, 타히르."

"왜?"

"건배. 공산주의를 위해서, 학문을 위해서, 고통을 당하고 싶어 했으니까……." 마르틴이 맥주를 마신다. "아니면 그냥 그 모든 것을 위해서. 여행 가방이랑 어깨에 메는 작은 가방들은 걔가 자료라고 부르는 것들로 꽉 찼어. 걘 혁명적인 동무들을 위해 지령을 준다더군. 도처에서, 그들이 있는 곳이면 어디든지. 여기선 나 말고 아는 사람이 없다면서. 난 독일에서는 혁명이 가능하지도 않을 것이고, 바라는 바도 아닐 거라는 내 생각을 말해 줬지. 그때 걔가 다시 고통스러워하면서 말했어. '너무 많은 사람들이 그렇게 생각하고 있어. 하지만 그건 옳은 생각이 아니야.' 다음 날 우린 박물관에 갔어. 그러곤 역으로. 우린 여행 가방을 번갈아 가며 들었어. 폭탄이 들어 있었는지도 몰라. 이후로는 소식 한번 들은 적 없어. 왜, 맛없어?"

"그럼 이 사람은?"

"우리 프락치. 그놈은 안드레아의 장례식이 끝나고 이 주가 지나서야 나타났어. 내 아내 말이야. 내가 어떻게 지내는지 알아보려고. 라이프치히에서 우린 더 이상 말을 나누지 않았었거든. 난 오늘 이날까지도 잘 모르겠어. 내가 왜 걔를 우리 집에서 재웠는지. 여기 말고, 레르헨베르크에 있던 예전 집. 그때 난 걔가 이불조차 개지 않아서 화가 났어. 몸을 씻은 적도 없어. 사실은 내가 그놈 시중을 들어 줬다는 데 대해 화가 났던 거야. 간단히 말해서 난 단호하지 못했던 거야. 걔를 다시는 보고 싶지 않았어. 정말이지, 다시는. 그래도 꼭 봐야 할 일이 있다면 난 앞에 가서 당당하게 말할 작정이었어. 이곳엔 우리 두 사람 중 단 한 사람을 위한 자리밖에 없다. 난 그 말을 연습하면서 만반의 준비를 했어." 마르틴이 병째 마신다.

"그래서 결국 그 말을 했어?"

"이미 옛날에 라이프치히를 떠났어."

"마르틴은 이제 예수 그리스도가 되었고 모든 이들을 사랑한다."

"타히르는 알라를 위해 금식을 하느라 입 냄새를 풍긴다."

"나한테서 입 냄새 났어?"

"그래. 심지어 내가 동승자 중개 센터에서 너한테 피셔맨스 프랜드¹²를 제공하기도 했잖아. 그거야 어디까지나 맑은 공기를 위해서였지." 그는 손을 입 앞에 댔다가 곧 배로 옮겨 간다. "이걸 위해선 아냐. 차라리 물 마실래?"

"그럼 이 사람은?"

"얘는 일자리를 잃고 술을 마시기 시작했어. 아니면 술을 마셨기 때문에 일자리를 잃었던가. 이혼한 건 이미 그 전 일이었고. 반년 전쯤 우린 베를린에서 만났어. 하나도 변하지 않았더군. 내 말은, 걔가 예전에 했던 말 말고는 하지 않더라는 거지. 늘 읽던 것들만 여전히 읽고. 오로지 달라진 거라면 이젠 매일 술을 마신다는 거야. '베를린은 지독하게 춥구나.'라고 늘 말하곤 했어. '지독하게

---

12 아주 매운 민트 맛이 나는 무설탕 사탕의 브랜드.

추위.' 지독하게 춥다는 표현이 있어. 공기가 차다는 말이지. 그들이 개가 살던 집을 새로 수리했어. 크나아크가의 어느 집 건물에 딸린 뒤채였는데, 모든 게 새거였지. 수도관조차도. 바닥에는 여러 군데 구멍이 있었어. 큰 구멍. 그런데 술에 잔뜩 취한 상태로 개가 넘어진 거야. 넘어져서 한 층 아래로 굴러떨어졌고 몸이 꽁꽁 얼었어. 다른 사람들은 벌써 다 이사를 나갔고. 우리하고는 아무도 나라를 만들 수 없을 거야." 마르틴이 개수대로 가 병을 비우고 행군다. "내 옆에 있던 여자애는 교수 임용 자격 과정을 때려치웠어. 우리의 공주님이었지. 기숙사에서조차 헝겊으로 만든 냅킨으로 밥을 먹었다니까. 새 교수들은 자신들에게 딸린 제자들을 데리고 왔어. 그녀는 지금 에르푸르트의 여행사에게 여행안내원으로 일해. 이 예쁜 여자애는, 피부색이 어두운 이 여자 말이야. 이혼했고 애가 둘이나 있는데 어머니랑 템플린 어딘가에 살고 있어. 다른 애들 소식은 들을 수가 없어. 이리 와. 억지로 마시지 마." 마르틴이 그에게서 클라우스탈러 병을 받아 코르크 마개로 입구를 막는다. "이 녀석들한테도 맛이 없는 모양이네."라고 그는 말하며 그릇을 내려다본다. "이놈들, 난생처음으로 낯선 환경에 적응하는 거지."

마르틴이 운동화를 가져온다. 부엌으로 돌아온 그는 등받이 없는 작은 의자에 앉아 신발 윗부분을 당기고 신발 끈을 맨다.

"교수나 강사 중에서 그래도 우리를 위해 뭔가를 제대로 가르쳐 주려는 사람이 몇 명 있었지. 뭔가를 그래도 보존해서 우리한테 전하려는 사람들 말이야. 그리스든 힐데스하임이든, 그들 역시 오직 사진으로만 봐서 아는 거지만." 마르틴은 다리를 모으고 발꿈치를 의자 모서리에 올린다. 그러고는 리본을 두 번 묶는다. "우리 중에 아무도 이렇다 할 성공을 못했으니, 그들이 안됐다는 생각이 들어. 아이 필 소리 포 뎀.(I feel sorry for them.) 알아듣겠어?"

타히르는 빵 보관 통 위에 사진을 도로 놓는다.

"이젠 나 좀 도와줄래?" 마르틴은 의자를 들고 앞장서서 발코니로 간다. 그가 위쪽을 가리킨다. "이게 뭐, 웰 플라스틱이나, 뭐, 아니면 그 비슷한 이름이었는데. 깨끗하게 닦으면 투명하게 들여다보여. 여기 홈 안이 더러워져. 나뭇가지, 솔잎, 오물. 소나무에서 떨어지는 모양이야. 스토이버가 매주 이끼를 모으는 걸 보면. 이끼는 늘 그의 자랑거리야. 몇 년째 아무도 이곳을 돌보지 않았어. 나를 받쳐 주기만 하면 돼. 그냥 받치기만 하라고." 마르틴이 철제 화분 받침대가 달려 있는 발코니의 난간을 흔든다. 그리고 의자를 가까이 갖다 댄다. "여기서 나를 잡아 줘." 그가 허리띠를 잡는다. "두 손으로 잡는 게 제일 좋아, 이렇게. 처음엔 이걸……." 빨래집게가 담긴 양동이 뒤에서 그가 장난감 삽과 빗자루를 꺼낸다. "처음엔 이거, 그담엔 이거."

마르틴이 손바닥을 쫙 펴서 지붕 구조물을 받치고 있는 버팀목을 때린다. "이것들은 그다음 차례야. 진짜로 다 갉아먹었네." 엄지손톱으로 그가 하얀 페인트 얼룩을 긁는다. "이제 시작할 수 있어?"

타히르가 웃는다. 마르틴이 의자 위에서 무릎을 꿇었다가 천천히 몸을 일으킨다. 손이 사각 버팀목에서 솟아나온다. 그가 한 발짝을 더 떼어 구조물로 향한다. "꼭 잡아, 타히르!"

마르틴이 다른 쪽 다리도 끌어당긴다. "타히르! 이봐, 꼭 붙잡아!" 마르틴이 상체를 숙이고 돌아서며 아주 천천히 구조물 주위를 돌아간다.

"뭘 하는 거야? 삽을 줘!"

"비가 와!" 타히르가 말한다.

"삽을 줘!" 마르틴이 이 사이에 삽자루를 물고 지붕 위로 고개를 내민다.

"이거야 원, 오물 밭이네! 모든 게 뒤엉켜 있어! 이것 좀 봐! 진짜 더럽다!" 둔탁한 소리가 나면서 첫 번째 쓰레기가 정원에서 튀어 올랐다. "진짜 오물 밭이야!"

타히르가 마르틴의 움직임을 주시한다. 허벅지 근육의 움직임과 난간 위에서 천천히 배회하는 운동화를 쳐다본다.

"비가 온다니까." 타히르가 말한다.

마르틴이 발돋움을 한다. "오물과 솔잎 비가 내리게 할 거야. 그럼 얼마나 밝아지는지 너도 곧 보게 될 거다. 이건 통째로 I 자 모양의 종유석." 그의 오른손이 다시 지붕 아래에 나타나 몇 번인가 허공을 휘젓는다. "빗자루!"

타히르가 그에게 빗자루를 쥐여 준다.

한참 후 마르틴의 머리가 지붕 밑으로 나타난다. 머리카락은 젖었고 턱과 코에 오물이 묻어 있다. 그가 돌출부에서 발코니로 뛰어내린다. "어때? 뭔가 다르긴 다르지. 전부 다 내가 쓸어 낸 거 아니겠어?" 그가 장난감 삽으로 지붕의 바닥면을 두드린다. "이제 너, 솔잎을 하나하나 셀 수도 있겠네. 그 위로 떨어지는 족족."

"이제 되게 시끄럽다." 타히르가 말한다.

"비가 올 때만 그래." 마르틴이 그렇게 말하며 소매로 이마에서부터 코를 지나 턱까지 쓸어내린다. "지붕에 비 떨어지는 소리

듣는 거 난 좋아해. 거실 좀 들여다봐. 창문 때문에, 비가 들이쳤는지 어쩐지, 무슨 말인지 알겠지?"

타히르가 다시 돌아왔을 때 마르틴은 벽에 기대어 쭈그리고 앉아 있다. 정원에선 누군가가 애들 장난감을 나무 사이로 집어 던진다. 한 여자가 여러 번 크게 외치는 소리가 들린다. "죄다 더러워졌네! 장난감이 몽땅 다 더러워졌어!"

그리고 토마스 스토이버가 나타난다. 그는 이끼를 조심스럽게 밟으며 장난감들을 모은다. 한 손에는 바퀴가 달린 트랙터와 덤프트럭을 들었다. 다른 손으로는 여러 종류의 모래 놀이 틀을 집어 올린다. 그때마다 트랙터 바퀴가 정강이뼈에 닿는다. 여자 목소리가 또 한 번 들린다. 스토이버가 몸을 홱 돌린다.

"이끼 위에선 안 돼요!" 그가 팔을 뻗어 올리며 부르짖는다. 빨간색 모래 놀이 틀이 떨어진다. 그의 셔츠가 어깨에 달라붙었다. 그가 상체를 숙이고 손가락으로 모래 놀이 틀을 다시 집어 올리려고 애쓴다. 잘되지 않는다. 그는 몸을 일으키고 잠시 쉰 다음 먼저 트랙터를, 그다음엔 덤프트럭을 베란다 계단으로 집어던진다. 다른 물건들도 모두 차례차례 던지고 나서 모래 놀이 틀도 울타리 너머로 던진다.

"저 사람, 미쳤나 봐. 완전히 미쳤어." 타히르가 말한다.

마르틴이 앉은 자세에서 지붕을 쳐다보며 눈짓한다. 다른 모든 소음들을 집어삼키며 비가 두들겨 대고 있는 곳을. 솔잎 바늘 하나가 옆으로 튕겨 나간다. 바늘 하나가 다시 제자리로 돌아온다. 솔잎 바늘들은 빗물 속에서 이리저리 뛰어다닌다. 바로 그 옆에 또 하나의 바늘, 그리고 또 하나, 역시 또 다른 하나가 이리저리 뛰어다닌다.

"맙소사! 저거 보여?" 마르틴이 말한다.

지붕에는 솔잎 바늘이 수북하다. 이리 튀고 저리 튀는 솔잎의 바늘로 가득하다.

"저거 안 보여? 똑딱똑딱." 마르틴이 집게손가락을 움직인다.

"그래." 타히르가 말한다. "조그만 물고기처럼 통통 튀면서 돌아다니네." 그는 문틀에 몸을 기댄다. "전기공은 언제 와? 아직 기다리는 거야?"

"아니." 마르틴이 한참 후에 말한다. "이제 우리 가도 돼." 그가 벽에 붙였던 몸을 밀며 천천히 다시 일어난다.

22 끝난 건 끝난 거다

되젠 공원 종합 병원에서 나눈 대화. 레나테와 마르틴 모이러가 에른스트 모이러에 관해 짧게 이야기를 나눈다. 바르바라 홀리체크 박사가 이야기를 받아쓴다. 한 편의 사랑 이야기이다. 아내는 불의의 사고를 당하고 히치하이크를 하던 여자는 사랑에 빠진다.

"왜요?" 레나테 모이러가 이렇게 물으며 숨을 들이쉬었다. 그녀는 마치 이야기를 더 할 것처럼 숨을 잠시 멈추고, 두 손을 포개어 무릎 사이에 끼웠다. "아니요. 놀라진 않았어요. 이미 예상했던 일이니까요. 그걸 아는 데 신통한 예언술 같은 건 필요 없어요. 그런 건 정말 아니에요. 그저……." 그녀가 시선을 옆으로 돌렸다. "글쎄요. 그래도 이상하기는 해요. 누군가 아직 꼼짝도 하지 않았는데 그 전에 벌써 무슨 일이 일어나다니. 그런 법률이……."

"저도 알아요." 홀리체크 박사가 말했다. "하지만 우린 그걸 지켜야 돼요. 게다가…… 별다른 방도가 있는 것도 아니잖아요?"

마르틴이 미소 지었다. "병 주고 약 주는 거군요."

"글쎄요. 이제 우리도 그거 배워서 잘 알죠." 레나테 모이러가 말했다. 그녀는 어깨를 뒤로 젖히고 똑바로 앉아 있다. "그가 무슨 짓을 할지는 알 수 없었지만, 그래도 뭔가가 일어나리라는 것만은 불 보듯 뻔했어요." 그녀는 물을 한 모금 마시고 유리잔을 책상 위

정면에 놓았다. "이젠 아주 논리정연한 일로 여겨지네요. 뭔가 완전히 한심스러운 일이어야만 했겠죠. 그와 직접 관련도 없는 뭔가. 그게 아니라 정말 다른 일이라면 전혀 사리에 맞지 않아요. 원칙에도 안 맞고, 뭐 아무튼, 법도에도 안 맞죠. 그렇지 않으면 아무도 반응하지 않을 테니까요. 오로지 그 때문에 난 에른스트가 그런 한심한 일을 벌인 게 기쁜 겁니다. 다른 사람들에게 아무런 피해가 없었던 거예요. 그는 착한 사람이었으니까."

"착한 사람이었다고요?" 마르틴이 물었다.

"정말 그랬다니까!"

"엄마는 지금 착한 사람이었다고 했어요. 아버지가 아직 살아 계신데."

"물론 살아 있지. 그래도 그렇게 말할 수 있는 거 아니니? 에른스트가 착한 남자였다고? 그게 뭐 그리 놀랄 일이라는 거지?"

"아니에요." 마르틴이 말했다.

"러시아인들이 '착한 사람'이라고 하면 좀 더 낫나? 마르틴은 요즘 들어 나한테 불만이 많아요."

몸을 돌리지 않은 채 홀리체크 박사는 의자 등받이에 걸쳐 두었던 스웨터를 집어 들어 짧은 소매의 의사 가운 위에 걸쳐 입었다. 의사 가운은 한두 치수 그녀에게 커 보였다.

"스물일곱의 나이로 난 두 번째 결혼을 했지요." 레나테 모이러가 말했다. "에른스트는 아이들을 참 좋아했어요. 마르틴은 여덟 살, 피트는 여섯 살. 아이를 더 낳고 싶지는 않았어요. 에른스트가 그러자고 하더군요. 첫 아내 사이에서 낳은 아들이 죽었는데도 말이에요. 에른스트는 다만 딱 한 가지 조건을 내걸더군요. 우리가 내 첫 남편과 연락해서는 안 된다는 거였어요. 그래서 한스가 우리한테 편지를 보내면 우린 그걸 도로 돌려보냈죠. 소포도 마찬가지고. 난 우리가 에른스트를 위해서 그래야만 한다고 생각했어요. 그는 서쪽 사람과 연락을 나누면 안 되었거든요."

"첫 남편분이……."

"난 처음에는, 아버지가 건너가면 우리도 따라가는 걸로 생각했어요." 마르틴이 말했다.

"한번 떠난 사람은 자식들에게도 등을 돌린 거라고, 그게 항상 에른스트의 의견이었어요. 처음에 난 우리가 분단선을 넘으면 안 된다는 지시를 받았기 때문에, 단지 그 이유 때문에 그가 나를 원하는 거라고 생각했어요. 하지만 난 떠날 생각이 없었답니다. 그가 마음에 들었거든요. 어떻든 그 사람 말이 아주 틀린 것도 아니었어요."

"뭐가 틀리지 않았다는 거죠?" 마르틴이 물었다.

"너도 알잖니, 내가 무슨 말을 하는지. 또 한 번 넌……." 그녀는 앞에 놓인 책상을 응시했다. "때론 돈이 당보다도 더 나빠요. 분명 에른스트 같은 사람에게 달린 일이 아니었을 거예요. 그의 말이, 무엇인가를 변화하게 하려면 밖에 있어서는 절대 불가능하다, 반드시 당에 들어가야 한다는 거였죠. 맞는 말일 수도 있어요……. 이런 말, 하면 안 되는 건가요?"

"어머니가……."

"맞아요. 내 말은 그게 아니라, 죄송해요. 하지만……." 마르틴이 말했다.

"교장이란 직업을 가진 사람한테는 사생활이란 게 없죠. 어디든 다 마찬가지일 거예요. 본인 마음에 안 들어도 반드시 해야 하는 일들이 있다는 말이죠."

"누가 아니라나요." 마르틴이 말하며 홀리체크 박사 쪽으로 몸을 돌렸다. "그게 무슨 말이었습니까? 아버지가 지금은 일단…… 안정 상태라는 겁니까?"

"지금까진 아무 조치도 취하지 않았어요. 지난밤에 이리로 실려 오셨거든요." 그녀가 스웨터를 끌어당겼다.

"그렇다면 어떻게 생각하십니까?"

"아직은 뭐라 말할 수가 없네요."

"하지만……."

"아무것도요. 일단은 관할 구역의 의사 소관으로 넘어가고, 그러곤 법정으로 가죠. 그분 같은 경우가 처음은 아니라는 것만 말씀드릴 수 있겠어요. 그게 다예요."

"여기 계속 계시게 되나요?"

"며칠은요. 틀림없이."

"며칠?" 레나테 모이러가 물었다.

"그 후에는요? 그렇다면……." 그녀가 고개를 흔들자 마르틴이 입을 다물었다. "알겠습니다."

"당연한 일이지, 뭘. 숨기려고 애쓸 필요 없다. 그 양반한테 무슨 일이 있었는지 나도 안다. 그것 때문에 일이 이렇게 어려운 거 아니냐. 가장 고약한 건, 내가 그 양반이 어쩌고 있을지 상황을 너무나 잘 안다는 거야. 여기 이 안에서 말이다. 아주 잘 알지." 레나테 모이러가 말했다.

"잠깐 실례합니다." 누군가 문을 두드리는 소리가 나자 홀리체크 박사가 조금 열어 두었던 문을 열었다. 그녀는 낮은 목소리로 이야기를 나누면서 고개를 끄덕였다. 우단 끈으로 똑같은 간격으로 세 번 묶은 그녀의 머리카락이 등 뒤에서 일정하게 흔들렸다.

"넌 어떻게 생각하니?" 레나테 모이러가 속삭였다.

"적어도 재공사를 했겠는데요." 마르틴이 말했다.

"그러게. 전부 다 말쑥하구나."

"실례했습니다." 홀리체크 박사가 그렇게 말하며 자리에 앉았다. "말씀하시던 걸 제가 잘랐죠……."

"나도 들었어요. 하나하나 전부 다." 레나테 모이러가 허공에 몇 개의 계단을 그려 보였다. "하루하루. 난 언젠가는 그만둘 줄 알았어요." 그녀가 손을 힘없이 떨어뜨렸다. "다른 사람들도 다 해냈잖아요."

"그들이 아버지를 함정에 밀어 넣은 겁니다." 마르틴이 말했다. "사람들이 그렇게 하는데도 늘 가만히 계셨어요. 그들이 뭔가를 원할 때마다 절대 거절한 적이 없으셨어요."

"그렇지는 않았어, 마르틴. 거절하기도 했었단다. 그가 거절하지 않았더라면……."

"그래도 아버진 함정으로 밀어 넣는데도 가만히 계셨어요. 계속해서 거듭거듭."

"1989년 사건이 터지자 그는 독자 편지란에 글을 쓰라는 지령을 받았죠." 레나테 모이러가 말했다.

"그 글에서 모이러 동무가 말씀하시길." 마르틴이 말했다.

"그가 생각한 걸 썼을 뿐이야. 1956년 형가리, 1968년 프라하에 대해 썼고 시위가 변화를 가져오지 못했다는 사실과 선동자들이 부드러운 선처를 기대해선 안 된다는 걸 썼던 거야. 그들이 촛불을 들고 구호를 외치면서 이곳에서도 일을 벌이자 벽보가 나붙었지. '모이러는 부드러운 선처를 기대하지 말라.' 그리고 하필이면 신문에 그 벽보 사진이 나왔어. 난 무서웠다. 다음 날 그가 학교에 가는 것을 보니 존경심이 일더구나. 난 언젠가는 그들이 우리 집 문 앞에 나타날 거라고 생각했다. 마르틴이 나더러 같이 라이프치히에 가겠느냐면서, 내가 그걸 적어도 한번 보기라도 해야 한다고 했을 때 에른스트가 그를 내쫓았죠. 말하자면, 집에 발을 들여놓지 말라는 금지 조치죠. 그런데 마르틴이 어쨌는지 아세요? 얘랑 피트가요? 우리한테 이탈리아 버스 관광 여행권을 선물한 겁니다. 1990년 2월에 우린 이탈리아로 불법 여행을 떠났어요."

"결혼 이십 주년 기념일, 닷새 동안 베네치아, 피렌체, 아시시. 두 분이 좀 다른 생각을 하시라고 그런 거죠." 마르틴이 말했다.

"그래서요?" 그녀가 더는 이야기를 계속하지 않자 홀리체크 박사가 물었다.

"그 얘긴 어머니가 하세요."

"이탈리아 여행을 떠나지 않았더라면, 독자의 편지만 없었더라면 모든 게 달랐을 거야. 난 적어도 가끔 그런 생각을 한답니다. 그는 교사 한 명을 해직한 적이 있었어요. 학생 하나가 숙제 노트에 'Ex oriente Bolschewismus.(동쪽으로부터 볼셰비즘이 생겨나다.)'라고 썼다는 이유였죠. 그들이 그 교사가 그걸 알았을 거라면서 비난했거든요. 똑같은 숙제장에 부모님을 행사에 초대한다는 그의 알림 글이 기록되어 있었으니까요. 1978년쯤이었을 거예요, 그게. 서독기민당(CDU)이 드레스덴에 당 사무실을 하나 가지고 있었어요. 그들의 플래카드에 바로 그 'Ex oriente lux.(동쪽으로부터 빛이 생겨나다.)' 혹은 'pax(평화)'라는 문구, 아이, 뭐든 상관없죠, 아무튼 그런 문구가 있었답니다. 그때 에른스트는 바로 조치를 취하지 않으면 안 되었던 거예요. 위에서 내려온 지령이었으니까요, 저 위에서! 그가 극렬분자였던 적은 한 번도 없어요. 근데 하필이면 그 슈베르트가 그 차에 함께 탄 겁니다."

"제우스가요?" 홀리체크 박사가 물으며 한쪽 눈을 찡그렸다.

레나테 모이러가 고개를 끄덕였다.

"아아." 홀리체크 박사가 말했다. "그 사람, 일이 년 전에 세상을 떠나지 않았나요?"

"당시 일로 무슨 피해를 입은 것도 아닌데요. 그 사람이 생각하기엔……."

"왜 피해를 입지 않았다는 거예요, 어머니? 삼 년이나 갈탄 광에 있었는데. 인민 경제 내에서 집행 유예!"

"다른 사람들은 그걸 평생 하기도 한다……. 그 후 그는 박물관으로 갔어요, 박물관 교육학. 그가 언제나 그 자리를 원했다고 네가 직접 그렇게 말했잖니. 그는 마르틴과 서로 아는 사이예요."

"난 그를 가끔씩 볼 뿐이에요. 그는 도처에 나타나니까요. 모든 개막식 축하 파티에. 이곳에선 누구나 다 서로 잘 아니까요."

"미안합니다만, 제우스, 그 슈베르트란 분하고는 무슨 일이 있었죠?"

레나테 모이러가 고개를 흔들었다.

"아시시에 도착하기 전에……." 마르틴이 말했다. "버스가 고장 났대요. 그때 제우스가 미쳐 버린 거죠. 조토라면 그가 제일로

치는 곳이었대요. 게다가 아시시는 엎어지면 코 닿을 곳에 있고. 그런데 도로 돌아가야 하니, 그가 돌아 버린 거예요. 전 그걸 문화 충격이라고 부르고 싶어요. 그런 게 있죠, 그렇죠? 동독인스러운 성격이죠. 마치 평생 다시는 그곳에 못 갈 것처럼."

"그가 에른스트를 모욕했어요. 모든 사람들이 보는 앞에서 무참히 깔아뭉갠 겁니다. 기막히는 일이었어요." 레나테 모이러는 종기가 난 오른쪽 귓바퀴를 조심스럽게 문질렀다. "제일 치명적이었던 건 티노, 그러니까 그의 손자가 그를 거부했던 일이었어요. 에른스트는 할아버지로서 완전히 바보가 된 거죠. 티노는 키우기 어려운 아이예요, 아주 어려운."

"제 아들입니다." 마르틴이 말했다.

"티노의 어미는 사고로 죽었어요. 1992년 10월이었죠. 그때부터, 그때부터 티노는 아이들하고만 이야기를 합니다, 아이들이랑 제 이모하고만. 다른 사람한테는 아무 반응을 보이지 않아요. 마르틴한테까지 그래요. 이제 학교에 갈 나이인데, 그럼 한바탕 야단이 날 겁니다."

"자전거 타다가 그런 거였죠? 아이의 엄마가…… 아내분이 자전거를……?"

"기억하세요?" 레나테 모이러가 물었다. "신문에 났어요. 뺑소니 운전자에 관해서."

"그때 막 자전거 타는 법을 배웠습니다." 마르틴이 말했다.

"마르틴은 그게 자기 잘못이라고 자학하고 있어요."

"어머니……."

"……목뼈가 부러지면 누구나 그 자리에서 즉사합니다." 홀리

체크 박사는 이렇게 말하며 스웨터의 맨 위 단추를 돌렸다. 그녀
는 손으로 가운의 여밈 부분을 가슴에 밀착시키며 테이블 위로 몸
을 기댔다. 그러곤 잡지 위에 놓여 있던 테 없는 안경을 낀 후 그녀
앞에 있던 고리 달린 노트를 펼쳐 글을 쓰기 시작했다.

"마르틴은 티노에게 개 한 마리를 선물했어요. 폭스테리어종
이죠." 레나테 모이러가 말했다. "에른스트는 우리가 그와 아이 사
이를 이간질시킨다고 생각했어요. 또 아이에게 개를 사 준 건 순
전히 그가 알레르기를 앓고 있기 때문이라는 거예요. 개털 알레르
기요."

홀리체크 박사는 그것을 기록했다.

"좀 순서대로 말씀하세요, 어머니. 그건 훨씬 나중 일이잖아요!"

"신문이 그의 기사를 표절했어요." 레나테 모이러가 말했다.
"배후에는 제우스가 있어요. 틀림없습니다. 그들이 제우스 이야기
를 화젯거리로 만든 건데, 그러면서도 마치 당 같은 건 없었던 것
처럼, 마치 에른스트 혼자 모든 일을 꾸미고 결정했던 것처럼 이
야기를 몰아간 거예요. 그 기사는 1990년, 부활절 전주에 나왔어
요. 그 후 조사 위원회가 조직되었고 그는 조사를 받아야 했어요.
거기엔 지체 높은 사기꾼들이 앉아 있었죠. 한 명 한 명 차례대로
물러나야 했어요. 익명의 제보 편지들이 있었고요. 연대 선언이
그중에서도 제일 치명적이었어요. 그것도 익명이었습니다."

"아버지가 실수하셨던 거예요." 마르틴이 말했다. "자진해서
사직하셨거든요. 기사가 난 후 아버지는 사직서를 쓰고 마음속으
로 바라셨던 거예요. 내 짐작이지만요, 누군가 그 일에 반대하는
어떤 조치를 취해 주기를요. 진짜 상황이 어땠는지 누군가 진실

을 말해 줄 걸로 믿으셨던 거죠. 물론 아무도 꿈쩍하지 않았죠. 당연한 일이었겠죠. 그런데 그 때문에 아버지는 한순간 자제심을 잃은 거예요. 신뢰 문제를 놓고 생각해 보셨더라면, 그랬으면 아무 일도 겪지 않으셨을 겁니다. 난 그걸 확신해요. 하지만 그 후 모두가 생각했죠. 그가 비밀경찰 요원이었다고요. 그게 아니라면 어째서 물러났겠는가, 그것도 자진해서. 자, 그렇게 되니, 이젠 아버지는 실직자가 되셨고 모두가 아버지를 피했던 겁니다. 아버지는 탈당도 했습니다. 그들이 입을 열지는 않았으니까요. 너무나 지당한 얘기죠. 그들이 자신을 스스로 고발할 리가 없죠. 아버진 기다리시기만 하면 됐던 겁니다. 새 지방 교원회에서 아버지더러 나가라고 했을 것이고, 그게 아니었다면 조기 퇴직을 시켰겠지요. 아버지 본인이 모든 일을 다 망친 거예요."

"그건 전혀 사실이 아니야, 마르틴. 너도 잘 알잖니, 기사가 나간 후 무슨 일이 일어났는지. 폭행을 행사하겠다는 협박을 받기도 했거든. 넌 왜 그런 이야기를 하는 거냐? 그들이 에른스트를 무참하게 무너뜨렸고 마지막엔 아무렇게나 내동댕이친 거야. 아무도 간섭하지 않았어. 모두가 입을 다물었어."

"그때 남편분이 저항하셨나요? 뭔가 시도하셨어요?"

"뭘 시도할 수 있었겠어요. 너무나 빨리 일어난 일이었는데요, 갑자기 종말이었어요. 갑자기 하루아침에 아무도 그 일에 관심을 두지 않았어요. 중요한 건 오직 돈과 일자리와 집, EC 현금 카드, 새로운 법률과 서식을 배우는 일. 다른 데는 아무런 관심도 없었던 거죠. 털끝만큼도요. 그때 그는 마지막 남았던 모든 힘까지 다 소진했던 겁니다. 그 일과 티노 일이 겹치면서." 레나테 모이러가 코를 풀었다.

"물을 조금 더 드시겠어요?" 홀리체크 박사가 물었다. "선생님은요?" 볼펜을 놓지 않은 채로 그녀는 왼손으로 병마개를 돌려 열고 두 개의 잔에 번갈아 물을 따랐다. 병이 다 빌 때까지.

"고맙습니다." 레나테 모이러가 말했다. "난 텍스티마[13]에서 해직된 뒤 어떤 남자 밑에서 일했습니다. 그는 마지막까지…… 자신이 뭘 했는지 이야기하지 않는 편이 좋겠네요. 말하자면 교조적인 당 간부였던 거죠. 그러니까, 그는 이제 세무 회계소를 운영합니다. 혼자서는 아니고요, 하지만 그가 사장이에요. 똑똑하고 헌신적이었어요, 정말로. '좀도둑도 도둑'이라는 슬로건 아래 말이죠. 그 노이게바우어 사장은 그들이 한 패거리 운운할 때 얼굴을 찡그리며 빈정거리듯 웃기만 했어요. 전 원래 통계학 전공자니까요. 그는 날 고용했고 에른스트가 협박할 때까지 빈정거리듯 웃었죠. 에른스트는 자신에 관해, 노이게바우어에 관해, 그리고 다른 몇몇에 관해 글을 썼어요. 그는 모두를 잘 알고 있었으니까요. 모두 다 서명해야 했고 신문사마다 한 부씩 돌렸어요. 난 그걸 노이게바우어한테서 들었죠. 처음에 난 노이게바우어가 나한테서 원하는 게 뭔지, 나더러 뭘 막아 달라는 건지 이해하지 못했어요. 난처했던 점은, 그가 하르츠에 있던 자신의 주말 별장을 여름 내내 돈도 받지 않고 빌려준 일이었어요. 난 그 집이 괜찮다고 생각했습니다. 드디어 에른스트가 집 밖에도 좀 나오려니 생각했거든요. 그는 집 안에만 틀어박혀 있었으니까요. 내가 집에 있으면 내 치맛자락을

---

13 옛 동독 알텐부르크에 있던 재봉틀 제조 회사.

놓지 않는 거예요. 우린 함께 그 집으로 갔죠. 하지만 난 혼자 돌아와야 했어요. 다음 날 그가 집 앞에 와 있더군요. 불평만 하면서 모욕당한 사람처럼 행동하는 거예요. 마치 내가 그와 헤어질 작정이라도 했다는 듯이. 그 뒤 그는 자기 이름으로 되어 있던 우리 주말 농장을 해약했어요. 자연은 자연에 맡겨야 한다고 말하더군요. 난 엉엉 울었죠. 딸기 때문에요. 거긴 오아시스 같은 곳이었거든요. 그때야말로 난 이해했어요. 그가 제정신이 아니구나 싶었던 겁니다. 다만, 시간이 가면 다 해결될 줄 알았던 거예요."

"말씀 도중에 죄송합니다만, 당시에 신문 기자들이 아무것도 안 내줬나요?" 홀리체크 박사가 말했다.

"뭘요? 동독의 마지막 자유독일청년회(FDJ) 회장이 부자가 되고 보면, 그러니까 그가 건설업자들을 위한 일감을 중개하느라 부자가 된다면 그도 이제 더 이상 무서울 게 없지요. 일자리를 창출하고 광고를 내는 성공한 기업가를 누가 어쩌겠어요? 신문사들이 뭣 때문에 입을 열어서 소란을 피우겠어요? 끝난 일은 끝난 일인 겁니다!" 레나테 모이러가 말했다. "노이게바우어가 경영상의 이유로 해직당하는 데 고소할 생각이냐고 묻더군요. 그렇게 해서 난 적어도 바로 실업 수당을 받게 되었어요. 에른스트가 집에서 스파클링 와인을 사다 놓고 날 환영했어요. 난 이혼하려고 했죠. 두 달 만에 난 새 일자리를 구했어요. 슈투트가르트 근처였어요. 에른스트가 날 베테랑이라고 부르더군요. 정치적인 의미로 한 말은 아니었어요. 그는 매일 전화를 걸었는데, 두 번도 걸고, 세 번도 걸고. 매달 600마르크, 700마르크, 완전히 미쳤죠. 그는 일자리를 얻을 수도 있었다고요. '학생 지원 단체'에서 그를 원했거든요. 그가 수업 진행은 늘 잘했으니까요. 그건 변함없는 사실이에요. 아무도 그걸 부정하진 않죠. 하지만 지원서를 써야 한다는 건 그에게는 자존심 상하는 일이었던 겁니다. 아무튼 갑자기 그런 일이 존엄성이나 자존심과 결부되더군요. 복지청의 모든 서식들도 다 내가 작성했어요. 매년 새로 썼죠. 그들은 사람을 아주 발가벗겨요. 정말이에요, 아주 완전히 발가벗겨야 직성이 풀려요. 그들은 그의 아버지가 얼마나 버는지까지 알고 싶어 했어요. 그의 아버지는 전쟁터에 남았었단 말입니다. 그는 아버지를 본 적도 없어요! 나중에는 그들이 비밀경찰 요원들보다 훨씬 더 많이 알아내죠."

"어머니. 옛 동독 비밀경찰이 사용하던 건물을 쓴다는 것만을 트집 잡으며……." 마르틴이 말했다.

"왜, 그것도 덧붙여야지, 뭘. 그들은 예전 비밀경찰 건물을 여전히 사용하고 있거든요. 게다가 또 그가 앓은 병들. 신경통, 귀 울림 증세, 열. 그가 의사한테 다녀왔을 때 나만 뚫어져라 응시했어요, 아주 큰 죽을병 앓는 사람 모양으로. 암이구나, 난 그렇게 생각했죠. 아니면 뭐 그런 유의 큰 병이라고. 암이 그를 갉아먹었다 해도 놀랄 일은 아니지. 그런데 에른스트가 말하는 겁니다. '건강하대. 폐도 아무 이상 없다는군.' 내가 그를 정신 병원으로 보내려 하자 그는 분해했습니다." 레나테 모이러는 양손에 모아 쥔 휴대용 휴지를 응시했다.

"우린 함께 체스를 둡니다. 일주일에 한 번씩. 아버진 그저 체스만 두기를 바라세요. 그것 말고는 아무것도 안 하시고." 마르틴이 말했다.

"대화도 안 나눠요?"

"별 중요하지 않은 이야기만. 난 아버지 신경을 건드리고 싶지 않습니다. 아버지 역시 나를 내버려 두시고요. 물론 별것도 없지만요. 내가 세례를 받으려고 했을 때 빼고는요. 아버지한테 그건 서독기민당이나 뭐 그런 것과 같은 의미죠. 내가 전향이라도 한다고 생각하신 거죠. '역사의 승리자'에게로."

"아버님께 전혀 물어보지 않았나요?"

"뭘 물어본단 거죠?"

"그가 뭘 그리 몹쓸 짓을 저질렀단 말인가요?" 레나테 모이러가 물었다. "노동청의 계단에, 그러니까 그들이 그물을 팽팽히 쳐 놓은 그곳에, 빨간 목도리 하나가 있었단 말이에요. 누구나 볼 수 있도록, 아예 애초에 감히 딴짓을 못하도록, 거기서 우리가 우연히 만난 일이 있죠. 슈베르트와 그이가 만났죠. 난 에른스트가 예전에 노동청에 갈 일이 있을 때마다 자주 따라갔어요. 복지청에는 절대 혼자 가려고 하지 않아요. 거기라면 어차피 반드시 따라가야 해요."

"남편분이 슈베르트 씨에게 말을 걸었나요?"

"불가능했는걸요. 슈베르트가 도망가 버려서요. 그는 명칭이나 서류에 '정치적 탄압의 피해자'로 인정받기를 원했어요. 우린 전혀 몰랐죠. 그는 이야기를 나누고 싶어 하지 않았어요. 별의별 사람을 다 만난다는 그 상황 자체가 이상한 일이었어요. 난 사회적 네트워크니 그런 소리를 듣기만 하면 꼭 그 계단이 생각나요."

"네트는 무슨, 나무에 걸린 해먹에 관해서겠죠." 마르틴이 말했다.

"우린 곧바로 '포크슈태트' 커피숍에 갔어요. 딸기 케이크나 구스베리 머랭 케이크를 먹으려고 했죠. 포크슈테트 커피숍만이 유일한 사치였어요. 그다음엔 모든 게 다 제자리로 돌아가니까요. 그런데도 에른스트는 일정 기록용 달력을 쓰려고 계속 시도했어요. 그는 뭐든지 한 달 전부터 미리 알려고 했어요. 난 일정 짜는 어린아이 옆에 앉듯 그 사람 옆에 앉았죠. 내가 뭘 물어보면 그는 일단 일정이 적힌 달력을 가져와서 보는 거예요. 그럼 그가 '괜찮아.'라고 말하고 시간과 주소, 성과 이름을 적어 넣는 거예요. 마르틴 집에 갈 때조차도. 한번은 내가 에른스트에게 물어본 적이 있어요. 1989년 이후로도 뭔가 기억하고 싶은 일이 있느냐고. 그가 날 물끄러미 쳐다보더니 말하더라고요. '나 혼자 겪은 일은 절대 기억하고 싶지 않았어.' 마치 아이들이랑 내가, 우리 전부가 없다는 듯이 말하는 겁니다."

"남편분이 잘 보시는 텔레비전 프로그램이 있나요? 읽으시는 책이나? 산책을 나가시나요? 아니면 뭘 잘하세요?"

"예전에 그는 아이들에게 팔라다의 책을 읽어 주곤 했었죠. 『무르켈라이의 이야기』아니면 『버릇없는 오소리 프리돌린』. 난 성탄절에 앵무새 두 마리를 선물했어요. 그가 그 새들에게 말을 가르치고 싶어 했죠. 그런데 그러기에는 아마 너무 늙은 새들이었던 모양이에요. 그가 그걸 개인적으로 받아들였어요. 정말이지 모든 것을 개인적으로 받아들여요. 한번은 내가 사 온 튤립이 꽃을 피우지 않는 거예요. 그래서 몰래 새 튤립을 사다 놨죠. 그러잖으면 그가 자기 탓이라고 할 테니까요. 그는 지나치리만치 꼼꼼해지기도 했답니다. 저녁 식사가 끝나기가 무섭게 다음 날 아침상을 차리질 않나, 내가 유리잔을 사용하고서 곧바로 씻지 않으면 난리가 나는 겁니다. 게다가 그 음식물 씹는 소리라니……. 그는 아작 아작 씹거나 씩씩거리죠. 전에는 안 그랬는데 말이에요. 보수 공사 때문에도 한바탕 난리였죠. 분명 집수리하느라 그는 마지막 힘을 다 소진한 걸 겁니다. 우리는 뭐든지 이불보를 걸어 가렸어요. 레닌의 집무실 같았죠. 그때까지만 해도 에른스트는 우스갯소리를 했어요. 그는 처음 며칠은 그저 이리저리 기웃거리며 방해만 됐죠. 하지만 그들이 어림잡아 놓았던 시간이 다 되자 그가 불평하기 시작했어요. 에른스트는 수리공들더러 신발을 벗고 들어오라고 요구했고 오 분마다 한 번씩 그들이 있던 곳을 닦았어요. 그러더니 결국엔 현관문조차 열어 주지 않았어요. 그들은 다음 입구 계단은 이미 끝마친 상태여서 그때는 창문 세 개만 수리하면 되는 거였어요. 난 휴가를 내야 했어요. 그들이 집 안으로 들어올 수 있도록 말이죠. 그 일이 끝나고도 마찬가지였어요. 이젠 또 우리 집 수리가 끝난 뒤 이사를 들어온 새 이웃들이 우리 집 현관 앞에 깔아 둔 작은 카펫을 밟고 지나다닌다고 주장하는 겁니다. 현관문 도어뷰로 밖을 내다보면서 누군가 지나가기만 하면 갑자기 문을 활짝 열어젖히죠. 어린아이들은 쓰레기나 죽은 쥐를 창문이나 발코니 안으로 던졌어요. 애들은 그를 무서워했거든요."

전화벨이 울렸다. 홀리체크 박사는 "네."라든가 "괜찮아요."라는 말을 여러 번 했고 수화기를 놓은 뒤에는 "실례합니다."라고 했다.

"우리 위층 사람들은 마음씨가 나쁘진 않아요." 레나테 모이러가 말했다. "단지 하루 종일 집에만 있죠. 젊은 사람들이라. 그들은 나더러 좀 들어오라고도 했어요. 음악은 그렇게 크지 않았어요. 베이스가 그런 거예요. 우리 집에서 식탁에 손을 얹으면 그걸 느낄 수 있어요. 에른스트는 하루 종일 굴속에 틀어박힌 성난 짐승처럼 행동하는 거예요. 언젠가는 그 짐승이 공격하죠. 나 그거 이해합니다. 뭐 특별한 신통력이 필요한 게 아니에요."

"전 그저 경찰 보고서만 읽었을 뿐이에요." 홀리체크 박사가 말했다. "그들이 집 안으로 뛰어 들어갔다죠. 방탄조끼에다가 모든 장비를 갖춘 다섯 명이, 진짜로 돌진해 들어간 겁니다."

"단지 그들이 가스총과 진짜 총 하나 구별하지 못해서 그런 거죠." 마르틴이 말했다.

"선생님에게는 아무도 전화 연락을 해 주지 않았나요?"

"사건 발생 후였어요." 그가 말했다.

"여사님한테도요?"

레나테 모이러는 고개를 흔들었다.

"경찰이 전화하지 않았다는 말씀이세요?"

"안 했다니까요." 레나테 모이러가 말했다.

"뭐라고 되어 있습니까, 그 보고서에는?" 마르틴이 물었다.

"그가 계단에서 가스총 한 발을 쏘며 조용히 하지 않으면 폭력을 사용할 수도 있다고 협박했고 몸을 움츠렸다고요." 홀리체크 박사가 말했다. "다행히 그는 저항하지 않았어요."

"그 사람 때문에 모든 걸 포기할 수는 없어요. 난 적어도 칠 년은 더 일을 해야 돼요. 어쩌면 십이 년. 내가 슈투트가르트에서 돌아온다면 에른스트가 옳다고 시인하는 꼴이 되죠. 하지만 그이 때문에 직장을 그만둘 순 없어요. 그가 원하는 게 바로 그거거든요. 더는 이렇게 살 수는 없다는 걸 그가 깨달아야 해요. 아무도 그이처럼 행동하는 사람은 없어요, 아무도. 난 그의 아내지, 유치원 보모가 아니에요. 그가 그걸 납득 못 한다면 난 이혼하겠어요."

"모이러 여사님, 남편분을 이해한다고 하셨잖아요?"

"네, 물론 그렇죠. 그를 이해해요. 바로 그 때문이기도 하고요. 하지만 어떻든 앞으로 나아가야 되는 거잖아요."

"그 말씀은, 그분이 풀려나면⋯⋯." 홀리체크 박사가 말했다.

"그게 언젠데요?" 레나테 모이러가 물었다.

"⋯⋯그렇게 된다면 그분이 주중에는 집에 혼자 계실 거라는 말이군요. 일단은 그렇겠죠?"

레나테 모이러는 다시 휴대용 휴지를 응시하며 입을 다물었다.

"좋습니다." 홀리체크 박사가 말했다.

"아버진 제 집으로 오시면 돼요." 마르틴이 말했다.

"아니다, 마르틴, 그건 좋은 생각이 아니다. 정말로 좋은 생각이 아니야. 그래 봤자 네 아버지를 도울 수가 없단다. 넌 일에나 신경 써야 해. 집에만 있으면서 아버지를 돌볼 수는 없는 노릇이잖니. 아마 당신이 원하지 않을 거다. 또 티노는 다신 너한테 오지 않으려고 할 거야."

"혼자 사는 사람도 많습니다. 그렇다고 해도 돌봐 줄 사람이 아무도 없다는 뜻은 아니죠. 혼자 남아 방치되지는 않을 거예요." 홀리체크 박사가 말했다.

"난 그저 아버지가 원하시면 나한테 오셔도 된다고 말했을 뿐입니다."

"좋아요." 홀리체크 박사가 글을 쓰며 그렇게 말했다.

"마르틴⋯⋯."

"여기 전부 다 들어 있어요. 세면도구, 속옷, 수영복, 지갑 등

등." 그가 가방을 가리키며 말했다.

"허리띠도 없고, 가위, 손톱갈이, 휴대용 칼, 면도기도 없는데?"

"입원실에 혼자 있나요?" 레나테 모이러가 물었다.

"아니요."

"내가 여기 있다는 걸 그 사람한테 알리실 필요는 전혀 없어요. 꽃은 마르틴이 사 온 겁니다." 전화벨이 울렸다. "내가 여기 왔다는 말, 하지 않으시겠지요?"

"여사님이 원하지 않으신다면요."

"언제 아버지에게 말을 걸 수 있죠?" 마르틴이 물었다. 그는 세면도구가 든 작은 가방과 면도기를 책상에 올려놓았다.

"내일이나 모레쯤요. 그래도 그 전에 한 번 더 전화를 주십시오."

마르틴이 고개를 끄덕였다. 그는 옆에 놓여 있던 꽃 포장지를 구겨 뭉쳤다. 전화벨이 계속해서 울렸다.

마르틴도 레나테 모이러도 자리에서 일어나지 않자 홀리체크 박사가 말했다. "좋습니다." 그러면서 그녀는 몸을 일으켰다. 그리고 개수대를 가리고 있던 커튼을 옆으로 젖히고 손을 씻은 뒤 오랫동안 수건으로 물기를 닦고 귀 뒤에 향수를 뿌렸다.

복도를 지나면서 마르틴의 신발이 찍찍 소리를 냈다. 두 여자의 발소리는 들리지 않았다. 작은 테이블 주위로 환자들이 앉아 있었다. 평소와 다름없는 옷차림에 실내화나 운동화를 신고 있었다. 가운을 입은 남자 간병인이 그들 가운데 앉아 '말 옮기기 게임'을 하는 중이었다. 홀리체크 박사가 병동의 문을 어깨로 밀어 열고는 그 간병인 앞에 멈춰 섰다.

"또 뵙겠습니다." 그녀는 이렇게 말하면서 두 사람이 앞으로 지나가도록 가만히 서 있었다.

"고맙습니다." 레나테 모이러가 대답하며 그녀에게 손을 내밀었다. 홀리체크 박사는 처음엔 그녀의 손을, 그다음엔 마르틴의 손을 잡았다. "이제 전 여기서 올라가야 해요." 그녀가 말했다. 손을 가운 주머니에 꽂은 채 그녀는 서둘러 올라갔다. 돌계단 위에서 그녀의 구두 굽 소리가 울렸다. 병동 문이 찰칵 하는 작은 소리를 내며 닫혔다.

"그런 얘긴 하는 게 아니었어, 마르틴. 역사의 승리자들 어쩌고 하는 얘기 말이다. 그녀의 남편이 의회에 있는데……."

어깨를 나란히 맞대고 두 사람은 병원 공원을 통과해 정문 쪽으로 걸어갔다.

"여기 있는 사람은 어리거나 나이 들었거나 둘 중 하나구나. 중간은 없는 거 같다, 그렇지?"

"어머니의 앵무새가 하루 종일 지껄여 대요. 안녕하세요, 레나테 아줌마. 맛있게 드세요, 레나테 아줌마." 마르틴이 말했다.

"정말이냐?"

"안녕하세요, 안녕히 주무세요, 좋은 꿈 꾸셨나요? 우리 오늘은 뭐 하죠? 레나테, 레나테, 레나테. 하루 종일 그런 식이에요."

"이상하네." 그녀가 멈춰 섰다. "뭐 다른 건?" 그녀가 지갑에서 루비처럼 빨간 귀걸이를 꺼내 염증이 생긴 귓바퀴에 고정시켰다.

"한번 직접 들어 보셔야 해요." 마르틴이 꽃 포장지를 달걀만 한 크기로 뭉치며 말했다. 빨간색과 검정색 줄무늬 가방을 든 여자가 그들 쪽으로 다가오고 있었다.

"다음 버스는 6시 45분에나 있어요. 뛰어가실 필요 없어요." 마르틴이 말했다. 그는 종이 달걀을 공중으로 높이 던졌다가 한 손으로 받았다.

"이 어미를 무시하는 거냐?" 아들을 쳐다보지 않은 채 그녀가 물었다. "너, 아주 냉정해졌구나. 이것 때문이냐?" 그녀가 머리카락을 잡아당겼다.

"어머니가 염색했기 때문이라고요?"

"내가 홀리체크 박사한테 아무 얘기도 하지 않아서……. 그이 때문에……. 이 귀걸이, 그이가 사 준 거다."

"잘 어울리세요. 그 미지의 남자는 이름이 뭐예요?"

"누구? 후베르투스."

"정말로 이혼할 생각이세요?"

"난 늘 뭔가 잘못하고 있다는 생각이 든다. 날 그렇게 쳐다보면 불안해진단다. 내가 우스워 보이니?"

"그렇게 뛰지 마세요. 버스는 사십 분 뒤에나 온다니까요."

"마르틴?" 그녀는 아들의 팔짱을 끼고 그와 보조를 맞추려고 애썼다. "너한테 물어볼 게 있다, 마르틴." 그녀가 그를 올려다보았다. "너 혹시 동성애자냐? 웃지 마라! 한번 물어볼 수는 있는 거 아니냐? 왜 좋은 여자를 찾지 않니? 너처럼 그렇게 무덤덤한 남자가 어디 있겠니. 단니는……."

"단니요?"

"걔가 에드가를 버렸을 때 난 진짜 그렇게 생각했어……. 그건 그냥 네 집으로 들어오기 위한 핑계였던 거야. 난 그렇게 생각한다. 그래서 머리도 그렇게 짧게 자른 거야. 그게 더 네 마음에 들

거라고 생각한 거지. 얇은 가운을 둘렀던 홀리체크. 그 여자도 너한테 눈독을 들이던걸. 내가 안드레아의 사고에 대해 이야기할 때 그 여자, 얼굴 빨개졌던 거 눈치챘니? 그 눈빛하며. 그걸 못 봤단 말이야? 비정상이야. 너 같은 남자가…… . 피트는 다르잖아."마르틴이 웃었다. 그녀가 아들의 팔을 바짝 끌어당겼다. "피트는 적어도 시도는 해 보잖아. 넌 아무런 노력을 안 하고. 사랑에 빠지는 것보다 더 좋은 건 없단다. 그 무엇도 그보다 더 좋을 순 없어."

"저도 알아요."마르틴이 말했다.

"넌 내가 한심하다고 생각하니? 난 금속 귀고리가 싫다. 사랑은 하늘에 달린 거라고, 그는 항상 말한단. 그거 딱 네 수준하고도 맞는 거 아니냐, 응?"

"누구…… , 아 네…… ."

"에른스트를 가만히 내버려 두렴, 마르틴. 네 아버지가 너한테 얼마나 큰 부담이 될지 넌 모른다. 아버지가 너하고 같이 살면 도대체 누가 널 원하겠니? 누가 그런 무거운 족쇄를 차려고 하겠어? 그렇게 자꾸 웃지 마!"그녀가 아들의 굽힌 팔을 더욱더 세게 끌어안았다. "그가 티노와 한 방을 써야겠니, 아니면 도대체 어디로 가겠어? 우린 하나의 가문이 아니야. 석기 시대의 대가족이 아니라고."그녀가 마르틴의 어깨에 머리를 기댔다.

"어쩌면 저 곧 결혼할지도 몰라요."정문을 지나면서 그가 말했다.

"농담하냐?"

"아니요. 우리 저기 앉아요."마르틴이 일방통행로 건너편, 지붕이 있는 버스 정류장을 가리켰다. 그들은 차도를 건넜다.

"글쎄." 레나테 모이러가 말하면서 그를 계속 끌어당겼다.

"어디로 가세요?" 그가 물었다.

그녀가 아들의 팔을 놓았다. 그는 버스 정류장에서 멈춰 섰고, 그녀는 다시 도로에 발을 내디뎠다. "버스가 오려면 멀었다니까, 내 생각엔⋯⋯."

"어머니!" 그녀가 팔을 뻗고 흔들기 시작하자 마르틴이 외쳤다. 차 한 대가, 문이 네 개 달린 빨간 아우디가 브레이크를 밟는 듯하더니 어느새 다시금 속력을 내고 멀찍이 달려갔다.

"그만두세요! 버스를 기다려요!" 마르틴이 발 앞에 떨어진 종이 뭉치를 향해 상체를 구부렸다.

"내기할래?" 레나테 모이러가 아들 쪽을 돌아보지도 않은 채 외쳤다. "이제 저 차가 설 거야. 내기할래?" 그녀는 천천히 앞으로 나아가 팔을 흔들었다. 그리고 이쪽으로 다가오는 검은색 자동차를 보며 중얼거렸다. "우리 좀 태워 주세요!"

23 방송 종료

크리스티안 바이어는 한니가 자신의 계획을 오해했다고 주장한다. 갑자기 모든 게 다르게 보인다. 기업가는 곤경에 빠졌고 공무원은 부정하다. 증거 서류가 없다는 이유만으로 부정은 무마될 수 있다. 눈을 질끈 감으면, 어쩌면 재미있을지도 모른다. 조용한 밤에 기차가 달린다.

"그건 사실이 아니야." 바이어가 말했다. "그건 정말로 사실이 아니라고. 한니, 제발!" 그가 외투를 안락의자에 던졌다.

"그러지 마, 한니, 이제 그만 울어. 그럴 이유가 전혀 없어. 절대 그럴 이유가 없다고." 그는 재킷을 벗고 그녀 쪽으로 몸을 돌렸다. 검정색 스웨터 차림으로 그녀는 거실 문 앞에 멈춰 서 있다. 양발을 꼭 붙이고 손으로는 입을 가린 채.

"그게 사실이 아니란 것만 말할 수 있을 뿐이야. 당신이 내 말을 완전히 잘못 알아들은 거라고. 그게 다야. 이젠 끝. 됐어."

그녀는 여전히 손가방을 팔에 걸고 있었다.

"그건 사실이 아니야! 얼마나 더 강조해야 알아듣겠어! 내가 화가 났다고, 내가 여기 일을 벌인 장본인이라고, 단지 당신이 의심하기 때문에 일이 그렇다는 주장이잖아. 왜 내 말을 안 믿는 거야?"

한니가 손으로 입을 막기는 했지만 울음소리는 더욱더 커졌다. 그녀는 몇 발짝 뒤로 물러났고 몸을 돌리는 바람에 가방이 현관의 카펫에 떨어졌다. 그녀는 욕실로 뛰어가 문을 잠갔다.

바이어는 세면대에 떨어지는 물소리와 변기 물 내리는 소리를 들었다. 그는 가방을 집어 들어 현관 테이블에 놓인 전화기와 작은 전등을 밀치고 가방을 올려놓았다.

그는 재킷에서 담배와 성냥을 꺼냈다. 그리고 자리에 앉기 전에 손가락 하나를 재떨이에 걸어 유리 테이블 위로 당긴 뒤 안락의자 가까이 가져다 놓았다.

바이어는 무슨 넥타이를 맸는지 떠올리려고 애썼다. 때때로 그는 사람 이름을 기억하지 못하거나 지난주의 어느 하루를 기억하지 못할 때도 있었다. 마치 그를 대신해서 다른 사람이 신문사 사장실에 앉아 있기라도 했듯이. 그는 손가락으로 넥타이 매듭을 매만지고 넥타이 끈을 따라 맨 아래까지 내려갔다가 위쪽으로 들어 올렸다. 원래 그는 노란색 정육면체가 그려진 파란 넥타이를 좋아하지 않았다. 그렇지만 매일 똑같은 걸 맬 수는 없는 노릇이었다.

그는 한니를 생각했다. 그녀의 떨리는 턱이며, 한숨 혹은 신음처럼 시작되던 그녀의 비명을. 그는 말보로 담배 곽의 바닥을 두드렸다. 그리고 성냥을 높이 들어 불을 붙이고는, 팔꿈치를 무릎에 괸 채 담배를 피우기 시작했다.

바이어가 리모컨을 들었다. 다우존스와 닥스의 지수가 다시 올라갔다. 그건 이젠 뉴욕 여행 때보다도 1달러당 40페니나 더 지불해야 한다는 말이었다. 그는 담배를 재떨이의 오목한 곳에 눌러 끄고 자리에서 일어났다. 욕실 문 앞에서 몸을 낮추고는 열쇠 구멍으로 안을 들여다보았다. 밝은색의 얼룩 한 점을 빼고는 눈앞에서 움직이는 것이라곤 아무것도 보이지 않았다.

"한니! 한니?" 그가 외쳤다. 물이 여전히 세면대로 쏟아져 내리고 있었다. 그녀가 수도꼭지를 활짝 튼 게 분명했다. 그는 고개를 숙이고 한참을 기다렸다가 이내 안락의자로 돌아왔다. 담배를 또 한 모금 빤 후 눌러 끄고서 다시금 털썩 주저앉았다. 팔을 벌리고 뒤통수를 의자 등받이의 맨 위 모서리에 대고서. 가죽 덮개의 냉기가 목에 닿으면서 그는 한기를 느꼈다. 허벅지에서도 소름이 돋는 걸 느꼈다.

바이어는 천장을 바라보았고 벽장의 맨 위층 선반에 놓인 기념품들을 보았다. 그는 한참 동안 플로브디프[14]에서 샀던 나무로 만든 항아리 모양의 병을 관찰하고는 그 위에 새겨진 꽃무늬를 원 모양으로 이어 보려고 애썼다. 그 옆에는 파란색과 흰색이 섞인 술잔이 있었는데 원래는 주방용품이지만 주방의 식기장에는 맞지 않았다. 미사용 촛대는 이웃 여자가 세상을 떠난 뒤 그 집 아이들에게서 유품으로 전해 받은 물건이었다. 야간 영업을 하는 약국으로 차를 몰아 준 일에 대한 감사의 표시로. 일곱 개의 초는 이미 반이나 탔고 먼지가 한 층 쌓인 채로 그것을 넘겨받았더랬다. 그보다 더 오른쪽에는 가장자리에 아주 조그맣고 알록달록한 전등이 달린, 하얀 공 모양의 꽃병이 있었다. 그 꽃병 옆에는 바닥과 뚜껑이 납으로 된 유리잔, 마지막으로 스피커가 있었다. 바이어는 눈을 감았다. 그는 오른쪽 발꿈치로 왼쪽 신발을 벗기고 오른쪽마저 벗으려고 했다. 그러면서 양말이 신발 밑창에 닿아 더러워질까 봐

14 불가리아의 도시.

걱정했다.

바이어는 깜짝 놀라 몸을 움츠렸다. 욕실 문이 활짝 열렸기 때문이다. 그녀가 얼마나 그렇게 조용하게 있었는지는 알 수 없었다. 한니는 스웨터를 팔에 걸치고 있었다. 신발은 두 손가락에 걸려 있었다. 신발장 옆에서 그녀는 엄지손가락으로 맨 아래 수납장을 열고 신발 한 켤레를 집어넣었다. 그리고 스웨터를 천천히 옷걸이에 걸었다.

"한니." 바이어가 말했다. 그는 거실로 들어가는 문지방에 서 있었다. 손에는 여전히 리모컨을 든 채였다. 오로지 왼쪽 발가락만이 파란 양말 속에서 꼼지락댔다. 한니가 다가와 그의 앞에 섰다. 그가 그녀를 안았다.

"예쁜 내 애인. 사랑스럽고 예쁜 내 애인." 그가 속삭였다. 그녀가 그에게 기대는 바람에 그는 한 발 뒤로 물러나야 했다. 텔레비전은 꺼져 있었다.

"왜 우리가 화를 당하지 않을 거란 말이야?" 한니가 물었다. "우리에게 아무 일 없었던 건 우연일 뿐이야. 그게 다야. 그냥 행운이었다고. 절대적으로……."

그가 그녀를 꼭 끌어안았다.

"그러니까 우린 사실 행운아인 거야." 한니는 다시 말할 수 있게 되자 그렇게 말했다. "우린 그런 게 더 이상 없을 거라고 생각했던 거야. 적어도 우리한테는 없을 거라고 생각했지. 이미 붕괴되었다고, 봉건주의 같은 것처럼. 우린 그저 어쩌다가 무사했을 뿐이야."

"이제 그만." 바이어가 말한 후 그녀의 이마에 입을 맞췄다. 그는 안락의자로 돌아갔다. 리모컨이 카펫에 떨어졌다. "자, 이제 그만." 그는 한니의 손목을 잡았다. 그녀는 그의 품으로 파고들며 안겼다.

"그걸 안 한다는 건 미친 짓이야. 어떤 경우라도 마찬가지야. 사리에 맞지 않는 일이야." 그녀는 그의 목을 감으며 끌어안았다.

"말하지 마." 그가 말했다.

"내가 왜 이렇게 화를 내는지 나도 잘 모르겠어. 저녁에 텔레비전을 켜면 날마다 그런 이야기가 넘쳐 나. 정말이야. 어쩌면 매일 저녁은 아닐지도 모르지. 하지만 거의 그래."

"지금 도대체 무슨 얘기를 하는 거야?" 바이어가 하얀색 페디큐어를 칠한 한니의 발톱을 보았다. 풀린 올 한 가닥이 그녀의 오른발 가운데 발톱에서부터 발등을 타고 지나갔다.

"예전에 그런 영화가 있었어. 미국 영화인데, 아직 한창때의 구동독 시절에 했던 영화야. 대학생들, 삼겹살인가 뭔가로 투기를 하려는 학생들이었어. 물론 처음엔 실패였지. 그래서 남자는 택시 운전을 해야 했어. 여자는 집에 있었는데 자기도 뭔가 해야겠다고 생각했어. 그래서 그걸 시작했지. 제일 웃긴 장면은 여자와 성관계를 맺으려는 남자를 차에 태워 여자한테 데려다주고는 이젠 우리 집을 좀 들여다봐야겠다고 생각했던 거야. 정말 웃겼어. 하지만 마지막에 삼겹살이 옳은 품목이었음이 밝혀졌지. 훌륭한 희극이었어." 그녀는 옆으로 기댔고 탁상용 전등의 끈을 잡아당겼다. "상황이 안 좋을 때마다 내가 무슨 생각을 하는지 알아? 우리가 성탄절 전에 백화점에 갔을 때 지빠귀 한 마리가 채소에 앉아 있었어. 잠자리채를 가진 사내들이 와서 그 새를 잡으려고 했지." 그녀가 활짝 편 손가락으로 머리카락을 매만졌다. "난 생각했어, 왜 사람들이 아무것도 하지 않는 건지, 그들이 불쌍한 새를 쫓고 있는데, 그 새는 놀라고 지쳐서 죽게 생겼는데! 우린 구매용 바구니를 세워 뒀고 당신은 사장실로 들어갔어. 사장은 무슨 일이 일어났는지 전혀 모르고 있었지. 사장이 뭘 어떻게 하면 좋겠느냐고 묻자 당신이 말했어. 불을 끄세요. 문을 열고요, 그다음엔 현관문에 불을 켜고. 아주 간단합니다."

"하지만 사장은 내 말을 듣지 않았어." 바이어는 그녀의 머리카락을 귀 뒤로 넘겼다.

"새 한 마리 때문에 백화점 사장실 문을 두드리는 사람은, 세상에 당신 말고는 아무도 없을 거야. 그런 점 때문에 난 당신을 사랑해. 이제는 내가 당신의 일이 전부 다 소용없는 게 되어 버렸다고 상상한다면. 당신은 전혀 모르지. 집에 앉아서 편안한 저녁을 맞는다는 게 뭔지."

"이젠 달라질 거야, 한니. 내 말을 믿어 줘. 이거 아무렇게나 그냥 하는 이야기 아냐."

"내가 무슨 생각을 했는지 알아? 권력을 가진 자는 협박하게 되어 있다는 거야. 그런 사람한텐 너무나 평범한 일이거든."

그는 한 손으로 머리카락 한 가닥을 그녀의 귀 뒤에서 잡았다. 다른 손으로는 그녀의 허벅지를 애무했다.

한니는 넥타이를 그의 어깨에 걸치고 가운뎃손가락으로 셔츠의 단추를 하나하나 눌렀다. "그가 서명을 하게 되어 있는 거지. 그 서명한 걸 내주고 나면 도망가 버릴 거고. 안 그래? 그러면 그 일은 끝장이 나는 거고. 그걸로 끝나는 거지, 영원히. 그렇지?"

"제발 이제 그만 좀 잊어버려, 한니······."

"그는 혼자 있어. 혼자인 거 맞지?"

"물론이지."

"오로지 그만이 서명해야 되는 거지."

"오로지 그 사람만."

"거봐! 이제 됐네. 그렇다면 우리한테는 그가 있는 거네. 그렇다면 사실은 오히려 우리 쪽에서 그를······."

"한니! 그건 내 잘못이 아니야. 만일 그가 1991년도 계산을 해주지 않았다면. 이제 그는 그렇게 할 수도 없게 됐어. 난 사람들을 믿었던 거야. 회계 같은 거 난 잘 몰라. 내 말 알아듣겠어? 그것 말고는 아무 일도 일어나지 않았어. 법에 위반되는 일 같은 건 없었다고. 횡령이 아니래도. 그런데 아무도 내 말을 믿지 않아. 혼란 속에서 아무도 내 말을 안 믿어. 증빙 서류가 없기 때문에 모든 게 다 괜찮다는 말을 믿지 않는다고. 증거가 소멸된 거야. 그 외엔 아무 일도 없다고."

"나도 알아. 정당화할 필요 없어." 그녀가 말했다.

"단순히 내 무능력일 뿐이야, 한니. 아예 시작하지 말았어야 했어. 그걸 시작한 건 순전히 내 실수였어. 그런 모험을 감행하는 게 아니었는데. 난 그에게 돈을 주겠다고까지 했거든."

"게이머는 게임을 해야 돼. 나를 위해서 당신이 뭘 하는지 나도 다 알아. 당신, 그거 다 우리를 위해서 한 일이었잖아. 당신이 없었다면······." 그녀가 말했다.

"한니." 그는 말을 하고서 몸을 뒤로 기댔다. 그리고 자신의 눈가가 젖어 오는 것을 느꼈다.

"이제, 그만." 그녀가 말했다. "언젠가 당신이 나한테 그런 말을 한 적이 있어. 자신이 꼭 파리처럼 느껴진다고. 창문과 커튼 사이에 걸려든 파리. 당시에 난 별 이상한 비유도 다 있다고 생각했어. 파리는 단지 우연히 구출될 수 있는데, 그건 파리의 논리에 반하는 일이어야 한다고 했지. 파리의 논리란 유리창을 통해 나가겠다는 거고. 그래서 파리는 죽을 때까지 멈추지 않는다는 거지. 기억나?"

"그래, 멈추지 않아. 모두들 한심한 파리인 나를 쳐다보고 있고." 그가 말했다.

"난 파리 한 마리를 쫓아 버릴 생각이었는데 이상하게도 그 파리가 꼼짝하지 않는 거야. 왜 죽은 파리들은 늘 사람 등에 붙어 있는 건지 모르겠어. 파리가 배에 앉아 있다, 그건 파리가 다시 일어나 계속해서 코를 벌름거리며 날아다닐 거라는 뜻이지. 그래서 당신이 그런 비유를 생각해 낸 거고."

"난 당신하고 날아가 버렸으면 좋겠어, 한니. 어디든 따뜻한 곳으로. 적어도 일주일 정도. 그렇게 할까?" 그가 몸을 일으켰다.

"그가 언제 오는데?"

"이미 와 있어. 월요일부터 와 있지. 금요일까지 공원 호텔에 묵어. 212호실."

"우린 언제 비행기를 탈 건데?"

"내일, 금요일이나 토요일에 마지막 남은 비행기 티켓이라도 구해서! 언제든 티켓 구하는 대로!"

"토요일 어때?"

"당신이 원한다면." 그가 그녀의 목을 어루만졌다.

"그래." 한니가 말했다. "모든 일이 지나가면. 난 그냥 눈을 질끈 감고 당신을 생각할 거야." 그녀가 자세를 똑바로 고쳤다. "어쩌면 재미있을지도 몰라. 그 순간 당신을 생각하면." 그녀는 미소 지으며 그의 품에서 벗어났다. "212호실이라고?"

"응. 공원 호텔." 그가 말했다.

"그 사람 이름은 뭔데?"

"212호실."

"금방 올게." 그녀는 말을 마치고 다시 탁상용 전등의 끈을 잡아당기곤 욕실로 향했다.

바이어는 상체를 숙이고 오른쪽 신발을 벗은 다음 리모컨을 집어 들었다. 소리가 나지 않게 둔 채 그는 「블라스무지크 악단」을 보았다. 남자들은 초록색 칠푼 바지를 입었다. 긴 테이블에 앉은 방청객들은 지나가는 카메라 앞에서 맥주잔을 치켜들며 건배했다. 눈이 큰 여자 둘이 노래를 부르며 서로에게 미소 지었다.

바이어는 술을 넣어 둔 장으로 가서, 엄지손가락과 집게손가락으로는 브랜디 병을 잡고 새끼손가락으로는 코냑 잔을 걸어 올렸다. 그는 걸어가면서 술을 따랐고 브랜디를 삼킨 다음 큰 소리로 숨을 내쉬었다. 그는 잔 하나를 더 가져와 두 개의 잔에 반쯤 술을 부었다. 그러고는 신발과 외투를 현관의 붙박이장으로 가져갔다.

다시 거실로 돌아왔을 때 그는 넥타이 매듭을 느슨하게 한 다음 머리 위로 돌려 빼냈다. 바지를 벗어 주름을 가지런히 잡아 의자 위에 걸쳤다. 양말은 바짓가랑이 뒤에 숨겼다. 셔츠와 러닝셔츠는 등받이에 걸쳤다. 그는 자신의 팬티를 잠깐 내려다보고 나서 마저 벗었다. 서커스 단의 곡예사가 공을 던지듯, 그는 오른발로 팬티를 자기 몸 쪽으로 찬 다음 셔츠와 러닝셔츠 아래 감췄다. 그리고 거실의 불을 끄고 테이블에 손목시계를 올려놓았다.

가죽 덮개의 냉기가 그를 흥분시켰다. 그는 창문으로 들어오는 온갖 빛 속에서 자신의 성기를 관찰했고 조심스럽게 만졌다.

바이어는 채널을 다 훑어보았고 다시 민속 음악 방송을 틀었다가 결국 처음부터 채널을 돌리기 시작했다. MDR에서는 축구 경기가 흑백으로 방영되고 있었다. 그는 볼륨을 높이면서 초록색 막대기가 점점 커지는 모양을 관찰했지만 아무것도 귀담아듣지 않았다. 그는 담배를 꺼내 물었지만 손짓으로 허공을 한 번 가르다가 떨어뜨렸고, 담배는 유리 테이블 위로 굴러갔다.

"롤란트 두케." 누군가 큰 소리로 말했다. "오늘도 역시 지칠 줄 모르는군요." 바이어는 이제 경기장 주변에서 울려 퍼지는 소음을 들었다. 선수들의 바지는 짧고 통이 좁았고, 화면이 어두운 탓에 관중들은 거의 보이지 않았다. "네, 가정에 계신 스포츠 애호가 여러분. 여기는 중앙 경기장입니다. 전반전이 거의 다 끝나 가고 있는데요." 그는 하인츠 플로리안 외르텔의 목소리임을 알아챘다. "동독 대 영국, 0대 0."이라는 글자가 맨 아래 줄에 나타났다. 그는 저녁에 한니가 텔레비전을 볼 때 두르는 이불을 안락의자에서 집어 올려 한 번 털고는 누운 자세에서 어깨까지 끌어당겼다.

전화벨이 울렸다. 바이어는 안락의자 위에서 무릎을 꿇었다. 왼손으로는 이불의 끝자락을 잡으면서 오른손으로 수화기를 들었다. "바이어입니다. 안녕하세요." 그는 기계적으로 말했다. 전화기 너머 멀리에서 기타 소리가 들렸다. 그가 또 한 번 "여보세요?"

라고 말했을 때 전화가 끊겼다. 그는 거의 두 시간이나 잠들었더랬다.

화면에는 유르겐 프로리프가 책상 앞에서 두 팔을 벌리고 있었다. 그는 젊은 여자를 보고 있었는데 그녀는 천천히 고개를 들며 무슨 말인가를 했다.

바이어는 불을 켰다. 한니의 손가방은 없었다. 그는 벌거벗은 몸으로 집 안을 돌아다녔다. 커다란 침대보는 젖혀진 채 그대로 널브러져 있었고 베개 위에는 잠옷이 있었다. 욕실 문은 열려 있었다. 그는 여기저기 둘러보았다. 식료품 저장실까지도.

바이어는 유리잔들을 비웠다. 발은 차가웠다. 그는 다시 텔레비전 프로그램을 훑었다. 그는 비 오는 화면을 찾아보았다. 예전에는 늘 방송 종료 후 방 안을 훤히 밝히던 화면이었다. 한참 동안 그는 여름 들판을 통과해 가는 기차를 보았다. 카메라는 기차 위에 매달려 있는 게 분명했다. 그는 무슨 일인가 일어나기를 기다렸다. 그는 계속해서 채널을 돌렸고 또 한 번 주행 중인 기차 화면으로 돌아왔다. 기차는 계속해서 평지를 지났는데 나무도 별로 없고 집은커녕 사람도 전혀 보이지 않는 곳이었다. 소음이라곤 덜컹거리는 소리뿐이었는데, 마치 커다란 북을 돌리는 듯 조용하고 둔탁한 소리였다. 기차의 차체는 보이지 않았다. 몇 개의 디딤목이 기차선로에 놓여 있을 뿐이었다.

바이어는 두 번째 잔마저 비운 뒤 침대 위에서 텔레비전 반대편으로 몸을 틀며 기지개를 폈다. 그가 누웠던 자리는 아직도 따뜻했다. 그가 엎드리거나 등을 돌리려고 애쓸 때만 냉기가 느껴졌다. 그는 몸을 뒤척여 창밖을 내다보고 싶었다. 하지만 동시에 지금이 한밤중이라는 게, 그러니까 밖은 칠흑같이 깜깜하다는 사실이 떠올랐다. 재채기가 나왔다. 그는 이불을 좀 더 높이 끌어당겼고 이불 끝자락으로 코를 문질렀다. 이따금씩 발가락을 조금 움직였다. 그 외에는 꼼짝 않고 가만히 누워 있었다.

24 보름달

피트 모이러는 사내 파티의 마지막 순간에 관해 이야기한다. 페터 베르트람과 그는 한니의 치마 속을 들여다본다. 귀갓길에 관한 계획을 짠다. 마리안네 슈베르트는 아마존 여전사 분장을 하고 나타난다. 기사가 탄생한다. 연애가 시작되고 자유를 위한 시도는 실패한다.

내가 일하는 광고 전용 신문사의 소유주 쿠진스키는 '토스카나'에 가족 단위의 휴가 여행을 위한 공간을 빌려 또 한 번 디제이로 활약했다. 눈부신 하얀색 레이스가 달리고 몸을 휘휘 감는 원피스를 입고 나타난 그의 아내는 처음부터 춤을 추었는데 대부분은 혼자였다. 그녀는 마치 기타 솔로 연주라도 보여 줄 듯한 표정이었다. 엉덩이를 돌리며 팔을 뱀처럼 움직여 위로 올렸다가 이내 손가락을 펴 머리카락을 쓸어 넘겼다.

우리는 쿠진스키의 권유를 계속 모른 척할 수가 없어서, 또 한 번 그의 오리 춤을 시도해 보았다. 그건 그가 이미 작년부터 몇 번이나 춘 춤이었다. 편집 팀에서 일하는 여자와 리셉션을 맡은 여자 다섯은 입구에 서 있다가 퀴스텐네벨 리큐르 세 병을 비운 다음에도 바티다 데 코코 칵테일 두 병을 더 주문한 뒤 그걸 들고 사라졌다.

베르트람은 몹시 늦게 왔고 확성기에서 13번으로 소개되었다.

쿠진스키가 폴로네즈를 추자고 외치고 그의 아내가 팔로 증기 기관차를 흉내 내며 좌중을 돌았을 때, 베르트람은 평소 성격을 드러내며 화장실로 슬쩍 달아났다. 난 왜 에디가 해직되고 실업자였던 교사 베르트람이 고용되었는지 이유를 몰랐더랬다. 눈썹 사이에 수직으로 팬 주름살 때문에 베르트람은 언제나 뭔가에 집중하는 것처럼 보였다. 쿠진스키는 생달걀 다루듯 그를 조심스럽게 대했다.

난 좀 많이 마시려고 애썼다. 누구나 잠을 설친다는 보름달이 떴지만 술을 마시면 잠을 푹 잘 수 있는지 시험해 보기로 했던 것이다. 늦으면 늦을수록 좋다, 난 그렇게 생각했다. 쿠진스키는 어떻게 테킬라를 들이켜야 하는지, 그때마다 엄지손가락을 어떻게 느긋하게 빨아먹는지를 벌써 여러 번 진지하게 선보였다. 마지막에 그는 모두에게 손을 내밀었고 아내의 부축을 받으며 집으로 돌아갔다.

12시 30분쯤에는 남은 사람이 베르트람과 나, 둘뿐이었다. 우리는 거의 가득 찬 칼바도스 병을 앞에 두고 앉았는데, 우리 둘 중 누가 그 술을 주문했는지는 알 수 없다. 우리는 내가 자주 점심을 사 먹곤 하는 앞쪽 레스토랑으로 자리를 옮겼다. 삼십 분쯤 지나자 우린 거기서도 유일한 손님이었다. 주방 입구 근처 2인용 테이블에 앉아 있던 여자만이 그대로 있었다. 그녀는 날씬하고, 검정색 짧은 치마에 블라우스를 우아하게 입고 있었다. 그녀는 팔을 괸 채 텅 빈 와인 잔만을 응시했다. 손가방은 의자 등받이에 걸려 있었다.

베르트람은 화장실을 다녀오면서 그녀의 자리로 건너가 뭐라고 말을 꺼내며 나를 두 번이나 가리켰다. 그녀는 머리를 거의 들지 않았다.

"저 여자, 울고 있어." 그는 그녀를 좀 더 잘 살펴보기 위해 내 옆으로 다가오며 말했다. 프랑코가 그녀에게 푸른빛으로 반짝이는 큰 코냑 잔에 담긴 그라파를 갖다주고서 빈 와인 잔을 쟁반으로 옮기고는 우리를 향해 눈을 찡긋거렸다.

베르트람은 쿠진스키와 그의 아내에 관해 몇 가지 얘기를 했다. 난 화제를 돌리려고 그의 낚시에 관해 물었다. 베르트람은 금요일마다 밤 기차를 타고 떠나는데 이른 새벽에 라인강 혹은 네카강에 도착하거나 네덜란드의 발전소들이 냉각수를 흘려보내는 트벤테 운하에 도착하기 위해서라고 했다. 이야기하던 중 그가 물었다. "저 여자, 마음에 들어?"

"그런 것 같아." 내 대답에 그는 고개를 끄덕이더니 하던 이야기를 계속했다. 베르트람은 잉어 낚시에 관해 이야기했다. 떡밥에 대한 이야기, 물고기와의 육박전, 격렬한 액션들, 애먹은 경우, 소용돌이치는 물살을 만나 고생한 이야기 등등. 그는 여자가 일어날 때가 되어서야 입을 다물었다. 그녀는 얼추 삼십 대 중반쯤 되어 보였다. 그녀는 굽 높은 구두를 신고 또각거리면서 전화기로 향했다. 어쩌면 얼마간 술에 취했는지도 몰랐다. 그리고 재킷 아래 실크 블라우스 한 장만을 입고 있었다.

그녀는 한 손에는 수화기를 들고, 동전을 집어넣고 전화번호를 누른 다음 말을 하지 않은 채 수화기를 도로 놓았다. 번호를 잘못 눌렀던 모양이었다. 아무튼 돈은 다 넘어간 후였다. 그녀는 작은 지갑 속에서 다시 동전을 찾았다. 바로 그때 그 일이 일어났다.

50페니히 혹은 1마르크짜리 동전이 바닥으로 떨어졌다. 그녀는 그래도 아랑곳하지 않고 다시 번호를 눌렀다. 이번에는 말을 하기는 했지만 음악 소리(프랑코는 기타 음악을 제일 좋아했다.)뿐만 아니라 그녀가 우리 쪽으로 등을 돌린 상태여서 전화 내용은 들리지 않았다. 그녀는 수화기를 도로 건 다음에야 다리를 굽히지 않은 채 상체를 깊이 숙여 신발 앞에 떨어진 동전을 주웠다.

"우아." 베르트람이 말했다. 우린 그녀의 분홍색 슬립을 훔쳐보았다. 그녀가 몸을 일으키자 "우아!"라고 그가 다시 말했다. "화끈한데, 그렇지?"

프랑코가 그라파 병을 들고는 어느 정도 거리를 유지하며 그녀를 따라 테이블 쪽으로 갔다. 그리고 그녀가 앉을 때까지 기다렸다가 배가 볼록 나온 유리잔에 그라파를 4분의 1쯤 따라 주었다.

그녀는 한 손으로 프랑코를 붙잡고 다른 손의 엄지와 검지로 더 많이 따르라는 시늉을 해 보였다. 하지만 그는 자신의 양을 지켰다. 그녀는 그라파를 단숨에 들이켰다. 그는 술을 더 따르기 전에 그녀 앞에서 맥주잔 받침 위에 선을 하나 그었다.

"저 여자, 밑 빠진 독처럼 퍼마시는군. 밑 빠진 독." 베르트람이 말했다.

프랑코가 병을 높이 치켜들고서 다시 한번 선을 그었다.

"피트." 베르트람이 불렀다. 그리고 자신의 계획을 설명했다. 그는 매우 조용히 말하면서 계속해서 내 눈을 쳐다보았다. 내가 대답도 하지 않고 고개도 끄덕이지 않았음에도 그의 계획은 그럴듯하게 들렸다. 적어도 말이 된다 싶기는 했다. 중간중간 그가 덧붙였다. "그렇게만 되면 모든 게 다 되는 거야. 그렇게 안 된다면 아닌 거고. 우리 셋 모두에게 재미있는 일이야. 그냥 재미있는 일 말이야. 피트, 너도 금방 보게 될 거다. 하지만 네가 싫으면……." 그는 계속 말했다. "그녀는 마시는 게 아니라 퍼붓고 있어. 밑 빠진 독처럼 술을 퍼붓고 있어."

우린 둘 다 더 이상 맨정신이 아니었다. 난 베르트람의 말을 들으며 프랑코를 관찰했고 그러는 동안에도 분홍색 슬립을 입은 여자를, 치마 속에 너무나 짧은 분홍색 슬립을 입은 여자를 주시했다. 내가 베르트람에게 술을 더 따라 주려고 하자 그는 잔 위로 내 손을 덥석 잡았다. 참으로 어처구니없는 상황이었다.

"끝났습니다." 프랑코가 말했다. 여자가 돌아보며 몸을 일으켰다. 아니, 테이블 앞에서 몸을 받치고 있다고 해야 더 맞는 표현일 것이었다. 처음 몇 발짝은 그런대로 안정감 있게 내디뎠지만 곧 의자를 스쳤고 그 옆 의자에 부딪혔다가는 우뚝 멈춰 섰다. 그녀는 주위를 돌아보고 치마를 당긴 후 다시금 구두 굽 소리를 울리며 전화기 쪽을 향했다.

"입술 봤어?" 베르트람이 물었다. "강렬한 입술이지." 그는 마치 잉어 주둥이를 흉내 내듯 입술을 앞으로 쭉 내밀면서 그녀에게 손짓을 했다. "이런 것조차 나중엔 전혀 기억 못 할걸." 그가 말했다.

그녀는 수화기를 도로 건 다음 동전 투입구에 1마르크짜리 동전을 몇 개나 집어넣었다.

"우린 대화를 나눈 적이 있어. 몇 년 전이었는데, 그녀가 자연 과학 박물관 관장이었을 때야." 베르트람이 말했다.

"그녀가 택시를 타려고 하면 어쩌지?" 내가 물었다.

베르트람이 활짝 웃었다. 눈썹 사이에 팬 주름은 펴지지 않았다. "그럼 우리가 택시 역할을 하면 되겠네." 그는 손을 내 팔 위에 올려놓더니 지그시 눌렀다. "예전에는 어떻게 했는지 알아? 전쟁 때 말이야. 머리에 옷을 씌우고 그대로 위에 앉는 거야. 머리 위에." 그는 손을 도로 거두기 전에 한 번 더 내 팔을 눌렀다.

그녀는 수화기를 귀에 댄 채 기다렸다. 왼팔을 허리에 받치고 있다가 급기야 통화 연결이 되자 몸을 돌렸다. 몇 마디 되지 않는 문장이었다. 다음 순간 그녀가 수화기를 던지듯 도로 걸었다. 나머지 돈이 잔돈 박스에 떨어졌다.

그녀는 의자 등받이를 난간처럼 붙잡으며 걸어가다가 갑자기 중심을 잃고 테이블 두 개를 더 지난 곳에서 털썩 주저앉고 말았다. 아직 자리를 치우지 않은 곳이었다.

프랑코가 음악을 껐다. 그는 계산을 하고 있었다. 이젠 주방에서 들려오는 소음만이 들릴 뿐이었다.

"퇴근 시간이네." 베르트람이 중얼거렸고 나한테 자신의 잔을 내밀었다. 난 남은 칼바도스를 나누어 따라 주었다. "쿠진스키는 손이 크지. 그거 하나는 인정해 줘야 해!" 그가 말했다.

모든 게 아주 빨리 진행되었다. 한니는 머리를 테이블에 대고 엎드렸다. 프랑코가 계산서와 맥주잔 받침을 들고 와 그녀 쪽으로 상체를 깊이 숙이며 그녀의 등을 살짝 건드렸다. 그녀는 마치 그를 밀치기라도 할 것처럼 팔꿈치를 들었다.

"프랑코!" 베르트람이 외쳤다. 그는 자리에서 일어나 바지 주머니에서 지갑을 꺼냈다.

바로 그 순간 마리안네 슈베르트가 나타났다. 그녀를 보는 건

참 오랜만이었다.

"영업 끝! 이젠 문 닫습니다!" 프랑코가 말했다.

베르트람이 자리에 앉았다. 그녀가 우리 테이블을 지나치면서 베르트람에게는 "안녕, 페터."라고 인사를 건넸고 나한테는 고개를 한번 끄덕여 보였다.

"돈은 내가 낼게요." 그녀가 프랑코에게 말하면서 계산서와 맥주잔 받침을 받아들었다.

"이제야 모든 게 명확하군!" 베르트람이 중얼거렸다. "아마존 여전사와 바이어의 한니. 자넨 일단 그걸 생각해야 돼."

"우리가 아는 바이어 말이야?" 내가 물었다.

"맞아. 그의 매트리스와 마리안네. 이제야 알겠어? 왜 모든 게 바이어의 '가구 파라다이스'로 도착하는 건지. 난 마리안네 남편을 아는데, 그와 그녀를 통해서 '파라다이스'에 발을 들여놓을 수 있을까 생각했어. 거기야말로 돈이 모이는 데거든! 하지만 그런 인간관계에서는, 모든 게 금방 엉망진창이 될 수 있어."

"가지고 있단 거야, 아니란 거야?" 한니가 큰 소리로 물었다. 마리안네의 대답은 들리지 않았다.

"네가 그걸 구할 수 있다고 했잖아!" 한니는 갑자기 흥분한 듯 보였다. "'다리가 짜릿하도록'이라고 말을 했어야지. 왜 그걸 그녀에게 말하지 않은 거지? '다리가 짜릿하도록'이라고? 넌 늘 그 모양이야!" 그녀가 외쳤다. "가슴에든 머리에든 새겨! 늘 그 모양이라고!"

마리안네가 우리를 스쳐 지나갔다.

"그라파, 아마레토, 코냑?" 프랑코가 물었다. 그녀는 그에게 계산서와 50마르크를 건넨 후, 주름 잡힌 양손에 지갑을 든 채 바에 기댔다.

우리가 왜 거기 남아 있었는지 이유를 모르겠다. 우린 아무 말도 하지 않았고, 술병도 다 비운 뒤였다. 우린 그냥 계속 앉아 있었다. 난 전화기에 남은 돈을 꺼내 그녀의 테이블로 가져다줄까 고민했다.

한니의 머리가 앞으로 툭 떨어졌다. 순간 그녀는 깜짝 놀라 유리잔 하나를 내동댕이쳤다. 그건 재떨이에 부딪쳤다가 원을 그리며 데굴데굴 굴러 다시 제자리로 돌아왔다가는 결국 카펫 바닥으로 떨어져서야 멈췄다. 그녀는 손을 포개더니 팔꿈치를 한껏 옆으로 밀고 손으로 머리를 받쳤다.

"내가 도와줄까요?" 베르트람이 물었다. 마리안네가 어깨를 으쓱 들어 올려 보였다. 프랑코가 한 발 더 빨랐다. 처음엔 그가 유리잔을 주우려고 몸을 굽히는 것처럼 보였다. 그러나 프랑코는 한니의 무릎 안쪽에 한쪽 팔을 넣더니 그녀의 왼팔 밑으로 다른 팔을 넣어(그때 막 의자가 뒤로 넘어갔다.) 그녀를 번쩍 안아 올렸다. 마리안네는 축 처진 그녀의 머리를 받치려고 애썼다. 나는 자리에서 일어났고 뭔가 잊은 물건이 없는지 테이블 아래를 살핀 후 손가방을 집어 들었다. 베르트람은 그녀의 외투를 들었다. 우린 모두 밖으로 나갔다.

프랑코는 한두 번 해 보는 것 같지 않은 숙련된 솜씨로 한니를 가뿐히 운전석 옆 보조석에 앉혔다. 의자 등받이가 뒤로 젖혀져 있었다. 베르트람은 조심스럽게 한니에게 외투를 덮어 주었다.

"제가 나중에도 도와드릴까요? 내릴 때 말입니다." 이렇게 물으며 난 마리안네에게 손가방을 건네주었다.

"북부로 가야 하나요?"

"네."라고 말하면서 나는, 내가 거짓말을 하는 걸 베르트람이 알까 생각해 보았다.

"그렇담 나는 더 이상 필요 없겠지." 그가 곧바로 이렇게 말하며 내 손을 꼭 잡았다. "안녕. 마리안네." 그가 외쳤다.

"함께 타고 갈 거야?" 그녀가 물었다.

"어떻게?" 베르트람은 이렇게 말을 끝낸 뒤 걸어가다가 다시 한번 손을 흔들었다.

"안녕, 프랑코." 내가 말했다.

마리안네는 조심스럽게 운전했고 굽은 길에서는 아주 천천히 차를 몰았다. 내가 뒷좌석에 억지로 몸을 실은 건 꽤 오랜만이었다. 한니의 이마가 계속해서 내 오른쪽 무릎에 닿았다. 난 백미러에 비친 마리안네를 관찰했다. 한번은 우리의 시선이 마주치기도 했지만 서로 아무 말도 하지 않았다.

한니를 팔에 안은 채 난 마리안네가 주차할 곳을 찾을 때까지 입구에 서 있었다. 누군가 밤에 창밖으로 한 남자가 여자를 안고 이리저리 배회하는 걸 본다면 그 모습이 어떨지 상상해 보았다. 난 한니가 깨어나 미소를 짓곤 계속해서 더 자기를 바랐다.

마리안네는 한니의 외투를 어깨에 걸친 채 열쇠를 들고 기침을 참느라 애를 먹고 있었다. "계속 안고 계실 수 있겠어요? 3층인데요?"

내 팔은 서서히 감각을 잃어 가고 있었다.

마리안네의 집에는 좋은 냄새가 났다. 옛 동독의 인터숍 가게에서 나는 것과 같은 냄새였다. 그녀가 소파에 흩어져 있던 《부르다》, 《텔레픽스 프로그램》과 도서관에서 빌린 초록색 책 한 권을 들었다. 나는 안간힘을 쏟아 무릎을 굽혀 소파에 한니를 조심스럽게 내려놓았다.

마리안네는 나더러 신발을 벗어야 한다고 말했다. "그녀의 신발 말이에요, 선생님 게 아니고!" 내가 신발 끈을 풀었을 때 그녀가 신경질적으로 부르짖었다. 난 한니의 발목을 꼭 붙잡고 그녀의 발꿈치에서 신발 한 짝을 쉽게 벗겨 냈다. 나머지 한 짝을 벗길 때는 잘못해서 그녀의 다리를 굽히는 바람에 또 한 번 슬립을 보았다.

마리안네는 이불을 가지고 와서 한니의 어깨 뒤까지 꼭꼭 눌러 주고 옆으로도 잘 덮어 주었으며 발 역시 꼭꼭 감쌌다. 난 내 신발 끈을 도로 묶었다. 한니는 숨을 힘겹게 쉬고 있었는데 마치 금세라도 코를 골 것만 같았다. 입술 사이로 작은 거품이 나와 터졌다. 마리안네는 물이 조금 담긴 파란색 플라스틱 양동이를 들고 나와 한니의 머리맡에 놓더니 기침을 한 후 말했다. "그래요, 뭐."

우린 주방에 앉았는데 왼쪽 벽 가득 그림엽서가 붙어 있었다. "전부 내 딸한테서 온 거예요." 마리안네가 말했다. "어제는 콘니가 카라카스에서 전화했어요. 선생님은 카라카스라는 단어를 들으면 그게 베네수엘라의 도시라는 걸 바로 머리에 떠올릴 수 있나요?"

"아니요." 나는 말했다.

"내 생각엔, 콘니는 가끔 자기가 어디에 가 있는 건지 모르는 것 같아요." 그녀가 말했다.

우린 차와 커피를 마셨다. 난 한니가 그 레스토랑에서 얼마나 있었느냐는 질문에 대답할 수가 없었다. "술을 엄청 마셨고 전화를 두 번 걸었어요." 내가 말했다.

"두 번?" 마리안네가 물었다. "난 깨어 있다가 맥주를 가지고 오는 길에 자동 응답기에 불이 들어온 걸 봤어요. 그러곤 곧장 출발한 겁니다."

"보름달이 뜨면 술이 유일하게 도움이 되죠." 내가 말했다.

"누군가, 선생님이 언젠가 내 집 주방에 앉을 거라고 예언했더라면……. 선생님 아버지를 내가 잘 알죠……, 모이러 동지. 교장이 천직인 분." 그녀가 말했다.

"지금은 되젠에 계세요." 내가 말했다.

"되젠? 나도 언젠가 그를 두세 번, 그 정도밖에는 못 뵈었어요." 마리안네가 말했다. "하지만 믿기나요? 이곳에선 선생님 아버지보다 더 화제가 되는 인물이 없다는 게? 여기 이 테이블에서? 믿겨요?"

난 고개를 끄덕였다. 난 에른스트가 내 친아버지가 아니라고 말하고 싶었다. 하지만 그녀는 분명 그런 내 말을 오해했을 것이다. 우리는 커피와 소금 스틱 과자를 먹었고, 두려움에 관한 이야기와 어두워지면 사람들이 거리에 나가기를 꺼린다는 이야기를 나누었다. 그런 경향은 이미 히스테리 수준이었다.

"현관문만 봐도 알 수 있죠. 요즘 자물쇠가 어떻게 생겼는지." 내가 말했다.

"내가 저녁에 혼자 가구점에 있으면……." 그녀가 이야기를 시작했다. "난 또 한 번 두려움을 느낀답니다. 그런 느낌, 전에는 없었거든요. 두려움을 느낀다는 건 뭔가 잃을 것이 있다는 얘기죠. 그러니 내가 생각하듯 그렇게 불안해할 필요는 전혀 없는데요, 뭐, 그렇지 않다면 아무 상관 없어요. 하지만 그것도 잠깐이었어요. 그런데 지금은 금방이라도 쾅 하고 문이 열리고, 금방이라도 누군가가 들어와 전부 다 싹 쓸어 갈 것 같은 기분이 드는 거예요. 그렇다 해도 총 같은 걸 살 순 없겠죠." 그녀는 하품을 참았다. "한 여자 심리 상담사가 있는데, 그녀는 언제나 누군가 내게 다가오면 어떡할 거냐고 물어요. 난 말하죠, 총을 쏘겠다고. 그럼 또 어디를 겨냥해 쏠 거냐고 묻죠. 그럼 내가 말합니다, 확실한 곳은 딱 두 군데뿐이라고. 심장 아니면 머리. 진짜로 쏘시겠네요, 이렇게 말하죠. 나는 물론이라고 말하면서 도대체 무슨 생각을 하는 거냐고 묻죠. 그럼 또 그녀가 말합니다. 내가 그 물건을 구할 수는 없을 거라고. 그녀가 그걸 사도록 보증해 줄 수는 없다고. 보증해 주면 안 된다고. 법률상의 제약 때문이라고요. 난 고맙다고 인사했죠. 아주 분명한 정보를 얻게 된 거예요."

마리안네는 남은 소금 스틱 과자 두 개를 들더니 그중 하나를 내게 내밀었다. 다른 하나는 일정한 간격으로 천천히 그녀의 입안으로 들어가 사라졌다. 그녀는 과자를 정성스레 씹었고 혀로 치아를 훑었다.

"아, 저기 봐요!" 그녀가 외쳤다. 한니가 문에 서서 오른발 발꿈치로 왼발 발등을 문지르고 있었다. 얼굴 반쪽이 빨갰다. "시끄러워서 깼니?" 마리안네가 물었다.

한니가 무슨 말인가 하려다 말고 팔로 입을 가렸다. 그녀는 결국 머리를 들고 "안녕하세요."라고 말했을 뿐이었다. 나도 "안녕하세요."라고 말하며 일어섰다. 마리안네가 우리를 서로 소개했다.

난 한니를 그렇게 알게 되었다. 석 달 뒤에 그녀는 나한테 물었다. 결혼에 대해서 어떻게 생각하느냐고. 그건 내 생전에 일어난 일 중 가장 좋은 일이었다.

어머니는 정말로 충격을 받으셨다. 하지만 다른 모든 이들, 그러니까 에른스트와 마르틴, 단니, 그리고 한니의 딸 사라마저도 우리 관계를 좋게 생각했다.

결혼식장에서는 에른스트가 갑자기 마리안네의 테이블에 다가왔다. 마리안네와 그는 한마디 말도 없이 함께 춤을 추었다. 그가 그녀를 제자리로 도로 데려다주었을 때 그는 절을 하며 고맙다고 인사했다. 그리고 그녀가 돌아갔다.

그녀는 그 전부터 이미 나에게 존댓말을 쓰지 않아도 된다고 했다. '가구 파라다이스'의 전면 광고를 내는 일은 이제 우리가 맡았다. 난 그 건을 베르트람에게 전격 위임했다. 그 때문에 마리안네는 화가 났다. 그녀는 베르트람이 진작 접근하려고 했고 내가 한심한 짓을 했다고, 다달이 거의 800마르크나 되는 선불금을 포기하다니, 그건 용서받을 수도 없는 한심한 짓이었다고 했다. 그녀가 그 모든 일을 하지 않아도 좋았을 거라면서. "베르트람을 위해서는 절대 안 될 말이에요!" 그녀가 말했다.

나도 안다. 마리안네의 말이 옳다는 것을. 내가 그걸 인정하지도 않을 것이고, 또한 한니가 그 일을 모르기를 바라기는 하지만. 무엇보다도 내가 그 돈을 포기한 건 절대적으로 불필요한 일이었고 전혀 의미 없는 짓이었다. 난 일이 그렇게 돌아가지 않는다는 것을, 대가를 지불할 수 없는 일이었음을, 그리고 그 일은 베르트람과는 무관한 일임을 알았어야 했다. 늦어도 내가 한니의 분홍색 슬립을 다시 보게 되었을 때 깨달았어야 했다.

25 세상에, 정말 예쁘군!

에드가 쾨르너가 몇 가지 이야기를 들려주고 제니와 마이크를 한 모텔로 부른다. 갑자기 에드가가 떠나려 하지만, 결국엔 떠나지 못한다. 여종업원이 한 젊은 영웅에게 관심을 기울인다.

 "난 오전에 산크리스토발 교회에서 사진을 찍었어. 그 앞에 지저분한 노인이 앉아 있었는데 그가 내 사진기를 보더니 일어나 다른 데로 걸어가는 거야. 오후에는 같은 노인이 세바스티안 골목의 어느 주차장 빈자리에 서서 나한테 손짓을 하더군. 난 그에게 300페소를 줬어. 내가 두 시간 후에 차를 빼려고 할 때 그가 한 손에 가느다란 지팡이를 쥐고 다시 그 자리에 서 있더군. 난 노인에게 내가 가지고 있던 잔돈을 줬지. 늦은 오후에는 노인이 드콜로니알이라는 바에 앉아 맥주를 마시고 있었어. 아니, 그들이 맥주라고 부르는 것을 마신 거지. 내가 들어가자 마침 그가 바닥에 침을 뱉고 냅킨으로 코를 풀더니 바닥으로 던져 버리더군." 에드가가 냅킨 한 장을 테이블 옆으로 던졌다. "바로 이렇게. 그리고 또 한 장을 뽑아 코를 풀고는, 역시 던져 버렸어. 우린 서로 마주 보고 앉았어. 말굽 편자 모양의 바 테이블에." 에드가는 오른쪽만 있는 반원 두 개를 허공에 그려 보였다. "노인은 인사를 하며 뭐라고 외쳤어. 양쪽 입가에도 침이 말라붙어 있었고, 앞쪽에도, 그러니까 입술에도 잔뜩 묻어 있더라. 그는 자신과 나 사이의 거리를 가늠해 보는 것 같았어. 그는 바 의자에서 미끄러져 내려오더니 다행히도 다시 자리에 앉고서 계속 술을 마시더군." 에드가는 처음엔 제니를 보았는데 그녀가 그의 시선을 피하자 마이크를 보았다. 그는 반쯤 먹다 만 슈니첼 접시를 앞에 두고 담배를 피우고 있었다. 에드가는 시곗바늘 돌리듯이 커피 잔의 손잡이를 돌렸다.

에드가는 말을 계속했다. "글쎄, 그게. 바 테이블 가운데 정면에, 말하자면 우리 가운데에 남자 두 명이 앉아 있었어. 머리를 바싹 가까이 대고서. 그런데 갑자기⋯⋯." 그가 상체를 쭉 뻗었다. "그 두 남자 중 하나가 종업원을 붙잡는 거야. 그냥 와락 뒤를 덮치면서 다른 움직임은 전혀 없이 종업원의 바지 주머니에 손을 대더라고. 종업원은 완전히 당황해서 처음엔 아무런 저항을 못 했어. 하지만 곧 그들은 서로 소리를 지르며 코를 맞대다시피 하고 욕을 퍼부었지. 남자는 에스프레소를 받침 접시 위에 있던 설탕 봉지 위로 엎질렀고 허공에서 한쪽 팔을 휘두르며 내 쪽으로 건너와 에스프레소를 또 한 잔 주문했어. 하지만 금방 역겨운 듯 다시 물리고는 테이블을 내리치는 거야. 바로 그 순간 나는 노인의 냄새를 맡았지. 난 잔을 높이 들었고 혼자 건배하듯 외쳤어. '안녕하세요!'" 에드가는 마치 따뜻한 컵에 손을 녹이기라도 하는 듯한 모습으로, 양손으로 잔을 꼭 쥐었다. "한 종업원이 몸을 좌우로 뒤뚱거리며 그에게 가까이 다가왔어. 노인은 맥주잔을 응시하다가 마치 그제야 정신이 든 듯, 고개를 들고는 외치더군. '안녕하세요!' 종업원들이 그를 꾸짖더니 나를 흘금흘금 쳐다보면서 그의 뒤통수를 때렸어. 아주 빠른 동작으로 한 번, 두 번, 세 번……. 손바닥으로였는지 주먹으로였는지, 그건 나도 잘 몰라. 노인의 머리는 맞으면서 계속 앞으로 밀렸지만 저항하지 않았어. 그냥 자기 잔만 꼭 쥐고 있는 거야." 에드가는 빈 잔을 놓고 냅킨을 주우려고 몸을 숙였다. "뭐 더 마실래?"

"그러고는요?" 제니가 물었다. 마이크는 담배에 불을 붙였다.

"노인한테서 정말이지 지독한 악취가 났어." 에드가가 말했다. "나는 나머지 술을 다 마시고 자리를 떠났어."

"노인은요?" 그녀가 물었다.

"그자들이 밖으로 내쫓았겠지." 에드가는 두 사람을 응시했다. 마이크는 밖을 내다보았다. 여기서는 고속 도로가 보이지 않았다.

에드가는 흰 빵을 한 조각 뜯어내어 말끔히 닦아 내듯 접시에 남은 토마토소스를 묻혔다.

"그 얘기를 왜 하시는 거죠?" 에드가에게 눈길을 주지 않은 채 마이크가 물었다.

"잠들지 않으려고. 너희가 입을 열지 않으니까."

"틀렸어요. 제가 바에서 일하고 바 종업원은 선생님께 별 중요한 사람이 아니라고 말했기 때문이죠." 마이크가 말했다.

"자네!" 에드가가 외쳤다. "자넨 바텐더라고 생각했는데." 그는 냅킨을 구겨 찻잔 속에 밀어 넣었다. 여종업원은 빈 접시를 팔에 올린 채 가만히 서 있었다.

"다 좋아요, 브리티." 에드가가 말했다.

"고맙습니다." 제니가 여종업원에게 말했다. "맛있게 잘 먹었어요."

마이크가 고개를 들지 않자 여종업원은 돌아갔다.

"난 노인들이 좋아요." 제니가 말했다.

에드가는 음식을 씹으며 여러 번 고개를 끄덕였다.

"노인들한테서는 일이 어떻게 돌아가는지를 제대로 볼 수가 있어요. 뭘 물어보면 노인들은 처음에 한 가지만 말해요. 그래서 좀 더 물으면 그들은 또 다른 이야기를 하죠. 그럼 세 번째로 묻는 거예요. 그때 비로소 결론이 나죠."

"처음부터 온전한 대답을 듣고 싶지 않아?" 에드가가 물었다.

"아니요. 난 글쎄요, 뭐랄까, 7에 대해서 물어요. 그럼 노인들은 4를 설명해 주고, 내가 또 한 번 물으면 6에 대해서, 그러곤 3에 대해서 설명하죠. 내가 포기할 때쯤 되면 노인들은 다만 이렇게 말하는 거예요. 4 더하기 6 빼기 3은 7이라고. 하지만 이건 적절한 비유가 아니네요."

"아니야, 좋아. 이해한다. 맞아, 아주 적절한 비유야." 에드가가 말했다.

"그런 거 아세요?"

"글쎄, 뭐, 이런 것도 그런 상황에 속하는지는 모르겠지만……." 에드가가 말했다. "영화관에서 일어났던 일인데, 우리가 너무 늦게 도착하는 바람에 좌석이 맨 앞줄만 남아 있었어. 우린 깜깜할 때 안으로 들어갔지. 고도에서 아래를 내려다보는 장면이 펼쳐지고 있었어. 원시림 위를 나는 비행. 난 어지러워서 눈을 감았지. 그때 오른쪽 옆자리에서 깔깔대는 소리가 들렸어. 아주 유쾌한 웃음소리가."

"마이키, 뭐야?" 제니가 물었다. 마이크가 라이터를 가슴 주머니에 넣고는 뒤로 몸을 기댔다.

"나도 졸려." 에드가가 말하곤 마치 일어나려는 사람처럼 의자를 뒤로 끌며 물러났다.

"아니에요. 전 이야기를 조금 더 듣고 싶어요." 제니가 말했다.

에드가는 마이크를 쳐다보았다. 그가 말했다. "그렇다면 영화관, 맨 앞줄, 내 옆자리 웃음……."

"아주 유쾌한 웃음소리." 제니가 말했다.

"그래, 맞아. 뭔가 좀 특별한 점이 있다 싶은 곳마다, 아무도 웃지 않는 부분에서 말이야. 그 여자는 다리를 꼬고 앉아 오른발을 흔들고 있었어. 난 가끔씩 허벅지와 발목을 보았지. 난 그 여자를 훔쳐보며 웃음소리를 들었어. 나를 부르는 것만 같은 그 발의 흔들림이라니. 나는 발목으로 그녀 발목을 건드렸는데, 그녀는 느끼지도 못하더군. 난 이제 그녀의 어깨에 손만 감으면 되겠구나, 그럼 그녀가 나한테 몸을 기대겠지, 아주 당연하다는 듯이, 반드시 그래야 한다는 듯이, 그렇게 생각했어. 게다가 난 그녀의 허벅지도 쓰다듬고 싶었어. 자제심을 발휘해야 했어, 아주 큰 자제심을. 우린 그 정도로 아주 가까이 나란히 앉아 있었으니까. '세상에! 정말 예쁘군!' 난 계속 생각했지. 웃음소리가 터져 나올 때마다 난 그녀의 입술에 입을 맞추고 싶었어."

"그래서요, 입을 맞추셨어요?"

"누가 그녀 옆에 앉아 있는지 알아내지 못 했거든. 남자 하나가 있었지만, 일행이었는지는 확실하지 않았어. 딱 하나는 확실했어. 내 친구들을 기다리게 하는 한이 있더라도 꼭 한 번 그녀에게 말을 걸리라."

"혼자 온 게 아니었어요?" 제니가 물었다. 여종업원은 새 재떨이를 테이블에 놓아주었다. 마이크가 담배를 한 개비 말았다.

"응." 에드가가 말했다. "그녀는 혼자가 아니었어. 여럿이 함께였어." 그는 한동안 말을 잇지 못했다.

"뭔데요?"

에드가가 고개를 흔들었다. "난 그걸 볼 수 없었어. 그녀는 정신 박약이었어. 일행이 다 정신 박약이었어."

"아, 저런." 제니가 말했다.

"내가 바보에게 빠진 거지."

"그럴 수가!"

"그러게. 근데 문제는, 그럼에도 난 그녀를 원했다는 거야."

"뭐라고요?"

"사랑에 빠진 거지. 그런 일, 전에도 자주 있었어." 에드가가 손가락을 테이블 모서리에 올리고서 몸을 기댔다. 제니가 미소를 지었다. 마이크가 가슴 주머니를 뒤져 라이터를 다시 꺼내 만지작거렸다.

그들 주위에는 운전사 몇몇과 말없이 식사하는 커플들이 앉아 있었다. 계산대와 입구 사이, 그보다 훨씬 앞쪽 테이블에 앉은 사람들이 시끄럽게 떠들기 시작했다.

"우린 이제 정말." 에드가가 그렇게 말하며 열쇠를 제니와 마이크 가운데 놓았다. "먼저들 가. 난 여기서 이걸 좀 더 해야지."

"마이키, 가도 되지?" 제니가 열쇠를 집어 들고 일어났다. "고맙습니다." 그녀가 말했다.

마이크는 그녀가 손에 쥔 무거운 열쇠고리를 관찰했다. 거기에는 7이라는 숫자가 새겨져 있었다. 에드가 쪽은 한 번도 돌아보지 않은 채 그는 의자를 뒤로 밀고 그녀를 따라갔다.

"저 애들을 어디서 데려온 거야? 이거 치워도 돼?"

에드가가 고개를 끄덕였다. "사실 이젠 애들도 아니지, 뭐. 하지만 어쩐지 그렇지?" 그가 말했다.

"그 청년의 신부를 꼬여서 이간질시킨 거야. 귀신 얘기를 해 주면서 말이야." 여종업원이 말했다.

"브리티, 관둬." 그가 말했다.

"봤잖아. 기분 나빠하는 거."

"난 어린애하고는 연애 안 해. 잘 알면서 그래. 커피나 두 잔 가져와. 저 멍청이들이나 앞으로 불러 주고."

"내가 상관할 일은 없지. 에디, 하고 싶은 대로 해. 평소 하던 대로." 그녀가 테이블을 치우곤 냅킨을 집어 올렸다.

"두 사람은 불과 물 같아. 여자아이는 동베를린 출신이고 남자아이는 슈투트가르트에서 태어났으니까. 뭣 때문에 둘이 다투는지 난들 어떻게 알겠어. 남자아이가 가여워 보였어?"

"나한테 지금 설명하려는 말이 그러니까, 남자애들이라면 누구나 앞으로 뚫고 나가야 한다는 거야?" 그녀가 반쯤 원을 그리며 몸을 돌렸다.

"난 두 아이 다 참 좋아해, 정말이야. 난 단지 배낭을 메고 거리에 서 있지 않아도 된다는 게 기쁘다는 거야. 이따금씩 그걸 생각하면 정말 기쁘다고."

"다 당신이 낼 거야?"

"그러지 뭐." 그는 그녀가 계산대를 지나 자동문 앞에서 걸음을 늦추고 오른쪽에 있던 주방으로 향하는 뒷모습을 보았다. 그는 이쑤시개를 하나 뽑아 부러뜨린 다음 그 동강이들을 다시 한번 부러뜨렸다. 그의 손톱은 깨끗했다. 그는 바 앞의 테이블을 관찰했다. 한 여자가 의자를 돌리곤 옆자리 남자들과 큰 소리로 대화를 주고받고 있었다. 브리트가 커다란 커피 잔을 들고 왔다.

"화났어?" 에드가 이쑤시개의 잔해를 재떨이에 던졌다. 브리트가 에드가 앞에 커피를 놓고 작은 솔로 테이블을 쓸었다. 그러고는 솔을 앞치마 주머니에 집어넣었다.

"그들은 프랑스를 횡단하고 싶어 해. 돈을 도둑맞아서 둘 다 이젠 빈털터리라는군, 아무튼 그 애들 말이 그래."

"당신은 수레에서 자고, 저 아이들 호텔 방 값을 지불한단 말이야?"

"뭐, 그게 나빠?"

"일반적인 생각은 아니지."

"그래서?"

"그렇게 너그러우시다 이 말이지, 다른 사람도 아니고 특히 젊은 여성들이 마음을 다 보여 준다는데야."

"브리티." 에드가는 100마르크짜리 지폐를 테이블에 놓았다. "내일 아침 두 아이들한테 다 괜찮다고 그래 줘, 알았지? 내가 아침 식사 값도 낼게."

"이게 뭐야?"

"난 헤를레스하우젠까지 차를 몰 거야. 만일의 경우, 내일 분위기가 심각해질 것을 대비해서."

"그래도 되는 거야?"

“한 시간 정도 남았네.”

“돈이 없으니 그 애들은 아예 아침을 먹으러 내려오지도 않을 거야.”

“나, 가야 해. 브리티, 이게 더 나아. 난 그렇게 생각해.”

“아이, 참.” 그녀가 말했다.

“왜?”

“모르는 척하지 마. 게다가 난 내일 아침 근무도 없다고. 보다시피.”

“내가 지금 이 돈을 낸다니까. 둘이 오지 않으면 내 돈이 굳는 거지, 뭐. 그래도 되겠지, 브리티?”

“그들이 돈을 훔쳐 간다면?”

“무슨 말을 그렇게 해.”

“말이 그렇다는 거야.”

“어린양들이…….”

“어린양은 아닌걸, 에디. 둘 다 아니야.”

“이걸로 충분할까?” 그가 두 장의 지폐에 손가락을 갖다 댔다.

“전자계산기가 말을 안 들어.” 그녀는 그의 옆에 앉아, 주문했던 음식 값들을 더하고는 계산서 뭉치에서 한 장을 뜯어냈다.

“저 앞에 앉은 놈들은 뭐야?” 에드가가 물었다.

“한심한 작자들이야.” 그녀가 말했다.

“돼지 같은 것들.”

“그래.” 그녀가 말하면서 지갑을 뒤적거린다. “각개 각국에서 온 돼지들이지…….”

“그냥 둬. 그 애들이 안 나타나면 내가 도로 가지는 거다, 알았지?"

"바보." 그녀는 그렇게 말하며 계산서 뭉치를 그의 코앞에서 흔들었다.

"저기 저 거지 같은 놈이나 내쫓아 버리지."

"누가? 내가? 커피가 팔리고 있는 한은……."

"커피는 무슨? 술에 곤드레만드레 취했구먼."

브리트는 식초병을 양념통 걸이에 도로 꽂았다. "면도 좀 해, 에디."

"당신이 원한다면야." 그녀 뒤에서 그가 외쳤다. 그러고는 연유 캡슐 두 개를 뜯어 커피에 따른 다음 지갑을 조끼 안에 넣었다.

화장실에서 그는 천천히 얼굴을 씻었다. 거울 속에서 그는 턱에서 물이 뚝뚝 떨어지는 모습을 보았다. 얼굴을 닦을 때 그는 머리를 이쪽저쪽으로 돌렸다.

그는 커피를 단숨에 다 마시고 나서 마치 축구 선수들처럼 가슴과 가슴을 맞대곤 서로 소리를 지르고 있는 두 남자를 관찰했다. 독일어이긴 했지만 무슨 말인지 알아들을 수 없었다. 입구에서 나이가 지긋한 커플 한 쌍이 몸을 돌렸다. 그는 주머니에 손을 넣어 자동차 열쇠와 지갑을 꺼냈다. 창가 자리를 따라가면 무사히 밖으로 빠져나갈 수 있었다. 점점 더 많은 사람들이 자리에서 일어났다.

에드가는 붉은색이 섞인 숱 많은 금발로 그 청년을 알아보았다. 어깨를 돌리는 모양새 역시 그라는 것을 말해 주고 있었다. 그 청년은 두 남자 가운데로 파고들었는데, 마치 그렇게 해서 에드가 쪽으로 오려는 것처럼 보였지만 더는 움직이지 않았다. 그는 두 사람 사이에 끼어든 상태였다. 그의 배낭과 방 열쇠가 바닥으로 떨어졌다.

그러자 두 남자가 뒤로 물러났다. 레스토랑이 조용해졌다. 천천히, 아주 천천히 마이크가 왼손을 들었다. 그는 그 손을 책처럼 눈앞에 받쳐 들고는 마치 너무 어두워 그 책을 읽을 수가 없다는 듯 눈을 찡긋거렸다. 꼼짝도 하지 않은 채 그는 계속해서 손바닥을 주시했다. 손바닥의 피가 팔꿈치까지 흘러내려 뚝뚝 떨어지고 있었다. 남자들은 사라지고 없었다.

브리트가 다가가 마이크의 어깨를 잡았다. 그녀는 몸을 숙이고 그의 얼굴을 올려다보았다. 다른 여종업원이 방 열쇠를 집어 들었다. 둘은 함께 마이크를 부축하여 옆자리로 데려가 의자에 앉혔다. 한 여자가 바에서 내려와 그들에게 다가갔다. 밖에서 기다리던 나이 지긋한 커플이 마이크 앞에 와서 섰다. 주방에서 구급 상자를 가지고 왔다. 점점 더 많은 사람들이 마이크 주위에 모여들었고 그를 진정시켜야 한다는 듯 저마다 말을 건넸다. 무리 뒤로 에드가가 청년의 창백한 얼굴을 보았다.

"이 바보야." 에드가는 군중의 한가운데로 뚫고 들어가 그렇게 외쳤다. "바보 멍텅구리야!" 마이크가 조금 더 아래쪽으로 미끄러져 앉더니 다리를 뻗고 미소를 지었다. 그는 손에 상처를 입었다. 브리트는 연신 그의 머리카락을 쓰다듬었다. 침낭을 매단 배낭이 의자 옆에 놓여 있었다.

"넌 정말 멍텅구리야!" 에드가가 말하며 손가락으로 그의 이마를 가볍게 건드렸다.

마이크는 에드가한테서 눈을 떼지 않은 채 상처 난 손으로 테이블을 더듬어 방 열쇠를 찾았다. 그리고 열쇠를 에드가의 발치로 던졌다. 그는 웃음을 터뜨렸고, 우렁차고도 놀라우리만치 날카로운 그 웃음소리에 에드가는 흠칫 놀라 뒤로 물러섰다. '7'이라는 번호가 새겨진 무거운 철제 고리에 달린 열쇠는 그들 사이 한가운데 놓여 있었다.

26 블링킹 베이비(Blinking Baby)

8월의 어느 여름날 저녁, 베를린. 리디아는 제니, 마이크, 얀, 알렉스에 관해 이야기하며 밀크라이스를 먹는다. 한 노인이 발코니에 앉아 있다. 창턱 위에 신호등이 있다. 누가, 무엇이, 어디에 속하는가.

지금 막 밀크라이스를 내 접시에 가득 담았는데, 그건 아직도 미지근합니다. 난 숟가락으로 밀크라이스의 가운데를 오목하게 파고 깡통에 든 아몬드 조각으로 채웁니다. 밀크라이스즙이 접시 가장자리에 반지처럼 동그라미를 그립니다. 그 위에 설탕과 계핏가루를 고루고루 뿌리고 숟가락을 수직으로 꽂습니다. 조금이라도 흘러넘치면 안 되니까요.

창턱에 놓아두었던 신호등은 깜박임을 멈췄습니다. 사위가 밝아지거나 어두워지면 신호등은 즉각 반응을 보입니다. 전등의 유리는 누르스름하면서도 거의 주황색에 가까운데요, 높이 매달 수 있도록 꼭대기에 삼각형 철제 고리가 달려 있습니다. 노란 몸통 위에는 검정색 글씨가 보입니다. SIGNALITE.

부엌 창문으로 마당이 보입니다. 왼쪽으로 보이는 옆 건물에는 항상 노인이 발코니에 앉아 있습니다. 오후에는 생각에 잠겨 있습니다. 그때 노인은 대개 모차르트나 바그너 혹은 다른 걸 들기도 합니다만, 귀에는 익숙하지만 뭔지 잘 알 수 없는 음악입니다. 노인이 발코니 문을 열고 나올 때면 언제나 가장 먼저 그의 떨리는 왼쪽 손가락이 문밖으로 나타납니다. 그는 그 손가락으로 문틀을 꼭 붙잡고, 오른손으로는 지팡이를 짚습니다. 발과 다리는 퉁퉁 부어 발갛고 푸른색이 돕니다. 마치 엄청나게 무거운 장화를 신고 발걸음을 내디딜 때마다 바닥이 튼튼한지 시험하는 듯한 동작입니다. 삼십 분에 한 번 정도씩 노인은 햇빛을 따라 의자를 조금씩 옮깁니다. 그러다 4시경이 되면 완전히 내 쪽을 향하게 됩니다. 목욕 가운 아래 하얀 팬티를 입었고 어두운 안경을 끼고 있습니다. 반쯤 벗겨진 머리에서 흘러내린 머리카락이 목까지 닿아 있습니다. 오보에 콘서트를 보다가 잠든 게 틀림없어 보입니다. 이제 곧 저녁 6시가 됩니다.

이 무더위 속에서 난 하루 종일 졸립니다. 밤에는 잠들지 못하고 누워 있습니다. 바람을 양방향으로 통하게 해도 아무 소용 없습니다.

오늘 새벽에는 남자 둘이 빈 깡통을 이리저리 찼는데, 하필이면 우리 집 앞이었습니다. 5시경이었습니다. 그다음에는 닭들이 서로 말을 주고받으며 우는 소리가 들립니다. 맹세할 수 있습니다. 그 닭들은 정말로 이야기를 나눕니다. 게다가 빠질 수 없다는 듯 울리는 전화벨 소리. 어디선가 가까운 곳에서 울리는 소리입니다. 어쨌든 모두들 창문을 열어 놓은 상태니까요. 그러다 겨우 잠들라치면 얀이 초인종을 누릅니다. 그는 '트레조르'에서 오는 길입니다. 화장실을 청소하는 여자들과 수위들은 아침에 집으로 돌아가고 싶어 합니다. 방학이라 하루 2회 고용은 없습니다. 그들은 그냥 퇴근해야 합니다. 얀은 나한테 전등을 보여 주고 싶어 합니다. 알렉스와 함께 뵈초우 슈트라세의 탄광에서 훔쳐 온 것입니다. 밤새 그들은 그 신호등을 가지고 그들의 무용 벙커에서 이리저리 춤추며 뛰어다녔습니다. 그 후에 무슨 일이 있었는지는 모릅니다. 얀은 다만 알렉스와는 모든 게 다 틀어졌으며 이젠 끝장이고 절교라고 말했을 뿐입니다. 끝으로 그는 우리 집에서 살아도 되느냐고 물으면서 단 며칠이면 충분하다고 말했습니다. 하지만 그런 일이라면 난 아예 애초부터 시작도 하지 않으려고 합니다.

11시경에는 제니와 마이크가 문 앞에 서 있었습니다. 그들은 단 한 주도 프랑스에 가 있지 않았습니다. 마이크의 왼손이 붕대에 감겨 어깨 끈에 매달려 있었습니다. 난 그들의 열쇠를 가지고 있습니다. 그들은 아래층, 방이 두 개에 쪽방 하나가 딸린 집에서 알렉스와 얀과 함께 살고 있습니다.

오후엔 제니가 혼자 왔습니다. 바로 삼십 분 전에 그녀가 사라졌는데요, 난 화를 내야 할지, 마음의 상처를 받았다고 해야 할지, 아니면 무기력함의 징조라고 불러야 할지, 어쩌면 익숙함이라고 해석하는 편이 오히려 나을지 잘 모르겠습니다. 예전 같으면 그냥 웃고 말았을 겁니다.

물론 그녀가 우리 집을 방문해서 기쁩니다. 이론적으로 말하면 내가 그녀의 엄마뻘이니까요. 때때로 우린 일종의 가족을 이루기도 합니다. 그들은 언제 자신들이 남을 힘들게 하는지, 그걸 모르고 있습니다. 그들은 내가 외롭기 때문에 보살펴 줘야 한다고 생각합니다. 그래서 그들은 나를 위해《치티》에다가 애인을 구한다는 광고를 냈습니다. 우리 집에서 파트리크 사진을 본 이후 그들은 내가 그에게 편지 쓰기를 원합니다. 내가 알텐부르크의 생활을 더 이상 참지 못하고 떠나야 했던 데에 파트리크도 한몫했다는 것을 난 그들에게 여러 번 설명했습니다. 홀리체크와 저녁에 만났던 일은 그저 사건의 발화점이었을 뿐입니다. 그녀와 그녀의 솔직한 비밀. 그것 말고도 내가 늘 말하지만, 당시 나의 탈출은 내 인생을 정돈하려는 노력의 첫걸음이었을 뿐입니다. 그 정돈된 상태를 이제는 쉽게 포기하지 않을 겁니다. 제니나 세 명의 남자아이들이 혼자 있는 것이 세상에서 제일 불행한 일이라는 식의 주장을 밀어붙인다 해도 말입니다. 젊은 사람들은 다를 것이라고 난 항상 생각했습니다. 게다가 그들은 파트리크가 새 여자와 새 일자리를 구했다는 것을 간과하고 있습니다.

아무튼 제니는 배가 고팠습니다. 그녀는 냉장고 문을 열고 외쳤습니다. "이걸 언제 다 드세요?" 그녀는 냉장고 선반에 손을 올려놓은 채 살펴보고 있습니다.

"원한다면 라자냐를 데워 줄 수 있어. 점심 때 먹었던 야채 라자냐야."

냉동실에서 그녀는 나시고렝[15] 봉지를 집어 들었고 권장 조리법을 찾으려고 여러 번 봉지를 빙글빙글 돌렸습니다. 내가 처분하려던 소매 없는 하늘색 블라우스는 그녀한테는 너무 컸습니다. "프라이팬으로도 되네." 제니가 말했습니다. "같이 드실래요?"

"왜 야채 라자냐는 안 먹으려는 거야?" 내가 물었습니다.

---

15 인도네시아식 볶음밥.

그때 제니가 깡통을 들어 보였습니다. "귤 통조림이네. 이거 먹어도 돼요? 하나 더 있으니까요." 그녀는 나시고렝을 다시 냉동실에 넣었습니다. "우리 엄마는 통조림은 냉장고에 안 넣어요. 전기가 많이 든다고." 그녀가 말하며 상체를 숙여 잼 병을 꺼냈습니다. 안쪽에 뭐가 있는지 보려고 말입니다.

"와, 맛있겠다. 밀크라이스네!" 그녀는 양손으로 라벤스베르거 밀크라이스를 높이 치켜들었습니다. "리디아 아줌마, 이거 해주세요, 이거요!" 야채 박스가 앞으로 튀어나온 상태였습니다. 그래서 냉장고 문을 닫을 수가 없었죠.

"계핏가루도 있어요? 설탕이랑 계핏가루?" 그녀가 물었습니다.

"제니, 냉장고." 내가 말했습니다. 그녀는 냉장고 문을 그냥 밀고는 수저통에서 과도를 꺼냈습니다. 그다음 밀크라이스 포장의 절취선을 따라 서투른 칼질로 겨우 모서리를 뜯어냈습니다. "쓰레기통은 어딨죠?" 그녀가 물었습니다. 나는 개수대 아래 놓인 플라스틱 재활용품을 버리는 봉투를 가리켰습니다.

다음 순간 그녀가 큰 소리로 외쳤습니다. "에이, 이것 좀 보세요. 이 사과!" 사과는 갈색의 큰 반점이 생겨 있었습니다. 제니는 큰 바구니에 든 다른 사과들과 자몽도 이리저리 살펴보았습니다. "이것만 그러네요." 그렇게 말하면서 그녀는 빵 칼로 사과를 반으로 잘랐습니다. "이건 따로 버리세요?" 나는 그녀에게 음식물 쓰레기는 어디에 버려야 하는지 가리켰고 얀과 알렉스와 신호등에 대해서 이야기했습니다.

"그런 것에 이미 취해 있는데, 그만 바닥이 났으니 펌프가 멈춘 것과 같죠, 뭐." 제니가 말했습니다. 춤과 춤출 때 분위기 고조를 위해 삼키는 알약에 관한 이야기였습니다. "전등이 짜증 나네요." 그녀가 말했습니다. "한심스러운 물건이에요. 내가 쳐다보지 않을 때조차도 느껴지는 거 있죠. 왜 이런 걸 집으로 끌고 들어오는 걸까요? 신경 거슬려요."

"이제 그건 얀의 베이비야. 적어도 혼자 있는 동안만큼은." 내가 말했습니다.

"훌륭하네요, 참! 베이비라니. 아무튼 내 베이비는 아니에요." 그녀가 외쳤습니다. "첫째 그가 다시 알렉스와 같이 침대에 들었고, 둘째 그래도 나한테 고양이를 안 준다는 거예요. 베이비라니!" 그녀는 계속 외쳤습니다. "게다가 베이비라니요! 조금이라도 더 어두워지면 그 물건은 깜박대기 시작하죠. 정말 신경질 나요." 그녀가 사과를 잘랐다. 블라우스가 흘러내려 드러난 오른쪽 어깨의 검게 그을린 피부 위로 얇고 하얀 끈 자국이 지나갑니다.

난 마이크의 손은 좀 어떠냐고 물었습니다. 제니가 코로 힘겹게 숨을 몰아쉬었습니다. "그는 지금 짐을 챙기고 있어요. 내가 그에게 짐을 싸라고 했거든요. 이거 켜도 돼요?" 그녀가 라디오를 돌렸습니다. "그는 일단 나한테 돈 걱정은 하지 말라고 했어요. 그런데, 그러고 닷새가 지나자 빈털터리가 됐어요. 난 레스토랑이며 바에 갔던 것 때문에 자꾸 화가 났어요. 이게 무슨 방송이죠? 전 파리를 보고 싶었단 말이에요! 우린 랭스의 공동묘지를 돌아다니며 무위도식했어요. 그런데 지금 와서는 마치 나 혼자 그 돈을 다 쓰기라도 한 것처럼 나를 대하고 있어요." 그녀가 라디오를 도로 껐습니다. "마이크는 어디선가 다른 사람들 싸움에 휘말렸어요. 두 사람이 싸우는데 그가 중간에 끼어들어서는, 늘 그러듯 반쯤 꿈꾸는 상태로 말이죠, 그 미스터 잘난척." 제니는 오븐을 열고 프라이팬을 꺼냈습니다. "아주 친절한 사람을 만났는데요, 우리를 데려다줬어요." 그녀가 말했습니다. "마이크는 슈투트가르트로 가려고 했어요, 부모님이 거기 계시거든요. 제가 말했죠, 문제 될 거 없지, 그래, 가도 좋다, 하지만 나는 빼고 가라. 짐이 되기는 싫으니까. 그런데도 마이크는 운전사에게 물었어요. 거기에 베를린 번호판을 단 차가 서 있었는데, 그 차는 메라네로 간다는 거였어요. 그런 지역이 있기나 한 건지. 스페인산 오렌지를 가득 싣고 프랑스에서 오는 볼보였어요. 에디는 끊임없이 이야기를 했어요. 말하는 걸 멈추면 잠이 든다나요. 우리가 그를 재미있게 해 줘야 한다는 거였어요. 그러면서 헤름스도르프의 교차로까지 웃긴 이야기를 쉰 가지쯤 해 달래요. 마이크가 바로 화를 내며 라디오나 틀어서 들으시라고 했어요. 뭐, 그런 식이었어요." 제니는 중간 크기의 프라이팬을 불에 올렸습니다. "키르히하임의 삼각 교차로에서 에디가 우리를 식사에 초대했고 모텔의 방세를 지불해 주겠다고 했어요. 난 좋다고 생각했죠. 아무것도 없는 사람 둘을 초대하다니. 난 그 전에 그에게 수영장 관리인 여자 이야기를 들려줬어요. 그 사람과 전 잘 통했어요."

난 그녀가 무슨 말을 하는지 알 수 없었습니다.

"수영장 스토리, 아줌마도 아실 건데요." 그녀가 말했습니다.

"모르는데." 내가 말했습니다.

"아줌마가 어떤 모습으로 이야기를 듣는지 볼까요." 제니가 말하면서 가스에 성냥불을 붙였습니다. "내가 첫 주민증을 받기 바로 전날이었어요. 1989년 4월. 난 여자 친구랑 수영장에 갔어요.

우리가 막 물에 들어가려고 하는데 수영장 관리인 여자가 오더니 우리더러 옷을 도로 입고 나가라는 거예요. 무슨 트레이닝이 시작된다면서. 전 시계를 가지고 있었죠. 적어도 이십 분이 남아 있었어요." 제니가 프라이팬에 버터를 넣고 몸을 굽혀 불을 좀 더 세게 조절했습니다.

"너희가 너무 늦게 갔던 거니?"

"우린 돈을 냈단 말이에요. 시간도 남아 있었다니까요. 수영모도 이미 썼고요. 갑자기 한 무리의 수영 선수들이 와락 들어오더군요. 그들을 그렇게 부르더라고요. 그런데 그들이 우리를 가운데 두고 맞혀 가며 공놀이를 하는 거예요. 난 울면 안 된다, 안 된다고 생각했죠. 아무도 우리한테 관심을 두지 않았어요. 우린 그런 상황에서도 물속으로 들어갔어요. 공에 맞아 다친 무릎으로요. 나중에 나오면서 옷장 열쇠를 반납할 때 수영장 관리인 여자가 책상 앞에 앉아 있다가 고맙다고 했어요." 제니는 버터가 녹은 프라이팬을 이리저리 흔들었습니다. "난 난생처음 어른들 세계가 어떻게 돌아가는지를 경험한 거고, 누군가의 일에 관여해서 고초를 겪지 않으려는 사람들의 세상을 알게 된 거예요. 저녁에 엄마한테 그날 얘기를 하려고 했는데, 정작 엄마가 내 침대 곁에 왔을 때 난 아무 말도 해서는 안 된다는 것을 깨달았죠. 엄마한테 더 괴로운 일일 테니까요. 나보다도 훨씬 더 괴로울 거예요. 엄마한테 그런 짓을 할 순 없었어요."

제니는 사과 조각을 프라이팬에 던져 넣은 후 걸어가면서 뒤축을 내렸던 샌들을 흔들어 벗고는 선반 밑 체중계를 발가락으로 끌어내 그 위에 올라섰습니다. 그러고는 내려왔다가 또 한 번 올라셨습니다.

"이것 좀 보세요." 그녀가 외쳤습니다. "이럴 리가 없는데. 50.5 킬로그램이라니. 난 고등학생이 아닌데!" 그녀의 어깨뼈가 도드라져 작은 새의 날개처럼 보입니다. "51! 이것 좀 보세요!" 그녀가 내게 자리를 내주며 눈금을 들여다보았습니다.

"68." 내가 말했습니다. "성공이네."

"뭐라고요? 아줌마가 68킬로그램?" 제니가 내 옆에서 내려다보았습니다.

나는 저울을 다시 선반 밑으로 밀어 넣었고 마이크의 손에 대해 다시 한번 물었습니다.

"정확하게 말씀드릴 수가 없었어요. 마이크가 제 말을 자꾸 가로막았거든요." 제니가 말했습니다. 그녀는 샌들을 도로 신고 콤포트 그릇과 계핏가루 봉지를 내려놓은 다음 설탕 통을 내게 밀었습니다.

"자꾸만 끼어들며 꽥꽥댔어요." 그녀가 말했습니다. "에디는 계속 레스토랑에 앉아 있었고 마이크는 나한테 퍼부어 댔죠. 왜 내가 그런 이야기를 에디한테는 하고, 그리고 자기한테는 왜 안 했느냐면서요. 다른 사람이라면 그런 생각조차 하지 않을걸요. 그의 전형적인 태도예요. 마이크는 샤워하면서 오줌을 누기도 하죠."

"남자들 다 그래." 내가 말했습니다.

"마이크는 허튼소리만 지껄였어요. 내가 밤새 돈을 벌겠다면 자기로서도 막을 수는 없다나요, 그런 식으로 말했죠. 그렇담 나하고는 끝난 거예요." 제니가 외쳤습니다. "내가 마이크에게 어떤 얘기를 한 적이 있었어요." 그녀는 계속 말했습니다. "내가 마이크와 관계 갖기 전에 가끔씩 함께 있었던 남자에 관해서요. 그 남자는 나이가 훨씬 많았지만 괜찮았어요, 아주 정중하고 너그럽고, 게다가 나한테 완전히 미쳐 있었어요. 내가 하는 일은 뭐든지 다 좋다고 생각하는 남자였죠. 그는 언제나 선물 같은 게 아니라 돈을 쥐여 주었어요. 어쩐지 그건 좀 안됐어요. 그래서 난 생각했죠, 아마 마음속에 부성애가 끼어드나 보다, 보호 본능 어쩌고, 뭐 그런 거. 그런데 어느 날 갑자기 그가 짐승 같은 이야기를 읽어 주었는데, 사도마조히즘적인, 그냥 너무 한심한 이야긴데, 그가 주인공이 아니라면 말이에요. 그때 난 모든 게 다 와르르 무너지는 기분이었어요. 그에 관해 그렸던 그림이 다 무너진 거죠. 그걸 마이크한테 이야기한 적이 있어요. 그러지 않는 편이 더 좋았을 얘기였는데. 그때부터 그는 내가 자기에게 뭔가를 비밀로 한다고 생각하는 거예요. 사도마조히즘적인 놀음 같은, 아니면 광우병에 걸리기라도 한 것처럼 미친 생각만 하는 그 머릿속에서 짜내는 무엇인가겠죠. 오로지 그가 나한테 돈을 줬다는 이유 때문에 말이에요. 마이크는 그런 놈이에요. 그들이 그를 데려왔을 때에야 난 내 방의 방문이 잠겨 있다는 걸 알았어요. 여종업원 하나가 우리를 병원으로 데려다주고 다시 데리고 왔죠. 다른 여종업원은 그동안 우리를 베를린으로 데려다줄 사람을 구해 놓았더라고요. 돌아오는 내내 그는 아무 말도 하지 않았고 우리를 반제 전철역 앞에서 내리게 했어요.”

나는 그녀에게 블라우스 속에 뭘 좀 입으라고 말했습니다. 그녀가 몸을 잘못 움직이면 다 들여다보이니까요.

“거기 말고.” 제니가 턱으로 가슴을 눌렀을 때 내가 말했습니다. "여기, 소매 말이야. 겨드랑이 털이 다 들여다보인다고."

"보기 안 좋은가요?" 그녀가 물었습니다. "늘 이렇게 밖으로 빠져나와요. 너무 흉하죠, 그렇죠?" 갑자기 그녀가 내 목을 와락 끌어안았습니다. 내가 자리에서 일어나는 순간이었습니다. 난 제니를 꼭 끌어안고 머리를 쓰다듬어 주었습니다. 내 왼쪽 어깨가 촉촉해졌습니다. 오직 그 때문에 난 그녀가 운다는 것을 알았습니다. 나를 끌어안을 때와 마찬가지로 제니가 너무도 갑자기 내 품에서 몸을 뺐습니다.

난 설탕에 계핏가루를 섞고 우리 둘을 위한 식탁을 차렸습니다. 그녀에게 뭘 마실 건지 물었습니다.

"아줌마랑 똑같은 거요." 제니는 밀크라이스에 사과 조각을 섞은 다음 봉지를 더 뜯어 활짝 벌렸습니다. "차갑게 내십시오. 곡물 가루를 곁들여." 그녀가 소리 내며 읽더니 불 세기를 더욱더 높였습니다. 귤 통조림을 든 채 그녀가 깡통 따개를 찾았습니다. 밀크라이스가 가장자리부터 부글부글 끓기 시작했습니다. "이것 좀 해 주실래요?" 그녀는 깡통과 깡통 따개를 내게 주고는 프라이팬을 저었습니다.

그녀가 갑자기 말했습니다. "어쩜 아줌마 말이 맞을 거예요. 혼자 사는 게 제일 좋을지도 몰라요."

깡통을 땄을 때 초인종이 울렸습니다. "너 먹으라고 딴 거야." 라고 말하면서 나는 초인종이 한 번 더 울렸을 때 일어났습니다.

그때 제니가 밖으로 나갔습니다. 나는 그녀가 문을 여는 소리를 들었습니다. 그것 말고는 아무 소리도 없었습니다. 다시 문이 닫혔습니다. 나는 기다렸습니다. 그러다가 제니를 불렀습니다. 결국 나는 집 안을 살펴보았습니다. 나 혼자였습니다.

난 불에 올려놓았던 밀크라이스를 내리고는 현관문 앞에서 기다렸습니다. 계단에는 아무도 없었습니다. 나는 가스레인지 불을 끄고 목욕을 했습니다. 그게 언제나 도움이 됩니다. 욕조에 앉아 나는 빈 샴푸 병으로 장난을 쳤습니다. 난 그것을 발 사이에 끼우고 가장자리로 옮긴 뒤 정신을 집중한 다음 발가락으로 단번에 차 냈습니다. 하지만 샴푸 병을 물속으로 들어가도록 찬 것은 아니었습니다. 그건 내가 당구를 치는 방식이기도 하고 배 근육을 단련시키기에도 좋은 운동입니다.

또 한 번 초인종이 울렸을 때 나는 목욕 가운을 입은 채 나갔습니다. 문 앞에 신호등이 깜박거리며 놓여 있었습니다. 나는 난간에서 몸을 구부리고 아래를 내려다보았지만, 아무것도 없었습니다. 나는 신호등을 부엌으로 옮겨 와 창턱에 올려 두었습니다. 신호등은 곧바로 깜박임을 멈췄습니다.

이제 난 접시를 다 비웠고 이 일에 대해 어떻게 생각해야 할지 아직도 결정하지 못하고 있습니다. 난 미지근하게 식은 채 남은 밀크라이스를 마저 다 덜어 냈습니다. 빈 프라이팬은 비스듬히 눕혀야 겨우 개수대에 들어갔습니다. 나는 얼른 설거지를 했습니다. 빈 밀크라이스 포장 봉지는 나중에 잘 헹굴 수 있게 물을 채워 두었습니다. 그러고는 계속 먹었습니다.

마당에서도 집 안에서도 아무 소리가 나지 않습니다. 그 네 아이들이 내 자식들이라면 난 그들이 그렇게 배려심 없고 엉망인 건 내 잘못이라고 자책할 것입니다. 아니면 난 이 주택가가 문제라거나 무슨 어려운 시기라 그렇다거나 무더위 때문이라는 이유를 댔을지도 모릅니다.

노인은 아직도 자고 있습니다. 그가 깨어나면 날이 다 이미 저문 데 대해 놀랄 것입니다. 사과하며 둘러댈 수 있는 완전한 핑계라고 할 수 있겠지요. 어쩌면 그는 사과할 필요가 없는지도 모릅니다. 해가 바뀔 때마다 그는 매년 초록색 바나나 나무 화분을 발코니에 세웁니다. 지팡이의 굽은 끝으로 화분을 끌어당기고는 손으로 쓰다듬은 다음 다시 제자리로 밀어 놓습니다. 그의 목욕 가운 끝자락이 이리저리 흔들립니다. 뼈마디가 시큰거릴지도 모릅니다. 나는 침대에서조차 푹 자지 못하는데, 저렇게 작은 의자에 앉은 채 낮잠이라니요. 그는 무엇보다도 목과 어깨에 통증을 느낄 거고 밤이 오면 나처럼 잠들지 못한 채 음악을 들으며 웬 깜박거리는 불빛일까 의아하게 생각할 것이며 그게 무슨 의미일까 궁리할 겁니다. 어쩌면 마음이 평온해질지도 모릅니다. 눈을 감고, 마치 예전에 똑딱대는 시계 소리에 마음이 평온했듯이 그 깜빡거리는 불빛에 오히려 마음이 편안해질지도 모릅니다. 그때 난 열 살혹은 열한 살, 열세 살이었고, 나 역시 어머니한테 아무 말도 하지 않았습니다. 두려워서가 아니라 나보다 어머니가 훨씬 괴로울 거라고 생각했기 때문입니다. 그런 짓을 어머니한테 할 수는 없다고 생각했기 때문이었습니다. 하지만 그녀는 아주 다른 이유로 내 친아버지와 이혼했습니다.

나는 밀크라이스를 다 먹은 뒤 접시와 봉지를 씻을 것입니다. 어쩌면 SIGNALITE를 붙박이장 속의 겨울 옷 사이에 끼워 넣거나 욕실에 넣고 불을 켜 두는 편이 나을지도 모릅니다. 내일 새벽에는 플라스틱 쓰레기를 밖에 내놔야 합니다. 매주 월요일은 노란 쓰레기통[16]을 비우는 날이니까요. 나는 제니의 샌들을 문앞에 두고 SIGNALITE도 그 옆에 둘 것입니다. 얀이 베이비를 더 이상 원하지 않는다면, 이제 알렉스와 함께 있다는 이유로 말입니다, 그렇다면 그는 그걸 도로 갖다 놔야 합니다. 뵈초우가의 공사장으로. 그것만이 해결 방법일 것이고, 그러면 모든 게 다 제자리로 돌아갑니다.

---

16 독일은 분리 수거 쓰레기의 종류에 따라 쓰레기통의 색깔이 각각 다르다.

27 이 남자가 아니다

파트리크가 단니를 떠난다. 거실에서의 한 장면이다. 리디아의 편지에는 최근 몸무게가 늘었다고 적혀 있다. 티노, 테리 그리고 괴물 같은 안락의자에 관한 이야기이다.

파트리크는 깨진 유리창 앞 커다란 회색 안락의자에 앉아 있다. 그의 왼쪽엔 창문, 오른쪽엔 식탁이 있고, 단니는 식탁 앞 의자에 앉아 파트리크에게 등을 보이고 있다. 세 사람이 먹은 저녁상은 아직 치우지 않았다. 식탁 위 노란 유리 전등 네 개 중 두 개에만 불이 들어와 있다. 뿌연 빛이다. 그 아래로는 촛불이 타고 있다. 맞붙은 벽 너머로 이웃집의 텔레비전 소리가 들려온다. 단니가 담배를 촛불에 갖다 댄다. 그녀는 몸을 옆으로 돌리고 왼손을 등받이에 걸친 후 다리를 당겨 의자 모서리에 발목을 걸친다.

파트리크는 발목까지 덮는 검정색 신발을 신고서는 오른쪽 신발 끈을 느슨하게 풀어 양쪽 끝의 길이가 같아질 때까지 잡아당긴 뒤 리본을 두 번 묶는다. 왼쪽 신발도 똑같은 방법으로 신는다. 그러고 나서 묻는다. "자니?"

단니가 어깨를 으쓱 들어 올린다. 그녀는 한기를 느끼기라도 하듯 오른손으로 양발의 발가락을 하나하나 차례로 감싼다. "빌리가 나한테 뭐라고 했는지 알아? '그는 직장을 잃었다가 새 일자리를 구했어. 여자가 그를 버리고 도망갔는데 이젠 새 여자도 구했고. 이제 또 뭘 더 원한다는 거야?' 빌리가 이렇게 말했다니까." 그녀는 바로 앞의 닫힌 거실 문을 향해 담배 연기를 내뿜는다. "코렌잘리스 도자기 마을 참 좋았지, 안 그래?"

"굉장히 좋았지." 파트리크가 말한다.

"티노를 가끔 억지로라도 행복하게 해 줘야 해. 애들은 마음껏 뛰어놀 수 있는 확실한 궤도가 필요해."

"다행히 날씨가 참 좋았어."

"아이가 당신 어깨에 올라탄 건, 파트, 이제 얼음에 금이 가기 시작했다는 것보다 훨씬 큰 의미야, 안 그래? 당신하고 그 애가 함께 노를 젓고 애가 당신 말을 들으며 노력한 건……, 정말 기적 같은 일이야."

파트리크는 배 위로 깍지를 낀다. 그러더니 곧바로 머리 등받이로 손을 올린다.

"당신 친구 엔리코한테 전화해." 단니가 말한다. "하필이면 지금, 내가 그 사람한테 좀 적응돼 가는 이때에. 처음 만나는데 더러운 빨래가 두 보따리라니, 참 전대미문의 사건이다! 난 지금까지도 그가 가져온 게 무슨 초록색 식물이었는지 몰라. 주머니 한가득 자작나무 이파리였거나 짓이겨져 부스러기가 된 무슨 로젠콜이었겠지. 또 그 얼룩덜룩한 티셔츠 차림에 입은 헤벌리고 서 있던 모습하며, 마치 바로 구토를 할 수밖에 없다는 듯한 얼굴이었어. 그가 다시 위암이 어쩌고저쩌고 말을 시작할 때 난 잘못 들은 줄 알았지. 작가로서는 상상력이 너무 부족한 편이야, 깜짝 놀랄 정도로 적은 편이지. 당신, 그 사람한테 그런 말 한 적 있어? 정말로 중국이나 쇼펜하우어에 관해 그렇게 많이 아는 걸까…… 누구든 자기 자신에 대해서는 너무 모르지. 적어도 그는 나한테만은 브라질 이야기를 하지 않았어." 그녀는 의자 앞에 있는 갈색 체크무늬 실내화에 두 발을 올렸다. "그 사람한테는 상 차리는 걸 좀 도와 달라는 부탁 정도도 할 수가 없어. 그의 행동은 매사에 좀 칠칠맞지 못해서, 수저가 셈 놀이 막대처럼 무질서하게 이리저리 놓여 있는 거야. 당신의 참을성이 놀라워. 정말 놀라워. 단지 그가 그 미친 여자하고는 관계가 없다고 말했기 때문이야? 하지만 그가 거짓말하는 거라면? 지금 정말로 그 여자와 함께 있는 거라면? 어쩌면 그녀는 그와 자려고 했는지도 모르잖아?"

"아니야. 분명 그렇지 않을 거야." 파트리크가 말한 후 입술을 모은다.

"당신이 그걸 어떻게 알아……" 단니는 오른발로 왼발 발목을 문지르고는 실내화를 벗는다. "테리한테 또 벼룩이 생겼어." 그녀가 다리를 포갠다. 오른쪽 실내화는 발끝에만 걸려 있다. "난 늘 궁금해. 어떤 여자가 당신을 버릴 생각을 하며, 내 말 아직 안 끝났어, 그러곤 그런 남자한테로 갈 수가 있지. 그저 경탄을 금치 못할 뿐이야. 그가 여기 나타날 때마다 난 궁금해, 왜……"

"리디아는……"

"그만둬! 제발 그만두라고, 파트, 여기선 그 여자 이름도 대지 마."

"그 여자한테 그럴 만한 이유가 있었다는 걸 말하려던 것뿐이야." 그가 단니 쪽을 힐끗 쳐다본다.

"파트." 그녀가 담배를 받침 접시에 대고 누른다. "그 남자는 말끝마다 헤어지겠다는 사람이야. 엔리코 프리드리히라고, 자칭 작가야. 그러면 누군가 그 사람 옆에 앉아서 손을 잡고 왜 그래서는 안 되는지 말해 주는 거지. 그게 당신인 거고. 누군가 매주 그에게 용기를 북돋우면서 인생에 아름다운 것들이 얼마나 많은지 설명하고 그의 두려움을 없애 주려고 노력하는 거야. 그는 전세 지원금을 신청할 수도 있고 보험에도 가입했고 관청에 신청하면 새 세탁기를 얻을 수도 있어." 단니가 손가락 세 개를 쳐들어 보였다. "그는 자신에게 제공된 조언들을 전부 다 무시하는 데서 큰 기쁨을 누리지. 그게 직업이고 취미인 사람이야. 사람도 없고 직장도 없고 친구도 없고 아무것도 없어, 아무것도, 아무것도. 난 모욕감을 느낄 지경이야. 적어도 그를 아는 사람들 앞에서는. 그걸로도 모자라 남의 침대에 가득 토해 놓지를 않나, 울긴 또 왜 그렇게 서럽게 우는 거야. 자신이 혼자라는 거잖아. 누군가 참다 못해 충고하면, 이제 제발 매일 하겠다고 떠드는 바로 그 일이나 시작하는 게 제일 좋을 것 같다고 말하면, 맙소사, 나 참. 그게 뭐, 기적이야? 그건 당신이 그에게 말한 것도 아니었잖아. 그 여자한테만 살짝 귀띔해 준 거였지. 그래서 이제 어떻게 됐지? 당신이 기뻐할 거라고 주장한 것도 아니었잖아? 기막히는 일이야! 줄곧 그런 얘기만 떠벌리는 작자 중에서 정말 행동으로 옮기는 사람은 어차피 아무도 없는 법이지, 엎친 데 덮친 격으로. 정말, 행동으로 옮길 사람 같으면 아예 말로 떠벌리지도 않아. 내가 틀렸어? 내 말이 틀린 거야, 파트?"

"대부분은……." 그가 고개를 들지 않은 채 말했다.

"이젠 그게 이유가 된다고 생각하는 거야? 그게 몇 년을 함께 살아온 사람을 버릴 이유란 말이지? 단지 자기가 아는 사람에 대해서 '그가 성공하긴 이제 글러 먹었다.'라고 말했다는 이유로? 그 정당한 단어 네 개 때문에? 그러고도 당신 얼굴을 제대로 쳐다볼 기분이 안 난다 이거지. 쪽지 위에 '잘 있어라.'라고 한마디만 쓰면 당신들은 그걸로 끝이야? 당신 말이 옳았잖아! 예전보다 그 진가가 더욱더 여실히 입증되고 있고! 그는 이젠 글러 먹었단 말이야!" 그녀는 고불고불한 머리카락을 여러 번 매만지더니 귀 뒤로 넘긴다. "난 그냥 물어보는 거야, 파트, 다른 의도는 없어. 내가 아는 건 모두 당신을 통한 거고. 전부 당신이 얘기해 준 거야. 지어낸 말이 아니라고! 아니면 그 체코 여자 때문에 벌인 난리겠지. 그 청소부 여자 말이야. 그 바람에 슈마허 씨네 아가씨는 주말 내내 잠 한숨 못 자고 눈가에 동그라미를 그렸어, 마치 당신이 그녀를 멍들도록 두들겨 팬 것처럼. 누군가에게 집을 좀 청소하라고 한 게 그렇게 큰 범죄야? 나, 이거 지어낸 얘기 아니야, 파트, 인간은 변하지 않아." 그녀는 손가락으로 머리카락을 쓸어 넘긴다. "그때 당신이 뭘 할 수 있었겠어? 그녀가 엔리코와 함께 있는 걸 봤다면, 그녀가 아직도 있는 걸 그때 봤다면? 난 당신한테 한 번도 그런 질문을 던진 적이 없어. 그런데 어째서 당신은 아이가 모든 문제를 해결해 줄 거라고 가정하는 거지? 당신, 여자마다 자식을 하나씩 낳고 싶은 거야? 방콕에 있는 신전의 원숭이처럼? 그 원숭이들이 원하는 건 자신의 유전자를 퍼뜨리는 것뿐일 거야."

파트리크가 안락의자에서 몸을 앞으로 움직인다.

"미안해!" 그녀가 말한다. "미안해. 더 안 먹을 거야? 샐러드,

괜히 만들었네."

파트리크는 안락의자 모서리에 그대로 앉아 있다. 그가 말한다. "내일 수리공한테 전화할까 해."

"왜?"

"텔레비전 고장 났잖아."

"근데 왜 수리공을 불러?"

"단니……."

"당신이 왜 수리공을 부르려는 거냐고 내가 묻고 있잖아. 내가 하면 안 되는 거야?"

"내가 한다고 했으니까. 티노와 약속했거든."

"그럼 당신, 수리공한테 뭐라고 할 건데? 나한테 전화하라고 할 거야? 아니면 뭐라고 할 건데? 이해할 수가 없어. 당신 머릿속에는 생각이란 것 자체가 없나 봐. 정말 그런 모양이야. 생각을 해보지 않는 거야. 난 당신더러 우리를 특별히 배려해 달라는 게 아니야. 단지 일의 앞뒤를 생각해 보란 말이야. 그게 다야."

단니가 또 한 개비의 담배를 촛불에 갖다 댔다. "왜 아무 말을 안 하는 거야? 이제 관용을 베풀 때가 지났다는 거야?"

"무슨 말을 하란 거야?"

"바닷사람 어쩌고저쩌고 하면서 당신이 늘 하는 소리 있잖아. 촛불이……."

"내 생각에 당신은 그를 좋아하지 않는 거야."

"더 한심한 놈들도 물론 많아." 그녀가 말한다. 말하는 도중에도 그녀의 입에서는 연기가 뿜어져 나온다. "내가 왜 처음부터 당신을 좋아했는지 알아? 편집실에 온 첫날부터 당신이 이렇게 말했기 때문이야. '단니 씨는 그렇게 서는 걸 제일 좋아하는군요.'"

단니가 오른쪽 발끝을 왼쪽 발목 뒤의 바닥에 댄다. 담배를 입에 문 채 그녀는 식탁과 의자 등받이에 기대며 위로 몸을 쭉 뻗는다. "아니면 이렇게." 그녀가 발끝을 발목의 앞에서부터 뒤로 가져간다. "맞지? 거의 모든 사진에 다 이렇게 나와."

파트리크가 고개를 끄덕이다. 그녀는 다시 의자에 풀썩 주저앉는다.

"난 생각했어. 드디어 한 남자가 나타났구나, 여자를 제대로 다룰 줄 아는 사람이. 그 남자라면 내 박사 학위증을 개수대 위에 걸지 않아도 되겠구나. 내가 다른 일도 할 줄 아는 존재임을 그가 깨닫도록 말이지." 그녀는 긴 엄지손톱으로 담배 필터를 톡톡 두드렸다. "내가 언제 당신한테 실망했는지 알아? 진짜로 실망한 게? 바이어가 우리 이름이 나와선 안 된다고 했을 때야. 파쇼와 펑크족 기사로 난리 났을 때."

"지금도 여전히 위험해."

"내 말은, 그땐 당신이 그런 지시를 받고도 전혀 반대하지 않았을 때야. 난 당신한테 배신감을 느꼈어. 거의 미치는 줄 알았어. 악어 눈 때문에 무슨 일이 있었는지 생각나? 당신은 그저 무서워서 꽁무니를 뺐던 거야."

"내 걱정을 했던 건 아니야."

"알아. 그때 막 그녀가 당신한테 왔지. 내가 그녀였다면 당신 이름을 공개하라고 요구했을 거야. 그녀는 놀랐던 적조차 없지?"

"그래."

"난 우리 사이가 괜찮다고 생각했어. 서로 잘 아니까. 사람은 그런 경우에 현실적이 돼, 완벽함을 기대했던 것도 아니고, 아주 간곡한 사랑은 아닐지 몰라도, 그렇다 하더라도. 사랑을 키워 갈 수는 있는 거지. 다른 사람과는 다르게 당신은 티노와도 잘 지냈어. 우리는 대부분의 사람들과는 다르단 말이야, 그 사람들이야 생각하겠지, 자신들이 경력을 쌓으면 1999년의 마지막 날은 혼자 지내지 않을 거라고."

"단니, 난 당신과 티노를 돕고 싶어. 내가 돈을 보낼게. 티노를 위한 거야."

"또 무슨 소리를 하는 거야?"

"혼자서 남자아이를 키우면 금방 어려워질 거야. 마르틴한테 서는 한 푼도 안 오잖아. 오더라도, 적어도 많지는 않을 거 아냐."

"기가 막히는군, 파트. 정말 기가 막혀. 티노가 당신에 관해 물으면 나더러 100마르크를 주란 말이야? 아님 200마르크? 편지를 찢거나 갖다 버리라고 그럴걸. 아니면 티노와 나, 둘이 재떨이에서 태워 버릴걸. 저기 저 재떨이에서, 저 위에 있는 재떨이 말이야." 그녀가 텔레비전 쪽으로 고개를 끄덕인다. "내가 당신한테 똑같은 걸 바랐다면 당신은 어떻게 했을 것 같아? 만약에 내가 당신한테 편지를 읽지도 말고 찢거나 태워 버리라고 했다면 말이야." 한참 뜸을 들인 후 그녀가 거듭 물었다. "응?"

"단니."

"내 말은, 내가 그걸 버릴 수도 있다는 거야, 아예 보여 주지도 않고. 혹은 그게 그냥 없어졌을지도 모르고, 애초 우체국에서 잃어버렸을 수도 있는 거고. 난 발신인을 봤거든. 그녀가 망설였을 리가 없지. 그럼 무슨 일이 일어났을지, 당신 한 번이라도 생각해 본 적 있어? 내가 꼭 말을 해야 돼? 그럴 필요 없지, 안 그래? 내가 당신이 생각을 안 한다고 말하는 건. 그건 정말로 그렇게 생각한 다는 거야. 당신이 직접 말했잖아, 그 여자에게 병증이 있다고, 아 니면 당신은 진짜 증명이라도 해 보이고 싶은 거야? 그녀와 함께 살 수 있다고, 당신의 그 잘난 표현대로 그녀를 흔들어 깨워 그 여 자와 아이를 낳으면서 정말로 아름다운 삶을 가꿀 수 있다고? 그 게 당신의 열성이었지. 당신은 말했어. 그녀를 그냥 그렇게 가질 수 없다는 걸 잘 안다고. 당신들의 관계를 시베리아의 꽃에 비유 했어. 시베리아의 꽃은 천천히 피지만 톱으로 자르려 들어도 대개 톱만 부러진다고. 아님 내가 지금 뭘 헷갈리고 있나? 난 내내 궁금 했어. 왜 당신이 그런 얘기를 나한테 하는지. 어쩌면 남자들은 다 그렇게 생각하는지도 몰라. 하지만 왜 내가 그런 얘기를 듣고 있 어야 하지? 전혀 알고 싶지 않은데!" 단니는 주먹 쥔 손의 손가락 마디로 머리를 여러 번 가볍게 두드린다. "난 뭐든 너무 잘 기억 하거든. 모든 게 여기 저장되어 있어, 전부 다. 당신, 혹시 그거 알 아? 당신이 시골 애인이었다는 걸? 그게 무슨 말이냐고? 내 생각 인데, 아주 간단하고도 명료해. 알텐부르크에는 당신보다 좋은 사 람이 없었다는 거야. 당신이 응급 처방이었어. 대역이었던 거지. 다른 선택의 여지가 없는 곳에서는 서로 위하면서 살게 되지. 간 단한 이치야. 하지만 베를린 같은 큰 도시, 리디아 슈마허에게 선 택의 여지가 많은 그곳에서는 당신 같은 사람은 아예 물망에 오르 지도 않는 거지. 그녀는 그걸 당신한테 말하고 싶었던 거라고. 난 다 기억해. 그녀가 어떻게 당신의 그 열성을 몰아냈는지도 기억 해. 당신 정체가 그녀에게 드러났기 때문이었겠지. 한 발 한 발 천천히 그녀가 당신의 사진을 떼어 내고 정확하게 당신을 '입으로 매춘하는 남자'라고 불렀던 거야. 그것도 날카로운 말투가 아니라 아무것도 아니라는 투로, 마치 당신한테서 그 이상은 기대한 적도 없었다는 듯이. 그랬다고 당신 입으로 말했어. 마침내 그녀가 병자라는 걸 당신도 어렴풋이 깨닫기까지, 오 년 내내 두통이 있는 여자란……, 더 말해서 뭐하겠어. 서독 계집애들이란 뭐든 견디지 못하는 법이니까……."

"그녀는 아니야……."

"그래서, 뭘? 그렇게 행동한 건 사실이잖아. 그녀는 병자야. 엔리코까지도 알아채던걸. 그 뭐냐, 시 의원인가 뭔가 하는 작자의 아내, 홀리체크인가 하는 여자, 아니면 비슷한 이름을 가진 그 여자 말이야, 그 여자가 그에게 리디아 슈마허 아가씨가 좀 이상하다고 암시를 준 뒤로는 그도 뭔가 깨달은 바가 있는 모양이던걸. 당신은 왜 그녀가 여길 떠났다고 생각해? 단지 홀리체크 여사가 무서웠거나, 그녀를 더 이상 속일 수가 없어서였던 거야. 당신 친구 엔리코한테 가서 물어봐. 그는 다 이해했어. 그 여자가 꿰뚫어 본 거야. 그 홀리체크 말이야, 정신과 의사잖아. 당신, 다 잊었어?" 그녀가 차를 따른다. "마실래?"

파트리크가 고개를 흔든다. 단니는 차를 한 모금 마시고는 잔을 도로 내려놓는다.

"그런데도 난 그녀가 부러웠어. 당신이 얘기한 것, 그건 다 사랑 고백이었으니까. 아주 간단히 말해서. 그녀의 '몸이 뼈다귀뿐' 이니까!"

"단니!"

"마음에 안 들어? 3~4센티미터 더 길고 2~3센티미터나 더 날씬한 허벅지 둘레 얘기인걸. 바로 그거라고! 당신은 사람 속마음을 아주 잘 알지. 그런데 나한테 그런 걸 말하다니! '그 여자는 뼈뿐!'이라고. 적어도 내가 어디쯤 와 있는지는 알았지."

"미안해, 단니."

"뭐가 미안하다는 거야?"

"미안해."

"지금 무슨 말을 하는 거야?"

"내가 미안하다고."

"지금 와서 그게 무슨 소용이냐고! 내가 당신한테 지금 그게 무슨 뜻인지 묻는 거야?" 단니가 받침 접시를 식탁 모서리까지 끌어당기고는 담배를 눌러 끈다. "당신, 설명 좀 해 볼래? 어제 정오까지도 날 사랑한다며. 하지만 바로 그 이후부터 티노와 나와 함께 있는 걸 못 견뎌했잖아. 그 말이야?"

"그 말이 뭐냐면, 내가 미안하다는 거야."

"뭐라고?"

"그녀가 편지에 살이 쪘다고 썼어. 거의 10킬로그램이……."

"10?"

"……킬로그램이 늘었대."

"기가 막혀. 20파운드나? 언제부터 당신이 뚱뚱한 여자를 좋아했던 거야? 그렇다면 나, 이것저것 다 먹어 치울 걸 그랬네. 운동에 사우나에 난리 칠 게 아니라. 잘한다고 하는 짓이 늘 그 모양이지. 새로운 사실도 아니지."

"당신은 잘못한 거 없어. 그건 당신하고 전혀 상관없는……."

"뭘, 무슨 말을 하려는 거야, 파트, 그만둬. 제발이지⋯⋯."

"어쩌면 운명인지도 몰라. 이건 내 운명일 거야." 그가 말한다.

한동안 정적이 감돈 후 단니가 다시 중얼거린다. "내가 한심한 여자지." 그녀가 손등을 눈두덩에 갖다 댄다. "저런 남자를 사랑하다니."

파트리크는 거실을 비추는 화면을 본다. "이젠 자야지." 그가 말한다. 양 신발의 뒷굽을 바닥에 붙인 채 신발 앞 끝을 여러 번 맞부딪힌다. "전화할게, 알았지?" 그가 말하며 자리에서 일어난다. 안락의자 주위를 빙 돌아 여행 가방과 검정색 손가방을 든다.

"잘 있어, 단니." 그는 커다란 실내화와 벼룩에게 물린 자국이 있는 그녀의 발목을 보고, 이어서 그녀의 손등과 매니큐어를 칠한 반지 없는 손가락을 본다. 밖으로 나가는 동안 가방 지퍼가 문 유리의 홈을 스친다. 문이 잠기는 소리가 들린다.

단니는 그대로 앉아 있다. 갑자기 어린아이 목소리가 들린다. 음절마다 강조점을 두고서 "엄, 마! 엄, 마!" 하고 부른다. 조금 뒤 문이 활짝 열린다. 단니는 엄지와 검지의 끝에 침을 묻혀 촛불을 끈다. "엄, 마!" 티노가 부르며 들어와 주위를 살핀다. 아이는 파란색 동그라미가 그려진 잠옷을 입고 있다.

"무슨 일이니?" 단니가 물으며 손끝을 소매에 닦고 일어선다. 티노가 팔을 벌린다. 그녀가 아이를 안고 밖으로 데리고 나가면서 문을 쾅 하고 밀어 닫는다.

옆집에서 들려오는 텔레비전 소리 말고는 아무 소리도 들리지 않는다. 갑자기 어디선가 개가 나타난다. 폭스테리어종의 그 개는 단니의 의자에 앉아 있다가 식탁으로 뛰어오른다. 그리고 먹다 남은 저녁 식사를 게걸스럽게 먹어 치운다. 쩝쩝대는 소리가 난다. 고개를 앞으로 내밀고 뭘 삼킬 때에만 그 소리가 나지 않는다. 다시 먹는 데 몰두하기 전에 주둥잇가를 핥고 문 쪽을 바라본다. 이따금씩 앞발로 목을 긁기도 한다. 다시 몇 분이 지나자 개는 식탁을 떠나 괴물같이 생긴 회색 안락의자로 뛰어오른다. 개는 그 속으로 사라지는 것 같다.

28 눈과 쓰레기 더미

택시 사업가 라파엘이 한 작가와의 불쾌한 만남과 석탄 벽난로에 관해 이야기한다. 엔리코 프리드리히는 이름을 바꾸고 뼈를 부러뜨리려고 한다. 못된 이웃들이 있다. 엔리코는 행복한 곳으로 간다.

페트라와 내가 그녀의 남동생 생일 파티에 참석한 후 라이프치히에서 돌아왔을 때는 이미 12시가 넘은 시각이었다. 주차할 곳을 찾느라 스페를링스베르크의 도로를 따라 차를 몰았다. 우리가 이곳에 산 지는 일 년이 채 되지 않는다. 우리 집 문 옆의 덩굴 사이에서 나는 언뜻 긴 외투를 입은 형체를 본 것 같았다. 그것도 8월 중순의 삼복더위에. 차를 세울 장소를 발견한 후 우리가 함께 집으로 걸어올 때 나는 그 형체를 또 한 번 목격했다. 몸집으로 봐서는 남자였다.

"놀라지 마." 나는 페트라의 팔을 꼭 붙잡으며 말했다. "노출증 환자야." 그녀는 이해하지 못했다. "노출증 환자라고." 그렇게 똑같은 말을 반복하며 난 열쇠 꾸러미를 꺼내 들었다. 우리 집으로 올라가는 비탈길엔 아직 불이 켜진 곳이 없었다. 이웃집 현관 앞도 마찬가지였다.

"안녕하세요." 남자의 목소리가 들려왔다. "또 싫다는군. 암만 잘해 줘도 만족하는 법이 없지." 그 형체는 우리 쪽을 향해 한 걸음 씩 나서며 고개를 들었다. 한쪽 팔을 뻗었는데 마치 자기 발 앞에 있는 뭔가를 보여 주려는 듯했다.

"프리드리히 씨?" 페트라가 물었다.

"이따금씩 하나, 둘, 그러곤 끝이죠." 그가 말했다. "그럼 배설을 하죠. 하지만 오늘은. 비가 올 겁니다."

"아." 페트라가 말했다. "이것 좀 봐. 목줄을 맨 고양이는 처음 본다." 고양이는 우리 앞에 누워 잔디에 몸을 비볐다. 고양이의 목걸이가 뚜렷이 드러나 보였다.

"실용적이죠." 프리드리히가 말했다. "고양이는 밖으로 절대 안 나가요. 깜짝깜짝 잘 놀라고요. 하지만 난 가끔 맑은 공기가 필요하거든요."

2미터 정도 떨어졌는데도 그의 입 냄새가 났다. 보드카 같았다. 그걸로도 모자라 그가 입은 목욕 가운이라니, 회색 꽃무늬가 새겨진 녹물 같은 그 붉은색 가운에서는 병원 냄새마저 풍겼다.

페트라는 쪼그리고 앉아 손가락을 움직였다. 고양이가 그녀 앞에서 돌아누웠다. "이름이 뭔가요?"

"키티." 그가 말했다. "원래는 수고양이입니다. 아니, 예전에 수고양이였죠."

"아, 그래요?" 페트라가 고개를 들고 프리드리히가 앞으로 내민 다리를 응시했다. "어쩌다가 이렇게 되신 거죠?"

"몇 군데 부러졌답니다." 그는 그렇게 말하고서 가운을 열어 젖히고 깁스를 툭툭 두드렸다. "너무 가벼운 뼈라 그런 거죠. 정말 끔찍합니다!" 그의 입안에서 꿀꺽거리는 소리가 났다. 깁스 아래의 팬티 자국이 길고 선명했다.

"어머, 세상에!" 페트라가 말했다.

"석탄 벽난로였죠." 그가 설명했다. "그걸 도로 떼어 내려 했습니다. 그 묵직한 물건을요, 수레에 실으려 했는데 그만 미끄러져서……." 프리드리히는 손을 사방으로 휘젓더니 손바닥을 칼 모양으로 만들어 깁스를 두른 정강이뼈를 때리면서 쩍 하고 혀 차는 소리를 냈다. "그긴 떨어졌던 복도에 아직도 그대로 있습니다. 참 육중한 물건이에요."

"우린 예전 걸 그대로 쓰는데요." 페트라가 말했다.

프리드리히가 히죽 웃었다. "모든 경우를 대비해서……."

"모든 경우를 대비해서, 심각한 사태에도 기능을 발휘할 수 있는 유일한 물건 하나." 내가 말했다. 프리드리히가 한쪽 입가를 비죽이 내리며 아랫입술을 지그시 깨물었다.

"좋아요. 진짜 좋습니다." 그가 말했다.

"그런데 선생님의 명패가……." 페트라가 말했다. 마치 고양이와 이야기를 나누는 듯한 말투였다. "제 생각엔……."

"하인리히는 독일식 이름이죠. 난 바로 지금 이 이름을 쓰고 싶었죠. 무슨 일이 일어나기 전에 해결해 두는 게 만사 좋으니까요."

"무슨 일이 일어난다니요?" 내가 물었다.

그는 나를 물끄러미 쳐다보더니 망설이며 대답했다. "경력 말입니다."

"엔리코라는 이름도 듣기 좋았는걸요." 페트라가 고개를 들며 말했다. "친척분이 이사를 들어오셨나 생각했어요."

고양이는 페트라가 팔을 뻗어 손가락을 꼼지락대는 것에 더 이상 신경 쓰지 않았다.

"독일식으로 개명했을 뿐이에요." 프리드리히는 같은 말을 반복하며 계속해서 아랫입술을 깨물었다. 그는 마치 신발 바닥을 갈려는 듯 인도 위에서 깁스한 다리를 끌어당겼다.

"통증이 있나요?" 내가 물었다.

"유행하는 이름들은 원래 그 어원을 잘 드러나지 않지요." 프리드리히가 말했다. "난 언어적 요소를 중요시할 뿐이에요. 그것 말고는 아무것도 아니죠."

"네, 그렇군요." 페트라가 말했다.

"아니, 그러니까, 민족주의 같은 게 아니라는 겁니다. 전혀 아닙니다." 그가 말했다.

"요즘은 무슨 작업을 하시는데요? 『부덴브로크가의 사람들』이나 『햄릿』 같은 건가요?"

"키티를 가만두시는 게 나을 겁니다. 곧 비가 올 거예요."

페트라가 얼른 일어났다.

"난 여러 가지 사안을 한꺼번에 조사 중입니다." 프리드리히가 설명했다. "서로서로 관련된 사안들이라 하나를 조사하면 다른 하나를 조사하는 데 도움이 되죠. 사람들은 어떤 문제를 끈질기게 다루는 걸 좋아하지 않죠. 출판사들은 그걸 싫어합니다."

페트라가 고개를 끄덕였다. "나도 글을 쓴 적이 있어요."

한참 동안 우리는 잔디 위를 엉거주춤 걸어 다니는 고양이를 지켜보았다.

"안녕히 주무세요." 페트라가 프리드리히에게 손을 내밀며 말했다.

"안녕히 주무세요." 내가 말했다.

"네, 선생님도요." 그가 대답했다.

우리가 잠자리에 들자 정말로 비가 오기 시작했다. 난 프리드리히와 고양이가 아직도 밖에 있을까 생각했다. 계단 쪽에서 아무 소리가 나지 않았기 때문이었다.

페트라는 우리도 작은 석탄 벽난로를 떼어 버리고 석탄 창고를 정리하자고 했다. 이사를 들어오기 전에 난 집 전체를 새로 손보았다. 전에 살던 사람에게서 석탄까지 물려받았다는 이유로 그녀는 석탄 벽난로를 꼭 가지고 싶어 했다.

"프리드리히 그 친구, 꽤 취했던데." 내가 말했다.

"늘 그래." 페트라가 말했다. "달라진 건, 이제는 프란츠브란트 와인으로도 해장한다는 것뿐이야."

"맞아. 프란츠브란트 와인." 그러면서 난 그의 혀 차는 소리를 흉내 내어 보려고 애썼다.

이제는 자신의 이름이 엔리코가 아니라는 프리드리히와의 불쾌한 만남은 9월 말의 어느 수요일부터 시작됐다. 그날 오후 페트라가 택시 회사에 있던 내게 전화를 걸어 왔다. 나더러 지금 바로 집으로 돌아와 달라는 것이었다. 나는 혼자였고 도대체 어떻게 하라는 말이냐고 물었다. 택시 예약 전화를 받지 않고 그냥 내버려 두라는 말이냐고. 그녀는 그런 건 아무 상관도 없다면서, 한 발짝도 집 밖으로 나갈 수가 없다며 수화기를 던지듯 놓았다. 내 택시 회사가 그나마 예전보다는 제대로 운영되면서부터, 무엇보다도 북부에서 이곳 스페를링스베르크로 이사 온 후부터는 우리 사이에 그런 식의 대화가 오간 적이 없었다. 이혼 말도 더는 나오지 않

386

왔다.

내가 6시에 집으로 돌아왔을 때 페트라는 침대에 대각선으로 누워 있었다. 난 그저 누군가가 계단에서 그녀를 기다리고 있다가 자신의 다리를 좀 부러뜨려 달라고 부탁했다는 내용만 겨우 이해했다. 그녀가 누구 얘기를 하는지 알 수 없었다.

"프리드리히 말이야!" 페트라가 소리를 질렀다. "프리드리히가 아니면 도대체 누구겠어?"

그런 상황이 닥치면 그녀의 뺨은 더욱더 앞으로 솟구치고 관자놀이의 정맥이 드러난다. 잠시 그녀가 지역란에 사진이 나왔던 보스니아 여자와 닮아 보였다. 망명자 수용소에서 창문으로 뛰어내려 화제가 되었던 여자다.

난 페트라를 끌어안거나 적어도 손이라도 잡아 주려고 애썼다. 막 열여섯 살이 된 다비드가 현관에 나타나 주방으로 갔다. 냉장고 문 닫히는 소리가 들렸다. 우리 쪽으로는 눈길 한 번 주지 않은 채 아이는 자기 방으로 들어가서는 팔꿈치로 문을 닫았다. 그래도 음악만은 작게 줄였다.

"프리드리히는 만취 상태였어." 페트라가 말했다. "문 앞에서 마주쳤는데 그가 그따위 질문을 던지잖아! 내가 생물 선생이니까 잘 알지 않느냐면서……." 그녀는 흐느껴 울었고 나는 벌벌 떨리는 그녀의 손에 입을 맞췄다. "내가 잘 알 거라는 거야. 어디가 제일 쉽게 뚝 부러지는지 나더러 좀 알려 달라면서. 그는 뚝 소리를 입이 아니라 혀로 냈어. 너무나 역겹게 말이야!"

"그래?" 난 혀를 찼다.

"아아!" 페트라가 부르짖더니 역겨움에 몸을 움츠렸다. 나는 그녀를 거실 안락의자로 데리고 가 그녀의 손을 감쌌다.

"그놈은 내가 정말로 자기 말을 곰곰이 생각해 볼 거라고 믿은 게 분명……."

"어째서 그놈이 그런 생각을 하지?" 나는 목소리를 조용하고도 낮게 유지하려고 애썼다.

"나도 그렇게 물었어." 그녀가 말하며 내 목에 매달렸다. 그녀의 입이 내 귀에 닿았다. "그러더니 그놈이 또 금세 그러는 거야. 스스로 자기 다리를 부러뜨리는 건 어렵다고, 자신은 해부학에 자신이 없다고. 상상을 좀 해 봐!"

나는 그녀의 등을 쓸며 말했다. "어쩌면 그는 병가를 계속 연장하고 싶은 건지도 몰라. 보험금이나 받으면서 소설이나 쓰고 싶은 거야."

나는 그녀의 포옹에서 벗어나려고 애썼다. 그녀가 나를 꼭 붙잡았다. 그녀의 어깨가 내 턱을 짓눌렀다. "난 누구와도 그 얘기를 해선 안 돼, 당신하고도." 그녀가 말했다. 잠시 시간이 흐른 후 그녀가 중얼거렸다. "내일 그가 와서……." 그녀는 코를 훌쩍이더니 숨을 들이마셨다. "기가 막혀!" 그녀가 말을 내뱉었다. 마치 코감기에 걸린 것 같은 목소리였다.

페트라는 프리드리히가 이제 수염이 자라고 더 퉁퉁 붓기는 했지만 깁스는 떼어 냈고, 여전히 목욕 가운 차림이라고 말했다. "게다가 그 악취!"

"프란츠브란트 와인?"

그녀가 고개를 끄덕였다. "그리고 슈납스."

"걱정 마." 고개를 다시 움직일 수 있게 되자 난 그렇게 말했다. 우리 둘은 코냑을 한 잔씩 마셨다. 그러고서 나는 3층으로 올라갔다.

'하인리히 프리드리히'라고 인쇄된 글씨가 초인종 아래 보였다. 첫 벨 소리에는 아무런 기척이 없었다. 두 번째 벨이 울렸을 땐 이웃집에서 진공청소기를 돌리는 소리가 났다. 진공청소기 소리는 집 안 깊은 내부로부터 점점 다가오는가 싶더니, 곧 청소기가 현관문에 부딪히는 소리가 여러 번 이어졌다. 삼십 분 후 나는 다시 두 층을 더 올라가 문을 두드렸다. 문 앞에 신발을 닦는 조그만 카펫이 조금 전에도 없었던 건지 생각나지 않았다. 내 뒤에서 보던 여사가 문을 열고 문지방을 닦았다. 우리는 서로 마주 보며 고개를 끄덕였다.

밤 10시경에 나는 우리 집 문 앞에 앉아 혹시라도 프리드리히가 고양이를 데리고 내려올까 봐 기다렸다.

다비드는 내게 도움이 필요하냐고 물었다. "장애인 증명서. 물론 그걸 바라는 거죠. 도대체 그 사람들은 무슨 생각을 하는 건지!" 나는 아이에게 그 사람들이란 누구를 두고 하는 말인지 물었다. 그는 엄지손가락으로 위를 가리켰다. "미친놈들 말이죠. 전부 다요. 프리드리히건 누구건."

페트라는 침대에 누워 책을 읽고 있었다. 나는 그녀가 책장 넘기는 소리를 들었다. 그녀는 갑자기 일어나 어린아이처럼 내 앞에 서서 말했다. "난 무서워." 나는 손을 그녀의 허리에 얹고 그녀를 내 품으로 끌어당겼다. 발이 저려 올 때까지 그녀를 꼭 껴안았다.

다음 날 오후 나는 그녀를 학교에서 집까지 차로 데려다 주었다. 프리드리히 집의 화장실 창문은 위로 젖혀져 있었지만 열리지는 않았다. 그 뒤 몇 주 동안 여전히 그를 볼 수 없었다. 우리 위층에 사는 하르퉁이란 여자한테서 프리드리히가 화요일과 금요일마다 바퀴 달린 장바구니를 끌고 상가에 간다는 이야기를 들었다. 그는 매번 병이 가득 든 보따리를 끌고 계단을 오르느라 애를 먹는다는 것이었다. 11월 중순의 어느 토요일에 난 그 작은 구식 석탄 벽난로를 분해했다. 타일, 내화 석제, 연통, 발, 철판, 문, 철망은 지하실에 쌓아 두었고 나머지는 쓰레기 컨테이너에 쏟아부었다. 내가 막 샤워를 마쳤을 때 초인종이 울렸다.

프리드리히의 얼굴은 퉁퉁 부풀어 올라 있었다. 방금 비라도 맞은 듯 머리카락이 착 달라붙어 윤기가 흘렀다. 검은 수염 때문에 턱이 창백해 보였다. 목에는 빨간 목도리를 두르고 양손에는 커다랗고 두툼한 봉투 하나를 들고 있었다.

"선생님 아내분이 이걸 읽고 싶어 했습니다." 그의 말에 나는 고맙다고 했다. 그의 운동복 아래로 가슴과 배가 드러나 보였다. 이번에는 프리드리히한테서 악취가 나지 않았다. 아니, 적어도 난 아무 냄새를 맡지 못했다. 그가 고개를 끄덕이더니 몸을 뒤로 돌렸다. 슬리퍼를 끌 때마다 그의 발꿈치가 드러나 보였다. 파란색과 주황색의 줄무늬가 그려진 신발 바닥이 번갈아 그의 발뒤꿈치에 철썩철썩 부딪히는가 하면 계단에서는 찍찍 소리를 내기도 했다. 마치 화물차의 차체 뒤에 띠처럼 그려진 경고 표시같이 보였다.

"프리드리히." 페트라가 고개를 들지 않은 채 말했다. 안락의자에 앉은 그녀의 무릎에는 휴대용 진공청소기가 놓여 있었다.

나는 봉투에서 원고를 꺼냈다. 맨 앞 장에는 '침묵'이라는 제목이 보였고, 그 아래에 좀 더 작은 글씨로 '소설'이라고 되어 있었다. 그리고 다시금 조금 더 큰 글씨로 '하인리히 프리드리히'가 있었다.

그건 허섭스레기일 뿐이었다. 나는 통 이해할 수 없었다. 그의 원고를 몇 군데 펼쳐 보았다. 이해할 수 있는 문장이 하나도 없었다. 그러니까 내 말은, 내가 발견한 건 문장이 아니라 일렬로 나열한 단어들과 중간중간에 수정하느라고 휘갈겨 써 넣은 글자들뿐이었다는 것이다. 가끔은 원고 가장자리에 한 단락 전체를 새로 쓴 곳도 있었다. 그걸 페트라에게 주었다. 봉투에는 그의 이름에 줄이 그어져 있었다. 왼쪽 아래에는 스티커를 긁어 뗀 자국이 있었다.

"이제는 이걸로 시간을 보내나 보군." 페트라가 말했다.

나는 다시 한번 봉투 속을 들여다보았다. 빼먹은 건 아무것도 없었다.

내가 페트라에게 지금 막 뭘 읽었느냐고 묻자 그녀가 대답했다. "나도 몰라. 뭐라고 할 말이 없어. 아무리 좋게 봐 주려고 해도 안 돼!"

나도 그랬다.

"정말로 기분만 나빠지는 글이야." 그녀가 말했다. "이렇게 해서는 아무것도 안 된다는 걸 누군가 얘기해 줘야 해."

"당신 생각엔, 그가 재주가 없다는 거야? 어쩌면 뭔가 좋은 이야길 쓸 수도 있지 않을까?"

"나는 그렇게 생각하지 않아. 나, 그때 포기하지 말걸 그랬어. 아주 나쁘지는 않았는데, 적어도 정말 재주가 없는 건 아니었단 말이야. 사람들이 나한테 그렇게 말했어. 내 글들은 분명 당신 마음에도 들었을 거야."

나는 무슨 말인지 물었다.

"이야기 전개가 흥미진진했거든. 언제나 다음 줄거리가 궁금해지는 얘기였어."

그 후 며칠간은 계단에서 프리드리히의 소리를 들을 수 있었다. 집 안에 쌓였던 고물들을 처분하는 모양이었다. 화요일 저녁엔 그날 오후만 해도 텅 비어 있던 종이용 쓰레기통이 꽉 차서 뚜껑이 닫히지 않을 지경이었다. 맨 위에 놓인 서류철에는 '엔리코 프리드리히, 단편'을, 또 다른 서류철에는 '엔리코 프리드리히, 편지'라고 적혀 있었다. 그 외에도 찢어진 신문, 카탈로그, 복사본들, 수기 원고(나는 '고양이는 어두운 곳으로 가려 하지 않는다'라는 제목을 어렵사리 판독했다.)가 있었다. 그는 또 석탄 벽난로도 분해했다. 페트라는 도어뷰를 통해 그가 밤 9시와 10시 사이에 양동이 가득 쓰레기를 들고 헉헉거리며 내려가는 것을 지켜보았다. 그녀는 그가 새로운 마음으로 인생을 시작하려고 짐을 정리하는 거고 그의 원고는 뒤죽박죽이 된 그의 집보다 우리 집에 있는 게 더 안전할 거라고 말했다. "필요하다면 제 발로 내려오겠지."

성탄 전야 기간의 첫 주가 되기 전 토요일 정오 무렵, 마침 하르퉁이 계단을 닦고 있을 때 그가 지나갔다. 나중에 그녀는, 프리드리히가 넘어지면서 그녀의 눈을 똑바로 쳐다보았다고 말했다. 난 주방에서 신문을 읽고 있었다. 하르퉁의 비명과 목재 난간이 울리는 소리에 놀라 나는 벌떡 일어났다. 난간이 부르릉부르릉 소리를 냈다. 그 소리가 상상이 가지 않는다면 난간을 주먹으로 힘껏 내려치면 들을 수 있을 것이다.

프리드리히는 첫 번째 계단 위, 창문 아래 공간에 쓰러져 있었다. 얼굴은 바닥을 향하고 오른쪽 다리는 부자연스럽게 비틀어져 있었다. 한참 지나서야 그의 입과 코에서 피가 흘러내리는 걸 알았다. 그는 왼쪽 눈은 뜬 채였고 오른쪽 눈은 보이지 않았다. 아무도 프리드리히를 건드리려 하지 않았다.

나는 구조 센터에 전화를 했다. 그들은 이미 연락받았고, 얼마 후 파란 등을 단 차가 사이렌을 울리며 도착했다. 이십 분 후 우리는 현장을 떠났다. 그가 어떻게 해서 한 층 반이나 굴러떨어질 수 있었는지는 당시는 물론 지금까지도 영원히 풀리지 않는 수수께끼이다. 좁은 계단에는 수직으로 떨어질 만한 통로가 전혀 없다. 게다가 프리드리히는 불행하게도 머리를 잘못 부딪친 게 틀림없었다.

사법 경찰이 그의 집을 봉쇄했다. 건물에 사는 모든 사람들이 심문받았다. 이 기회에 우리는 그의 원고를 봉투째 몽땅 경찰에 건네주었다.

처음에 나는 프리드리히가 자신의 글을 아무도 읽고 싶어 하지 않으리란 걸 알고 있었고, 그 때문에 머리를 거꾸로 처박고 계단 아래로 떨어진 거라고 생각했다. 하지만 페트라는 그래도 그건 자살을 기도할 이유까지는 아니라고 말했다. 그녀 역시 결국엔 글쓰기를 포기했고 다른 할 일을 찾았다는 것이었다. "그는 분명 다리 한쪽만 부러뜨리려고 했을 거야." 그녀가 말했다. "모든 위험에도 불구하고. 하지만 언제나 행동이 그렇게 어설픈 사람이라면……."

청소차가 다음번 쓰레기를 비우러 왔을 때 프리드리히의 석탄 벽난로 쓰레기가 든 컨테이너를 비우지 않았고 그다음 주에도 그랬다. 하르퉁은 그 컨테이너가 너무 무거워서 들 수 없다고 했다. 수력학으로는 안 된다는 것이었다.

며칠 뒤 우표가 붙지 않은 편지 한 통이 우리 우편함에 들어 있었다. 모두들 서명했다.

"도저히 이해할 수가 없어. 나로선 이해가 안 가." 페트라가 말했다. 그건 그 컨테이너를 비우는 데 드는 비용은 전적으로 우리가 부담해야 한다는 내용이었는데, 이 건물에 사는 주민들이 내는 관리비로 우리 집 석탄 벽난로를 처분한다는 것은 도저히 납득할 수 없기 때문이라는 내용의 통첩장이었다. 그건 관례에도 어긋나는 일이라고 했다. 우리가 겨우 일 년 전에야 이곳으로 이사 온 풋내기여서 아직 환영받지 못하는 이웃이란 것을 여실히 암시하고 있는 편지였다.

"그 사람들한테 지하실에 있는 우리 벽난로 타일을 보여 줘. 그들한테 그걸 보여 줘!" 페트라가 외쳤다. "여긴 점점 험악해져. 점점 나빠져. 계속 나빠져!" 그녀는 바로 자리에 앉아 편지를 쓰기 시작했다. 난 그보다는 오히려 집집마다 문을 두드려 그건 우리 벽난로의 부속품 타일이 아니고,[17] 내가 가끔 뭘 갖다 버리기는 했지만 거의 대부분은 아직도 지하실에 쌓여 있다고 말하는 게 나을 거란 생각이 들었다. 난 어떻게 이런 편지가 작성되었을지 곰곰이 생각했다. 그들이 함께 모여 앉아 회의를 했거나 아니면 누군가

---

[17] 동독은 통일 후에야 석탄 벽난로를 현대식 난방 시설로 교체했다. 이때 생긴 건축 폐기물은 해당 관청에 연락하여 마련한 컨테이너에 버리고, 일정한 돈을 내야 했다.

가 집집마다 돌아다니며 일을 벌였을 것이고, 그렇다면 누가 그런 일을 주모했다는 말인가. 우리에 대해 뭐라고들 수군거리는 걸까. 그들은 정황을 잘 생각해 보지도 않고 서명했고 우리에게 맞서 자신들을 정당화하기 위한 논리를 찾았을 것이다. 난 페트라가 종이를 한 장 한 장 차례로 찢는 소리를 들었다. 부질없는 짓이었다.

다음 날 프리드리히의 벽난로 타일이 담긴 컨테이너를 제외한 모든 컨테이너에는 쇠사슬과 자물쇠가 달려 있었다. 우리만 열쇠가 없는 모양이었다.

다음 주 수요일 페트라가 6시에 나를 깨웠다. 난 운동화를 신고 수리할 때 주로 입는 멜빵바지를 입었다. 눈이 내리고 있었다. 올해 들어 내리는 첫눈이었다. 밖에서 보딘 씨가 쇠사슬과 자물쇠를 들고서 내 쪽으로 다가왔다. 그가 이 건물 한 동을 관리하는 모양이었다. 우린 인사도 나누지 않은 채 서로 쳐다보았다.

나는 현관문 앞의 좁다란 차양 아래서 가만히 기다리며 두 명의 청소부가 컨테이너들을 차례차례 밀어 갈고리에 걸고 손잡이를 아래로 내리는 모습을 지켜보았다. 컨테이너는 처음에 바닥에서 조금 들려 올라가다가 반쯤 회전하며 위로 단숨에 끌어당겨졌다. 컨테이너가 기울고 바닥에 달려 있던 작은 바퀴들이 하늘을 향하면, 컨테이너의 뚜껑은 청소차의 아가리 위에서 자연스럽게 열렸다.

하지만 수력학 기계가 정말로 제 기능을 발휘하지 못하고 말았을 때도 난 벌써부터 프리드리히의 쓰레기가 담긴 컨테이너가 허공에 매달렸다고 상상하는 중이었다. 그들은 그 컨테이너를 단

1센티미터도 들어 올리지 못했다. 그들은 또 한 번 시도했다. 결국 그들은 그걸 도로 제자리에 놓고는 마지막 컨테이너를 고리 아래로 밀었다.

청소차의 소음 때문에 그들이 내 말을 듣게 하려면 소리를 질러야 했다. 그들이 고개를 설레설레 흔들었을 때 난 50마르크를 꺼내 들었다. 난 그들에게 다시금 지폐를 쥐여 주며 돈을 꼭 가져가라고 말했다. 우린 뭔가 좋은 생각을 해내야 한다고 했다. 그들은 털모자를 쓰고 노란색 청소복을 입고 있었다. 그들은 다른 집으로 가 봐야 한다고 말했다. 난 그들에게 50마르크를 또 한 장 주었다.

그들은 내가 올라가도록 도와주었고 뾰족한 곡괭이와 삽을 건네주었다. 타일은 꽁꽁 얼어붙어 있었다. 나는 그 위를 곡괭이로 내리쳤다. 느슨한 건 손으로 골라내 그들이 내 쪽으로 밀어 준 빈 컨테이너로 던져 넣었다. 난 삽으로도 시도했다. 대부분은 삽에서 다시 밑으로 떨어지거나 바람에 다 날려 갔다. 난 두 남자에게 소리를 지르며 오물을 덮어쓰지 않으려면 유니폼에 달린 모자를 털모자 위로 뒤집어쓰라고 말했다. 하지만 그들은 아무 반응을 보이지 않고 계속해서 내 쪽으로 등을 보이며 담배를 피웠다. 아래로 늘어진 그들의 모자에 눈이 떨어져 내리고 있었다.

부수고 뒤지고 퍼내며, 나는 만일 이 쓰레기 더미 아래에서 고양이 사체라도 발견한다면 자살설은 사실일 거라고 생각했다. 아니면 프리드리히는 죽기 전에 고양이를 누군가에게 줬을지도 모른다. 아니면 경찰이 고양이를 보지 못하고 집 안에 가둔 채 문을 잠갔을지도. 타일 조각 하나가 삽에서 떨어지며 도로 위에서 산산조각이 났다. 남자들이 뒤를 돌아보았다. 각자 부서진 조각을 얼마간 주위 빈 컨테이너에 던졌다. 그러고는 다들 다시 몸을 돌린 후 계속해서 담배를 피웠다. 난 또 한 번 그들의 모자 속을 들여다보았다. 청소차가 또다시 요란스러운 소리를 냈다. 분명 엔진만은 아닐 것이었다. 어쩌면 압축기가 쓰레기를 누르는지도 몰랐다. 난 일을 마치면 그것을 물어볼 작정이었다.

　힘겹게 진척되긴 했지만 어쨌든 난 무엇인가를 움직이고 있었다. 말하자면 난 사태를 제압한 셈이었고 그 바람에 마음이 진정되는 것을 느꼈다. 그렇다, 심지어 난 그 위에서 기분이 좋아지기까지 했다. 아마도 내가 세상의 문제 한 가지를 몰아냈기 때문이리라. 그건 다만 시간문제일 뿐이었다. 갑자기 모든 일을 다 해결할 수 있을 것 같았고 쉽게 느껴졌다. 난 거의 만용에 가까운 심정이 되었다. 마치 택시 업체도 빚도 없다는 듯이. 난 거실 커튼 뒤에서 나를 보는 페트라 생각을 하지 않았고 자고 있는 다비드 생각도 하지 않았다. 불행한 프리드리히도 못된 이웃들도 모두 잊었다. 그건 참으로 오랜만에 맛보는 행복의 순간이었고, 그 안에 있으면 누구나 모든 것을 할 수 있으며 짐을 챙겨서 훌쩍 떠나 버릴 수도 있다고, 혼자서든 오를란도와 함께든 혹은 그 보스니아 여자같이 생긴 여자와 함께든 떠날 수 있겠다고 생각하게 되는 것이다. 난 혀를 찼다. 그건 내가 냈던 '쩍' 소리 중에서도 가장 큰 소리였다. 두 남자 중 하나가 뒤를 돌아보기까지 했다. 난 웃었고 고래고래 소리 지르며 그 유니폼에 달린 모자를 이젠 좀 제발 뒤집어쓰라고 말했다. 그는 몸을 돌렸고 난 삽질을 계속했다. 그리고 다시금 그 위를 내리쳤다. 하지만 고개를 들자마자 난 청소부들의 모자를 들여다보았다. 눈이 내려 모자 속에 수북이 쌓이는 게 보였다. 그 속에서 눈은 점점 더 많이, 계속해서 점점 더 많이 쌓였다.

29 물고기

제니가 새로운 일자리와 마르틴 모이러에 관해 이야기한다. 사장이 지시를 내린다. 북해는 어디에 있을까? 처음엔 모든 게 순조롭다. 그 후 제니는 설득력을 발휘해야만 한다. 홍수가 나면 물고기들한테는 무슨 일이 일어날까? 마지막으로 음악대의 나팔 소리가 울린다.

초록색 운동복 바지를 입은 그가 의자들 사이에서 잠수복으로 갈아입으려고 애씁니다. 어제 내가 입어 봤던 빨간색 줄무늬 잠수복입니다. 파란색 줄무늬가 그려진 잠수복은 테이블에 놓여 있습니다. 우리는 서로 손을 내밉니다. 그는 "마르틴 모이러입니다."라고 말하고, 나는 "제니예요."라고 말합니다.

"저건 더 작아요. 하지만 물갈퀴는 좋은 거예요." 그가 말합니다. 그에게 등을 보이며 나는 옷을 벗습니다. 그새 단추 하나가 떨어져 나갑니다. 나는 파란색 줄무늬 잠수복을 입고 모자를 잡아당겨 머리에 씁니다. 머리카락도 귀도 목도 보이지 않습니다. 그 바람에 내 얼굴이 포동포동하게 보입니다. 나는 내 물건을 챙긴 다음 그가 물갈퀴를 달 때까지 기다립니다.

그는 오른손에는 비닐봉지를, 왼손에는 물안경과 스노클을 들었습니다. 그러고는 마치 왜가리가 걸어가는 것처럼 조심스럽게 케른델 씨의 사무실로 향합니다. 그가 두 번 문을 두드립니다.

나는 문을 열라고 말합니다. 우린 왼쪽 벽 옆에 있던 두 개의 의자에 앉아 기다립니다.

"제 모습이 꼭 수녀 같네요." 내가 말합니다.

"아니에요. 우주복을 입은 그 여자 사회자 같은걸요. 이런 거해 본 적 있나요?" 그가 말합니다.

"뭘요?"

"이거요. 아가씨는 굉장히 빨리 끝내더군요."

"전 어제 왔어요. 하지만 혼자는 안 된대요."

"몹시 덥군요."

"전 발이 차요."

"나도 발이 차요. 그래도 그것 말고는……." 그가 말합니다.

"안녕, 제니! 잘 있었어요?" 케른델 씨가 외칩니다.

우리는 일어납니다. "모이러라고 합니다." 그가 자기소개를 하면서 무릎 사이에 비닐봉지를 끼웁니다. "마르틴 모이러입니다."

케른델 씨가 손을 내밉니다. 우리는 다시 자리에 앉습니다. 케른델 씨는 책상에 몸을 기대고서 종이쪽지를 집어 들었다가 뒤집습니다.

그는 어제와 똑같은 걸 설명합니다.

"이젠 여러분이 질문을 던지는 겁니다. '북해*가 어디 있나요?'라든가 '여기 어디 북해가 있는지 좀 말씀해 주시겠습니까?' 혹은 '어떻게 북해로 가야 할까요?' 여러분 마음대로지. 아무튼 북해인 것만은 분명해요. 알겠지요?"

---

18 여기서는 체인점 레스토랑의 이름이기도 하다.

"네. 문제없어요." 내가 말합니다.

케른델 씨가 그를 쳐다봅니다. "알겠어요?"

"네." 마르틴이 대답하며 오른발 물갈퀴를 치들고 카펫 위에서 철썩거리며 발을 구릅니다.

"항상 사람들을 즐겁게 대할 것." 내가 말합니다.

"항상!" 케른델 씨가 말합니다. "안 그럴 거면 아예 지금 당장 집으로 돌아가라고." 그는 책상 모서리 쪽으로 몸을 좀 더 움직인 다음 자신의 창백한 손을 관찰합니다. 그의 손은 허벅지 위에서 종이쪽지를 걸레인 양 위아래로 밀고 있습니다. 그것은 커다란 가짜 입장권입니다. 한쪽 귀퉁이에 작은 구멍들이 사선으로 뚫린 그 종이에는 도시의 지도 일부가 그려져 있습니다.("이 부분을 뜯어내세요. 뜯어낸 조각을 지갑에 넣어 보관하세요.") 도형처럼 그려진 빨간 물고기는 체인점 두 군데의 위치를 나타냅니다. 입장권 중 큰 부분을 차지하는 건 바람의 흔적이 그려진 밝은 갈색의 사막 사진입니다. 사막 위로는 파란색에 보랏빛이 감도는 구름 낀 하늘이 그려져 있고, 그 위에 하얀 글씨로 "북해가 어디 있는지 아세요?"라는 글귀가 있습니다.

"만일 대답이 '아니오'라면?"

"그렇담 우리가 있죠!" 내가 말합니다. "슐가 10a번지와 슐가 15번지! 우리가 물고기 있는 데로 모시겠습니다. 5월 메뉴와 함께. 그러면서 우린 쪽지를 건네주죠."

"'광고지'라고 해야지." 케른델 씨가 정정합니다. "그럼 대답이 '네!'일 때는?" 케른델 씨가 마르틴을 쳐다봅니다.

"어떻게 그곳으로 갈까요?" 그가 말하며 다시 한번 물갈퀴를 철썩거립니다.

"제니? '네'일 때는?" 케른델 씨가 말합니다.

"좋아요! 우리를 그곳으로 데려다주실래요?" 내가 말합니다.

"이제 다 이해됐죠?" 마르틴이 "네."라고 대답할 때까지 케른델 씨가 그를 쳐다봅니다. 그리고 그에게 5월 메뉴를 익히게 합니다. "파슬리와 감자를 곁들인 구운 가자미, 모둠 샐러드, 레물라드 소스와 코카콜라 0.3리터. 15마르크 40페니히인 것을 특별 할인가로 12마르크 95페니히!"

"여기 다 적혀 있는걸, 뭐. 그래도 그걸 보고 읽으면 안 돼요. 수준 미달이에요. 읽지 말 것! 다시 한번!" 케른델 씨가 말합니다.

"파슬리와 감자와 구운 가자미, 녹색 샐러드와 레물라드 소스. 거기다가 대형 콜라 한 잔. 12페니히 95페니히!" 내가 말합니다.

"15마르크 40페니히가 아니라." 케른델 씨가 보충합니다. "모둠 샐러드, 코카콜라 0.3리터, 안경을 써요. 그리고 이젠 연습, 연습, 연습, 계속해서 연습……."

"북해에 어떻게 가야 할까요?"라고 내가 묻습니다. "북해가 어디 있는지 아세요?" 케른델 씨가 그를 가리킵니다.

"여기 어디에 북해가 있죠? 전 북해에 가려고 해요! 거기서부터 바다가 시작되죠! 절 좀 도와주시겠어요?"

"콧소리가 너무 들어가. 둘 다 콧소리가 너무 심해. 이젠 안경 벗고 해 봐." 그가 말합니다. "아니, 벗지 마. 이마에 걸쳐! 안경을 높이 올려!" 전화벨이 두 번 울린 후 그칩니다. "이렇게, 이렇게 해." 케른델 씨가 일어나 그의 스노클을 아래로 홱 끌어내립니다. "좀 더! 그렇게. 광고지를 절대 너무 많이 들고 있지 마. 네 장, 많아야 다섯 장 정도. 더 늘리면 안 돼. 알겠지? 그렇게."

우린 고개를 끄덕입니다.

"홍수가 나면 물고기들한테 무슨 일이 일어날까?" 케른델 씨가 질문하며 손뼉 친 후 내 어깨에 팔을 감고 나를 끌어당깁니다. "자, 그럼 시작들 해 보라고." 그가 책상을 돌아가더니 수화기를 듭니다. "다 잘됐어!" 그가 우리를 쳐다보며 외칩니다.

여비서 방에서 우리는 짐을 장롱에 넣고 광고지가 든 파란색 가방을 받아 어깨에 걸칩니다.

"들 수 있겠어요?" 그녀가 묻습니다. "가방마다 1000장씩." 그녀가 우리를 위해 문을 붙잡아 줍니다. "저쪽으로 나가야 돼요!"

뒷문 앞에서 마르틴이 멈춰 서더니 나를 쳐다보며 말합니다. "우린 한 사람도 빠짐없이 모든 이에게 물어야 해요. 지나가는 사람에게는 누구나. 처음부터. 그러지 않으면 아무 소용이 없어요. 한 번 물으면……."

어쩌면 그는 교사였던 적이 있는지도 모른다고 난 생각합니다. 내가 문을 채 닫기도 전에 그는 벌써 시작합니다. 두 남자아이는 많아야 14~15학년쯤 되어 보입니다. 그들은 고개를 좌우로 흔듭니다. "거기서 바다가 시작된단다! 자, 받아!" 그가 말합니다. 그들은 광고지를 받아 듭니다.

우리는 보행자 전용 도로 쪽으로 걷습니다. 난 어린아이들은 빼야 한다고 말합니다. "사춘기." 그가 고개를 끄덕이며 말합니다.

그러고서는 정말이지 일이 순조롭게 진행됩니다. 우린 비교적 빨리 놀이에 적응해 갑니다. 대부분은 내가 시작을 하고 그가 끈질기게 늘어집니다. "네, 우린 북해로 가려고 합니다!", "맞습니다. 북해로."라고 난 말합니다. 혹은 "정말 모르세요?"라고 말하면 그가 말합니다. "그렇다면 우리가 가르쳐 드리겠습니다!" 조금 뜸을 들인 후 우린 동시에 주소를 말합니다. 그러면 사람들은 웃으며 주저하지 않고 광고지를 받아 듭니다.

"미안합니다. 내가 바보 같은 짓을 했네요!" 갑자기 마르틴이 말합니다. 난 그가 무슨 말을 하는지 이해하지 못합니다. "내가 그들에게 '맛있게 드세요.'라고 덧붙인 거 말이에요."

난 그걸 나쁘게 보지 않았다고 말합니다. 이제부터 사람들에게 광고지를 줄 때마다 "맛있게 드세요!"라고 외칩니다. 어떤 이들은 "네, 맛있게 먹어요!"라고 하거나 "여러분도요!"라고 대답하기도 합니다.

"사람들 호기심이 대단한데요. 우리가 말을 걸면 거의 기쁘다는 태도예요. 신뢰감 충만이네요!" 그가 말합니다.

처음에 몇 명이 우리 주위에 서성거리기 시작하면 나머지 사람들은 이내 저절로 모여듭니다. 심지어는 서로 앞으로 오겠다고 밀치기도 하고, 그럼 우리는 광고지를 내민 손마다 한 장씩 쥐여 주기만 하면 됩니다.

"그가 우리를 감시할까요?" 그가 조용히 묻습니다.

"그럼요." 내가 말합니다.

"난 그에게 가능하면 친근하게 말하려고 애썼습니다. 하지만 그에게는 별로 설득력 없이 들렸겠죠." 마르틴이 말합니다.

"계속해서 물갈퀴를 철벅거리셨잖아요." 내가 말합니다.

"뭐라고요?"

"계속해서 물갈퀴로 바닥을 치며 철썩철썩 소리를 냈다고요,

이렇게요." 나는 그가 하던 대로 흉내 냅니다. "모르고 한 행동이에요?"

그가 고개를 흔듭니다. "어쩌면 그가 그것 때문에 그랬던 모양이네요."

"그는 늘 그래요. 뭐, 어떻게 해도 별로 달라지지 않을 거예요." 내가 말합니다.

보행자 전용 도로가 슐로스플라츠 광장과 만나는 곳에서 한 취주 악대가 높고 뾰족한 지붕을 가진 하얀 천막 앞에서 연주를 하고 있습니다. 오리엔탈풍으로 보입니다. 그 옆에 한 남자가 텔레비전 리포터와 인터뷰를 하고 있습니다. 그의 파란색 재킷에 둥글고 노란 스티커가 붙어 있습니다. "우리 쇠고기. 확실하게 우수합니다!"라는 글씨가 보입니다. 음악대 역시 노란 스티커를 달았고 스테이크와 소시지를 굽는 여자들도 마찬가지입니다. 나는 이제 도처에서 그 쇠고기 스티커를 단 사람들을 봅니다. 그들이 광고지를 나누어 줍니다. 우리 것보다 큽니다.

"저 사람들 일을 하라면 하시겠어요?" 그가 묻습니다.

"네." 내가 말합니다. "우리가 선전하는 제품이 아주 훌륭하다고 생각하시나요?"

"글쎄요, 저도 잘 모르겠네요 사진에 나온 죽은 가자미는 잘 튀겨져서, 아마 딱딱하겠죠. 게다가 단지 1마르크 45페니히만큼 더 싼 것뿐이니까요. 그게 좋은 상품인 건지?"

내가 어디에서 태어났느냐고 묻자 마르틴은 다만 "동독요, 튀링겐 지방이에요."라고만 말합니다. 그는 어머니 방문차 이곳에 왔다고 합니다.

"케른델 씨는 보수에 관해선 더 이상 얘길 하지 않았죠. 하루에 120마르크." 그가 말합니다.

"그걸 지켜야죠. 구직 광고란에 그렇게 나와 있으니까요." 내가 말합니다.

그가 고개를 끄덕입니다. 갑자기 그가 말합니다. "가족들에겐 광고지 한 장만 주면 됩니다."

처음에 난 농담을 하려고 합니다. "친구들이나 아는 사람들끼리 같이 있는 경우에도."라고 내가 대답합니다.

"그 말도 맞네요. 계속 이렇게 나가면 우린 오후면 다 끝내겠어요."

우린 보행자 전용 도로 주변의 상점에도 들어가야 합니다. 하지만 우리가 누구에게도 말을 걸지 않아도 사람들은 그대로 서서 손을 내밉니다. 음악대는 쉬지 않고 연주를 합니다.

"조금 전에 물갈퀴 얘기를 했죠." 그가 말합니다.

"그래서요?"

"아가씨는 계속해서 미소를 짓는다는 걸 아세요?"

"마르틴 씨도 그래요." 내가 말합니다.

한 시간 정도 지나자 부슬부슬 비가 내리기 시작합니다. 대부분 사람들은 상점의 쇼윈도 앞에 바짝 붙어 걷습니다. 차양을 따라서, 처마에서 처마로.

그가 밖에서 사람들에게 계속 말을 거는 동안 나는 상점으로 들어갑니다. 한 여자가 손짓으로 나를 부르더니 "안녕하세요, 개구리 아가씨."라고 외칩니다.

난 사람들의 대화를 방해하지 않습니다. 하지만 그들이 나를 쳐다보거나 내 쪽으로 돌아보면 나는 마치 길 잃은 사람처럼 작은 목소리로 묻습니다.

"실례합니다. 여기 북해가 어디 있는지 혹시 아세요?" 잠시 동안 그들은 충격받은 얼굴을 합니다. 하지만 이내 웃음을 터뜨리고, 난 그들에게 광고지를 나누어 줍니다.

쇼윈도 앞에서 마르틴이 더 이상 보이지 않아서 나는 밖으로 나갑니다. 왔던 길을 조금 되돌아가 보지만 그를 발견하지 못합니다. 그 대신에 북해 광고지만 여기저기에 흩어져 있습니다. 그는 등을 깃대에 기대고 앉아 대답을 하지 않습니다. 그의 왼쪽 눈이 퉁퉁 부어 있습니다. 그가 잠깐 올려다보며 나더러 어디선가 자신의 스노클을 못 봤느냐고 묻습니다. 나는 젖은 땅에 붙어 있는 케른델 씨의 북해 광고지 몇 장을 주워 모으려고 애써 보지만 내가 몸을 구부리고 막 주우려고 하는 광고지를 자꾸만 내 물갈퀴로 밟습니다.

"아가씨도 나쁜 경험을 한 적이 있나요?" 내가 다시 마르틴 앞에 섰을 때 그가 그렇게 묻습니다.

"아니요. 왜요?"

"아가씨가 날 보는 눈길이 그래서요."

"멍이 시퍼렇게 들었네요." 내가 말합니다.

"호흡관은 찾았나요?"

나는 계속해서 찾아봅니다. 난 광고지 몇 장을 더 발견하고 그에게로 도로 돌아옵니다.

"미안해요." 그가 말하며 스노클을 들어 올려 보이며 입으로 물게 되어 있는 쪽으로 왼쪽 물갈퀴를 두드립니다. "이 위에 있었는데도 난 느끼지 못했어요."

"얼음을 좀 구해 올까요?"

"내가 무슨 생각을 했는지 아세요? 물고기와 홍수에 관한 문구예요. 난 마비 상태였어요, 완전 마비." 그가 말합니다.

"처음에 그놈은 아래를 내려다보더니 순식간에 나한테 돌진해 오는 거예요. 그러면서 그놈 아내에게 나를 아느냐고 묻는 겁니다. 난 그의 신발을 밟았는데, 내 물갈퀴로, 그것도 아주 조금. 난 전혀 못 느꼈고, 그도 느끼지 못했을 거예요. 그의 아내는 날 모른다고 했죠. 내 생각에 난 조금 날아오르기도 했던 거 같아요."

"괴로우세요?"

"그 홍수 얘긴 너무나 한심해요." 그가 말합니다. "난 다른 말은 하지도 않았어요. 다른 때랑 똑같은 말만 했는데."

"우린 케른델 씨한테 가야 해요." 내가 말합니다. "보험 때문이에요. 이건 사고잖아요."

"나, 그 사람한테 더는 가고 싶지 않아요." 그가 물갈퀴를 철썩거립니다.

"문제가 뭔지 알겠네요."라고 내가 말하고 그가 나를 쳐다보기를 기다립니다.

"내 사투리가 그놈 마음에 안 든 거예요."

"그가 아내한테 마르틴 씨를 아느냐고 물었다면서요? 그녀가 모른다고 하자 두들겨 팼던 거고요?"

"내가 그런 여자를 어디서 만났겠어요? 난 여기 처음 왔는데!"

"그는 마르틴 씨가 유명한 사람이 아닌지, 그걸 물은 거예요." 내가 말합니다. "오직 그것 때문이에요."

마르틴은 말귀를 못 알아듣습니다.

"아마 유명 인사라면 아마도 몰래카메라나 뭐 게임에 진 벌칙으로 그런 일을 할 수도 있으니까요." 내가 설명합니다. "하지만 그런 경우가 아니라면 아무도, 더구나 마르틴 씨 나이의 사람이라면 아무도 이런 일을 하진 않죠. 그 작자는 자기를 놀린다고 생각한 거예요. 그게 전부예요."

마치 나한테서 뺨이라도 맞은 듯한 얼굴로 그가 나를 응시합니다.

"물론 그래서는 안 되는 거죠." 내가 말합니다. "내 말은 그러니까요, 그 한심한 놈이 그런 생각을 했을 거란 말이에요. 마르틴 씨는 정말 잘하세요, 사람들에게 밝게 다다가 즐겁게 만드시죠. 항상 사람들을 즐겁게 대했고, 단지 이 광고지뿐만이 아닌 거죠. 누구든지 마르틴 씨를 본받아야 해요. 몸매도 굉장히 멋져요."

그가 물갈퀴 사이에 침을 뱉습니다.

"모두가 다 즐거워했어요." 내가 말합니다. "우린 돈을 좀 더 많이 받아야 해요. 케른델 씨 말고도, 시장한테서도, 의료 보험 회사에서도. 항상 사람들을 즐겁게 대했으니까요."

마르틴이 나를 봅니다. 그의 왼쪽 눈은 심하게 부어 거의 감길 지경입니다.

"역겨운 놈이네요. 친절함을 자연스럽게 받아들이지 못하는 놈인 거예요." 내가 말합니다.

"아무도 상관하지 않았어요. 아무도 꼼짝하려 들지 않았다고." 그가 말합니다.

"그들한테는 너무 벅찬 일이니까요." 내가 말합니다. "사람들이야 뭘 어떻게 해야 좋을지 몰랐으니까요. 눈앞에 무슨 일이 벌어지는지조차 파악하지 못했을 거예요. 그런 걸 본 적이 없을 테니까요. 보행자 전용 도로 한가운데서 한 명의 개구리 맨이 두들겨 맞는 거예요. 어쩌면 그들은 아프지 않을 거라고 생각했는지도 몰라요. 고무에 휘감겨 있어서, 혹은 원래 그렇게 하도록 되어 있나 보다고 생각했는지도 모르고요. 그들은 창피를 당하기 싫었던 거예요. 만일 그게 예술 행위이거나 거리극 공연일 경우라면 말이죠."

난 마르틴에게 우리 집 건물 뒤채 발코니에서 돌아가신 노인에 관해 이야기해 줍니다. 바나나 나무를 기르고 음악을 크게 듣던 분입니다. 우린 모두 그가 자는 줄만 알았지요. 그런데 노인은 비가 오는데도 앉아 있었고 밤새도록 거기 그대로 있었습니다.

"밤새도록?"

"네." 내가 말합니다. "깜깜했으니까요. 아침에도 그가 거기 그대로 있는 걸 보고서야……. 우리 이제 케른델 씨에게 가요."

미르틴이 눈을 감습니다. 언젠가 지하철에서 보았던 여자처럼. 그녀는 꼼짝도 하지 않은 채 문이 열릴 때까지 아주 천천히 눈을 감았습니다. 마르틴이 고개를 좌우로 흔듭니다.

"가요. 우린 가야 해요." 내가 말합니다.

그가 일어나는 동안 나는 그의 물안경과 스노클을 들고 있습니다. 어깨에 메는 가방이 더럽습니다. 그가 조심스럽게 모자를 머리에 씁니다.

"난 이제 그 사람한테 안 가요." 마르틴이 말합니다. 물안경을 쓸 때까지는 한참의 시간이 흐릅니다.

"그럼 어디로 가시게요?" 내가 묻습니다.

"떠날 거예요. 가능한 한 멀리." 그가 말합니다. 그가 또 한 번 침을 뱉더니 심지어는 스노클을 입에 물고서 물안경 끈에 꼭 붙들어 맵니다. 마지막으로 그는 가방을 어깨에 멥니다.

나 역시 그와 똑같이 합니다. 그리고 우린 떠납니다. 사람들은 차양이나 처마 아래 서서 비가 그치기를 기다립니다. 자전거를 탄 한 사람을 빼고는 보행자 전용 도로엔 우리 둘뿐입니다. 우리는 물구덩이를 철벅거리며 지납니다. 난 누군가가 우리에게 윙크를 하거나 뭐라고 외치는 것을 보기도 합니다. 물론 북해 어쩌고 하는 소리입니다. 사람들이 우리를 위해 양쪽으로 늘어서 있는 듯한 인상을 받을 지경입니다. 물안경이 시야를 좁게 만드는 바람에 서로 옆에 있는지 없는지를 알 수 없으므로 우린 서로의 손을 잡고 걸어갑니다. 음악대는 하얀 천막 아래서 연주를 계속하고 있는데요, 이젠 리듬이 점점 더 빨라집니다. 폴카라고 나는 생각합니다. 하지만 난 사실 폴카가 뭔지 잘 모릅니다. 어쩌면 그건 행진곡이나 뭐 그런 걸지도 모릅니다. 어찌 되었든 간에 마르틴과 난 똑같은 보폭으로 걸어갑니다. 보행자 전용 도로를 벗어났음에도 우리 발걸음은 여전히 변함이 없습니다.

동독의 한 작은 도시가 맞은 통일과 그 이후

1998년 3월 초 『심플 스토리』가 출간되자, 독일의 노장 작가 귄터 그라스는 잉고 슐체가 독일 재통일 직후의 시대상을 탁월하게 묘사한 "우수한 작가"이며 문학계에 새로 등장한 젊은 "이야기꾼"이라고 극찬했다. 당시 주요 신문들은 일제히 이 소설에 관한 호평을 실었고, 라이프치히 책 박람회에선 문화 및 문학계를 빛낸 화제의 작품으로 세계적인 주목을 받았다. 그런가 하면 그 후 몇 년 동안 베스트셀러 자리를 꾸준히 지키면서, 독일의 인문 고등학교에서 필독서로 선정되기도 했다. 학계에서도 이 작품을 놓고서 여러 방향으로 연구가 진행되었다.

하지만 이 소설을 처음 대하는 독자는 다소 놀랄 수밖에 없다. 소설에는 극적이거나 굉장한 역사적 사건이 하루아침에 운명의 그림자를 드리운다는 식의 플롯은 없고, 갑작스럽게 찾아온 변화에 적응 못 하고 좌절하거나 발 빠르게 변하는 주인공도 없기 때문이다. 또 신랄하고 직접적인 어투로 시대를 서술하지도 않기 때문이다.

　덧붙이자면 이 소설에는 주인공이 아예 없다고 할 수 있다. 소설은 모두 스물아홉 개의 장으로 구성되었는데, 각 장이 시작될 때마다 새로 열리는 미니 세상에서 인물들이 겪는 이런저런 경험들 역시 '역사'나 '변혁'이라는 말과는 어울려 보이지 않는다. 그들은 소설의 주인공 역할을 담당하지 않는다. 그들의 어투 역시 다소 생소할지도 모른다. 마치 어느 치열한 싸움의 현장을 앞에 두고도 냉정함을 잃지 않으면서 담담하게, 그리고 세밀한 부분까지 자세하게 서술하는 듯한 인상을 준다. 인물들의 말투가 너무나도 일상적이면서도 희극적이기까지 해서 독자는 그 안에 숨은 비극성이나 치열함을 얼른 느끼지 못한다. 그럼에도 불구하고 그 속에서 인물들이 마주한 불행과 비극성을 감지하는 독자라면 그 어투의 냉정함 때문에 오히려 오싹함을 느낄지도 모른다.

　이 소설이 독자를 당황하게 만드는(바로 그래서 더욱더 독서에 빠져들게 하는) 점이 한 가지 더 있다. 주인공은 없고, 등장인물 간의 관계가 매우 복잡해 보인다는 것이다. 첫 장에 나왔던 인물이 뒷부분 어느 장에선가 다시 등장하고, 또 다른 장에서는 또 다른 인물들과 다양한 관계를 맺는다. 예를 들어 1장에 나왔던 모이러 부부의 아들이자 예술사학자였던 마르틴은 소설의 마지막 장인 29장에서 우스꽝스러운 개구리 복장을 한 채, 16장에 등장했던 디터 슈베르트의 영악한 연인 제니와 함께 시간당 보수를 받는 일용직 홍보 사원이 된다. 한편 디터 슈베르트는 1장에서 모이러 부부와 함께 관광버스를 타고 이탈리아 여행을 하던 중, 동독 시절 학교 교장이었던 모이러에게 당했던 부당한 해직을 자신만의 방법으로 고발한다. 그는 다시 15장에서 새로운 인물들과 함께 새로운 사건으로 등장한다.

그뿐 아니라 소설의 시점과 서술 문체 역시 장마다 다르다. 삼인칭으로 이야기가 전개되는 장이 있는가 하면 일인칭으로 이야기하는 장도 있으며, 여성적인 어투와 남성적인 어투의 장이 나뉘기도 하고, 고백하는 듯한 문체가 나오는가 하면, 구어체로 서술되기도 한다. 시제 역시 장마다 달라서 현재형으로 서술된 이야기와 과거형으로 서술된 이야기가 공존한다.

물론 역자는 그런 점을 감안해 각 장마다 어투를 바꾸어 번역했다. 이러한 점은 독자에게도 새로운 시도가 될 것이다. 즉 독자는 각 장을 있는 그대로 받아들여 읽을 필요가 있다.

말하자면 알텐부르크(현재 인구 3만 5000명)라는 작은 옛 동독 도시에 몸소 비디오카메라를 들고 가서 그곳 사람들이 통일 직후 자신에 대해서(일인칭 시점으로) 혹은 다른 사람에 대해서(삼인칭 시점으로) 들려주는 말을 취재하거나 촬영한다고 상상한다면, 분명 매우 재미있으면서도 작가의 작품 의도에도 잘 맞는 독서가 될 것이다. 알텐부르크라는 조그만 도시에선 익명성이란 있을 수 없다. 그곳을 방문하는 사람이 만나는 자는 누구든 간에 예전에 한 번 만났거나 나중에 만날 다른 인물과 가족이거나 친척일 수 있고 적대 관계이거나 연인 사이일 수 있다. 그러므로 독자가 소설 속 인물들을 굳이 그들의 관계 속에서 따져 보지 않고 각 장마다 인물들이 처한 상황에 그때그때 주목하더라도, 소설을 다 읽고 난 다음에는 알텐부르크라는 도시의 전체적인 이미지와 그 도시가 처한 시대의 이미지가 자연스럽게 머릿속에 그려질 것이다. 그와 동시에 인물들 간의 관계 설정은 소설이 다루는 시대상을 이해하는 데 결정적인 변수가 되지 못함을 알게 될 것이다.

사실 작가는 실제 인물을 모델로 작중 인물들을 창조해 낸 것이 아니라고 한다. 하지만 작가는 마치 정말 그 장소와 시간에 실제로 존재했을 것 같은 인물들과 그 시대와 그 장소에서 실제로 일어났음 직한 일들을 서술한다. 독자는 이렇게 개연성 있는 이야기를 통해 현실에서 미처 느끼지 못했던 여러 상황을 오히려 더 예리하고 객관적으로 직시할 수 있다. 그런 의미에서 이 소설은 통일 후 독일인들의 현실을 참으로 생생하게 표현했다고 볼 수 있다. 예를 들어 분단과 분열의 역사가 끝나고 통일이 되어, 옛 동독 공산주의 체제 안에서 생존을 위협받고 실직 등의 일을 겪었던 피해자와 공산 체제의 하수인이며 가해자 격의 사람이 어쩌다 함께 같은 관광버스를 타고 여행을 떠나는 일은 얼마든지 있을 수 있다. 그런가 하면 통일 후 동독인들의 학위나 직업은 서독에서 인정받지 못했다. 현재 독일 내 구동독 지역의 실업률은 전체 인구의 15퍼센트가 훨씬 넘는 지역도 허다하다. 독일의 재통일은, 오직 경제적인 면으로만 따져 볼 때 동독이라는 지역을 완전히 붕괴시킨 것과 다름없는 불행한 사건이었다. 뿐만 아니라 통일 후 동독인들은 서쪽 진영의 사람들이 너무도 당연하게 누리던 소비 상품이나 직업, 요리, 일상의 소소한 사건들, 장거리 여행, 자동차, 외국인과의 접촉…… 이 모든 것들을 어린아이가 처음 세상을 대하는 것과 같은 놀라움과 충격으로 대해야만 했다. 또 오래전에 동독의 가족을 버리고 망명한 낯선 친아버지를 만나게 되는 젊은이도 있을 수 있다.

잉고 슐체는 이 소설을 쓰는 동안 미국 작가 레이먼드 카버의 원작이자 로버트 앨트먼이 「숏 컷」이라는 영화로 만들었던 이야기를 모범으로 삼았다고 한다. 물론 소소한 인물들을 서로서로 연결시키는 방법이나 우연히 일어난 사건의 설정, 생존이라는 상황에 갇혀 빠져나오지 못하는 인간상 등을 고려할 때 이 소설은 카버의 이야기와 닮았다고 할 수 있다. 하지만 카버의 이야기들이 작가가 작은 교훈이나 위트로 끝을 맺는 반면, 잉고 슐체는 그것마저 절제했다. 카버가 그린 인물들은 한 명 한 명이 '운명'이라고 할 수 있는 상황에 처해 있지만 『심플 스토리』의 인물들의 만남은 운명이라기보다는 사소하고도 우연한 '사고'쯤으로 보일 뿐이다. 그럼으로써 정치적이거나 직접적인 심리 묘사를 완전히 피하면서도 오히려 그 소소한 사고들을 통해 세상을 어둡게 만드는 비극상과 통일 후 독일인 한 사람 한 사람이 겪는 불행을 신랄하게 보여 주고 있다.

예를 들어 소설의 여러 장에 걸쳐 등장하는 마르틴 모이러는 통일 후 변화에 적응하지 못하는 인물이다. 그는 라이프치히 대학의 예술사 강사직을 잃은 후 한 회사의 영업 사원으로 들어가지만 별 실적을 올리지 못한 채 직장마저 잃는다. 거기다 아내가 사고로 죽고, 이십사 년 전 서독으로 탈출했던 친아버지와 재회하지만 진정으로 아들의 고민을 들어 줄 수 있는 아버지가 아니다. 소설의 마지막 장에서 그는 '북해'라는 체인 레스토랑의 광고지를 행인들에게 나누어 주는 일용직을 맡는다. 그러나 그마저도 그에게는 쉬운 일이 아니다. 우스꽝스러운 잠수 복장을 하고 광고지를 돌리던 중, 한 행인의 오해를 싸서 폭행을 당한다.

하지만 마르틴은 불행을 또 한 번 극복하고 다시 삶을 시작하지 않으면 안 된다. 마지막 장면에서 작가는 제니라는 수호천사를 그에게 보내 위로하려는 듯 보인다. 마르틴의 일용직 동료인 제니는 그를 따뜻하게 위로하고 넘어져 있던 그를 일으킨 후 함께 손을 잡고 "물구덩이를 철벅거리며" 지난다. 사람들은 양옆으로 서서 그들에게 길을 내주고, 그들의 행진을 격려하고 축복하려는 듯 음악대는 점점 더 빠른 리듬으로 음악을 연주한다. 두 사람은 계속해서 힘차게 걸어간다. 작가는 그 경쾌한 음악과 행진을 통해 불행한 인물 마르틴의 앞날에 작은 희망을 암시하려는 듯 보인다.

결국 독자는 작가가 단순히 알텐부르크라는 특정 지역이나 마르틴 모이러라는 특정 인물 혹은 독일의 통일이라는 사건 그 자체만을 다룬 것이 아님을 감지하게 될 것이다. 동서 진영의 이데올로기와 정치 갈등의 시대가 가고, 세계적으로 경제와 생존만을 문제 삼게 된 현실에서 사실은 이 시대 지구인 누구나 작고 불안한 생존 전쟁의 세상에 갇혀 힘겹게 삶을 꾸려 나가고 있기 때문이다.

그러므로 여전히 분단의 역사 속에서 구체적인 통일의 길을 찾지 못하고 있는 우리나라 국민으로서뿐 아니라, 극단으로 치닫는 자본주의 체제와 양극화 속에 살고 있는 지구인으로서도 이 소설을 읽으며 공감하는 바가 적지 않을 것이다.

노선정

옮긴이 노선정

숙명여자대학교 국어국문과를 졸업한 뒤 독일 마인츠 대학, 베를린 홈볼트 대학과 자유대학에서 고전그리스어와 라틴어, 천주교 신학과 철학을 전공했다. 현재 독일 베를린에서 사법번역사 및 일반 통-번역사로 활동 중이다. 옮긴 책으로 『젊게 오래 살려면 폐를 지켜라』, 『죽음의 에티켓』, 『대리석 절벽 위에서』, 『강철 폭풍 속에서』, 『새로운 인생』, 『아담과 에블린』, 『천재가 될 수밖에 없는 아이들의 드라마』 등이 있다.

심플 스토리

1판 1쇄 펴냄   2009년 12월 30일
2판 1쇄 찍음   2023년 11월 14일
2판 1쇄 펴냄   2023년 11월 24일

지은이   잉고 슐체
옮긴이   노선정
발행인   박근섭·박상준
펴낸곳   (주)민음사

출판등록   1966. 5. 19. 제16-490호
주소   (06027) 서울시 강남구 도산대로 1길 62(신사동)
            강남출판문화센터 5층
대표전화   02-515-2000 | 팩시밀리   02-515-2007
홈페이지   www.minumsa.com

한국어 판 ⓒ (주)민음사, 2009, 2023. Printed in Seoul, Korea

ISBN   978-89-374-5470-7 (03850)

* 잘못 만들어진 책은 구입처에서 교환해 드립니다.